KB041447

잃어버린 시간을 찾아서 12

되찾은 시간 1

À LA RECHERCHE DU TEMPS PERDU
LE TEMPS RETROUVÉ

잃어버린 시간을 찾아서 12

되찾은 시간 1

마르셀 프루스트 김희영 옮김

민음사

일러두기

1 이 책은 Marcel Proust의 *Le Temps retrouvé, A la recherche du temps perdu*(Gallimard, "Bibliotheque de la Pleiade", 1989)를 번역했다. 그리고 주석은 위에 인용한 책과 *Le Temps retrouvé*(Gallimard, Collection Folio, 1990), *Le Temps retrouvé*(Le Livre de Poche, 1993), *Le Temps retrouvé*(GF Flammarion, 2011)를 참조하여 역자가 작성했다. 주석과 작품 해설에서 각 판본은 플레이아드, 폴리오, 리브르드포슈, GF-플라마리옹으로 구분하여 표기했다.

2 총 7편으로 이루어진 프루스트의 『잃어버린 시간을 찾아서』를 원고의 길이와 독서의 편의를 고려하여 13권으로 나누어 편집했다. 1편 「스완네 집 쪽으로」(1, 2권), 2편 「꽃핀 소녀들의 그늘에서」(3, 4권), 3편 「게르망트 쪽」(5, 6권), 4편 「소돔과 고모라」(7, 8권), 5편 「갇힌 여인」(9, 10권), 6편 「사라진 알베르틴」(11권), 7편 「되찾은 시간」(12, 13권)

3 작품명 표기에서 단행본은 『 』, 개별 작품은 「 」, 정기간행물은 《 》로 구분했다.

차례

되찾은 시간 1　17

「되찾은 시간」의 주요 등장인물

나의 주변에서

나(마르셀) 알베르틴의 도주와 죽음이라는 그 고통스러운 시간과 마주하여 긴 애도와 망각의 시간을 보낸 후 질베르트의 초대로 콩브레 부근의 탕송빌에 체류한다. 어린 시절에 믿었던 가치와 진실이 하나씩 붕괴되는 걸 보면서, 또 떠나기 전날 공쿠르가 쓴 미발표『일기』를 읽으면서 문학에 대한 오랜 꿈이 한낱 허상이었음을 깨닫는다. 투병 생활을 위해 파리를 떠났다가 1914년과 1916년 짧은 체류를 통해 1차 세계 대전의 참상을 목격한다. 비행기에서 떨어지는 폭탄을 피해 밤거리를 헤매다 심한 갈증에 불이 켜진 호텔로 들어가고 거기서 우연히 사슬에 묶인 샤를뤼스의 신음 소리와 채찍질 세례를 맞는 장면을 본다. 전쟁이 끝나 게르망트 대공 부인이 주최하는 오후 모임에 참석하기 위해 저택에 들어서는 순간, 마당의 고르지 않은 포석을 밟으면서 예전에 마들렌을 먹을 때와 같은 기쁨을 맛본다. 이어 서재에서 동일한 체험을 한 후 무도회가 열리는 연회장에 들어가는 순간 시간의 파괴 작업으로 인한 존재의 해체와 마멸을 인식하고, 예술만이 인간을 망각과 습관과 죽음으로부터 구원해 줄 수 있다는 계시를 받는다.

어머니 자식에 대한 헌신적인 사랑과 돌아가신 어머니에 대한 깊은 회한 속에 늘 상복을 입고 지낸다. 글을 쓰지 않고 시간을 낭비하는 아들 때문에 긴 인내와 고통의 시간을 보낸다.

프랑수아즈 콩브레의 레오니 아주머니 댁 요리사였으나 지금은 화자의 집에서 가정부로 일하는 충직한 여인이다. 알베르틴이 화자를 이용한다는 생각에 늘 의혹의 눈초리를 보내어 화자를 고통스럽게 했지만, 지금은 온갖 종잇조각들을 붙이고 정리하면서 화자의 글쓰기 작업을 동반한다.

알베르틴(시모네) 가난한 고아 출신으로 스완 부인의 살롱을 드나들던 건설부

관료인 봉탕 씨의 조카이다. 화자의 가장 큰 사랑으로 「갇힌 여인」과 「사라진 알베르틴」의 주인공이다. 화자의 광기 어린 질투와 집요한 탐색으로 죽음을 맞이하면서 화자에게 깊은 고뇌와 회한을 남긴다.

앙드레 알베르틴의 가장 친한 여자 친구로 알베르틴이 베르뒤랭 부인의 연회에 가고 싶어 했던 이유가 뱅퇴유의 딸과 그 친구가 아닌, 봉탕 부인이 알베르틴의 결혼 상대로 생각했던 옥타브를 만나기 위해서라는 충격적인 사실을 폭로함으로써 화자를 깊은 죄책감에 빠지게 한다. 알베르틴의 구혼자였던 작가 옥타브와 결혼하고 질베르트의 내밀한 친구가 된다.

스완 쪽에서

스완(샤를) 부유한 유대인 증권 중개인이자 뛰어난 예술적 안목의 소유자로 게르망트 공작부인의 사단에 속한다. 오데트라는 화류계 여인과의 결혼과 드레퓌스 사건의 발발로 사회적으로 실추한다. 죽기 전 오데트와 딸 질베르트를 게르망트 공작부인에게 소개하고 싶어 하지만 게르망트 부인의 거절로 끝내 소망을 이루지 못하고, 사후에는 딸이 아버지의 이름마저 거부함으로써 오욕으로 얼룩진 삶을 구현한다. 우아하고 예술적 안목이 뛰어난 엘리트 유대인을 표상한다.

스완 부인(오데트) 화류계 여자라는 과거 신분을 세탁하고 우아하고 부유한 부르주아 여인으로 변신한다. 작가인 베르고트가 참석하는 살롱은 파리에서 가장 인기 있는 살롱이 되며, 드레퓌스 사건 후에는 유대인 남편 스완 때문에 실추한 명성을 되찾기 위해 열렬한 민족주의의 투사로 변신한다. 스완의 사망 후 포르슈빌 백작과 결혼하여 딸 질베르트를 게르망트가의 후계자인 생루와 결혼시키는 데 성공하며, 포르슈빌의 사망 후에는 게르망트 공작이 총애하는 정부가 된다.

질베르트(포르슈빌 양) 스완과 오데트의 딸로 화자가 유년 시절에 사랑했던 소녀이다. 오데트가 포르슈빌 백작과 재혼한 후 백작의 양녀가 되면서 아버지의 이름조차 지워 버린다. 아버지 스완이 남긴 막대한 재산 덕분에 파리에서 가장 인기 있는 상속녀가 되어, 게르망트가의 후계자인 생루와 결혼하지만, 남편의 기이한 애정 행각으로 불행한 결혼 생활을 한다. 남편이 전선에 가 있는 동안 탕송빌을 지키기 위해 고군분투하고, 전쟁 후에는 화자를 탕송빌에 초대한다. 게르망트 대공 부인의 오후 모임에서 생루와의 결혼에서 낳은, 스완가와 게르망트를 연결하는 생루 양을 화자에게 소개한다.

포르슈빌 백작 오데트의 많은 정부들 중 하나로 스완이 죽은 후 돈 많은 미망인 오데트와 결혼하여 그 딸인 질베르트를 양녀로 입적하고 포르슈빌 양이라는 이름을 하사한다.

봉탕 건설부 국장으로 스완 부인 살롱의 단골손님이다. 열렬한 드레퓌스 지지파로 포부르생제르맹에서는 별로 평판이 좋지 않았지만, 재심파가 정권을 잡게 되면서부터 병역 기간을 삼 년으로 연장하는 법안을 입안하여 포부르생제르맹의 열렬한 환대를 받는다. 언론인 출신의 정치가 레나크를 모델로 했다고 알려져 있다.

봉탕 부인 스완 부인 살롱의 단골손님으로 고아가 된 조카인 알베르틴의 유일한 후견인이나 알베르틴을 결혼시켜 집에서 내쫓을 궁리만 한다. 알베르틴이 낙마했다는 소식을 화자에게 전한다. 남편이 정치적으로 막강한 위치를 차지하게 되면서 베르뒤랭 부인과 더불어 파리 사교계의 여왕이 된다.

블로크 화자의 어린 시절 학교 친구로 고대 시인의 언어를 인용하면서 현학을 뽐내고 과장되고 무례한 언행으로 불쾌감을 준다. 전쟁 후에는 연극 연출가이자 유명한 극작가로 변신하여 이름도 자크 뒤 로지에로 개명한다. 부정적이고 희화적인 유대인 상을 표상한다.

르그랑댕 콩브레에서는 은둔자를 자처하나 실은 게르망트 일가와 사귈 기회만을 노리는 속물로서 캉브르메르 후작 부인의 오빠이다. 메제글리즈 백작으로 자칭한다.

캉브르메르 후작 부인(르네) 르그랑댕의 여동생으로 캉브르메르 후작과 결혼하여 귀족의 반열에 오른다. 게르망트 가문과 교제하는 것이 유일한 꿈인 그녀는 훗날 아들 레오노르 캉브르메르가 조끼 짓는 재봉사 쥐피앵의 조카딸이자 샤를뤼스 남작의 양녀인 올로롱 양과 결혼한 덕분에 게르망트와 인척 관계를 맺게 된다.

캉브르메르 후작(캉캉) 캉브르메르 후작 부인의 아들로 막대한 재산을 가진 부르주아 출신으로 르그랑댕의 여동생과 결혼한다. 지적이고 교양 있는 아내에 비해 지나치게 못생기고 무식한 인물로 발베크 근교의 라 라스플리에르 성관을 베르뒤랭 부부에게 임대하면서 그들과의 교제를 시작한다.

캉브르메르(레오노르) 캉브르메르 부부의 아들로 샤를뤼스 남작의 양녀인 올로롱 양과 결혼한다. 아내의 이른 죽음 후에는 샤를뤼스 씨의 각별한 사랑을 받는다.

사즈라 부인 콩브레의 이웃으로 베네치아에서 우연히 만난 화자의 어머니와 식사를 하다가 자신의 아버지가 빌파리지 부인에게 미쳐 재산을 탕진했다고 고백한다. 최근에는 아들을 잃은 슬픔을 겪어 화자가 애도의 편지를 보내려 한다.

테오도르(사닐롱) 콩브레 성당의 성가대원으로 질베르트의 어린 시절 친구이다. 현재는 메제글리즈에서 약사로 일하고 있다. 화자의 기고문에 대해 편지를 보내고, 르그랑댕과도 긴밀한 관계를 유지하는 등 조금은 모호한 인물이다.

베르뒤랭(오귀스트 또는 귀스타브) 아내와 함께 베르뒤랭 패거리를 이끌면서 여름이면 발베크 근처의 라 라스플리에르 성관에서 신도들과 함께 수요 모임을 가진다. 부인에 가려 빛을 보지 못하다가 돌연 공쿠르의 미발표 『일기』에서는 예술비평가로 등장하여, 휘슬러에 관한 책의 저자이자 화가 엘스티르를 발견한 사람 중 하나로 조명된다. 인상파 이론의 대가인 러스킨을 모델로 한다고 여겨진다.

베르뒤랭 부인(또는 게르망트 대공 부인) 출처를 모르는 막대한 부의 소유자로 예술의 진정한 후원자임을 표방하나 유일한 야망은 공작부인과 같은 파리 사교계의 여왕이 되는 것이다. 귀족 계급에 대한 배타적인 증오와 숭배를 표현하면서, 작은 패거리의 '여주인'으로 군림하며, 전쟁 중에는 민족주의의 투사로 활동한다. 남편의 사망으로 뒤라스 공작부인을 거쳐 게르망트 대공 부인이 되면서 드디어 꿈을 실현한다.

브리쇼 베르뒤랭 살롱의 단골손님으로 현학적인 대학교수의 표상이다. 천박하고 상투적인 말장난에 지쳐 한때 베르뒤랭 부인의 살롱을 떠날 생각도 했지만, 누구보다도 열렬한 베르뒤랭 패거리의 일원이 된다. 전쟁 중에는 애국심을 고취시키는 열정적인 신문 논설의 집필을 통해 상류 사회 여인들의 마음을 사로잡으나, 베르뒤랭 부인에게는 반대로 배척의 대상이 된다.

셰르바토프 대공 부인 러시아의 귀부인으로 막대한 재산가이다. 파리 상류 사회로부터 외면당한 후 베르뒤랭 살롱의 단골손님이 된다. 지적인 여인이지만 거대하고 못생긴 모습에 화자는 사창가의 포주로 착각한다.

스키(비라도베츠키) 폴란드 출신의 조각가이다. 베르뒤랭 부인이 편리하다고 해서 붙여 준 이름이다. 피아노도 잘 치고 모든 방면에서 다재다능한 예술가이다.

코타르 베르뒤랭 살롱의 단골손님으로 처음에는 남의 말을 곧이곧대로 믿는 순진한 사람이었으나, 나중에는 파리의 저명한 의사가 되어 관용어 사용에도 놀라운 발전을 보인다. 거만하지만 아내의 마음을 헤아릴 줄 아는 자상한 면도 있다. 돌연사로 사망했다는 소식이 전해지지만 여러 번 살롱에 모습을 나타낸다.

게르망트 쪽에서

게르망트 공작(바쟁) 프랑스 명문 게르망트가의 12대 후손이자 사촌 누이인 오리안의 남편이다. 거대한 체구와 막대한 부로 포부르생제르맹을 압도하지만 오만방자하고 천박하며, 친척의 사망 소식에도 아랑곳하지 않고 오로지 자신의 쾌락만을 추구한다. 전쟁이 끝난 후에는 스완과 포르슈빌의 아내였던 화류계 출신의 오데트에게 반해 사회적 지위가 실추한다.

게르망트 공작부인(오리안) 게르망트 공작의 아내이자 콩브레 근방에 있는 게르망트 성의 성주 부인으로 오랫동안 화자에게 몽상의 대상이 되어 왔다. 스완을 비롯한 지적 사단의 우두머리로 뛰어난 지성과 재치로 사교계를 석권하지만, 남편의 바람기 때문에 하인들을 괴롭히고 사교계에도 권태를 느낀다. 딸을 만나 달라는 스완의 마지막 청을 거절한 데 대해 그 딸의 보호자임을 자처하면서 과오를 보상하려 하지만, 조카인 생루의 죽음 후에는 이런 질베르트를 증오하고 생루의 애인이었던 창녀 출신의 여배우 라셸을 위시한 예술가 무리와 어울리면서 포부르생제르맹에서 추방당한다.

샤를뤼스 남작(팔라메드) 게르망트 공작의 동생이자 생루의 외삼촌이다. 왕족의 오만함과 뛰어난 지성을 갖추었으나 기이한 언행으로 사람들을 놀라게 한다. 바이올리니스트인 모렐을 만나기 위해 자신의 신분에 맞지 않은 베르뒤랭 부인 살롱의 열렬한 신도가 되지만, 베르뒤랭 부인에 의해 이내 비열한 방법으로 추방당한다. 모렐에게서 버림받은 쥐피앵의 조카딸을 양녀로 삼고, 캉브르메르 후작 아들과 결혼시키나 양녀의 때 이른 죽음으로 사위인 캉브르메르와 가까운 사이가 된다. 전쟁 중에는 쥐피앵이 운영하는 호텔에서 모렐과 흡사한 병사들과 쾌락을 추구하며 유전적인 광기와 악덕으로 인해 사회에서 완전히 제명되기에 이른다.

쥐피앵 게르망트 공작 저택 안마당에 딸린 가게에서 조끼 짓는 재봉사로 일하다가 샤를뤼스와 관계를 맺으면서 충실한 심복이 된다. 전쟁 중에는 샤를뤼스 남작을 위해 동성애자들의 호텔을 운영하고, 전쟁 후에는 병에 걸린 샤를뤼스를 옆에서 보살핀다.

쥐피앵의 조카딸(올로롱 양) 쥐피앵의 가게에서 성실한 양재사로 일하면서 모렐을 사랑하고 약혼도 하지만 이내 버림을 받는다. 나중에 샤를뤼스 남작의 양녀가 되어 올로롱 양으로 불리고, 캉브르메르 후작의 아들과 결혼하나 곧 장티푸스 열병에 걸려 죽음을 맞이한다.

마르상트 백작 부인(마리에나르) 게르망트 공작과 샤를뤼스의 여동생으로 조키 클럽 회장을 지낸 마르상트 씨의 아내이자 생루의 어머니이다. 남편과 사별한 후에는 천사 같은 마음씨와 고결함으로 포부르생제르맹의 존경을 한 몸에 받지만, 아들을 부유한 집안의 딸과 결혼시키는 문제에 대해서는 체면과 염치 따위는 아랑곳하지 않는다. 아들 생루를 부유한 상속녀인 포르슈빌 양과 결혼시키는 데 성공한다.

생루(로베르) 게르망트가의 후계자로 동시에르 병영에서 근무하는 군인이자 화자의 친구이다. 유대인 여배우 라셸을 사랑하나 가족의 반대로 뜻을 이루지 못하고 돈 때문에 스완의 딸 질베르트와 결혼한다. 진보적인 지식인이지만 뒤늦게 알게 된 동성애적 성향으로 인해 아내를 불행하게 만들고 괴로워한다. 1차 세계 대전에 참전하여 전선에서 영웅적인 죽음으로 삶을 마감한다.

생루 양 질베르트 스완과 생루의 딸이다. 스완네 집 쪽과 게르망트 쪽이라는 완전히 분리되었다고 생각한 두 산책로가 서로 이어진다는 질베르트의 놀라운 발언을 뒷받침하듯, 부르주아인 스완가와 귀족인 게르망트가의 통합을 표상한다. 게르망트 대공 부인의 모임에서 처음 만난 화자는 나중에 그녀가 어느 무명 작가와 결혼했다는 소식을 전해 듣는다.

게르망트 대공(질베르) 게르망트 공작의 사촌으로 열렬한 드레퓌스 반대파였으나 이내 드레퓌스의 무죄를 깨닫고 스완에게 자신의 잘못을 고백한다. 게르망트 공작보다 조금은 유연한 귀족 상을 연출하지만, 모렐과 매춘 업소를 가는 등 다소 수상쩍은 성적 정체성을 연출한다. 바이에른 공작 가문 출신의 아내와 사별하자 파산의 위기를 극복하기 위해 막대한 재산가인 과거 베르뒤랭 부인이었다가 뒤라스 공작과 재혼하고 곧 미망인이 된 여인과 결혼한다. 「되찾은 시간」의 대미를 장식하는 호화로운 연회를 베푼다.

게르망트 대공 부인(마리질베르 또는 마리에드비주) 바이에른(바비에르) 공작 가문의 태생으로 조금은 우수에 찬 게르만적인 우아함을 구현한다. 샤를뤼스를 좋아한다는 말이 떠돌기도 한다. 그녀의 사망 후에는 천박한 베르뒤랭 부인이 그녀의 자리를 대신한다.

빌파리지 후작 부인(마들렌) 게르망트 공작과 샤를뤼스 남작, 마르상트 백작 부인의 고모이자 노르푸아 후작의 정부이다. 미모가 뛰어나고 재기 넘치는 여인이었으나 신분이 확실치 않은 남자와 결혼한 탓에 포부르생제르맹의 귀족 사회에서 소외된다. 문학과 예술에 대한 보수적이고 전통적인 가치관을 반영하며, 노르푸아 후작과 오랜 우정을 유지한다.

노르푸아 후작 외교관의 전형으로 빌파리지 부인의 정부이다. 19세기 말 프랑스 문단과 외교사를 논하는 데 뛰어난 기량을 발휘하며 당시 지식인들에게 많은 영향을 미쳤던 《르뷔 데 되 몽드》의 보수적 논조를 풍자하는 장황한 담론을 구사한다.

아르장쿠르 후작(또는 백작) 혼인에 의해 빌파리지 부인의 조카가 되는 인물로 벨기에 대리대사를 지낸 적이 있다. 열렬한 드레퓌스 반대파로 샤를뤼스를 증오하지만 아내를 배신하고 젊은 여자를 사랑하게 되면서부터는 그녀를 충족시키기 위해 성도착자들로 둘러싸인 일종의 하렘을 지키는 경비병으로 만드는 일도 주저하지 않는다. 「되찾은 시간」에서는 자신의 몸도 제대로 가누지 못하는 늙은이의 비참한 처지를 재현한다.

예술가와 예술가의 분신들

공쿠르 『일기, 문학적 삶의 회고록』을 1887년에서 1896년 사망할 때까지 총 아홉 권으로 발간한 작가이다. 프루스트는 『모작과 잡문』에서 '섬세하고 재미있는' 글이지만 예술 창조보다는 일상적 기록에 지나치게 치중한다고 말했으나 그의 문체만은 높이 평가한다. 이런 실제 인물이 『잃어버린 시간을 찾아서』

의 허구적 공간에 합류하여 베르뒤랭 씨의 안내를 받으면서 베르뒤랭 패거리의 만찬을 묘사하는 작가로 등장한다. 프루스트의 공쿠르 모작은 공쿠르 아류의 리얼리즘 문학과 그의 탐미주의적 성향에 대한 비판적 성찰을 담고 있다.

라 베르마 당대 최고 여배우로 화자에게 일찍부터 연극 세계에 대한 꿈을 심어 준 인물이다. 사치스러운 삶을 위해 병에 걸린 어머니를 지방 순회공연으로 끌고 가는 것마저 마다하지 않는 자식의 비정함과, 이런 자식으로부터 버림받아 외롭게 죽어 가는 어머니 모습의 무대화는 작품의 핵심 주제 중 하나인 모친모독 또는 부친모독의 주제를 되풀이하면서 화자를 짓누르는 고뇌와 죄의식의 무게를 드러낸다. 당시 유명했던 여배우 사라 베르나르를 모델로 하고 있다.

라셸 생루가 사랑하던 유대인 여배우로 정신적, 지적으로 생루에게 많은 영향을 미친다. 화자는 과거 사창가에서 만난 그녀에게 '라셸, 주님께서'라는 별명을 붙인다. 생루 덕분에 게르망트 공작부인 댁에서 마테를링크의 「일곱 공주」를 공연하나 실패로 끝나고 생루와도 헤어진다. 그러나 「되찾은 시간」에 이르면 파리에 가장 인기 있는 유명 여배우이자 게르망트 공작부인의 절친이 되어, 예전에 창녀라고 무시했던 라 베르마 자식들에게 찬미의 대상이 된다.

모렐(샤를 혹은 샤를리) 화자의 작은할아버지의 시종이었던 부친의 정체를 숨기고, 자기에게 이득이 되는 일이라면 뭐든지 마다하지 않는 출세 지향적인 인물이지만 음악가라는 자신의 일과 신분에 누구보다 강한 자부심을 갖고 있다. 동시에르에서 만난 샤를뤼스의 강력한 후원 아래 바이올리니스트로서 명성을 떨치며 쥐피앵의 조카딸에게도 구혼하는 등 행복한 미래를 꿈꾸나, 신경 발작과 베르뒤랭 부인의 술책으로 샤를뤼스와 쥐피앵의 조카딸을 배신한다. 전쟁 중에는 신문에 시평을 쓰는 컬럼니스트로도 활동한다.

뱅퇴유 시골 음악 교사로 콩브레 근교의 몽주뱅에서 딸과 딸의 친구와 함께 살면서 은둔 생활을 한다. 사망 후에는 딸과 딸의 친구가 그의 미발표 작품 칠중주곡을 정리하여 세상에 내놓음으로써 위대한 음악가의 반열에 합류한다.

뱅퇴유 양과 여자 친구 몽주뱅에서 아버지 뱅퇴유의 사진에 침을 뱉는 모독 장면으로 어린 시절 화자에게 깊은 충격을 준다. 뱅퇴유가 남긴 난해한 악보를 해독하는 데 많은 노력을 기울여 빛을 보게 함으로써 아버지에 대한 죄책감을 창조적 활동으로 승화시킨다. 알베르틴의 고모라적 성향의 시원으로 간주된다.

베르고트 일찍부터 화자에게 문학에 대한 소명 의식을 불러일으킨 작가의 표상이다. 병으로 두문불출하다 페르메이르의 「델프트의 풍경」을 보기 위해 외출했다가 미술관에서 쓰러진다. '무엇을 쓸 것인가?'에 대한 화자의 물음에 깊은 영향을 미친다.

엘스티르 「스완네 집 쪽으로」에서는 베르뒤랭 살롱을 드나들던 비슈라는 이름의 속물로 그려졌으나, 발베크에서는 러스킨의 인상주의 이론을 화폭에 실제로 재현하는 인상파의 대가로 나온다. 그 모델로는 터너와 모네, 마네와 르누아르와 휘슬러가 거론되며, 거기에 16세기 화가 카르파초가 녹아 있다. 카르파초가 묘사하는 베네치아 풍경과, 이를 19세기 말에 의상으로 재현한 포르투니를 환기하면서 화자에게 베네치아에 대한 꿈을 키워 주고, '어떻게 쓸 것인가?'에 대한 화자의 물음에 깊은 영향을 미친다.

옥타브 발베크에서는 대기업가의 아들이자 모든 시간을 카지노와 골프와 경마, 폴로로 보내는 퇴폐적인 인물로 소개된다. 그러나 학교 시절에는 비록 게으른 열등생이었지만 현대 예술에서는 '발레 뤼스' 못지않은 중요한 역할을 수행한 천재임을 화자는 나중에 알게 된다. 알베르틴의 구혼자였으나 알베르틴의 사망 후 앙드레와 결혼한다. 소설가이자 극작가 및 영화감독으로 활동한 장 콕토를 모델로 한다.

되찾은 시간 1

하루 종일 두 번의 산책을 하는 동안 또는 소나기가 내리는 동안 잠시 낮잠 자는 장소로밖에 보이지 않는 조금은 지나치게 전원풍인 처소에서, 각각의 객실들은 녹음으로 뒤덮인 정자(亭子)인 양, 어떤 방의 벽지에는 정원의 장미가, 또 어떤 방의 벽지에는 나무의 새들이 — 어쨌든 다른 것들로부터 떨어진 — 우리 곁에 와서 머무는 듯했다. 그것은 장미꽃이나 새가 정말 살아 있다면 장미꽃은 꺾고, 새는 잡아서 새장에 넣고 길들일 수 있을 정도로 충분히 간격을 두고 그려진, 오늘날의 거창한 실내 장식 개념은 전혀 찾아볼 수 없이 은빛 배경 위로 온갖 노르망디의 사과나무들이 일본화의 기법으로 그 윤곽을 드러내며 침대에서 보내는 시간에 환각을 일으키는 그런 오래된 벽지였다. 나는 정원의 아름다운 녹음과 출입문의 라일락꽃, 물가에 늘어진 커다란 나무들이 햇살에 반짝거리는 메제글리즈의 숲이 보이는 방에서 온종일을 보냈다. '내 방 창문에 이렇게 녹음이 가득하다니 정말 멋지네.'라고 생각하면서 그 모든 풍경을 즐겁게 바라보았고, 그러다 돌연 그 거대한 녹색 정경 속 단지 멀리 있다는 이유만으로 여타의 것과는 다른, 짙푸른 빛으로 그려진 콩브레 성당을 인지했다. 종탑의 형상이 아니라 종탑 그 자체인 그것은 내가 보는 앞에 장소와 세월의 거리를 두며, 녹음 한가운데 단지 완연히 다른 어두운 색조로 그려진 듯 내가 있는 방 창문 유리에 흔적을 새기려고 찾아왔다. 그리고 잠시 방을 나가면 다른 방향으로 향한 복도 끝에는 단순한 모슬린 천 조각에 지나지 않는 붉은빛의 작은 객실 벽지가 마치 선홍빛 띠처럼 한 줄기 햇살이 비치기라도 하면 금방 타오를 것 같았다.

산책하는 동안 질베르트는 내게 로베르가 자기를 멀리하는 듯 보이지만 다른 여인들 곁에 가기 위해서 그런 것 같다고 말했다. 마치 여성을 사랑하는 남성들에게서 몇몇 남성 친구들과의 우정이 불필요한 변명 같은, 또 대부분의 집에서 전혀 쓸모없는 물건들이 억지로 자리를 차지하는 것 같은 성격을 띠면서 많은 사람들이 그의 삶을 귀찮게 하고 있었다. 내가 탕송빌에 있는 동안 그는 여러 번 찾아왔다. 처음 그를 알고 지내던 때의 모습과는 아주 다른 모습이었다. 그의 삶은 샤를뤼스 씨처럼 그를 살찌게 하거나 둔하게 만들지 않았으며, 오히려 정반대되는 변화를 초래하여 기병 장교의 경쾌한 모습을 — 비록 결혼하면서 장교직을 그만두기는 했지만 —, 그가 한 번도 가진 적 없는 상태의 모습을 부여했다. 샤를뤼스 씨의 몸이 점점 둔중해지는 동안, 로베르는(물론 샤를뤼스보다는 훨씬 젊었지만. 나이가 들면서 사람들은 그가 자신의 이상형에 보다 가까워지기 위한 행동만을 한다고 느꼈는데, 이는 마치 몇몇 여성들이 여러 곳에서 동시에 젊음을 간직하는 일이 불가능하다고 여겨, 그래도 남에게 자신의 모습을 가장 잘 보여 주는 게 몸매라고 생각하고 이런 몸매를 위해 단호히 얼굴을 포기하면서 어느 순간부터는 더 이상 마리엔바트*를 떠나지 않는 것과도 같았다.) 동일한 악덕에 연유하는 반대 효과에 의해 더 날씬하고 더 민첩해졌다. 이런 민첩함에는 게다가 여러 다양한 심리적 이유가 있었는데, 남에게 들키지 않을까 하는 두려움, 그런 두려움을 갖고 있음을 보이고 싶지 않은 욕망, 자신에 대한 불만과 권태감에서 비롯된 흥분 상태가 있었다. 그에게는 몇몇 악명 높은 장소에 가는 습관이 있었는데, 자기가 들어가고 나오는 모습이 사람들 눈에 띄지 않기를 바랐으므로 가상의 행인들의 악의적인 눈길에 가능한 한 가장 적은 표면을 제공하기 위해 마치 돌격할 때처럼 재빨리 달려들었다. 그리고 그 질풍 같은 태도는 몸에 배었다. 어쩌면 그 태도는 자신이 두려워하지 않는다는 걸 보여 주고 싶고, 또 생각할 시간을 갖고 싶어 하지 않는 누군가의 표면적인 대담성을 표현하는지도 모른다. 보다 완벽하게 묘사하려면 나이가 들면서 젊어 보이고 싶은 욕망이나, 그들이 현재 영위하는 비교석 한가로운 삶에 비해 지나치게 지적인 인간이어서 자신의 능력이 결코 실현되지 못했다는 생각에 항

* 『잃어버린 시간을 찾아서』 11권 426쪽 주석 참조.

상 권태롭고 싫증을 느끼는 인간의 초조함도 고려해야 할 것이다. 물론 이런 인간들의 한가로움은 무기력으로 표출될 수 있다. 그러나 신체 훈련이 인기를 누리면서부터 한가로움은 스포츠를 하는 시간 외에도 스포츠 형태를 취했고, 그래서 더 이상 무기력한 모습이 아닌 권태가 발전할 시간이나 자리를 주지 않는 그런 열에 들뜬 활발함으로 나타났다.

내 기억, 비의지적인 기억조차 알베르틴에 대한 사랑을 상실했다. 그러나 흐릿하고 별 의미 없는 다른 종류의 모방이라 할 수 있는 팔다리의 무의식적 기억이란 게 있는 모양이다. 그것은 마치 몇몇 무지한 동물이나 식물이 인간보다 더 오래 살아남듯이 오래 지속된다. 다리와 팔은 이런 마비된 추억으로 가득하다. 한번은 질베르트와 일찍 헤어진 후 탕송빌 방에서 한밤중에 잠이 깼고, 아직 잠이 덜 깬 상태에서 나는 "알베르틴," 하고 불렀다. 알베르틴을 생각했거나 꿈을 꾸었거나 질베르트와 착각해서도 아니었다. 내 팔에서 깨어난 무의식적 기억이 파리의 내 방에 있을 때처럼 등 뒤에 위치한 초인종을 찾게 했기 때문이다. 그래서 초인종을 찾지 못하자 저녁에 우리가 함께 잠들 때면 흔히 그랬듯이, 나의 죽은 여자 친구가 내 옆에 누워 있다고 생각하고, 잠에서 깨어났을 때 내가 찾지 못한 초인종 끈을 그녀가 별 위험 없이 잡아당길 수 있도록, 프랑수아즈가 내 방에 도착할 때까지의 시간을 계산하여 "알베르틴," 하고 불렀던 것이다.*

---

* 『잃어버린 시간을 찾아서』 9권 18쪽 참조.

전보다 훨씬 냉담해진 로베르는 — 적어도 이 어려운 시기 동안 — 친구들에게, 이를테면 나에게 어떤 감정도 표현하지 않았다. 반대로 질베르트에게는 연극을 한다 싶을 정도로 불쾌한 그런 과장된 감정을 연출했다. 그는 사실 질베르트에게 무관심하지 않았다. 아니, 로베르는 그녀를 사랑하고 있었다. 그러나 내내 거짓말을 했다. 그의 거짓말의 핵심까지는 아니어도 최소한 그 이중적인 성격은 끊임없이 간파되고 있었다. 그래서 질베르트를 아프게 하면서 느끼는 실제 슬픔을 우스꽝스러울 정도로 과장함으로써만 그 난관에서 벗어날 수 있다고 믿었다. 그는 탕송빌에 도착하자마자 파리에서 그를 기다릴 예정인 그 고장의 모 인사와 일 때문에 다음 날 아침 떠나야 한다고 말했다. 그런데 그 모 인사를 로베르는 그날 저녁 콩브레 근교에서 열린 저녁 파티에서 만나게 되었고, 로베르가 방심해서 거기에 대해 알려 주지 않았으므로 모 인사는 한 달 동안 휴식을 취하려고 고장에 왔다고 말하며 그동안은 파리로 돌아가지 않겠다고 말함으로써 로베르의 거짓말을 본의 아니게 폭로하고 말았다. 로베르는 얼굴을 붉혔고 질베르트의 우울하고 도도한 미소를 보면서 실수를 잘하는 놈이라고 욕설을 퍼부으며 그곳을 빠져나갔고, 아내보다 먼저 집에 돌아와서는 절망에 찬 쪽지를 보냈다. 그는 거기서 자신이 거짓말을 한 것은 그녀의 마음을 아프게 하지 않으려고, 그녀가 자신이 말할 수 없는 어떤 이유로 떠나는 걸 보며 자기가 그녀를 사랑하지 않는다고 생각할까 봐 한 짓이었다고 말했다.(이 모든 것은 거짓말처럼 쓰였음에도 불구하고 진실이었다.) 그러고는 그녀의 방에 들어가도 좋은지 묻고는 그 방에 들어가 일부는 실제로 슬픈 마음에서, 일부는 이런 삶에 대한 흥분 상태에서, 일부는 나날이 대담해져 가는 행동을 가장하면서, 그는 오열을 터뜨리고 찬물을 끼얹고 자신의 임박한 죽음을 얘기했고 때로는 병이 난 듯 마룻바닥에 쓰러지기도 했다. 질베르트는 그 각각의 경우마다 어느 정도로 그를 믿어야 할지 또는 거짓말쟁이로 생각해야 할지 잘 몰랐고, 하지만 대체로 자신이 사랑받고 있으며, 어쩌면 그가 자신이 알지 못하는 병으로 시달릴지도 모른다고 생각하며 그의 임박한 죽음에 대한 예감으로 불안해했고, 그 때문에 감히 그에 반하는 말도 못 하고 여행을 포기하라고 청하지도 못했다.

게다가 나는 모렐이 왜 생루 부부가 있는 곳이라면 어디든, 그곳이 파리든 탕송빌이든 집안의 자식처럼, 또 베르고트*처럼 대접을 받는지 이해할 수 없었다. 모렐은 베르고트를 완벽하게 모방했다. 사실 얼마의 시간이 지나자 베르고트를 모방해 달라고 부탁할 필요도 없었다. 이런저런 사람이 되기 위해 더 이상 최면술로 잠재울 필요 없는 몇몇 히스테리 환자처럼, 그는 돌연 그런 인물로 변했다.

샤를뤼스 씨가 쥐피앵을 위해서 한 모든 일을, 로베르 드 생

---

* 베르고트는 질베르트의 어머니, 즉 오데트의 살롱을 드나드는 단골손님이었다.(『잃어버린 시간을 찾아서』 7권 257쪽 참조.) 물론 이 문단은 베르고트의 사망 이전에 집필된 것으로, 1921년 네덜란드 거장들의 전시회 관람을 계기로 집필된 베르고트의 죽음은 이미 「갇힌 여인」에서 서술되었다.(『잃어버린 시간을 찾아서』 9권 308~311쪽 참조.)

루가 모렐을 위해서 한 모든 일을 이미 보아 온 프랑수아즈는, 그것이 게르망트 가문에서 몇 대에 걸쳐 다시 나타나는 특성이라는 결론을 내리지 않고, 아니 오히려 — 르그랑댕이 테오도르를 많이 도와준 것처럼 — 그토록 윤리적이고 편견으로 가득한 사람인 그녀는 그것이 모든 사람들이 존중하게 된 관습이라고 믿고 말았다. 그녀는 모렐이든 테오도르이든 언제나 젊은 남성에 대해 "그는 늘 자신에게 관심을 갖고 많은 도움을 주는 신사분을 발견했답니다."라고 말했다. 또 그 경우 사랑하고 괴로워하고 용서하는 사람은 언제나 후원자였기에, 그들과 그들이 빼돌린 미성년자 사이에서 프랑수아즈는 망설이지 않고 후원자에게 좋은 역할을 부여했으며, 또 그들을 '마음씨 착한' 분이라고 판단했다. 프랑수아즈는 르그랑댕에게 여러 번 골탕을 먹인 테오도르를 주저하지 않고 비난했으며, 다음과 같이 말하는 것으로 보아 그 관계의 성질에 대해서는 조금도 의심하지 않는 것 같았다. "그 어린 녀석이 조금은 자기 몫을 해야 한다는 걸 이해했는지 '저도 데리고 가 줘요. 당신을 좋아해 드리고 비위도 맞춰 드릴 테니.'라고 말하더군요. 그리고 정말이지 그분은 진짜 마음씨가 착한 분이어서, 그분 옆에 있으면 자신이 받을 자격이 있는 것보다 훨씬 많은 걸 받을 수 있다고 확신하는 거죠. 무모한 녀석이거든요. 하지만 그분은 너무도 좋은 분이고 그래서 나는 여러 번 자네트(테오도르의 약혼녀)에게 말했죠. '얘야, 만일 어려운 일이 생기면 그분을 찾아가 봐라. 설령 방바닥에서 주무시는 한이 있어도 네게는 침대를 내주실 분이니까. 그 아이(테오도르)를 무척 좋아하니 내쫓지는 않으실 거다. 물론 절대로 버리지도 않으실 테고.'"

예의상 나는 현재 남프랑스에 살고 있는 테오도르의 성이 무엇인지 그 누이에게 물었다. "《르 피가로》에 실린 내 기고문에 대해 편지를 써 보낸 사람이 바로 그였구나." 하고 나는 그의 이름이 사닐롱*이라는 걸 알고 소리쳤다.

마찬가지로 프랑수아즈는 모렐보다 생루를 높이 평가했으며, 또 그 아이(모렐)가 저지른 모든 짓에도 불구하고, 후작께서는 결코 그 아이를 어려움에 처하도록 내버려 두지 않을 거라고 생각했는데, 왜냐하면 그분은 너무도 착한 분이어서 커다란 불운이 닥치지 않는 이상 그런 짓은 결코 할 수 없으리라고 생각했기 때문이다.

생루는 내게 탕송빌에 머물러 달라고 간청했고, 또 내 마음에 들려고 애쓰는 기색은 없었지만, 내가 온 것이 자기 아내에게 얼마나 큰 기쁨인지, 아내가 한 말에 따르면 그녀가 저녁 내내 기쁨으로 마음이 들떠 있었다는 말을 자기도 모르게 하고 말았다. 그런데 그날 저녁은 그녀가 그토록 슬픔을 느꼈던 날로 내가 불시에 도착해서 그녀를 절망으로부터 '어쩌면 최악의 상태로부터' 기적적으로 구해 주었는지 모른다고 덧붙였다. 생루는 자신이 아내를 사랑한다는 것을 아내에게 납득시켜 달라고 부탁했다. 사랑하는 여인이 있기는 하지만 아

---

* 「사라진 알베르틴」에서 화자는 사닐롱이란 사람이 보내온 서민풍의 편지를 받는다.(『잃어버린 시간을 찾아서』 11권 296쪽 참조.) 플레이아드판에는 '소통'으로 표기되었지만 폴리오판에는 사닐롱으로 수정되어 표기되었다.(『되찾은 시간』, 폴리오, 367쪽 참조.)

내만큼은 사랑하지 않으며 곧 그녀와 헤어질 거라고 말했다. "그렇지만," 하고 그가 얼마나 거만한 태도로, 또 속내를 털어놓는 투로 덧붙였는지, 이따금 샤를리라는 이름이 복권 번호처럼 로베르의 입에서 자기도 모르게 '나올' 것 같다는 생각이 들었다. "난 자랑스럽게 생각해. 내게 그토록 애정을 증명해 보인 그 여인은, 내가 질베르트를 위해 포기하려는 그 여인은 어떤 남자에게도 주의를 기울이지 않았어. 그녀 자신도 사랑하는 게 불가능하다고 믿고 있었어. 내가 그녀의 첫 번째 남자야. 그렇게 모든 남자를 거부한 걸 내가 아는데, 그녀가 나와 함께 있을 때라야 행복할 수 있다고 말하는 그런 멋진 편지를 받았을 때 난 정신을 차릴 수 없었어. 분명 정신을 잃을 만한 일이었지. 그래도 가엾은 질베르트가 눈물을 흘릴 것을 생각하니 견딜 수 없더군. 질베르트에게는 뭔가 라셸과 같은 점이 있다고 생각하지 않아?"라고 그가 말했다. 그리고 사실 나는 그 두 여인 사이의 어떤 어렴풋한 유사성에 놀란 적이 있는데, 지금은 그들 사이에서 그 점을 분명히 알아볼 수 있었다. 어쩌면 얼굴의 몇몇 부분이 실제로 닮았다는 점에서 연유할지도 모르지만(이를테면 히브리 혈통에서 연유하는 것과 같은, 질베르트에게서는 별로 표가 나지 않았지만), 로베르의 가족이 결혼을 원했을 때 바로 그런 유사성 때문에 그는 재산 조건이 동일한 경우 질베르트에게 더 마음이 끌린다고 느꼈을 것이다. 그 유사성은 또한 질베르트가 이름도 모르던 라셸의 사진을 어쩌다 발견하고, 로베르의 마음에 들기 위해 늘 붉은색 매듭을 머리에 달고 검정 벨벳 리본을 팔에 두르고 갈색 머리로 보이려고 염색을 하는 따위의 여배우에게 친숙한 습관을 모방하는 데 그렇게 집착하게 했는지도 모른다. 질베르트는 자신의 슬픔 때문에 안색이 나빠 보인다고 느껴 수정하려고 했다. 때로는 그 수정이 도를 넘기도 했다. 어느 날인가 로베르가 스물네 시간 예정으로 탕송빌에 오기로 되어 있던 날, 그녀가 예전 모습뿐 아니라 보통 때와도 너무도 다른 기이한 모습으로 식탁에 와서 앉는 걸 보고, 나는 내 앞에 테오도라* 같은 여배우가 앉아 있는 게 아닌가 하고 깜짝 놀랐다. 나도 모르게 그녀가 변한 점이 무엇인지 알고 싶은 호기심에 그녀를 뚫어지게 바라보았다. 그 호기심은 비록 그녀가 무척 조심했지만 코를 풀었을 때 이내 풀렸는데, 손수건에 묻은 온갖 빛깔들이 화려한 팔레트를 이루는 걸 보고, 나는 그녀의 얼굴 전체가 칠해졌다는 걸 깨달았다. 그녀는 그런 모습이 자기에게 잘 어울린다고 생각했는지 그토록 핏빛으로 물든 입술에 미소를 띠려고 했다. 한편 기차 시간이 다가오면서, 질베르트는 정말로 남편이 도착할지, 아니면 게르망트 씨가 재치 있게 그 본보기를 정해 놓은 '갈 수 없음. 거짓말이 뒤따를 것임.'이라는 전보를 받게 될지 알 수 없었고, 그러자 분을 바른 뺨은 보랏빛 땀으로 창백해졌고 눈언저리에는 거무스레한 무리가 졌다.

---

* 동로마 제국의 유스티니아누스 1세의 왕비로, 비천한 출신이나 뛰어나게 명석한 두뇌로 많은 영향력을 행사했던 인물이다. 동명의 작품이 극작가이자 연출가인 빅토리앵 사르두에 의해 1884년에 초연되었으며, 사라 베르나르가 테오도라 역을 맡아 큰 성공을 거두었다.

"아! 그런데," 하고 로베르는 예전의 자발적인 다정함과는 대조적인, 의도적으로 다정한 표정을 지으며 알코올 중독자와 변조한 배우의 목소리로 말했다. "질베르트의 행복한 모습만 볼 수 있다면 난 모든 걸 줄 수 있어. 나를 위해 그렇게나 많은 걸 했는데. 넌 알지 못할 거야." 이 모든 것에서 가장 불쾌한 건 역시 그의 자만심이었다. 왜냐하면 그는 질베르트의 사랑을 받는다는 사실에 자만했고, 또 자신이 사랑하는 사람이 샤를리라는 말은 감히 하지 못했지만, 바이올리니스트가 그에 대해 가졌다고 믿는 사랑에 대한 상세한 일들을 늘어놓았는데,* 그것이 완전히 날조되지는 않았다 해도 최소한 과장되었음을 생루 자신도 알고 있었다. 샤를리는 나날이 더 많은 돈을 요구했다. 그래서 로베르는 내게 질베르트를 맡기고 다시 파리로 떠났다.

아직 탕송빌에 체류 중이므로 이야기를 조금 앞당겨 보면, 한번은 파리의 사교계에서 먼발치로 로베르를 볼 기회가 있었다. 그럼에도 그의 대화가 매우 생기 있고 매력적이어서 과거가 떠올랐다. 그가 얼마나 변했는지 나는 충격을 받았다. 그는 점점 더 자기 어머니를 닮아 갔다. 어머니로부터 물려받은, 또 어머니의 완벽한 교육 덕분에 보다 완성된 경지에 이른 그의 우아하고 도도한 태도가 조금은 과장되고 경직되어 보였다. 게르망트네 사람들 특유의 그 꿰뚫는 시선은, 자신이 통과

* 모렐이 "그에 대해 가졌다고 믿는" 사랑에 대한 생루의 고백은 앞에서 여성을 사랑하는 척 가장하는 그의 신중함과는 일치하지 않는 것처럼 보인다.(『되찾은 시간』, 플레이아드 IV, 1184쪽 참조.)

하는 모든 장소를 검열하는 듯 보였지만, 그럼에도 일종의 습관이나 동물적 특성에 의해 무의식적인 방식으로 검열한다는 인상을 주었다. 게르망트의 어느 누구보다 훨씬 그에 고유한 빛깔이, 움직이지 않을 때조차 대낮의 햇살이 단단하게 굳어진 금빛 빛깔이 그토록 기이한 깃털 같은 인상을 주어 그를 어떤 희귀종의 새로 만들었으므로, 조류 수집을 위해서라도 소유하고 싶은 생각이 들 정도였다. 더욱이 새로 변한 그 빛이 움직이고 행동하기 시작할 때면, 이를테면 내가 참석한 파티에서 로베르 드 생루가 들어오는 모습을 볼 때면, 그는 조금은 깃털이 뽑힌 금빛 도가머리의 비단결 같은 머리칼을 도도하게 쳐들고, 인간의 동작이라고는 도저히 말할 수 없는 보다 유연하고 오만하며 교태를 부리는 듯한 목 동작을 했으므로, 사람들은 그 동작이 불러일으키는 호기심과 일부는 사교적이고 일부는 동물학적인 모습에 감탄하는 마음과 더불어 자신이 포부르생제르맹에 있는지, 아니면 식물원*에 있는지, 또는 대귀족이 살롱을 지나가는 모습을 보고 있는지, 아니면 새가 새장에서 날아다니는 모습을 보고 있는지 자문해 보는 것이었다. 게다가 이제 뾰족한 부리와 날카로운 눈을 가진 게르망트, 그 새 같은 우아함으로의 온갖 회귀는 새로운 악덕에 사용되었고, 또 그 악덕은 그런 새의 우아함을 이용하여 태연함을 유지했다. 이런 새의 우아함을 이용할수록 그는 점점 더 발

---

* 파리 5구에 위치한 식물원(Jardin des Plantes)에는 동물원도 있다.

자크가 '아줌마'*라고 부르는 것과 비슷해져 갔다. 상상력을 조금 더 발휘하면, 새의 지저귐도 깃털 못지않게 이런 해석을 가능하게 했다. 그는 위대한 시대**의 것으로 생각되는 온갖 미사여구를 구사하기 시작했고, 또 그렇게 하면서 게르망트네 사람들의 태도를 모방했다.*** 그러나 뭔가 정의하기 어려운 아주 작은 점이 그 태도를 단번에 샤를뤼스 씨의 태도로 바꾸게 했다.

로베르가 끊임없이 말하는 사랑으로 말하자면, 비록 그 사랑이 현재로서는 그에게 유일하게 중요한 것이지만 물론 샤를리에 대한 사랑만 있는 것은 아니었다. 한 남성이 가진 사랑의 유형이 어떤 것이든 그가 관계를 맺는 사람의 수에 대해서는 항상 오류가 있기 마련이다. 그 이유는 우정을 육체관계로 잘못 해석하거나(덧셈의 오류), 하나의 증명된 관계가 다른 관계를 배제한다고(또 다른 유형의 오류) 믿기 때문이다. 두 사람이 만나 "X의 정부는…… 나도 아는 여자라네."라고 말하

---

* 이 단어는 발자크의 『화류계 여인의 영광과 비참』(『잃어버린 시간을 찾아서』, 8권 349쪽 주석 참조.)에서 여성 역할을 하는 동성애자를 일컫는 교도소의 은어로 소개되었다.(『되찾은 시간』, 리브르드포슈, 425쪽 참조.)

** 루이 14세 시대를 가리킨다. 앞에서 게르망트 공작은 '앙시앵 레짐,' 즉 1789년 혁명 이전의 언어를 즐겨 구사하는 인물로 나온다.(『잃어버린 시간을 찾아서』 6권 292쪽 참조.)

*** 리브르드포슈판에는 게르망트네 사람들이 아닌 게르망트 공작의 태도로 표기되었다.(『되찾은 시간』, 리브르드포슈, 425쪽 참조.) 샤를뤼스도 게르망트 사람이므로 이런 표기가 보다 정확해 보이지만, 어떤 점에서 샤를뤼스는 게르망트에서 제외된 예외적 인물이라고 할 수 있으므로 플레이아드판의 표기를 그대로 따랐다.

면서 서로 다른 이름을 대는데, 그렇다고 해서 두 사람이 전부 틀렸다고는 할 수 없다. 사랑하는 여인이 우리의 욕구를 전부 충족시켜 주는 경우는 드물며, 그래서 우리는 사랑하지 않는 여인과 더불어 그 여인을 배신한다. 샤를뤼스 씨로부터 생루가 물려받은 사랑의 유형은 그런 성향을 가진 남편이 보통 아내를 행복하게 해 준다는 것이었다. 이것은 일반 법칙이지만 게르망트네 남성들은 거기서 예외적인 경우를 발견했다. 왜냐하면 그런 취향을 가진 남성들이 반대로 여성을 좋아하는 사람이라고 믿게 하고 싶어 했기 때문이다. 그들은 이런저런 여성과 공공연히 모습을 드러내면서 그들의 아내를 절망에 빠뜨리곤 했다. 쿠르부아지에 사람들은 그 취향을 보다 현명하게 행사했다. 젊은 쿠르부아지에 자작은 세상이 존재한 이래 동성의 인간에게 끌리는 사람은 자신이 유일하다고 생각했다. 그래서 그 성향이 악마로부터 왔다고 믿고 그에 맞서 싸웠으며 매력적인 여인과 결혼해서 아이들도 만들었다. 그러다 어느 날 사촌 중 하나가 그 성향이 꽤 널리 퍼져 있다고 알려 주고 그 성향을 충족시킬 수 있는 장소로 데려다주는 호의까지 베풀었다. 그러자 쿠르부아지에는 아내를 더욱 사랑하게 되었고 애를 낳는 일에도 더 많은 열정을 쏟아부어, 사람들은 그들 부부를 파리에서 가장 화목한 부부의 예로 인용할 정도였다. 생루 부부에 대해서는 어느 누구도 그렇게 말하지 않았는데, 로베르가 성적 도착에 만족하는 대신 전혀 쾌락도 느끼지 않는 여러 명의 정부(情婦)를 부양함으로써 아내를 극도로 질투하게 만들었기 때문이다.

모렐은 피부색이 지독히 검었으므로 햇빛이 그림자를 필요로 하듯 생루에게 필요한 존재였을지도 모른다. 그토록 유서 깊은 가문 출신의, 금발에 피부가 하얗고 지적이며 온갖 매력을 부여받은 대귀족이 흑인에 대한 은밀한 취향을 남몰래 철저히 숨기고 있다고 우리는 쉽게 상상할 수 있다.

게다가 로베르는 자신의 사랑과 같은 그런 유형의 사랑에 대해 결코 대화를 하려 하지 않았다. 내가 그에 대해 한마디라도 하면 "아! 난 몰라." 하고 얼마나 무관심한 투로 대꾸했는지 외알 안경을 다 떨어뜨릴 정도였다. "그런 일에 대해서는 생각도 해 보지 않았어. 그에 대해 더 많이 알고 싶다면, '내 친구,' 다른 곳에서 알아보라고 충고하지. 난 군인이고, 그게 전부야. 그런 것들은 내 관심 밖이고, 더구나 난 발칸 전쟁*에 전념하고 있으니 말이야. 너도 전에는 전투의 어원에 관심이 많았는데. 그때 난 너에게 물론 매우 다른 조건이긴 하지만 우리가 곧 전형적인 전투, 이를테면 '울름 전투'와 같은 대규모의 측면 포위전을 보게 될 거라고 말했었지.** 그런데 발칸 반도에서의 전쟁이 아무리 특별하다고 해도, 룰레부르가스*** 전

---

* 1912년에서 1913년까지 2차에 걸쳐 발칸 반도에서 일어난 전쟁으로 오스트리아의 발칸 반도 진출을 막기 위해 발칸 제국(諸國)과 동맹을 맺은 러시아가, 오스트리아보다는 터키군을 발칸에서 몰아내고 그 영토를 획득하는 데 복석을 둔 선생이나.

** 「게르망트」에서 군사 이론에 대한 생루의 긴 담화는 이처럼 「되찾은 시간」에서 다루어지게 될 실제 전쟁을 예고하고 있다.(『잃어버린 시간을 찾아서』 5권 175~188쪽 참조.)

*** 룰레부르가스 전투는 1912년 1차 발칸 전쟁 당시 오스만 제국과 불가

투는 여전히 측면 포위전인 울름 전투라고 할 수 있어. 네가 나에게 말할 수 있는 주제는 바로 그런 거야. 하지만 네가 암시한 일에 대해 말하자면 난 그런 종류의 일은 산스크리트어만큼이나 알지 못한다고."

로베르가 이렇게 무시하는 주제를 질베르트는 반대로 남편이 파리에 가고 없을 때 나와 얘기하고 싶어 했다. 물론 남편에 대해 그녀는 아무것도 몰랐거나, 또는 모르는 척했다. 그러나 다른 사람들에 관해서라면 그녀는 그 주제를 얼마든지 상세히 다루고 싶어 했는데, 거기서 로베르에 대한 일종의 간접적인 변명을 보았거나, 또는 로베르가 그 주제에 관해 그의 아저씨처럼 지독하게 침묵하거나, 아니면 자신의 생각을 토로하고 비방하고 싶은 욕구 사이에서 분열되어 그녀에게 많은 것을 가르쳐 주었기 때문인지도 몰랐다. 이 모든 이들 중 샤를뤼스 씨도 예외는 아니었다. 아마도 로베르는 질베르트에게 샤를리의 얘기를 하지 않았을 테지만, 그녀와 함께 있을 때면 바이올리니스트가 가르쳐 준 것을 이런저런 형태로 되풀이하지 않고는 못 배겼을 것이다. 그런데 샤를리는 자신의 옛 은인인 샤를뤼스 씨를 계속 증오하고 있었다. 질베르트가 이런 대화에 애착을 보였으므로 나는 그것과 비슷한 유형의 대화로서, 예전에 그들이 학교 친구였을 때 질베르트를 통해 처음 알베르틴의 이름을 들었으므로 알베르틴에게 그런 취향이 있었

리아 왕국 사이에 일어난 전투이다. 불가리아의 룰레부르가스에서 일어나 불가리아의 승리로 끝났는데, 1870년 보불 전쟁과 1914년 1차 세계 대전 사이에 유럽에서 일어난 전쟁 중 가장 중요한 전투로 평가된다.

느냐고 물어보았다.* 질베르트는 그에 대해 아무런 정보도 줄 수 없었다. 게다가 그것은 오래전부터 더 이상 내 관심을 끌지 못했다. 그러나 기억을 상실한 노인이 이따금 죽은 자식의 소식을 물어보듯 나도 기계적으로 그녀에 대해 계속 알아보고 있었다.

신기한 점은 비록 이 문제에 대해 자세히 설명할 수는 없지만, 알베르틴이 좋아했던 모든 사람들이, 알베르틴에게 그들이 원하는 것은 무엇이든 하게 했을지도 모르는 사람들이, 그 시기에 나와 우정까지는 아니라고 해도 적어도 나와의 교제를 구하고 간청하고 구걸했다고 감히 말할 수 있다. 알베르틴을 돌려보내 주도록 봉탕 부인에게 돈을 제공할 필요도 없었으리라. 이런 삶의 반전이 아무 소용도 없을 때 일어난다는 사실이 나는 몹시 슬펐다. 투렌이 아닌 저 너머의 세계로부터 와도 별 기쁨 없이 맞이했을 알베르틴 때문이 아니라, 내가 사랑했고 다시는 만날 수 없는 한 젊은 여인 때문에 그러했다. 만일 그녀가 죽는다면, 또는 내가 그녀를 더 이상 사랑하지 않는다면 그녀와 나를 가까워지게 하려고 했던 모든 이들이 내 앞에 몸을 던질지도 모른다고 생각했다. 그때까지는 사랑이 동화책에 나오는 것처럼 마법이 풀릴 때까지는 아무것도 할 수 없는 저주받은 운명임을 가르쳐 줄 경험에 의해 — 경험이 뭔가를 가르쳐 준다면 — 치유되지 못한 채로 그저 그들에게 헛

* 질베르트는 같은 학교에 다니는 '저 유명한 알베르틴', '별난 꼴'인 알베르틴에 대해 얘기한 적이 있다.(『잃어버린 시간을 찾아서』 3권 155쪽 참조.)

되이 영향을 미치려고 했을 뿐이다.

"지금 내가 읽는 책이 바로 그런 것에 대해 얘기하고 있어요." 하고 그녀가 말했다.(나는 로베르에게 "우리는 서로 잘 지낼 수 있었을 텐데."라고 그가 말했던 그 수수께끼 같은 말에 대해 얘기했다.* 그는 그런 말을 한 기억이 없으며, 어쨌든 어떤 특별한 의미도 없었다고 단언했다.)

"발자크의 오래된 책으로, 내 아저씨들의 수준에 맞추기 위해 내가 요즘 열심히 읽고 있는 『금빛 눈의 소녀』**라는 책이에요. 하지만 그 책은 부조리하고 사실 같지 않으며, 조금은 아름다운 악몽 같아요. 어쩌면 한 여인이 그렇게 다른 여인의 감시를 받을 수 있는지는 모르겠지만, 결코 남자로부터는 그런 감시를 받을 수 없을걸요." "당신 생각은 틀렸어요. 자신을 사랑하는 남성에 의해 정말 감금 상태까지 이르렀던 한 여인을 알고 있어요. 그녀는 어느 누구도 만날 수 없었고, 외출도 헌신적인 하인들하고만 할 수 있었죠." "그토록 마음이 선한 당신에게는 소름 끼치는 일이었겠네요. 마침 로베르와 나는

---

* 생루는 알베르틴에 대해 "우리 두 사람은 서로 잘 지낼 수 있을 텐데."라고 말한 적이 있는데, 동성애적 취향을 가진 사람끼리 잘 통할 수 있다는 의미이다.(『잃어버린 시간을 찾아서』 11권 450쪽 참조.)

** 「사라진 알베르틴」의 마지막 부분부터 등장하는 이 소설은 발자크의 『13인당 이야기』 중 세 번째 일화에 속하는 것으로, 두 여인의 사랑을 다룬 이야기이다. 산 레알 후작 부인은 노예의 딸인 파키타 발데스를 열정적으로 사랑하며 집안에 감금하지만, 파키타 발데스는 후작 부인의 쌍둥이 동생 앙리 드 마르세를 사랑하고, 그리하여 후작 부인에 의해 죽음을 맞는다는 내용이다. 발자크는 이들의 퇴폐적 관계를 황금과 쾌락이 지배하는 사회가 빚어낸 필연적 결과라고 서술한다.

당신이 결혼해야 한다고 말하고 있었어요. 당신 아내가 당신을 치유해 줄 테고, 또 당신은 그녀를 행복하게 해 줄 거예요." "아뇨, 난 성격이 너무 못됐어요." "어떻게 그런 생각을!" "확실해요! 게다가 난 약혼한 적도 있고요. 결혼까지는 결심하지 못했지만.(그리고 그녀는 내 우유부단하고 까다로운 성격 때문에 스스로 결혼을 포기했다.)" 알베르틴과의 모험을 밖에서만 보는 지금, 사실 나는 그것을 지나치게 단순한 형태로 평가하고 있었다.

방에 올라가면서 완전히 보랏빛을 띤 창문 속 푸른 초목들 가운데서 나를 기다리는 것처럼 보이는 성당을 한 번도 보러 가지 않았다고 생각하자 마음이 서글퍼졌다. "할 수 없지. 내가 그때까지 죽지 않으면 다른 해에 가 보지 뭐."라고 나는 내 죽음 외에 다른 방해물은 보지 못한 채 그렇게 말했다. 성당은 내가 태어나기 전부터 오래 거기 있었고 내가 죽은 후에도 오래 거기 계속해서 있을 것처럼 보였으므로 성당의 죽음은 상상할 수도 없었다.*

그렇지만 어느 날 나는 질베르트에게 알베르틴의 얘기를 하면서 알베르틴이 여자들을 좋아했느냐고 물었다. "오! 전혀 아닌데요." "하지만 당신은 예전에 그녀가 좋지 못한 취향을 가졌다고 말한 적이 있어요." "내가 그런 말을 했다고요, 내가요? 당신이 착각한 거예요. 어쨌든 내가 그런 말을 했다면, 당

* 1차 세계 대전 중 적의 관측소로 사용되었던 성당은 프랑스군과 영국군에 의해 파괴되었다.(204~205쪽 참조.)

신이 잘못 안 거예요. 오히려 젊은 남자들과의 연애담만을 얘기했는걸요. 게다가 그 나이에는 멀리 나가지도 못했을 텐데요." 질베르트가 그렇게 말한 건, 알베르틴이 내게 한 이야기에 따르면, 질베르트 자신이 여자를 좋아하고 또 알베르틴에게도 제안한 적이 있어서 그 사실을 감추려고 했던 게 아닐까? 아니면(다른 사람들은 우리 삶에 대해 우리가 생각하는 것보다 훨씬 더 많은 것을 알고 있으므로) 내가 알베르틴을 사랑하고 질투했던 걸 알고, 그래서(다른 사람들은 우리가 생각하는 것보다 훨씬 많은 진실을 알 수 있지만, 또한 진실을 너무 멀리 확대 해석해서 과도한 추측으로 오류를 범할 수 있으며, 우리는 이런 그들이 아무것도 추측하지 못하는 오류를 범하기를 기대한다.) 내가 아직도 질투를 한다고 상상하고, 질투하는 사람에게 항상 씌울 준비가 되어 있는 눈가리개를 내 눈에 선의로 씌운 건 아닐까? 어쨌든 질베르트의 말은 예전의 '좋지 못한 취향'에서 바른 생활과 바른 품행을 증명하는 보증서에 이르기까지, 질베르트와의 관계를 거의 반쯤 고백했던 알베르틴의 말과는 상반된 흐름을 쫓아가고 있었다. 알베르틴은 그 점에서 앙드레가 말했던 것과 마찬가지로 나를 놀라게 했다. 왜냐하면 작은 그룹의 소녀들과 사귀기 전까지 나는 알베르틴을 방탕한 소녀로 생각했기 때문이다. 마치 가장 타락한 장소라고 여기는 곳에서 사랑의 현실을 전혀 모르는 정숙한 소녀를 발견할 때 자주 그렇듯이 내 가정이 틀렸음을 깨달았다. 그런 후 역방향으로 다시 같은 길을 갔으며 그러자 처음에 했던 가정이 다시 사실로 여겨졌다. 하지만 어쩌면 알베르틴은 실제로는 아니면서 그

방면에 경험이 많은 척하기 위해, 또 처음 발베크에서 미덕의 매력으로 내 마음을 사로잡으려고 했던 것처럼, 파리에서는 퇴폐적인 매력으로 현혹하기 위해 그런 말을 했는지도 모른다. 또 내가 여성을 사랑하는 여인들에 관해 얘기했을 때, 무슨 말을 하는지 모르겠다는 표정을 짓지 않으려고 그렇게 말했는지도 모른다. 마치 대화 중에 푸리에나 토볼스크* 얘기가 나오면 잘 아는 듯한 표정을 짓거나, 아니면 무슨 말을 하는지 모르겠다는 표정을 짓는 것처럼 말이다. 알베르틴은 뱅퇴유 양의 여자 친구와 앙드레 옆에서 살았지만 어쩌면 그들과는 어떤 방수벽 같은 것으로 분리되어 있었고, 그래서 그들은 그녀가 그들과 '같은 부류가 아니라고' 믿었으며, 그러다 오로지 내가 하는 질문에 대답할 수 있으면 나의 환심을 살 수 있다는 생각에 그 방면에 대한 지식을 갖추게 되었고 — 마치 작가와 결혼해서 교양을 쌓으려고 애쓰는 여인처럼 — 그러다가 마침내 내 질문이 질투심에 의해 유발된 것임을 알고 전에 했던 말을 취소했는지도 모른다. 적어도 질베르트가 내게 거짓말하지 않았다면 말이다. 로베르가 그녀의 관심을 끄는 방향으로 끌고 가던 성적 접촉 중 그녀가 여성을 싫어하지 않는다는 말을 듣고 그녀와 결혼했을지도 모른다는 생각조차

---

* 프루스트는 이런 은폐된 무지를 묘사하기 위해 그 위대한 모습이 제자에 의해 발견된 철학자이자 경제학자인 샤를 푸리에(Charles Fourier, 172~1837)와 니콜라이 2세가 사살되기 전 가족과 함께 1917년에서 1918년까지 유폐되었던 시베리아의 토볼스크를 인용하고 있다.(『되찾은 시간』, 플레이아드 IV, 1188쪽 참조.)

들었다. 다른 데서 쾌락을 취하고 있으므로 반드시 그녀와 함께 집에서 쾌락을 취하지 않아도 된다고 기대하면서 말이다. 그 어떤 가정도 엉뚱하지 않았다. 오데트의 딸과 같은, 또는 작은 그룹의 소녀들과 같은 여성들에게 동시에는 나타나지 않는다 해도 번갈아 가며 나타나는 그토록 다양한 축적된 취향이 있어서, 여성과의 관계로부터 쉽게 남성에 대한 커다란 사랑으로 옮겨 갈 수 있으므로 그들에게서 지배적인 실제 취향을 정의하기란 무척 어려운 법이다.

질베르트가 『금빛 눈의 소녀』를 읽고 있었으므로 그 책을 빌리고 싶지 않았다. 하지만 그녀가 자기 집에서 보내는 마지막 저녁에 잠들기 전에 읽으라고 준 책은 내게 꽤 생생하면서도 혼합된 인상을 주었는데, 그러나 그 인상은 그리 오래가지 않았다. 공쿠르의 미발표 일기 가운데 한 권이었다.*

---

* 에드몽 드 공쿠르(Edmond de Goncourt, 1822~1896)는 동생인 쥘 드 공쿠르(1870년에 사망.)와 함께 저술한 『일기, 문학적 삶의 회고록』을 1887년에서 1896년 사망할 때까지 총 아홉 권으로 발간했다. 프루스트는 일찍이 이 책에 대한 패스티시를 통해 '섬세하고 재미있는' 책이지만 예술적 창조보다는 일상적 기록에 지나치게 치중한다고 평했으나 그의 문체만은 높이 평가했다.(『모작과 잡문』, 플레이아드, 642쪽 참조.) 그러나 보다 완성된 패스티시, 프루스트의 표현에 따르면 '통합의 비평'은 「되찾은 시간」에서 발견되며, 따라서 여기 게재된 글은 공쿠르의 『일기』가 아닌 프루스트가 다시 쓴 공쿠르의 『일기』이다. 이 일기에서 공쿠르는 과거의 기록인 회고록과 현재의 기록인 내적 글쓰기 사이에서 매일매일 기록하는 일기에 방점을 두어 주로 현재 시제를 사용하며, 또 형용사나 동사를 명사화해서 사용하는데, 프루스트는 이런 공쿠르의 문체적 특징을 살려 『잃어버린 시간』에 나오는 베르뒤랭 부부와 그 패거리들을 묘사하고 있다. 프루스트가 공쿠르 아류의 문학을 기록 문학이라고 칭했을 만큼 지나치게 상세한 묘사와 탐미적 성향이 특징적으로 드러나는 단락이다.

촛불을 끄기 전 내가 아래 옮겨 적은 단락을 읽었을 때, 이전에 게르망트 쪽에서 예감했고 또 이번 체류 동안 확인한 나의 문학에 대한 재능 없음이 그 마지막 밤에 — 습관에 의한 마비 상태가 끝나면서 스스로를 판단해 보는 출발 전날 밤에 — 마치 문학이 심오한 진리를 밝혀 주지는 못한다는 듯 덜 유감스럽게 보였고, 동시에 문학이 내가 믿었던 것이 아니라는 사실이 슬프게 생각되었다. 한편 책에서 말하는 아름다운 것들이 내가 보았던 것만큼 아름답지 않다면, 이제 곧 요양원에 갇히게 될 내 병약한 몸 상태가 덜 유감스럽게 느껴지기도 했다. 하지만 조금은 기이한 모순 같지만, 지금 책이 그런 아름다운 것들을 얘기하고 있으므로 그걸 보고 싶다는 생각이 들었다. 피로로 눈이 감길 때까지 내가 읽었던 글을 여기 옮긴다.

사흘 전《라 르뷔》*에서 활동하던 옛 평론가이자 휘슬러**에 관한 책을 저술한 베르뒤랭이 자기 집 만찬에 나를 데려가려고 이곳에 들렀다. 독창적인 미국 화가의 색채 작업이 회화 작품에서의 온갖 섬세함과 온갖 '예쁜 것'***을 사랑하는 베르뒤랭

* 여기서《라 르뷔》는《르뷔 데 되 몽드》와《르뷔 블뢰》를 가리킨다.
** 프루스트는 초고에서 베르뒤랭 씨를 바르비종 유파와 마네에 대한 저술의 저자로 설정했으나, 최종본에서는 휘슬러의 평론가로 바꾸었다. 그 이유는 아마도 휘슬러가 주요 모델이라고 할 수 있는 엘스티르를 통해 그 이름이 작품에서 여러 번 환기되었고, 또 러스킨과 휘슬러의 논쟁이 1878년 유럽 예술계에 큰 반향을 일으켰기 때문이라고 설명된다.(『되찾은 시간』, 폴리오, 369쪽 참조.)
*** 따옴표의 사용은 '예쁜 것(joliesse)'이란 표현이 공쿠르가 예쁜(joli)이

에 의해 대체로 섬세하게 표현된다. 그를 따라가려고 옷을 갈아입는 동안에도 그는 계속 얘기를 하면서, 프로망탱의 '마들렌'*과 결혼한 후부터는 집필을 포기했다고 고백하며 겁을 먹은 듯 이따금 한마디씩 더듬었는데, 집필을 포기한 것은 아마도 모르핀을 먹는 습관 때문으로 그 결과 베르뒤랭의 말에 따르면 아내의 살롱을 드나드는 단골손님들 대부분은 남편이 전에 글을 썼다는 사실조차 알지 못하고, 또 그를 샤를 블랑이나 생빅토르, 생트뵈브, 뷔르티 같은 인간에 비해 지극히 열등한 존재로 간주한다고 말한다.** "그런데 공쿠르, 내가 집필한 『살롱』이 내 아내 가족에게 걸작으로 간주되는 저 한심한 『옛 거장들』과는 완전히 다른 책임을 당신도 잘 알고, 또 고티에 역시 잘 알고 있지 않소."*** 마지막 불빛으로 밝혀진 듯 트로카데로의 탑

란 형용사를 가지고 만든 신조어임을 말해 준다.

* 외젠 프로망탱(Eugène Fromentin, 1820~1876)의 자전 소설 『도미니크』(1863)에 나오는 여주인공 이름도 베르뒤랭 부인처럼 마들렌임을 환기하고 있다.

** 샤를 블랑(Charles Blanc, 1813~1882)은 파리 국립미술대학의 행정 책임자이자 미술사가로 공쿠르의 지인이다. 폴 드 생빅토르(Paul de Saint-Victor, 1827~1881)는 에세이스트이자 문학 비평가로 공쿠르 딸의 대부가 될 만큼 공쿠르와 가까운 사이였으나 이내 불편한 사이가 되었다. 필리프 뷔르티(Philippe Burty, 1830~1890)는 공쿠르의 동행자이자 미술 비평가로 『일기』에 자주 등장하지만 조금은 무례한 방식으로 인용되는 인물이다. 이류 작가들로 간주되는 이런 인물들과 19세기의 가장 위대한 문학 비평가인 생트뵈브를 한데 섞어 놓은 것은, 어떤 점에서 공쿠르와 베르뒤랭이 생트뵈브식의 비평을 반대하는 프루스트의 견해를 풍자적으로 표현한다고 볼 수 있다.(『되찾은 시간』, 폴리오, 369~370쪽 참조.)

*** 여기서 베르뒤랭 씨는 자신이 쓴 미술 비평집 『살롱』(허구 작품)이 보들레르의 미술 비평집 『살롱』과 보들레르가 『악의 꽃』을 헌정한 고티에(공쿠르의

들이 석양빛에 의해 옛 제과사가 만든 구스베리 젤리를 바른 탑 모양의 케이크와 완전히 비슷해 보인다. 우리의 담소는 그들의 저택이 있는 콩티 강변로로 가는 자동차 안에서도 계속되었다. 저택의 소유주는 그곳이 옛 베네치아 대사관저*이며, 또 그곳에는 끽연실이 있는데, 베르뒤랭은 그것이 내가 이름은 잊었지만 저 유명한 '팔라초'에서 『천일 야화』와 같은 방식으로 운반된 방이라고 말한다. 그는 테두리 돌에 성모 마리아의 대관식이 조각된 그 우물이 산소비노**의 작품 중 가장 훌륭한 작품이라고 단언하는데 지금은 단골손님들이 담뱃재를 터는 데 사용한다고 한다. 고전주의 화풍의 그림에서 베네치아를 둘러싸는 것과 흡사한 청록색의 흩어진 달빛 속에 우리가 도착했을 때, 달

『일기』에 자주 등장하는)를 환기할 정도로 가치가 뛰어나 프로망탱이 집필한 『옛 거장들, 벨기에와 네덜란드』(1876)와는 비교도 안 된다는 견해를 제시한다. 공쿠르는 『일기』에서 여러 번 프로망탱의 『옛 거장들』을 언급했지만, 프루스트는 공쿠르와 반대로 프로망탱에 대해 매우 엄격했으며, 특히 페르메이르의 예술에 관한 그의 몰이해를 비판했다.(『되찾은 시간』, 플레이아드 IV, 1190쪽 참조.)

* 베르뒤랭 부부가 몽탈리베 거리의 저택 다음으로 살았던 곳이다. 그러나 콩티 강변로에 옛 베네치아 대사관저였던 저택은 존재하지 않으며 따라서 허구의 장소라고 할 수 있다.(『되찾은 시간』, 리브르드포슈, 429쪽 참조.)

** 야코포 산소비노(Jacopo Sansovino, 1486~1570). 이탈리아 후기 르네상스 시대의 건축가로 건축과 조각에 회화적인 요소를 접목한 것으로 유명하며 주로 베네치아에서 활동했다. 산마르코 도서관과 총독궁의 조각상이 대표작이다. 물이 귀한 베네치아에서 우물은 많이 제작되었으며, 또 이를 소재로 한 조각품도 많이 발견되지만, 이 글에서 말하는 작품이 어떤 것인지는 확실치 않다고 지적된다. 따라서 야코포 산소비노가 아닌 안드레아 산소비노로 통칭되는, 볼테라의 성수반을 남긴 안드레아 콘투치(Andrea Contucci, 1460~1529)의 작품이 아닌지 추정되기도 한다.(『되찾은 시간』, 리브르드포슈, 429쪽 참조.) 팔라초는 고대 이탈리아의 관청이나 대규모 건축물(궁전이나 귀족의 저택)을 가리킨다.

빛 위로 아카데미 프랑세즈의 둥근 지붕 실루엣이 과르디가 그린 살루테 성당*을 연상시켜 마치 베네치아의 대운하에 있는 듯한 환각을 일으킨다. 그 환각은 또한 2층에서 강변이 보이지 않도록 설계된 저택의 건축과 환기력이 풍부한 집주인의 말에 의해 유지된다. 그는 바크 거리의 이름이 — 내가 한 번도 생각해 보지 못한 — 미라미온이라고 불리는 수도원 수녀들이 노트르담 성당 미사에 가기 위해 타고 다니던 나룻배 '바크'에서 유래한다고 말한다.** 베르뒤랭의 저택과 거의 인접한 곳에서 '작은 덩케르크' 상점의 간판을 발견하고, 쿠르몽 아주머니가 그곳에 살았을 때 내 유년 시절을 배회하던 동네 전체를 '다시 사랑하기'*** 시작한다. 가브리엘 드 생토뱅****이 그린 연필화와 담채화의 삽화로만 남아 있는 그런 드문 상점 중 하나인 그곳에는, 18세기의 수집가가 한가로운 시간에 프랑스와 외국에서

---

* 프란체스코 과르디(Francesco Guardi, 1712~1793)가 그린 「살루테 성당으로 가는 총독」을 가리킨다.(『되찾은 시간』, 리브르드포슈, 429쪽 참조.) 성당의 둥근 지붕이 파리 아카데미 프랑세즈의 '돔'을 연상시킨다는 의미이다.

** 창설자 중 한 사람인 미라미온 부인(Mme de Miramion)의 이름을 따라 일명 미라미온들의 수녀원이라고 불리는 생조제프 수녀원은 파리의 투렐 강변에 위치한다. 바크 거리는 튈르리 공원 건축에 필요한 석재를 운반하기 위해 17세기에 개통되었는데, 그 이름은 센강 좌안과 우안을 연결하는 나룻배에서 유래한다. 바크 거리의 어원은 이미 「게르망트」에서 설명되었다.(『잃어버린 시간을 찾아서』 6권 128쪽 참조.).

*** '작은 덩케르크' 상점에 관해서는 『잃어버린 시간을 찾아서』 10권 10쪽 주석 참조. 그리고 '다시 사랑하다'를 의미하는 원어 raimer는 공쿠르의 신조어이다.(『되찾은 시간』, 플레이아드 IV, 1191쪽)

**** Gabriel de Saint-Aubain(1724~1780). 파리지앵의 생활상을 판화나 데생으로 제작한 화가이다.

온 예쁜 물건들을 보기 위해, '작은 덩케르크'의 계산서에 기재된 것처럼 '최신 기술과 예술이 생산한 온갖 물품'을 보기 위해 앉아 있다. 아마도 베르뒤랭과 나만이 사본을 소장한 듯 보이는 그 계산서는 루이 15세의 통치 아래에서 계산서로 사용되던 장식 용지 중 낱장 인쇄물의 걸작으로 종이 상단에 선박들로 가득 찬, 파도가 넘실거리는 바다가 그려져 있는데, 그 바다가 '페르미에 제네로' 출판사가 발간한 「굴과 소송인」에 나오는 삽화를 연상시킨다.* 안주인이 와서 나를 자기 옆에 앉히더니 식탁을 일본 국화만으로 장식했다고, 그렇지만 대단히 진귀한 예술품인 꽃병에 꽂았다고 상냥하게 말한다. 그중 하나는 브론즈로 만들어졌고, 그 위로 붉은 구릿빛 꽃잎이 진짜 살아 있는 꽃잎처럼 떨어지는 듯하다. 그곳에는 코타르 의사와 아내, 폴란드의 조각가 비라도베츠키, 수집가 스완, 러시아의 귀부인으로 내가 그 이름을 잘 알아듣지 못한 무슨 ……오프로 끝나는 대공 부인이 있었다.** 코타르가 내 귀에 대고 그 부인이 바로 근거리에서 오스트리아의 루돌프 황태자***에게 총을 쏜 사람이라

---

* 라퐁텐의 『우화집』 9권에 나오는 「굴과 소송인」을 가리킨다. 이 책은 라퐁텐이 쓴 작품 중 운문으로 쓴 콩트와 단편 소설을 모아 금융업자들이 운영하는 '페르미에 제네로'(징세 대리인을 뜻하는)에서 출판되었다.

** 이 부분은 베르뒤랭 살롱을 드나들던 신도들을 공쿠르의 문체와 관점에 따라 프루스트가 모작한 부분으로 라 라스플리에르에서의 수요 모임을 환기한다.(『잃어버린 시간을 찾아서』 8권 28쪽, 43~44쪽 참조.) 비라도베츠키는 폴란드 조각가 스키의 이름으로 지금까지는 약칭으로만 지칭되었으며, '오프'로 끝나는 대공 부인은 셰르바토프 대공 부인을 가리킨다.

*** 루돌프 황태자에 대해서는 『잃어버린 시간을 찾아서』 4권 96쪽 참조.

고 말한다. 대공 부인의 말에 따르면 내가 폴란드 북부 지방 전체에서 아주 놀랄 만한 위치를 차지하고 있어서, 자신의 약혼자가 내 작품 『라 포스탱』*의 찬미자임을 알지 못하면 결코 결혼을 허락하지 않았을 아가씨도 있다고 말한다. "당신네 서양인들은 이해하지 못할 거예요."라고 대공 부인은 결론을 내리듯 말을 던진다. 단언하지만 부인은 '여성의 속마음을 꿰뚫어 보는 작가에 의해 포착된 그런 통찰력'을 가진 탁월한 지성의 여인으로 보인다. 턱과 입가의 수염을 면도하고 집사처럼 구레나룻을 기른 남성이 성 샤를마뉴 축일을 기리기 위해 뽑힌 우등생들과 농담하는 듯한 고등학교 교사의 거만한 어조로 말을 했는데, 그가 바로 대학교수 브리쇼이다.** 그는 베르뒤랭이 내 이름을 말했음에도 우리가 저술한 책을 안다는 말은 한마디도 하지 않고, 내가 환대받는 이 다정한 집까지 의도적인 침묵의 모순과 적대감을 끌어들이면서 소르본 대학교가 우리에 맞서 꾸미는 음모로 야기되는 절망 어린 분노를 내 마음속에서 깨어나게 한다. 우리가 식탁으로 가고, 또 애호가의 주의가 예술가의 수다로 기분 좋게 어루만져지는 맛있는 식사를 하는 동안, 진짜 도자기 예술의 걸작이라 할 수 있는 접시들의 행렬이 이어진다.

---

* 공쿠르는 1914년 당대의 유명한 여배우로 라신의 페드르 역을 했던 라 포스탱(La Faustin)에 관한 책을 저술한 바 있다.

** 샤를뤼스의 말에 따르면 브리쇼는 중고등학교 교감을 거쳐 소르본 대학교의 교수가 된다.(『잃어버린 시간을 찾아서』 10권 170쪽 참조.) 프랑스 중고등학교에서는 프랑스 교육 기관의 창설자인 샤를마뉴 황제를 기리기 위해 성 샤를마뉴 축일인 1월 28일에 가장 우수한 학생들을 시상한다.(『되찾은 시간』, 플레이아드 IV, 1192쪽 참조.)

몽모랑시 대로변에 있는 집에서 잠을 깰 때마다 일상적으로 마주 바라보는 그 한련화의 오렌지색 가두리에 푸른 물붓꽃이 한 잎씩 떨어지고, 완연히 아침 빛깔을 띤 여명의 하늘을 물총새와 학이 가로지르면서 날아다니는 진짜 장식적인 '옹정제'* 시대의 접시들. 우아한 제조법으로 만들어져 보다 태를 부리는 것 같고 졸린 듯 빈혈을 일으키는 것 같은 보랏빛으로 변한 장미꽃과 포도주 찌꺼기처럼 잘게 찢긴 튤립과 로코코 양식의 카네이션과 물망초가 그려진 작센 접시들. 하얀 홈들이 섬세하게 노끈을 꼰 문양으로 격자무늬를 이루고 금빛 테두리가 있는, 또는 밀가루 반죽의 평평한 크림색 표면에 금빛 리본이 우아하게 부조된 세브르 접시들. 끝으로 뒤 바리 부인이 알아보았을 법한 뤼시엔**의 도금양 무늬가 새겨진 호화로운 은식기 제품들. 그리고 어쩌면 역시 진귀한 것은 그 그릇 속에 담긴 음식의 뛰어난 품질인지도 모른다. 약한 불에 서서히 익힌 스튜 요리는 파리지앵들이 어떤 만찬에서도 일찍이 맛본 적 없다고 소리칠 만한 것으

* 원문에는 Yung Tsching으로 표기되었는데 1722년부터 1735년까지 재위한 청나라 황제 Yongzheng(雍正帝)을 가리킨다고 지적된다. 이 시기는 중국 도자기 발전에서 중요한 시기로 공쿠르가 쓴 「어느 예술가의 집」을 보면 옹정제 시대의 도자기로 장식한 화장실 얘기가 나온다.(『되찾은 시간』, 리브르 드포슈, 431쪽 참조.) 그리고 몽모랑시 대로는 이 글의 배경이 되는 곳으로 파리 16구에 위치한다.

** 뤼시엔(현재의 루브시엔)은 뒤 바리 부인의 성관이 있는 곳으로, 금은 세공사 뢰티에는 뒤 바리 부인을 위해 '장미와 도금양'이 새겨진 호화로운 식기를 제작하고 저술했으며, 알베르틴도 그 책을 읽은 것으로 앞 권에서 기술되었다.(『잃어버린 시간을 찾아서』 10권 308쪽 참조.)

로, 내게는 장되르*의 솜씨 좋은 요리사들을 연상시킨다. 푸아그라만 해도 보통 그 이름으로 나오는 싱거운 무스**와는 다르며, 간단한 감자 샐러드는 일본의 상아 단추처럼 단단하면서도 낚시로 잡아 올린 생선에 중국 여인이 물을 붓는 작은 상아 스푼의 고색 빛 나는 감자로 만들어졌는데, 나는 그런 음식을 주는 장소를 그렇게 많이 알지 못한다. 내 앞에 놓인 베네치아산 유리컵에는 몽탈리베 씨의 경매에서 구입한 그 기막힌 레오빌*** 포도주가 붉은 보석처럼 넘쳐흐른다. 게다가 다시없이 호화로운 식탁에 먼바다에서 잡아 오랜 시간의 여행으로 등뼈가 휘어진 그런 싱싱하지 않은 생선과는 비교도 안 되는 광어가, 대저택의 셰프들이 화이트소스라는 이름으로 준비하는 풀 같은 반죽이 아닌, 1파운드에 5프랑 하는 버터로 만들어진 진짜 화이트소스를 뿌린 광어가 멋진 적홍(赤紅)**** 접시 — 석양빛의 붉은색 줄무늬가 바다를 가로지르고, 마치 살아 있는 갑각

---

* 프랑스 북동쪽 라뫼즈 데파르망의 옛 수도원 자리에 위치하는 장되르 영지는 1808년부터 1847년까지 우디노 원수의 소유지였으나, 공쿠르의 사촌인 라티에가 매입하면서 공쿠르도 말년에 자주 체류했던 곳이다.(『되찾은 시간』, 플레이아드 IV, 1193~1194쪽 참조.)

** 잘게 다진 고기를 그릇에 끓인 후 식혀서 먹는 파테(pâté)를 가리킨다.

*** 보르도 포도주로 메도크 지역 체계의 2등급으로 분류된 레오빌바르통, 레오빌라스카즈, 레오빌푸아페레를 가리킨다. 몽탈리베 백작(Comte de Montalivet, 1801~1880)은 루이필리프 시대의 장관으로, 베르뒤랭 부부가 실제 인물인 몽탈리베 백작의 경매에서 포도주를 구입한 것으로 설정되었다.(『되찾은 시간』, GF-플라마리옹, 476쪽 참조.)

**** 원문에는 Tching-Hon으로 표기되었으나 실은 Tchi-Hong, 즉 적홍(赤紅)을 가리키는 것으로 당시 인기가 많았던 도자기 기법이라고 설명된다.(『되찾은 시간』, 플레이아드 IV, 1194쪽 참조.)

류에 주조된 듯 그토록 멋지게 오톨도톨한 점묘법으로 새겨진 바닷가재 떼가 익살스러운 모양으로 헤엄쳐 다니고, 가장자리에는 연달아 푸른빛과 은빛의 자개 빛으로 반짝이는 배 부분이 그토록 고혹적인 생선을 중국 동자가 낚시질하는 장면이 그려진 — 에 담겨 나오는 모습을 보는 것은, 눈의 상상력과 예전에 아가리라고(나는 이렇게 말하는 게 두렵지 않다.) 불렀던 것의 상상력에도 또한 즐거움이다. 현재 어떤 왕족도 자기 진열장 아래 소장하지 못하는 수집품에 이런 진미를 내오다니 이 얼마나 그윽한 기쁨이냐고 내가 베르뒤랭에게 말하자, 안주인은 "제 남편을 모르신다는 걸 알겠네요."라고 조금은 '우울스럽게'* 말을 내뱉는다. 또 남편이 그런 예쁜 것에는 전혀 관심 없는 진짜 괴짜라고 말한다. "괴짜예요. 정말 그래요. 정말 그런 사람이에요."라고 되풀이한다. 노르망디 농가의 시원한 곳에서 조금은 천박한 사람들과 어울려 사과주 한 병을 마시는 걸 좋아하는 진짜 괴짜라는 것이다. 그 매력적인 여인은 정말로 지방색에 반한 말투로 그들이 살던 노르망디에 열광하며 얘기한다. 로렌스**의 그림에나 나올 법한 키 큰 나무숲 향기가 가득하고, 분홍색 수국이 도자기 같은 가두리를 이루고, 자생 잔디가 삼나무 숲을 벨벳처럼 만들고, 농부의 집 문 앞에는 유황빛 장미가 휘

* 공쿠르의 신조어로 원문에는 mélancolieusement으로 표기되었다. 조금은 생경하지만 '근심스럽게'라는 표현을 참조하여 이렇게 옮겨 보았다.
** 토머스 로렌스(Thomas Laurence, 1769~1830). 영국의 초상화가로 여기 묘사된 것과 유사한 풍경을 배경으로 한 인물화를 그렸다.(『되찾은 시간』, 리브르드포슈, 432쪽 참조.)

늘어지고, 서로 껴안은 두 그루 배나무의 상감(象嵌)이 완전히 장식적인 표지판처럼 보여 마치 구티에르*가 만든 청동 벽걸이 촛대에 자유롭게 늘어진 꽃핀 가지들을 연상케 하는 거대한 영국식 공원 같은 노르망디, 이런 노르망디는 휴가철에만 방문하는 파리지앵에게는 결코 상상도 할 수 없는 곳으로, 울타리 문이 그 '경작지'** 하나하나를 보호하지만, 베르뒤랭 부부는 그 모든 울타리 문을 열어 두는 일을 결코 소홀히 하지 않았다고 고백한다. 해가 질 무렵 모든 빛깔이 꺼진 듯 잠들고, 거의 응고된 바다에서 빛이라곤 탈지유 같은 푸른빛만 보이는 그런 시간이면("아니에요. 당신이 아는 바다가 전혀 아니에요." 하고 옆에 앉은 안주인이 플로베르가 나와 동생을 투르빌로 데려간 적이 있다는 내 말에 대한 대답으로 열렬히 항변한다.*** "절대로 아니에요. 꼭 저와 같이 가셔야 해요. 그렇지 않으면 결코 바다를 알지 못할 거예요.") 그들은 진달래꽃이 장밋빛 망사처럼 드리워진 진짜 꽃핀 숲을 지나 집으로 돌아오다가 정어리 통조림 공장의 냄새에 얼이 빠지고 그 냄새가 남편에게 정말로 끔찍한 천식 발작을 일으켰다고 한

* 피에르 구티에르(Pierre Gouthière, 1732~1813). 금은 세공사로 트리아농 궁의 대형 촛대를 제작하고, 뤼시엔(루브시엔)에 있는 뒤 바리 부인의 저택을 장식했다.(『되찾은 시간』, 리브르드포슈, 433쪽 참조.)

** 울타리 친 경작지나 포도밭을 가리킨다.

*** 공쿠르 형제는 1866년 노르망디에 잠시 체류하는 기회를 이용하여 루앙 근처 플로베르가 살던 크루아세를 방문했으나 플로베르가 그들을 "트루빌로 데려간 적"은 없는 것으로 보인다. 공쿠르는 『일기』에서 "플로베르는 하루에 열네 시간씩 작업한다. ……그것은 더 이상 작업이 아닌 덫이다."라고 서술했다.(『되찾은 시간』, 리브르드포슈, 433쪽 참조.)

다. "정말이에요." 하고 부인은 강조한다. "바로 그래요, 진짜 천식 발작이에요." 그런 후에도 그들은 다음 해에 다시 그곳으로 돌아갔고, 예전에 수도원으로 사용되던 중세의 건물을 거의 공짜로 빌려 멋진 숙소로 개조하고, 한 무리의 예술가 집단을 그곳에 묵게 했다고 한다. 그런데 정말로 그 여인의 말을 듣고 있자니, 그토록 품위 있는 사람들의 모임을 드나들면서도 뭔가 그 말에 서민층 여자들의 말투에서나 찾아볼 수 있는 외설적 어조가 그대로 남아 있어 그대의 상상력이 보는 그대로의 색깔로 사물을 보여 준다. 저마다 작은 자기 방에서 작업하고, 또 점심 식사 전에는 두 개의 벽난로가 있는 거대한 살롱에 모여 고상한 주제로 담소를 나누다가 이따금 짧은 게임으로 중단되는 삶에 대한 고백이, 내게는 디드로의 걸작 『볼랑 양에게 보내는 편지』*를 환기하여 입가에 침을 돌게 한다. 그리고 점심 식사 후 갑작스레 비바람이 치는 날에도 잠시 햇빛이 비치기라도 하면 그들은 밖으로 나갔는데, 소나기의 반짝거리는 빗방울이 그 여과된 빛으로 18세기에 선호하던 식물에 대한 '미'의 관념을 철책 앞에 내세우는 듯 수많은 마디가 있는 위풍당당한 백 년 먹은 너도밤나무와, 또 빗방울에 휘어지는 가지들 사이로 꽃망울을 터뜨리는 관목의 멋진 행렬에 줄을 긋는다. 님펜

* 공쿠르의 『일기』에는 디드로에 대한 찬미가 곳곳에 나타나는데, 『소피 볼랑에게 보내는 편지』(원문에는 '볼랑 양에게 보내는 편지'로 기재되었다.)가 1830년 출간되기 전 이미 공쿠르는 이 서한집을 높이 평가했다고 한다.(『되찾은 시간』, 리브르드포슈, 433쪽 참조.)

부르크*에서 제조한 도자기로 만든 귀여운 작은 욕조인 백장미 꽃부리에서 그 상쾌함에 매혹된 피리새가 물장구치는 미세한 소리를 듣기 위해 그들은 발걸음을 멈추었다고 한다. 내가 베르뒤랭 부인에게 고장의 풍경과 꽃들을 정교한 파스텔화로 그린 엘스티르 얘기를 하자, 부인은 "하지만 그에게 그 모든 걸 알게 해 준 사람이 바로 저예요."라고 머리를 쳐들면서 화가 난 듯 소리친다. "모두들 잘 들으세요. 바로 내가 모든 것을, 온갖 진기한 구석이며 온갖 소재들을 그에게 가르쳐 주었어요. 그가 우리를 떠났을 때 나는 그의 면전에 대고 그 말을 뱉었죠. 그렇지 않나요, 오귀스트?** 그가 그린 온갖 소재들을. 오브제에 관해서는 그는 이미 정통했어요. 공정해야죠. 그 점은 인정해요. 하지만 꽃으로 말하자면, 그는 무궁화와 접시꽃도 구별할 줄 몰랐답니다. 제 말을 믿지 않으시겠지만 재스민꽃을 알아보는 법도 바로 제가 가르쳐 주었답니다." 오늘날 미술 애호가들이 팡탱라투르***를 능가하는 첫 번째 꽃의 화가로 손꼽는 사람이, 바로 저기 있는 여인이 없었다면 재스민꽃도 그릴 줄 몰랐을 거라고 생각하자 조금은 신기하게 느껴졌다는 걸 고백해야 한다. "그래요, 정말이에요, 재스민꽃을. 그가 그린 모든 장미꽃들도 바

---

* 독일 뮌헨의 교외 님펜부르크궁의 도자기 공장에서 만들어진 도자기를 가리킨다.

** 베르뒤랭의 세례명으로 「갇힌 여인」에서는 귀스타브로 지칭되었다.(『잃어버린 시간을 찾아서』 10권 218쪽)

*** 앙리 팡탱라투르(Henri Fantin-Latour, 1836~1904). 당대 예술가들의 초상화와 꽃 그림을 많이 그렸으며 인상파 화가들의 친구였지만 인상파 운동에는 동참하지 않았다.(『되찾은 시간』, 리브르드포슈, 433쪽 참조.)

로 내 집에서 그린 거랍니다. 아니면 내가 그에게 가져다준 것들이죠. 우리 살롱에서는 그를 티슈 씨*라고 불렀어요. 코타르나 브리쇼, 다른 모든 사람들에게 물어보세요. 우리가 그를 위대한 인간으로 대했는지. 만일 그렇게 했다면 그 자신이 폭소를 터뜨렸을 거예요. 꽃을 배열하는 방법도 제가 가르쳐 준 거예요. 처음에 그는 거기 이르지 못했어요. 꽃다발도 제대로 만들 줄 몰랐으니까요. 선택하는 데는 타고난 안목이 없었나 봐요. 그래서 전 늘 그에게 말했죠. '그 꽃은 그리지 마세요. 그릴 가치가 없어요. 대신 이 꽃을 그리세요.' 아! 꽃을 배열하듯 그가 자신의 삶을 배열하는 데도 우리 말을 들었다면, 그런 더러운 결혼을 하지 않았다면!"** 그러다 갑자기 과거를 향한 몽상에 빠진 열띤 눈과, 손가락 마디를 괴상하게 늘이면서 코르사주 소매에 달린 장식 술을 신경질적으로 만지작거리거나 괴로운 듯 자세를 비트는 모습을 보며 나는 마치 한 폭의 멋진 그림을 보는 기분이었다. 아직 한 번도 그려진 적 없다고 생각되는 그 그림에서 온갖 억제된 저항을, 여인의 섬세함이나 수치심에 모욕받은 여자 친구가 느끼는 온갖 상처받은 감수성의 분노를 읽을 수 있었다. 게다가 부인은 엘스티르가 그녀를 위해 그린 멋

---

* 엘스티르의 별명은 「스완네 집 쪽으로」와 「꽃핀 소녀들의 그늘에서」는 '비슈,' 「소돔과 고모라」에서는 '티슈'였다.(『잃어버린 시간을 찾아서』 2권 35쪽, 4권 366쪽, 8권 154쪽 참조.)

** 「소돔과 고모라」에서 베르뒤랭 부인은 엘스티르 부인의 초대를 거절했다고 단언했지만, 실은 엘스티르와 그의 아내가 될 사람을 갈라놓으려고 온갖 험담을 했고, 그러다가 결국은 엘스티르와 결별한다.(『잃어버린 시간을 찾아서』 8권 158쪽 참조.)

진 초상화, 코타르 가족의 초상화에 대해 얘기하면서 화가와 사이가 좋지 않았을 때 자신이 그 초상화를 뤽상부르 미술관에 기증했다고 털어놓았다. 바로 그녀 자신이 셔츠 천에 불룩한 주름을 넣은 질감을 살리기 위해 남성에게는 연미복을, 여성에게는 벨벳 드레스를 입게 하는 영감을 화가에게 주었으며, 그래서 그 드레스가 온갖 융단과 꽃과 과일의 밝은 빛깔과 어린 소녀들이 입은 발레리나 치마와 흡사한 얇은 천의 옷이 날아다니는 가운데 중심점이 되었다는 것이다. 또한 머리 스타일도 자기 아이디어인데, 나중에 화가에게 명예를 안겨 준 그 생각은 어쨌든 전시용 여인이 아니라 일상생활의 내밀한 모습 속에서 포착된 여인을 묘사하는 데 목적이 있었다고 한다.* "난 그자에게 말하곤 했죠. '사람들이 보지 않는다고 생각할 때, 여인이 머리를 빗거나 얼굴을 닦거나 다리를 따뜻하게 하는 모습 속에 수많은 흥미로운 동작이, 레오나르도 다빈치풍의 우아한 동작이 있답니다!'라고."

그러나 신경이 몹시 예민한 아내에게 이런 분노의 폭발이 건강에 해롭다는 베르뒤랭의 신호에 스완은 내게 안주인이 착용한 까만 진주 목걸이를 감탄하게 한다. 그 목걸이는 앙리에트 당글르테르가 라파예트 부인의 한 후손에게 준 것으로, 후

---

* 베르뒤랭 부인은 엘스티르에게 코타르의 초상화를 주문한 적이 있으며, 또 엘스티르가 그렸다는 연미복 입은 신사는 르누아르가 그린 「뱃놀이 점심」에 나오는 샤를 에프뤼시를, 또 코타르의 가족을 그렸다는 그림은 르누아르의 「샤르팡티에 부인과 아이들」(1878)을 가리킨다.(『잃어버린 시간을 찾아서』 2권 35쪽, 6권 181쪽 주석 참조.)

손이 경매에 부쳤을 때에는 새하얀 색이었는데 베르뒤랭 부인이 살던 거리, 내가 그 이름을 잘 기억하지 못하는 거리에 화재가 나 집의 일부가 소실된 후 진주가 든 상자를 발견했을 때는 완전히 까만색이 되었다고 한다.* "전 그 초상화를, 라파예트 부인**의 어깨에 그 목걸이가 걸린 초상화를 알고 있습니다. 그렇습니다. 정말로 그 초상화를 알고 있습니다." 하고 스완은 조금은 놀란 손님들이 감탄하는 말 앞에서 역설한다. "게르망트 공작의 소장품에 있는 진본 초상화를요." 스완은 그것이 이 세상에 단 하나밖에 없는 소장품이라고 선언하는데, 나도 곧 보러 갈 예정인 그 소장품은 저 유명한 공작이 고모인 보세르장 부인*** — 빌파리지 후작 부인과 하노버 대공 부인의 언니로 나중에 하즈펠트 부인이 된 — 에게서 물려받은 것으로, 공작은 부인이 총애하던 조카였다. 내 동생과 나는 예전에 부인 댁에서 귀여운 아이의 모습이었던 바쟁이라고 불리는 아이를 좋아한 적이 있는데, 사실 바쟁은 공작의 세례명이다. 그 점에 대

---

* 공쿠르의 『일기』에 나오는 일화로 영국인 헨리 스탠디시(Henry Standish)가 런던 근교에서 화재가 났을 때 아내에게 준 진주 목걸이가 검은색으로 변했다고 한다.(『되찾은 시간』, 리브르드포슈, 434쪽 참조.) 앙리에트 당글르테르(Henriette d'Angleterre, 1644~1670)는 오를레앙 공작 필리프 1세의 첫 번째 아내를 가리킨다.

** Mme de La Fayette(1634~1692). 17세기 여류 소설가로 『클레브 공작 부인』의 저자이다.

*** 우리는 이미 「꽃핀 소녀들의 그늘에서」를 통해 빌파리지 부인의 모델로 간주되는 보세르장 부인이 허구의 인물임을 알고 있다.(『잃어버린 시간을 찾아서』 4권 26쪽 주석 참조.) 그런데 지금은 이 보세르장 부인이 게르망트 공작의 고모이자 빌파리지 부인의 언니로 등장하고 있다.

해 코타르 의사는 매우 탁월한 인간임을 드러내는 정교함과 더불어 다시 진주 목걸이 이야기에 달려들었는데, 그런 종류의 재앙은 무생물에게서 볼 수 있는 변화와 전적으로 유사한 변화를 인간의 뇌에도 일으킨다고 알려 주며 그 예로 다른 의사들보다 훨씬 더 철학적인 방식으로 베르뒤랭 부인의 하인을 예로 든다. 하인은 자신이 죽을 뻔한 화재의 공포 속에서 완전히 다른 사람이 되었고 필체도 얼마나 변했는지, 당시 노르망디에 체류 중이던 주인 부부가 그 사건을 알리는 편지를 받았을 때, 그들은 어느 익살꾼의 속임수라고 생각했다고 한다. 필체가 달라졌을 뿐만 아니라, 코타르에 따르면 술을 절제하던 하인이 지독한 술꾼이 되어 베르뒤랭 부인이 그를 해고할 수밖에 없었다는 것이다. 이런 암시적인 설명이 있은 후 우리는 안주인의 우아한 손짓에 따라 식당에서 베네치아의 끽연실로 이동하고, 거기서 코타르는 진짜 이중인격자를 목격한 적이 있다고 말하면서 한 환자의 예를 들으며 그를 내 집에 데려오겠다고 제안한다. 관자놀이에 손을 대기만 해도 제2의 삶을 사는 그를 깨어나게 하기에는 충분하며, 또 그 삶을 사는 동안 그는 첫 번째 삶에서 일어난 일은 전혀 기억하지 못한다고 한다. 따라서 첫 번째 삶에서 매우 성실한 인간이 두 번째 삶에서는 단지 잔인한 악당이 되어 여러 번 절도죄로 체포될 수 있다는 것이다. 그 이야기를 들은 베르뒤랭 부인은 복잡한 구성의 우스꽝스러움이 병리학적 오해에 근거하는 연극에, 의학이 보다 진지한 주제를 제공할 수 있을 거라고 예리하게 지적했고, 이것이 조금씩 자연스럽게 코타르 부인으로 하여금 이와 유사한 내용이 한 이야기꾼에 의해 서술되었다고 말하게 한다. 그것은 부인의 아이들이 저녁 시간에 매우 좋아하는 스코틀랜드인 스티븐슨*의 작품이라고 한다. 그 이름을 들은 스완의 입에서 단호한 긍정의 목소리가 터져 나온다. "그렇지만 그분은 스티븐슨이라고 하는 위대한 작가입니다. 단언하지만 공쿠르 씨, 그분은 가장 위대한 작가에 비길 만한 매우 위대한 작가입니다." 끽연실에서 옛 바르베리니** 팔라초에서 가져왔다는 방패꼴 무늬의 격자 천장에 감탄하고 있을 때, 나는 우리가 피우는 '롱드레스'***의 담뱃재로 인해 어떤 종류의 수반이 점진적으로 꺼멓게 된 것에 대해 유감을 표명했고, 스완은 그와 비슷한 얼룩이 나폴레옹 1세에 속했다가 게르망트 공작이 그의 반나폴레옹 주의에도 불구하고 현재 소장하고 있는 책에도 있다면서 이는 황제가 담배를 씹었음을 증명한다고 말한다. 그러자 만사에 예리하고 호기심 많은 사람임을 보여 주는 코타르가 그 얼룩은 전혀 그런 데서 생긴 것이 아니라며 ― "그건 절대로 그렇지 않습니다."라고 단호하게 주장한다 ― 황제가 전쟁터에서도 간의 통증을 진정시키기 위해 항상 감초 사탕을 손에 들고 다녔는데 바로 그런 습관 때문에 생긴 것이라고 단언한다. "왜냐하면 황제는 간장병에 걸렸고 바로

---

* 로버트 루이스 스티븐슨(Robert Louis Stevenson, 1850~1891)을 가리킨다. 그의 『지킬 박사와 하이드』는 1890년에 프랑스어로 번역되었는데, 프루스트가 좋아했던 책 중 하나이다.

** 바르베리니 팔라초는 로마에 있는 17세기 궁전으로, 아름다운 바로크 건축물로 꼽힌다.

*** 원문에는 londrès로 표기되었다. 원래 런던과 영국인을 위해 제조된 하바나 시가라는 데에서 그 이름이 연유한다.

그 때문에 죽었으니까요."라고 의사는 결론을 내린다.

여기서 멈췄다. 내일 떠나야 했기 때문이다. 더욱이 매일 우리가 가진 시간의 절반을 할애해 주기를 바라는 또 다른 주인이 요구하는 시간이 되었다. 우리에게 강요된 이 임무를 우리는 눈을 감고 수행한다. 아침마다 이 주인은 우리를 다른 주인에게 돌려보내는데, 그러지 않으면 자신이 부과하는 임무에 우리가 전념하지 않으리라는 걸 알기 때문이다. 우리의 정신이 잠에서 깨어날 때, 호기심 많은 가상 영리한 자들은 하나의 임무에 급하게 몰아넣기 전 노예들을 드러눕게 한 주인집에서 우리가 무슨 일을 할 수 있을지 알고 싶어서 임무가 끝나자마자 주위를 슬며시 살펴본다. 그러나 잠은 그들이 보고 싶어 하는 것의 흔적을 그토록 빠른 속도로 투쟁하면서 지워 버린다. 그리하여 많은 세기가 흘렀는데도 우리는 여전히 잠에 대해 별로 아는 바가 없다.

나는 공쿠르의 일기를 덮었다. 문학의 마력이라니! 나는 코타르를 다시 보고 싶고, 그에게 엘스티르에 관해 많은 자세한 것들을 물어보고 싶고, '작은 덩케르크' 상점이 아직 존재한다면 그 상점을 보러 가고 싶고, 또 내가 저녁 식사를 했던 베르뒤랭네의 저택을 방문해도 좋은지 허락도 받고 싶었다. 그러나 어렴풋이 불안한 마음도 들었다. 물론 혼자 있지 않으면 듣거나 보지 못한다는 걸 나는 한 번도 숨긴 적이 없다. 나이 든 여인이 어떤 종류의 진주 목걸이를 하고 있는지도 눈에 보이지 않았고, 그들이 거기에 대해 떠드는 말도 귀에 들어오지 않았다. 그렇지만 그들은 내가 일상에서 잘 알고 지내던, 함께 식사도 했던 베르뒤랭 부부와 게르망트 공작과 코타르 부부였다. 보세르장 부인이 그토록 귀여워하던 조카이자 매력적인 꼬마 영웅이 바쟁임을 꿈에도 짐작하지 못했던 할머니처럼, 그들 각각이 내게는 따분해 보였다. 그 각각을 구성하는 무수한 천박함이 떠올랐다…….

그리하여 이 모든 것이 밤에 별이 되기를!*

탕송빌을 떠나기 전날 밤 읽은 공쿠르의 몇 페이지가 내 마음속에 야기한 문학에 대한 반론은 잠시 제쳐 놓기로 했다. 그 회상록 작가의 특징이라 할 수 있는 순진함의 개인적 지표는 제쳐 놓는다 해도 여러 다양한 관점에서 나는 마음의 위로를 받을 수 있었다. 우선 개인적으로 내게 관련된 것만 말해 보면, 인용한 일기가 그토록 고통스럽게 설명해 준, 보고 듣는 데 있어서의 내 무능력이 그렇게 완전하지 않다는 점이었다. 내 안에 조금은 볼 줄 아는 인물이 있었고, 그러나 이 인물은 자신의 양식과 기쁨을 이루는 여러 사물에 공통된 어떤 일반적인 본질이 표출될 때라야 간헐적으로 활기를 되찾았다. 그

* 위고의 『명상 시집』에 수록된 「!」란 시의 마지막 구절로, 위고는 지상에서 인류를 억누르는 모든 악의 불길한 이미지를 나열한 다음 "그리하여 이 모든 것이 하늘에 별이 되기를!(Et que tout cela fasse un astre dans les cieux!)"이라는 시구로 마감한다. 프루스트는 '하늘'을 '밤'으로 수정해서 인용하고 있다.(『되찾은 시간』, 플레이아드 IV, 1197쪽 참조.)

때 그 인물은 보고 들었지만 다만 어떤 깊이에서만 그렇게 했고, 따라서 관찰하는 데는 별로 도움이 되지 못했다. 사물로부터 감각적인 성질을 제거한 기하학자가 오로지 선의 기층(基層)만을 보듯이, 사람들이 얘기하는 것이 나로부터 빠져나갔다. 그 이유는 나의 관심을 끄는 것은 그들이 하는 말의 내용이 아니라, 그들의 성격이나 우스꽝스러운 점을 드러내 주는 말하는 방식이었기 때문이다. 또는 내게 특별한 기쁨을 주어 지금까지 언제나 특별한 탐색의 목적이었던 대상, 한 존재와 다른 존재 사이의 공통점이었다. 그런 사실을 깨달았을 때, 내 정신은—그때까지 활기 넘치는 대화의 표면적인 활동 뒤로 내 정신이 완전히 마비된 상태에서 졸고 있음을 남들은 인지하지 못했을 테지만—돌연 즐겁게 사냥감을 쫓기 시작했으나, 그때 그것이 쫓는 것은—이를테면 여러 다양한 장소와 시간에서의 베르뒤랭 살롱의 정체성 같은—중간 깊이에, 사물의 외관 너머로 조금은 후미진 지대에 있었다. 존재가 가진 표면적이고 복사할 수 있는 매력은 나로부터 빠져나갔다. 마치 여인의 매끄러운 배 아래에서도 그 배를 잠식하는 내부의 병을 알아보는 외과 의사처럼 내게는 그런 매력에 멈출 능력이 없었기 때문이다. 사교적인 만찬에 참석해도 손님들을 보지 않았으므로 아무 소용이 없었다. 왜냐하면 그들을 본다고 믿을 때에도 나는 그들의 엑스레이를 찍고 있었기 때문이다.

그 결과 만찬에 참석한 손님들에 대해 관찰할 수 있는 요소들을 모두 한데 모아 내가 스케치한 선의 데생이 심리학 법칙의 총체를 드러냈고, 거기서 손님 자신이 대화에서 보여 주었던 원래의 흥미로운 점은 거의 찾아볼 수 없었다. 그렇지만 있는 그대로의 그들을 보여 주지 않는다고 해서 그것이 내가 그린 초상화의 가치를 삭제할까? 만일 회화 분야에서 한 초상화가 빛과 질감과 움직임에 관련된 몇몇 진리를 규명해 준다면, 그것이 같은 인물을 그렸지만 첫 번째 초상화에서는 생략된 수많은 디테일들을 상세히 묘사하여 그 인물과 전혀 닮지 않은 초상화를 그렸다고 해서 — 첫 번째 초상화를 보고 추하다고 생각했던 모델을 두 번째 초상화를 보고는 매력적인 인물이라고 판단할 수도 있으므로 — 그 두 번째 초상화를 반드시 열등하다고 할 수 있을까? 자료와 역사적인 면에서 중요한 것이 반드시 예술의 진리라고는 할 수 없기 때문이다.

게다가 혼자 있지 않기만 하면 나를 사로잡는 경박함이, 예술의 어떤 요소나 이전에 내 정신을 몰두하게 한 질투심 어린 의혹에 관해 질문하기 위해 사교계에 가는 경우가 아니라면, 그들과 수다를 떨면서 그들의 말을 들으며 뭔가 배우기보다는 그들 마음에 들고 싶고 그들을 즐겁게 해 주고 싶은 생각을 더 많이 하게 했다. 그러나 책을 읽으면서도 보고 싶은 욕망이 깨어나지 않거나, 나 자신이 미리 스케치를 하고 나중에 현실과 대조하고 싶은 생각이 들지 않는다면 내게서 본다는 것은 불가능했다. 공쿠르의 글이 내게 가르쳐 주지 않아도 나는 이미 알고 있었다. 여러 번 사람이나 사물에 주의를 기울이는 것이 불가능하게 느껴지다가도, 나중에 그 이미지가 고독 속에 홀로 있을 때 한 예술가에 의해 제시되면, 그 이미지를 되찾기 위해 얼마나 먼 거리를 달려가고 죽음의 위험도 무릅쓰려 했을까! 그제야 내 상상력은 시동이 걸리고 묘사를 시작하는 것이었다. 지나간 해에 내가 하품했던 것 앞에서 나는 고통스럽게 그것을 미리 관조하고 욕망하면서 생각했다. '본다는 것은 정말 불가능할까? 그렇게 할 수만 있다면 뭔들 주지 못하랴!'

사람들에 관한 기사를 읽을 때면, 또는 단지 이제는 '더 이상 어떤 증인도 존재하지 않는 사회의 마지막 표징'으로 정의되는 사교계 인사에 관한 기사를 읽을 때면, 우리는 아마 이렇게 외칠 것이다. "그토록 별 볼일 없는 인간에 대해 저렇게나 떠들어 대고 찬사를 보내다니! 신문이나 잡지만 읽고 그 사람을 실제로 만나지 못했다면 나도 그 사람과 교제하지 못한 걸 후회했을 거야!" 그런데 신문에서 그들에 관한 글을 읽을 때면 오히려 다음과 같이 생각하는 경향이 있었다. "얼마나 불행한 — 그때 나는 단지 질베르트나 알베르틴을 찾는 일에만 몰두했으므로 — 일이야, 그 신사에게 주의를 기울이지 않다니! 사교계의 지겨운 사람이나 단역 배우로만 생각했는데 이제 보니 '중요한 인물'이었네!"

내가 읽은 공쿠르의 글은 그런 경향을 가진 나를 후회하게 만들었다. 어쩌면 그 글을 통해 나는 삶이 독서의 가치를 떨어뜨리는 걸 가르쳐 주고, 또 작가가 자랑하는 것이 대단한 것이 아니라는 결론을 내릴 수 있었을지 모른다. 그러나 또한 독서가 반대로 삶의 가치를 높인다는 사실을 가르쳐 준다는 결론을 내릴 수도 있다. 우리가 제대로 평가할 줄 몰랐던 가치, 책을 통해서만 얼마나 대단한지 깨닫게 되는 그런 가치를. 부득이한 경우 뱅퇴유나 베르고트 같은 인물과의 교류를 그다지 좋아하지 않았다는 사실에서 마음의 위로를 받을 수도 있었다. 뱅퇴유의 지나치게 수줍어하는 부르주아 근성이나 베르고트의 참을 수 없는 결점, 초기의 엘스티르가 보여 주었던 그 잘난 체하는 천박함은(왜냐하면 콩쿠르의 『일기』는 베르뒤랭 집에서 스완을 그토록 짜증 나게 한 연설을 했던 '티슈 씨'가 다름 아닌 엘스티르임을 가르쳐 주었기 때문이다.*) 그들에 반대되는 어떤 부정적인 점도 증명하지 못하는데, 왜냐하면 그들의 천재는 작품을 통해 표출되기 때문이다. 우리의 마음에 들지 않았던 모임을 회고록이 매력적으로 묘사한다고 해도, 회고록이 틀렸는지 우리가 틀렸는지는 그리 중요한 문제가 아니다. 비록 회고록 작가가 틀렸다고 해도, 그것이 그런 천재를 낳은 삶의 가치에 대립되는 것은 아무것도 증명하지 못하기 때문이다.(그러나 어느 천재적 인간이 탁월한 안목을 가지기 전에, 엘스티르에게 일어났던 것처럼 또 다른 사람에게도 드물게 일어나는 일이지만, 그들이 속한 그룹이 사용하는 그 짜증 나는 말투를 쓰지 않을 수 있단 말인가? 이를테면 발자크의 편지는 스완 자신이 그걸 쓰느니 차라리 죽고 싶어 했을 정도로 수많은 천박한 표현들로 뿌려져 있지 않았던가? 그렇지만 그처럼 섬세하고 그런 모든 가증스러운 어리석음으로부터 제거된 스완은 결코 『사촌 누이 베트』나 「투르의 신부」**를 쓰지 못했다.)

---

* 베르뒤랭 살롱에서 엘스티르는 티슈가 아닌 '비슈 씨'로 불렸다.(『잃어버린 시간을 찾아서』 2권 35쪽)

** 『사촌 누이 베트』(1846~1847)는 '가난한 친척'이라는 인물 창조를 통해 평범한 외양 아래 숨겨진 악마적 힘의 표출을 보여 준 발자크의 걸작이다. 「투르의 신부」에 대해서는 『잃어버린 시간을 찾아서』 8권 348쪽 참조.

그러나 이런 경험의 또 다른 극단에서, 공쿠르 『일기』의 고갈되지 않은 소재를 이루고 홀로 밤을 보내는 독자에게 기분 전환을 제공하는 그 흥미로운 일화들이, 우리가 그 글을 읽으면서 만나고 싶어 했을 손님들, 그러나 내게는 어떤 흥미로운 추억의 흔적도 남기지 못한 손님들이 얘기해 준 것임을 알았을 때, 그 이유를 설명하기란 그렇게 어렵지 않았다. 일화의 흥미로움에서 그것을 이야기하는 인간의 품격이 훌륭하다는 가능성을 이끌어 내는 공쿠르의 순진함에도 불구하고, 지극히 평범한 인간도 그들의 삶에서 신기한 것들을 보거나 이야기하는 것을 듣고 또 차례가 왔을 때 그들이 다시 그것을 이야기할 수 있기 때문이다. 공쿠르는 볼 줄 알았던 것처럼 들을 줄도 알았다. 그러나 나는 알지 못했다.

게다가 이 모든 사실들은 하나씩 검토할 필요가 있었다. 게르망트 씨만 해도 할머니가 그토록 만나고 싶어 하고, 또 보세르장 부인의 회고록에 따르면 감히 흉내조차 낼 수 없는 모델로 내게 제시되었던 그런 우아한 소년의 멋진 본보기라는 인상은 주지 못했다. 그러나 당시 바쟁은 일곱 살이었고 그 책을 쓴 작가가 그의 고모였으며, 또 몇 달 후 이혼할 남편들도 그대에게는 자기 아내에 대해 멋진 찬사를 늘어놓는다는 사실을 생각해 봐야 한다. 생트뵈브가 쓴 아름다운 시 가운데 하나는 온갖 재능과 우아함으로 장식된 소녀, 당시 열 살밖에 되지 않은 어린 샹플라트뢰 양이 샘물 앞에서 출현하는 모습에 할애되고 있다. 천재 시인 노아유 백작 부인이 자신의 시어머니, 샹플라트뢰 가문 태생의 노아유 공작 부인에 대한 애정 어린 존경심에도 불구하고 만일 시어머니의 초상화를 글로 써야 했다면, 생트뵈브가 오십 년 전에 썼던 초상화와는 매우 선명한 대조를 이루었으리라.*

어쩌면 보다 당혹스러운 점은 중간 계층에 속한 존재들, 그들에 관한 얘기가 신기한 일화를 기억하는 능력보다 더 많은 것을 내면에 가지고 있음을 함축하지만, 아무것도 창조하지 못한 탓에 뱅퇴유나 베르고트처럼 그들의 작품에 의해 평가받을 수 있는 수단은 아무것도 갖지 못하고 단지 타인에게 — 지극히 평범하다고 생각했던 우리에게 커다란 놀라움을 안겨 주는 — 영감만 주는 자들이다. 르네상스 시대의 가장 위대한 화가들의 작품이 전시된 이래 미술관에서 가장 우아한 인상을 주게 될 살롱이 실은 우스꽝스러운 프티 브르주아 여인의 살롱이라 해도 무방하다. 만일 내가 그 여인을 알지 못하고 그림 앞에 섰을 때, 그림이 내게 알려 주지 않은 화가의 예술에 대한 가장 귀중한 비밀을, 아름다운 벨벳과 레이스의 화려한 옷차림이 어떻게 티치아노의 가장 아름다운 회화 작품에 비길 만한 작품이 되었는지 그 여인이 가르쳐 주길 기대하면서 현실 속에서 다가가기를 꿈꿀 수 있다면 말이다. 만일 내가 예전에 베르고트 같

* 여기서 프루스트가 암시하는 시는 샹플라트뢰 태생의 노아유 공작 부인의 어린 시절 모습을 노래한 생트뵈브의 「8월의 상념」(1843)이다. 노아유 공작 부인은 시인 안나 드 노아유 백작 부인의 시어머니로, 이 '천재'란 표현은 프루스트가 안나 드 노아유(『잃어버린 시간을 찾아서 5권 171쪽 주석 참조.)에 대해 자주 사용했던 표현이라고 지적된다.(『되찾은 시간』, 플레이아드 IV, 1197~1198쪽 참조.)

은 작가가 되는 것이(동시대인들은 베르고트를 스완보다 재치가 없고 브레오테 씨보다 박학하지 않다고 여겼을 테지만) 재치가 뛰어나고 학식이 풍부하고 교우 관계가 뛰어난 사람이 아니라, 스스로 거울이 되어 비록 평범한 삶이라 해도 그 삶을 반영할 줄 아는 사람이라는 걸 이해했다면, 하물며 예술가의 모델에 대해서도 똑같이 말할 수 있지 않겠는가. 아름다움에 대한 사랑이 깨어난 화가는 모든 걸 그릴 수 있으며, 그가 아름다움의 소재를 발견하는 우아한 모델은 흔히 화가보다 부유한 사람들에 의해 제공되며, 화가는 거기서 자기가 그린 그림을 50프랑에 팔 정도로 무명인 천재의 아틀리에에는 대부분 없는, 이를테면 오래된 실크를 씌운 가구와 많은 램프들, 아름다운 꽃과 아름다운 과일과 아름다운 드레스가 있는 살롱을 발견하게 될 것이다. 그들은 비교적 소박한 사람들로, 아니, 정말로 찬란한 사람들의 눈에는(그들의 존재조차 알지 못하는) 그렇게 보이지만, 바로 그런 이유로 그들은 귀족 계급의 사람들이 교황이나 국가원수들처럼 아카데미 회원인 화가에게 초상화를 그려 달라고 부탁하는 것보다 더 쉽게 무명 화가와 교류할 수 있고, 그의 진가를 알아보고 그를 초대하고 또 그의 그림을 구입할 수 있다. 우리 시대의 우아한 가족과 아름다운 옷차림에 대한 시적 정취는 후대인에게서 코트 또는 샤플랭이 그린 사강 대공 부인이나 라로슈푸코 백작 부인의 초상화보다 차라리 르누아르가 그린 출판업자 샤르팡티에의 살롱에서 찾아볼 수 있지 않을까?*

---

* 피에르오귀스트 코트(Pierre-Auguste Cot, 1837~1993). 프랑스 화가로

우아함에 대한 가장 멋진 시각을 제공한 예술가들은 대부분 그들 시대의 가장 우아하지 않은 사람들로부터 그 요소들을 취득했는데, 우아한 사람들이 아름다움의 낯선 전달자에게 그림을 그리게 하는 일은 드물다. 그들은 그의 그림에서, 마치 병자가 실제로 눈앞에 놓여 있다고 믿는 주관적 환영처럼, 일반 대중의 눈에 어른거리는 그런 진부하고 낡아 빠진 상투적 표현 뒤에 감추어진 아름다움을 식별할 줄 모른다. 그러나 내가 알았던 그 평범한 모델들이 화가와 작가에게 영감을 주었다는 사실 외에도, 그들은 나를 매혹한 작품의 배열에 조언을 했으며, 그림 속 이런저런 인물의 존재가 단순한 모델 이상의 존재, 화가가 자신의 그림에서 보여 주고 싶은 친구 같은 존재였다는 사실이 나로 하여금 발자크가 그들을 자신의 책에서 묘사했거나 찬미의 표시로 책을 헌정했으며, 또는 생트뵈브와 보들레르가 그들에 대해 가장 아름다운 시구를 썼으므로 그 모든 사람들과 사귀지 못한 것을 안타깝게 생각했던 것은 아닌지 자문해 보게 했다. 하물며 레카미에 부인과 퐁파두르 부인 같은 온갖 유명한 여인들이* 나의 병약한 체질 때문

「폭풍우」와 「봄」을 그렸다. 그러나 여기서 말하는 사강 대공 부인의 초상화는 그 진위를 파악하기가 힘들다고 지적된다.(『되찾은 시간』, GF-플라마리옹, 477쪽 참조.) 샤를 샤플랭(Charles Chaplin, 1825~1891)은 프랑스 화가로 라로슈푸코 백작 부인의 초상화를 그렸다.(프루스트의 『에세이와 평론』, 플레이아드, 437쪽 참조.) 르누아르의 「샤르팡티에 부인과 아이들」에 대해서는 『잃어버린 시간을 찾아서』 6권 181쪽 참조.

* 레카미에 부인과 퐁파두르 부인에 대해서는 『잃어버린 시간을 찾아서』 6권 174쪽, 4권 211쪽 주석 참조.

에 별 의미 없는 존재로 보이지는 않는다 해도 내가 아프다는 사실이, 또 내가 제대로 평가하지 못한 그 모든 사람들을 보기 위해 다시 돌아갈 수 없다는 사실이 나를 분노하게 했다. 아니면 그들의 매력이 다만 문학의 마술적 환상에서 비롯된 것이라면 나는 독서 방법을 가르쳐 주는 사전을 바꾸어야 했다. 그러자 병세의 악화로 얼마 후면 사교계와 결별하고 여행이나 미술관에 가는 일을 포기하고 요양원으로 병을 치료하기 위해 떠나야 한다는 사실이 오히려 위로가 되었다. 그렇지만 어쩌면 회고록에서 이런 거짓된 측면이나 가짜 조명은 지나치게 최근의 일일 때만, 사교적인 명성과 마찬가지로 지적인 명성이 아주 빨리 사라질 때에만 존재하는지도 모른다.(그리하여 비록 축적된 지식이 이런 명성의 매몰에 저항한다 해도 과연 나날이 쌓여 가는 망각을 천 번에 한 번이라도 파괴하는 데 성공할 수 있을까?)

*

문학에 대한 재능의 결핍을 덜 후회하거나 더 후회하게 만드는 생각은 오랜 세월 동안 단 한 번도 머리에 떠오르지 않았다. 그때 사실 나는 글을 쓰려는 계획을 완전히 포기하고 파리에서 멀리 떨어진 요양원에서 치료를 받으며 지내고 있었는데, 그 체류는 1916년 초 의료진이 단 한 명도 남아 있지 않을 때까지 계속되었다.

그때 내가 돌아온 파리는, 독자도 곧 보게 될 테지만, 처음

1914년 8월 건강 검진을 받기 위해 돌아왔다가 다시 요양원으로 되돌아갔을 때와는 아주 다른 모습이었다.* 1916년 다시 파리로 돌아온 어느 저녁, 당시 유일하게 내 관심을 끌던 전쟁에 관한 이야기를 듣고 싶어서 나는 저녁 식사 후 베르뒤랭 부인을 방문하려고 집을 나섰다. 베르뒤랭 부인은 봉탕 부인과 더불어 집정부 시대**를 연상케 하는 전쟁 동안 파리를 지배하는 여왕 중의 한 사람이었기 때문이다. 자연 발생으로 보이는 소량의 효모균이 뿌려진 듯, 젊은 여인들은 마치 탈리앵 부인***과 동시대 여인이 썼을 법한 원통형의 높은 터번을 두르고, 애국심의 발로인 듯 짧은 스커트에 어두운 빛깔의 지극히 '전투적인' 이집트풍의 일자형 튜닉을 입었다. 탈마****가 신었던 고대 그리스 배우의 반장화를 연상시키는 가죽 끈을 맨 반장화를 신거나, 또는 우리의 사랑하는 전투병들의 각반(脚絆)을 떠올리는 긴 각반을 찼다. 여인들의 말에 따르면 이는 전투병들의 눈을 즐겁게 해 주어야 하므로 '헐렁한' 옷차림뿐 아니라 비록 군대에서 직접 온 소재는 아니지만 그 장식

---

* 프루스트는 어머니의 죽음 후 1905년과 1906년 두 번에 걸쳐 불로뉴숲 근처에 있는 솔리에 박사의 요양원에 입원했지만, 신경증 증세는 별다른 차도를 보이지 않았다고 한다.(『되찾은 시간』, 플레이아드 IV, 1198쪽 참조.)

** 로베스피에르가 몰락하고 5인의 총재가 집권하던 집정부 시대 또는 총재 정부 시대라고 불리는 시기이다.(『잃어버린 시간을 찾아서』 2권 403쪽)

*** Mme Tallien(1773~1835). 카라망 백작에 이어 시메 내공과 결혼한 여인으로 그리스풍의 의상을 유행시켰다.

**** 프랑수아 조제프 탈마(François Joseph Talma, 1763~1826). 프랑스의 유명한 비극 배우로 화가 다비드의 조언에 따라 고대 그리스풍의 복장과 발성법을 재현했다.

주제가 군대를 환기하는 장신구로 치장해야 한다는 것을 잊지 않았기 때문이라고 했다. 즉 이집트 장신구 대신 이집트 전투를 떠올리는 폭탄 조각이나 75밀리 탄약용 벨트로 만든 반지와 팔찌, 한 군인이 자신의 카냐(cagna)*에서 지내는 동안 아주 멋진 녹을 슬게 해 빅토리아 여왕의 옆얼굴이 마치 피사넬로**에 의해 새겨진 듯 보이는, 그런 영국 동전 두 개를 가지고 만든 담배 라이터 같은 장신구가 그것이다. 여인들은 항상 군대를 환기하는 장식 주제에 대해 생각했으므로, 가족 중 한 명이 죽어도 '자부심이 섞인' 장례라는 핑계로 상복을 거의 입지 않았고, 영국산 하얀 크레이프 천으로 만든 챙 없는 모자(가장 우아한 효과를 자아내고 어느 누구도 반박할 수 없는 결정적 승리를 확신하는 마음속에서 '모든 희망을 허용하는')와, '프랑스 여성에게는 새삼스레 환기할 필요도 없는 그런 요령과 단정함을 준수하며' 예전에 사용하던 캐시미어를 새틴이나 시폰으로 교체하고 진주 목걸이의 착용마저 허용했다.

루브르 박물관을 비롯하여 모든 미술관의 문이 닫혔고, 그리하여 신문 기사의 첫머리에서 "선풍적인 인기를 끄는 전시회"라는 글을 읽을 때면, 사람들은 그것이 미술 전시회가 아닌, '파리 여성들이 오랫동안 박탈당한 예술의 섬세한 기쁨을 위해 마련된' 의상 전시회임을 확신할 수 있었다. 이렇게 해

* 피신처라는 의미로 1차 세계 대전 동안 많이 사용되던 은어라고 지적된다.(『되찾은 시간』, 플레이아드 IV, 1199쪽 참조.)

** 이탈리아의 화가이자 메달 조각가인 피사넬로에 대해서는 『잃어버린 시간을 찾아서』 4권 273쪽 주석 참조.

서 멋과 즐거움이 다시 시작되었다. 다른 예술이 부재하는 탓에 멋의 세계는 마치 1793년의 예술가들이 혁명 미술 전시회에 작품을 전시하면서 "유럽의 동맹군이 자유의 영토를 공격할 때 예술에 몰두하는 것이 엄격한 공화파에게는 기이하게 보일지 모르지만 이는 잘못된 일이다."*라고 선언했던 것처럼 스스로를 정당화하려고 애썼다. 1916년의 의상 디자이너들이 바로 그런 일을 수행했으며, 게다가 예술가로서의 자부심을 의식한 듯 그들은 다음과 같이 고백했다. "새로움을 찾고 진부함을 피하며 개성을 강조하고 승리를 준비하며 전후 세대를 위한 아름다움의 새로운 표현을 도출하고, 바로 이것이 그들을 고뇌하게 하는 야망이며, 그들이 추구하는 꿈이다. 그러므로…… 거리에 매우 우아하게 자리 잡은 살롱을 방문하는 사람들이라면 쉽게 이해할 수 있듯이, 현 상황이 강요하는 신중함을 고려하면서도 시대의 무거운 슬픔을 빛나는 밝은 색조로 지우는 것이 시대의 강령처럼 보인다."

"시대의 슬픔은" 사실 "우리가 깊이 생각할 용기와 인내심의 훌륭한 사례가 없었다면 여성의 기를 짓눌렀을지도 모른다. 그러므로 참호 깊숙이에서 집에 두고 온 그 부재하는 연인의 안락과 멋진 옷차림을 꿈꾸는 우리의 전투병들을 생각하면서, 시대의 필요에 부응하는 의상을 창조하기 위해 우리는 더 많은 연구 수행을 멈추지 않을 것이다. 유행은," 이해할 수

* 공쿠르의 『집정부 시대의 프랑스 사회사』(1864)에 나오는 구절을 프루스트가 인용했다고 지적된다.(『되찾은 시간』, 폴리오, 377쪽 참조.)

있는 일이긴 하지만, "현재 영국의 의상실, 따라서 우리 동맹국의 의상실이 주도하고 있으며 또 사람들은 금년 튜브 드레스에 열광하고 있는데, 자연스럽게 흘러내리는 모양이 모든 여인에게 보기 드문 품위를 부여한다는 멋진 특징을 갖고 있다. 이는 이 암울한 전쟁의 가장 행복한 결과 중 하나일 것이다."라고 그 매력적인 논설자는 덧붙였다.(사람들은 그가 '빼앗긴 지역의 탈환과 국민 감정의 각성'이라고 말할 것으로 기대했다.) "어쩌면 이 전쟁의 가장 행복한 결과 가운데 하나는 의상 분야에서 무분별한 사치와 악취미로 만들어진 옷이 아니라, 매우 작은 걸 가지고 그토록 멋진 결과를 얻었다는, 아무것도 아닌 것을 가지고 우아함을 창조했다는 점일 것이다. 여러 벌로 제작되는 유명 디자이너의 드레스보다 지금은 각자의 개인적 기지와 안목과 성향을 확인시켜 주는 그런 자기 집에서 만든 옷을 더 좋아한다."*

자선 행사로 말하자면, 적의 공격으로 인한 그 모든 비참함이나 수많은 상이군인을 생각하면서 베풀어지는 행사인 만큼 어느 때보다 '더 기발한' 행사가 되어야 한다는 것은 지극히 자연스러운 일이었다. 그 결과 높은 터번을 두른 부인들은 '티타임'에 브리지 게임을 하는 탁자 옆에 둘러앉아 '전선'의 소식을 논평하면서 오후 끝자락을 보내야 했고, 한편 문 앞에는 그들의 자동차가 기다렸는데 자동차 좌석에는 잘생긴 군

---

* 프루스트가 직접 쓴 글인지 아니면 당시 신문에서 인용한 글인지 그 출처가 확실치 않다고 지적된다.(『되찾은 시간』, 플레이아드 IV, 1200쪽 참조.)

인과 제복 입은 하인이 앉아서 수다를 떨고 있었다. 게다가 얼굴 위로 솟아오른 그 기이한 원통형 모자만이 새로운 것은 아니었다. 얼굴들 역시 새로웠다. 새로운 모자를 쓴 부인들은 어디서 왔는지 모르는 젊은 여인들로 그중 몇몇은 육 개월 전부터, 몇몇은 이 년 전, 몇몇은 사 년 전부터 최고의 멋쟁이로 통하고 있었다. 이러한 차이는 게다가 그들에게서 내가 사교계에 처음 데뷔했던 시절 게르망트와 라로슈푸코 같은 두 가문 사이에 오래된 가문임을 증명하는 3~4세기의 차이만큼이나 중요했다. 1914년부터 게르망트가와 알고 지내던 귀부인은 1916년에 그들 집에 소개된 귀부인을 마치 벼락부자라도 보듯 바라보면서 남편 재산을 상속받은 미망인으로서의 예의를 갖춰 인사를 하고 손거울로 뚫어지게 응시하며 그 귀부인이 결혼했는지 안 했는지도 정확히 알지 못한다면서 찡긋한 표정으로 고백했다. "이 모든 것이 구역질 나요." 하고 1914년의 부인은 게르망트네의 신규 회원 가입이 자신에서 끝이 나기를 기대하면서 결론을 내렸다. 젊은 남자들에게는 아주 옛날 여자로 보이고, 또 상류 사회만 출입하지 않았던 늙은 남자들에게는 예전에 본 적이 있다고 생각될 만큼 그렇게 새로워 보이지 않는 그 새로운 사람들은, 정치나 음악에 관한 대화의 오락거리를 그 대화에 어울리는 내밀함 속에서 제공했을 뿐만 아니라, 더 나아가 그 오락거리를 제공하는 것이 반드시 그들이어야 했다. 왜냐하면 사물이 뭔가 새롭게 보이기 위해서는 그것이 옛것이건 새것이건 간에 예술에서는, 의학계나 사교계도 마찬가지지만, 새로운 이름이 필요하기 때문이다.(어떤 물건들은 게다가 정말로 새로운 이름을 갖고 있었다. 이렇게 해서 베르뒤랭 부인은 전쟁 중에 베네치아를 방문했고 그때 그녀가 멋지다고 말하면서 찬미한 것은, 마치 슬픔이나 감정에 대해 얘기하기를 일부러 피하는 사람들처럼, 그토록 나를 기쁘게 해 주던 베네치아나 산마르코 성당, 궁전도 아닌 — 그녀가 별로 소중하게 여기지 않는 — 하늘에 쏘아 올린 탐조등의 효과였으며, 그 탐조등에 대해 그녀는 숫자로 보강된 지식을 늘어놓았다. 이렇게 해서 시대에서 시대로 그때까지 찬미하던 예술의 반동 작용에 의해 어떤 유형의 리얼리즘이 다시 태어난다.)

생퇴베르트 부인의 살롱은 빛바랜 상표 같은 것으로 가장 위대한 예술가나 영향력 많은 장관이 참석한다고 해도 누구 하나 유인하지 못했을 것이다. 이와 반대로 예술가의 비서나 장관 비서실 차장의 단 한마디 말을 듣기 위해 사람들은 터번을 두른 새로운 귀부인들 — 그 수다스러운 말의 공격이 날개 날린 듯 퍼지면서 파리를 가득 채우게 될 — 의 살롱으로 달려갔다. 제1집정부 시대의 귀부인들에게는 젊고 아름다운 탈리앵 부인으로 불리는 여왕이 있었다.* 제2집정부 시대의 귀부인들에게는 베르뒤랭 부인과 봉탕 부인으로 불리는 두 명의 늙고 추한 여왕이 있었다. 남편이 드레퓌스 사건에서 어떤

* 공쿠르는 『집정부 시대의 프랑스 사회사』의 한 장을 스탈 부인과 탈리앵 부인에게 할애하고 "테르미도르 혁명(1794년 산악파(山岳派)의 혁명 정부를 무너뜨린 11월 혁명)은 여성의 승리"라고 기술했다.(『되찾은 시간』, 플레이아드 IV, 1201쪽에서 재인용.) 탈리앵 부인은 '노트르담 드 테르미도르,' 즉 테르미도르의 성모라고 불릴 정도로 당시에 막강한 영향력을 행사했다.

역할을 했다고 해서《에코 드 파리》*가 신랄하게 비난했던 봉탕 부인을 이제 과연 어느 누가 용서하지 않을 수 있단 말인가? 프랑스 의회는 어느 시기에 이르자 모두 재심파가 장악했고, 사회 질서와 종교의 관용 그리고 군대 양성을 내세우는 정당은 필연적으로 옛 재심파나 옛 사회주의자들 가운데서 당원을 모집할 수밖에 없었다. 과거에 봉탕 씨를 증오했던 이유는 애국심 없는 사람이 드레퓌스파란 이름으로 불렸기 때문이다. 그런데 이제 그 이름은 잊히고 삼 년제 병역법 반대자란 이름으로 교체되었다.** 그런데 봉탕 씨는 반대로 그 법령을 만든 사람 중의 하나였고, 따라서 애국자였다.

사교계에서의(게다가 이런 사회 현상은 보다 일반적인 심리학 법칙의 적용에 지나지 않지만) 새로움은 비난받을 만하든 그렇지 않든 우리 마음을 안심시키는 요소들에 의해 동화되고 둘러싸이기 전까지는 혐오감을 불러일으키는 법이다. 처음에는 모든 사람을 소리 지르게 했던 생루와 오데트 딸의 결혼처럼 드레퓌스주의도 마찬가지였다. 지금은 생루 부부의 집에

---

* 1884년에서 1944년까지 발간된 보수 성향의 프랑스 일간지로 드레퓌스 반대편에 섰다.

** 1905년에 이 년으로 단축된 병역 기간이 독일의 군비 증강으로 1913년 상반기에는 초미의 관심사가 되었는데, 사회주의자들의 격렬한 반대에도 불구하고 1913년 병역 기간 삼 년 근무가 의회에서 재택되었다.(이 법안의 핵심 발기인 중에는 언론인 출신의 레나크가 있었는데, 봉탕 씨는 이런 레나크를 모델로 한다고 지적된다.) 「갇힌 여인」에서 베르뒤랭 부인은 봉탕 씨에 대해 "드레퓌스의 재심 청원에 가담하지 않았다는 이유로 그를 미적지근한 사람"이라고 평했었다.(『잃어버린 시간을 찾아서』 10권 81쪽 참조.)

서 모든 이들이 '아는' 사람들을 만났으므로, 설령 질베르트가 오데트의 품행을 물려받았다 해도 그들은 여전히 생루 부부의 집에 '갔을' 것이며, 또 그녀가 작위를 상속받은 미망인처럼 아직 동화되지 않은 새로운 풍습을 비난해도 승인했을 것이다. 드레퓌스주의가 지금은 사람들이 존중해야 하는 일상적인 것의 범주 안에 통합되었다. 어느 누구도 그것이 그 자체로서 어떤 가치가 있는지를 물어보려고 하지 않았으며, 예전에 그것을 비난하기 위해 그랬던 것처럼 지금은 인정하기 위해서도 생각하지 않았다. 그것은 더 이상 '충격적이지' 않았다. 필요한 것은 그게 전부였다. 얼마의 시간이 지나면 소녀의 아버지가 도적이었는지 아닌지도 더 이상 알지 못하듯이 그것이 충격적이었는지 아닌지도 거의 기억하지 못한다. 부득이한 경우 사람들은 이렇게 말할 수 있을 뿐이다. "아닙니다. 당신이 말하는 분은 그분 처남이거나 동명이인일 겁니다. 적어도 그분에겐 비난받을 만한 점이 전혀 없습니다." 물론 여러 유형의 드레퓌스주의가 존재하는 것과 마찬가지로, 몽모랑시 공작 부인 댁을 드나들고 삼 년제 병역법을 통과시킨 자가 나쁜 사람일 수는 없었다.* 어쨌든 모든 죄는 용서받아야 한다. 드레퓌스주의에 부여된 이 망각은 '한층 더 강력한 이유로' 드레퓌스를 지지하는 사람들에게 주어졌다. 게다가 정계

---

* 이 문단에서 화자는 지식인이나 사회주의자들이 표방하는 드레퓌스주의와, 상류 사회를 드나들고(몽모랑시 부인으로 상징되는) 군대를 지지하는(삼 년 연장된 병역법으로 상징되는) 소위 우파적 시각의 드레퓌스주의를 분리하는 사교계 인사들의 관행을 풍자하고 있다.

에는 드레퓌스파가 아닌 사람은 찾아볼 수 없었고, 어느 순간 정부에 남아 있기를 원한 사람들은 모두 드레퓌스파였고, 심지어는 드레퓌스주의와 반대 움직임을 대표하던 사람들조차 그 충격적인 새로운 모습 아래(생루가 좋지 못한 길에 들어섰을 때처럼) 애국심의 결여와 무종교와 무정부주의 등을 구현했다. 이렇게 해서 봉탕 씨의 드레퓌스주의는 모든 정치가들의 그것처럼 눈에 띄지 않는 본질적인 것으로 마치 피부 아래 있는 뼈처럼 더 이상 보이지 않았다. 그가 드레퓌스파의 일원이었음을 기억하는 사람은 아무도 없었다. 사교계 인사들은 방심하고 건망증이 심했으며, 또 그 일로부터 오랜 시간이 흘렀고, 그 기간이 더 오래되었다고 믿는 척했으니까. 왜냐하면 전쟁 전의 시기가 지질학적인 시대처럼 많은 지속을 나타내는 어떤 심오한 것에 의해 전쟁과 분리되었다고 믿는 견해가, 당시 가장 유행하는 견해 중 하나였기 때문이다. 그리하여 민족주의자인 브리쇼 자신이 드레퓌스 사건을 암시할 때면 "그 선사 시대에는"이라고 말했다.

(사실 전쟁으로 인한 이런 심오한 변화는 적어도 어떤 단계부터는 그 일에 관계된 정신의 가치와 반비례했다. 맨 밑에는 전쟁의 발발에도 개의치 않는 순전히 바보들이거나 방탕한 자들이 있었다. 맨 위에는 내적이고 주변적인 삶을 살면서 사건의 중대성을 거의 고려하지 않는 사람들이 있었다. 그들에게서 사유 순서에 깊은 변화를 일으키는 것은 뭔가 그 자체로서는 전혀 중요하지 않지만 시간의 순서를 전복시켜 그들을 그들 삶의 다른 시대와 같은 시대를 사는 사람으로 만든다는 것이다. 우리는 실제로 그 시대가 영감을 준 문장의 아

름다움을 통해 그 사실을 이해할 수 있다. 다시 말해 몽부아시에 공원에서 들은 새들의 노랫소리나 물푸레나무의 향기를 머금은 미풍은 물론 프랑스 대혁명이나 '제1제정' 같은 위대한 시기에 비해 전혀 중요하지 않은 사건들이다. 그렇지만 그 사건들은 샤토브리앙이 『무덤 너머의 회고록』에서 무한한 가치를 가진 문장을 쓰는 데 영감을 주었다.* 드레퓌스 지지파니 드레퓌스 반대파니 하는 말은 이제 아무 의미도 없다고, 전에 그 말을 듣기만 해도 경악을 금치 못했던 사람들은 말했는데, 아마 몇 세기 후에는 아니 어쩌면 그보다 조금 더 일찍 '보슈'란 말 또한 '상퀼로트'나 '올빼미' 또는 '블뢰'처럼 그저 호기심을 자아내는 가치밖에 갖지 못할 것이다.**)

봉탕 씨는 독일이 중세 때처럼 여러 나라로 분할되고, 호엔촐레른 가문의 몰락이 선포되고, 빌헬름의 살갗 속에 열두 개의 총알이 박힐 때까지는 평화에 대한 어떤 말도 들으려 하

---

* 샤토브리앙이 몽부아시에에서 들은 개똥지빠귀(grive)의 노랫소리가, 어린 시절을 보낸 콩부르를 떠올리게 하여, 삼 년 반 동안 중단했던 『무덤 너머의 회고록』을 집필하는 데 제1제정의 멸망보다 더 결정적으로 작용했다는 일화를 암시하고 있다.(『되찾은 시간』, 리브르드포슈, 437쪽 참조.)

** '보슈(boche)'는 1870년 보불 전쟁, 특히 1차 세계 대전 동안 프랑스인이 독일군을 부르던 호칭이다. alboche에서 유래하는 이 단어는 독일 사람을 의미하는 al(allemand)과 머리 또는 나무를 의미하는 boche의 합성어로 '고집스럽고 아둔한 머리를 가진 독일 놈'이라는 의미의 욕설이다.(이 책에서는 보슈 놈들 또는 독일 놈들로 문맥에 따라 자유롭게 옮기고자 한다.) '상퀼로트(sans culotte)'는 1793년 프랑스 혁명 과격파가 구체제의 짧은 바지를 입지 않고 긴 줄무늬 바지를 입었다는 데서 과격파를 칭하며, '올빼미(chuan)'는 왕당파 장 코트로의 별명이 올빼미라는 데서 왕당파를 칭하며, '블뢰(bleu)'는 프랑스 공화국 병사를 칭한다.

지 않았다.* 한마디로 그는 브리쇼가 '철저한 항전주의자'라고 부르는 사람이었고, 그 호칭은 사람들이 그에게 줄 수 있는 시민 정신의 최고 보증서였다. 처음 사흘 동안 봉탕 부인은 베르뒤랭 부인에게 자신을 소개해 달라고 청하는 사람들 사이에서 조금은 낯설게 느꼈으며, 또 완전히 무지한 탓에 오송빌이라는 이름을 어떤 작위와도 연관시키지 못했는지, 아니면 반대로 지나치게 지식이 많은 탓에 그것을 한림원의 '공작당'**과 연관 지어 그 회원 중 하나라고 생각했는지, "당신이 방금 소개하신 분이 오송빌 공작이죠."라고 말했다. 이런 봉탕 부인에게 베르뒤랭 부인은 조금은 날카로운 어조로 "백작이랍니다, 친애하는 부인."이라고 대답했다.

나흘째 되는 날부터 봉탕 부인은 포부르생제르맹에 단단히 뿌리를 내리기 시작했다. 이따금 그녀 주위에는 아직 그들이 알지 못하는 세계의 낯선 조각들이 보였고, 그 조각들을 봐도 봉탕 부인이 깨고 나온 알을 아는 사람들은 병아리 주위의 껍질 조각을 보듯 놀라지 않았다. 그러나 보름이 되는 날부터 부

---

* 호엔촐레른(Hohenzollern) 가문은 원래 슈바벤의 귀족으로 프로이센 국왕과 독일 황제, 루마니아 왕을 배출한 가문이다. 1862년 39개의 군소 국가로 나뉘어 있던 독일을 통합한 프로이센 국왕이나, 1차 세계 대전의 주역인 빌헬름 2세도 모두 이 가문 출신이다.

** 오송빌(Haussonville, 1843~1924) 백작은 스탈 부인의 증손자로 처음에는 정치가로서의 경력을 쌓으려고 했으나 이내 포기하고 문학사와 사회 문제 연구에 전념했으며, 1888년에는 한림원 회원이 되었다. 그곳에서 그는 오말 공작과 다른 귀족 출신의 한림원 회원들과 함께 '공작당'이란 그룹을 형성하고 한림원 회원 선출에 결정권을 가지려고 시도했다.(『되찾은 시간』, 폴리오, 379쪽 참조.)

인은 그 모든 것을 떨쳐 버렸고, 또 한 달이 채 되기 전에 "전 레비 댁에 가요."라고 말했다. 모두 그녀가 정확히 말하지 않아도 그것이 레비미르푸아 댁임을 이해했다. 그리고 그날 저녁 공식 발표가 어떤 것이며, 거기에 제외된 소식은 무엇이며, 그리스와의 관계는 어떠하며,* 그들이 어떤 종류의 공격을 준비하고 있는지, 한마디로 말해 일반 대중이 다음 날이나 나중에 알게 될 것을 마치 패션쇼의 리허설처럼, 봉탕 부인이나 베르뒤랭 부인과의 전화 통화를 통해 다른 사람들보다 먼저 그 소식을 듣지 않고는 어떤 공작 부인도 잠자리에 들지 못했다. 베르뒤랭 부인이 대화 중에 그런 소식을 알릴 때면, 부인은 프랑스에 대해 '우리'라고 말했다. "그런데 그건 다음과 같아요. 우리는 그리스 왕에게 펠로폰네소스에서 철수할 것을 요구한다 등등. 우리는 그에게 파견한다 등등." 또 베르뒤랭 부인의 모든 이야기에는 GQG라는 단어가 끊임없이 반복되었다.("GQG에 전화했어요.")** 이런 약칭을 발음하면서 그녀

---

* 여기서 작품의 이해를 위해 간단히 1차 세계 대전을 요약해 보면, 1914년 6월 사라예보에서 오스트리아 황태자가 암살되면서 7월 오스트리아의 세르비아에 대한 선전 포고와 더불어 시작되어 1918년 11월 독일의 항복으로 끝난 유럽 최초의 현대전이다. 전쟁의 직접적인 동기는 세르비아 민족주의자에 의한 암살 사건이지만, 발칸 반도에서의 패권 장악을 위해 독일과 오스트리아와 이탈리아의 삼국 동맹에, 러시아와 영국과 프랑스의 삼국 협상이 맞서면서 대학살의 공포로 이어졌다. 전쟁 초에 세르비아와 동맹 조약을 맺은 그리스의 태도는 모호했는데, 빌헬름 2세의 처남이던 콘스탄티누스 왕은 친독주의자임을 표방하며 삼국 협상에 우호적이던 총리와 대립했으나, 1917년 아들에게 양위하면서 연합국 쪽으로 돌아섰다.

** 프랑스 총사령부를 의미하는 le Grand Quartier Général의 약어이다. 프

는 예전에 아그리장트 대공과 교류가 없던 여인들이 그에 대해 이야기하면 자신이 잘 안다는 걸 보여 주기 위해 미소를 지으면서 "그리그리 말이에요?"라고 물으면서 느꼈던 것과 동일한 기쁨을 느꼈다.* 지금보다 덜 불안하던 시기에는 사교계 인사들만이 알던 기쁨이었지만, 이런 커다란 위기의 시기에는 일반 서민도 아는 기쁨이었다. 우리 집사는 이를테면 누군가가 그리스 왕 얘기를 하면, 신문을 읽은 덕분에 빌헬름 2세가 그리스 왕을 부르듯이 "티노 말이에요?"라고 말할 수 있었는데, 지금까지는 왕들과의 친숙함이 보통 수준이었으므로 과거에 스페인 왕을 부를 때처럼 그리스 왕도 '퐁퐁스'라고 불렀었다.** 게다가 사람들은 베르뒤랭 부인에게 접근하는 찬란한 인사들의 수가 증가하면 할수록, 소위 그녀가 '따분한 자'라고 부르는 사람의 수가 감소했다는 걸 관찰할 수 있었다.*** 그녀를 방문하고 그녀에게 초대받기 원하는 모든 '따분한 자

랑스 군대의 총사령관 조프르(Joffre)와 니벨(Nivelle), 페탱(Pétain)이 지휘했다.(『되찾은 시간』, 폴리오, 380쪽 참조.)

* 아그리장트 대공의 별칭인 그리그리에 대해서는 『잃어버린 시간을 찾아서』 6권 201~202쪽 참조.

** 빌헬름 2세는 처남인 그리스 왕 콘스탄티누스를 '티노'라고 불렀다. '퐁퐁스'는 스페인 왕 알퐁스 13세의 애칭으로 1905년 파리 방문 시 젊음과 용기로 파리지앵들을 사로잡았다고 한다. 집사는 신문에서 그리스 왕의 별칭이 티노라는 사실을 알 때까지는 그리스 왕도 스페인 왕처럼 퐁퐁스로 불린다고 생각하며 그렇게 불렀다는 의미이다.

*** 「스완의 사랑」에서 '따분한 자'나 '따분한 것'은 베르뒤랭 부인의 파티에 참석하지 않는 귀족들이나 파티에 참석하지 못하도록 방해하는 모든 것을 가리킨다.(『잃어버린 시간을 찾아서』 2권 12쪽)

들'은 일종의 마술적인 변신으로 돌연 유쾌하고 지적인 사람이 되었다. 간단히 말해 일 년 후에는 이 따분한 자들의 수가 지나치게 높은 비율로 감소했으므로, 베르뒤랭 부인의 대화에서 그토록 큰 자리를 차지하고 또 그녀 삶에서 그토록 큰 역할을 했던 '따분함에 대한 참을 수 없는 두려움'은 거의 완전히 사라졌다. 참을 수 없는 따분함은(게다가 그녀는 아주 예전 젊었던 시절에는 따분함을 느낀 적이 없었다고 단언했다.) 마치 두통이나 신경성 천식이 늙어 가면서 힘을 잃는 것처럼 그녀를 괴롭히는 힘이 약해졌다. 따분함에 대한 두려움은 베르뒤랭 부인이 더 이상 따분하지 않게 된 자들을 예전 '신도'들 중에 모집한 다른 이들로 얼마간 대체하지 못했다면, 따분한 자가 부족한 탓에 완전히 베르뒤랭 부인 곁을 떠났을 것이다.

요컨대 현재 베르뒤랭 부인의 살롱을 드나드는 공작 부인들의 이야기를 끝내자면, 그들이 그곳에 찾으러 온 것은 물론 그들 자신은 짐작하지 못했지만 예전에 드레퓌스파가 찾으러 왔던 것과 정확히 같은 것이었다. 다시 말해 정치적인 호기심을 충족시키고, 신문에서 읽은 사건들에 관해 비슷한 의견을 가진 사람들끼리 모여 함께 논평하고 싶은 욕구를 채워 주도록 구성된 그런 사교적인 기쁨을 음미하는 것이었다. 베르뒤랭 부인은 마치 예전에 "드레퓌스 사건에 관한 얘기를 하러 오세요."라고, 그리고 그 중간에는 "모렐의 연주를 들으러 오세요."라고 말했듯이 지금은 "전쟁 얘기를 하러 5시에 오세요."라고 말했다.

그런데 모렐은 아직 제대하지 않았다는 이유로 그곳에 갈 수 없었다. 단지 군대에 복귀하지 않아서 탈영병이 되었지만 그런 사실을 아는 사람은 아무도 없었다.

모든 것은 너무도 유사해서 '보수적인 사람', '반체제적인 사람'이라는 오래된 말이 자연스럽게 다시 돌아왔다. 그것은 다른 것처럼 보이지만 과거의 코뮌파가 반재심파였듯이,* 가장 강력한 드레퓌스파가 지금은 모든 사람들을 총살하려고 했으며, 또 드레퓌스 사건 때는 갈리페 국방 장관에게 반대했던 장군들처럼 이런 장군들의 지지를 받았다.** 베르뒤랭 부인은 그 모임에 자선 사업으로 이름을 알린 조금은 새로운 귀부인들을 초대했고, 그들은 처음에는 화려한 옷차림에 커다란 진주 목걸이까지 하고 나타났지만, 그들처럼 아름다운 목걸이를 하고 지나치게 과시하던 오데트가 지금은 포부르생제르맹의 귀부인들을 흉내 내면서 '전시복' 차림으로 그들을 준엄한 눈길로 바라보았다. 그러나 여인들은 적응할 줄 안다. 서너 번의 방문 후 그들은 자신들이 세련된 옷차림이라고 믿었던 것이 세련된 사람들에게 금지되었음을 알고는 금박 붙은 화려한 드레스를 따로 보관하고 검소한 옷차림을 받아들였다.

현재 살롱을 빛내는 스타 중의 하나는 '꼴찌랍니다'라고 불

---

* 반재심파는 드레퓌스의 유죄를 믿고 드레퓌스 재심에 반대했던 사람들이다.

** 갈리페 장군(『잃어버린 시간을 찾아서』 5권 206쪽)은 1871년에는 코뮌 폭동을 과격하게 진압해서 좌파의 원성을 샀으며, 1899년에는 드레퓌스의 재심에 우호적인 좌파 내각의 국방 장관직을 수락하여 우파에서도 공격을 받았다.(『되찾은 시간』, 폴리오, 380쪽 참조.)

렸던 인간인데 스포츠에 대한 열정에도 불구하고 그는 병역을 면제받았다. 그는 어떤 감탄할 만한 작품, 내가 계속해서 생각하는 작품의 저자가 되었고, 그래서 우연히 두 종류의 추억 사이에 어떤 횡단류(橫斷流) 같은 것을 설치했을 때, 나는 비로소 그가 알베르틴을 내 집에서 떠나게 한 인물과 동일 인물임을 깨달았다. 게다가 이 횡단류는 알베르틴의 추억이라는 유품과 관련하여 몇 년의 거리를 두고 황무지 한가운데서 중단된 길에 이르렀다. 그녀를 결코 더 이상 생각하지 않았으니까. 그것은 내가 더 이상 결코 이용하지 않는 추억의 길, 추억의 노선이었다. 그러나 '꼴찌랍니다'라는 사람의 작품은 최근 일이었고, 내 정신은 그 추억의 노선을 지속적으로 드나들면서 이용하고 있었다.

앙드레 남편과의 교류는 그렇게 쉬운 일도 유쾌한 일도 아니었으며, 또 사람들이 그에게 보내는 우정도 많은 환멸에 부딪힐 수밖에 없었음을 말해야 한다. 사실 그때 그는 중병을 앓고 있었고, 그래서 그에게 기쁨을 가져다줄 만한 일을 제외하고는 일체의 피로를 피하고 있었다. 그런데 그는 이런 과로한 일과 속에 자신이 아직 알지 못하는 사람들과의 만남을 집어넣었고, 또 그의 열렬한 상상력은 그 미지의 인간을 다른 인간들과는 다른 가능성을 가진 인간으로 재현했다. 그러나 이미 아는 사람에 대해서는 그들이 어떤 사람인지, 앞으로 어떤 사람이 될지를 너무도 잘 알았으므로 위험한, 어쩌면 치명적인 피로를 감수할 만큼 그렇게 가치 있는 사람으로 보지 않았다. 요컨대 그는 매우 나쁜 친구였다. 그리고 어쩌면 새로운 사람에 대한 그의 이런 취향에서 과거에 그가 발베크에서 스포츠와 게임과 온갖 식탐에 열광적으로 대담하게 몰두하던 모습이 발견되는지도 몰랐다.

베르뒤랭 부인으로 말하자면 내가 앙드레의 지인임을 인정할 수 없었는지 매번 그녀를 내게 소개시켜 주고 싶어 했다. 게다가 앙드레가 남편과 함께 오는 일은 드물었다. 앙드레는 내게 매우 멋지고 진실한 친구였고, 또 '발레 뤼스'*에 반발하는 남편의 미학에 충실했으므로 폴리냐크** 후작에 대해 이렇게 말했다. "박스트***가 그분 집을 장식했다는군요. 그런 집에서 어떻게 잠을 잘 수 있죠? 저는 뒤뷔프****가 더 좋아요." 하기야 베르뒤랭 부부도 계속해서 자기 꼬리를 먹는 것으로 끝나는 이런 탐미주의의 필연적인 발전으로 인해 더 이상 모던 스타일*****(게다가 뮌헨에서 온)도 하얀 아파트도 견딜 수 없다고 말하면서 이제는 어두운 배경의 오래된 프랑스 가구만을 좋아했다.

---

* 옥타브의 모델이라 할 수 있는 장 콕토의 경력은 '발레 뤼스'와 함께 시작되었다고 볼 수 있다. 이 문장에 사용된 '반발'이란 표현은 「수탉과 어릿광대」 발간 후 1918년 스트라빈스키와의 사이에 생겼던 불화를 암시하는 듯 보인다.(『되찾은 시간』, 폴리오, 381쪽 참조.)

** 『잃어버린 시간을 찾아서』 4권 298쪽 주석 참조.

*** 『잃어버린 시간을 찾아서』 4권 500쪽 주석 참조.

**** 기욤 뒤뷔프(Guillaume Dubufe, 1853~1909). 제3공화국 아래서 파리 시청과 엘리제 궁전을 비롯하여 많은 건물의 장식을 맡았던 화가이자 장식가이다.

***** 20세기 초반의 '모던 스타일'은 뮌헨을 중심으로 발전한 예술 양식이다. 그리스 로마 건축 양식의 모방이나 지나치게 무거운 장식과 가구에 대한 반동 작용으로 해석된다.(『되찾은 시간』, 플레이아드 IV, 1204쪽 참조.)

나는 이 시기에 앙드레와 자주 만났다. 우리는 무슨 말을 해야 할지 모르다가 한번은 알베르틴에 대한 추억의 밑바닥에서 신비로운 꽃처럼 떠오르는 쥘리에트*란 이름을 떠올렸다. 당시에는 신비로웠으나 이제 그 이름은 더 이상 아무것도 연상시키지 않았다. 다시 말해 내가 별 관심 없는 많은 주제에 대해 말하는 동안 그 이름에 대해서만은 침묵하고 있었는데, 그 이름이 다른 것보다 중요하지 않아서가 아니라 너무 많이 생각한 탓에 일종의 과포화 상태를 일으켰기 때문이다. 어쩌면 그 이름에서 그토록 많은 신비를 보았던 시절이 진실한 시절이었는지 모른다. 그러나 그런 시절은 영원히 지속되지 않을 것이니, 어느 날인가 더 이상 우리의 관심을 끌지 않을 신비를 찾기 위해 건강이나 재산을 희생하지 말아야 한다.

베르뒤랭 부인이 원하는 사람은 누구든지 자기 집에 오게 할 수 있었던 그런 시기에, 소식이 완전히 끊긴 오데트에게 부인이 간접적으로 접근하는 걸 보고 사람들은 매우 놀랐다. 그들은 처음의 작은 그룹이 찬란한 집단으로 변한 지금 베르뒤랭 부인이 추가할 것은 아무것도 없다고 생각했다. 그러나 이별이 길어지면 동시에 원한도 가라앉으며, 이따금 우정도 깨어나는 법이다. 죽어 가는 사람이 예전에 친지였던 사람의 이름만을 발음하며, 또 노인들이 유년 시절의 추억에 만족하는 현상은 사교적인 관점에서도 등가물이 있다. 오데트를 자신의 살롱으로 복귀시키려는 계획을 성공시키기 위해 베르뒤랭

* 이 이름이 『잃어버린 시간』에 등장한 것은 이번이 처음이자 마지막이다.

부인은 물론 '과격파'를 이용하지 않고, 이 살롱 저 살롱에서 양다리를 걸치는, 보다 덜 충실한 단골손님들을 이용했다. 그녀는 그들에게 말했다. "왜 이곳에서 그분을 더 이상 볼 수 없는지 모르겠네요. 어쩌면 나하고 사이가 틀어졌다고 생각하는지 모르지만, 난 그렇지 않아요. 사실 내가 그분에게 한 일이 뭔가요? 두 남편도 다 내 집에서 만났는데. 그분이 돌아오고 싶다면 언제나 문이 열려 있다는 걸 알았으면 해요." 상상력이 부추기지 않았다면 분명 '여주인'의 자존심을 상하게 했을 이런 말들을 부인은 여러 번 되풀이했지만 성공하지 못했다. 베르뒤랭 부인은 오데트가 오는 것을 보지 못한 채 기다렸다. 열성적이지만 친구를 쉽게 저버리는 사절단이 이룰 수 없었던 이 일을, 나중에 보게 될 테지만, 어떤 사건이 일어나 완전히 다른 이유에서 수행했다. 쉬운 성공이나 결정적인 실패는 그렇게 많지 않은 법이다.

베르뒤랭 부인은 "유감이군요. 봉탕에게 전화를 걸어 내일 필요한 조치를 취하도록 해야겠어요. 노르푸아의 논설 끝부분 전부를 아직도 '검은 잉크로 삭제하다니요?'* 그것도 페르생의 '지휘권을 박탈한'** 사실을 암시했다는 이유만으로요?"

---

* 전쟁 중에 '검은 잉크로 삭제하다' 또는 '지우다'를 뜻하는 caviarder란 단어는 '검열하다', '삭제하다'란 뜻의 censurer보다 먼저 등장했다고 한다. 이 단어는 러시아 황제가 마음에 들지 않는 기사를 검은 잉크로 지웠으며, 또 잉크의 빛깔이 캐비어(caviar)의 검정색을 상기한다는 데에서 기인한다고 설명된다.(『되찾은 시간』, 플레이아드 IV, 1204쪽 참조.)

** 1914년 프랑스군의 총사령관이던 조프르는 100여 명의 무능한 장군들을 리모주의 한 저택에 격리시켰는데 여기서 '지휘권을 박탈하다', '좌천시키다'

라고 말했다. 어리석음의 현 풍조가 각각의 사람들에게 많이 사용되는 표현을 쓰는 것을 자랑스럽게 여기게 하고, 또 유행에 따르는 모습을 보여 준다고 믿게 했기 때문이다. 한 부르주아 여인이 브레오테 씨와 아그리장트 씨 또는 샤를뤼스 씨에 대해 얘기하면서 "누구 말인가요? 바발 드 브레오테? 그리그리? 메메 드 샤를뤼스?"라고 말할 때처럼 말이다. 게다가 공작 부인들도 똑같이 행동하는 법이어서 '지휘권을 박탈하다'라는 말을 사용하며 동일한 기쁨을 느꼈다. 왜냐하면 공작 부인들에게서 — 조금은 시인이라 할 수 있는 평민들에게서 — 다른 것은 이름이며, 부인들은 그들이 속한 정신적 범주에 따라 자신의 생각을 표현한다고 믿지만 거기에는 엄청나게 많은 부르주아적인 요소가 들어 있기 때문이다. 정신적인 계층은 출생을 고려하지 않는다.

그렇지만 베르뒤랭 부인이 온갖 전화를 거는 데에 장애물이 없었던 것은 아니다. 우리가 잠시 잊어버리고 말하지 않았지만, 베르뒤랭 '살롱'이 정신이나 진리란 측면에서 계속 존재했다면, 그 장소는 일시적으로 파리에서 가장 큰 호텔 중의 하나로 이동했다. 석탄과 전기 부족으로 지극히 습기 찬 옛 베네치아 대사관저에서는 연회를 베풀기가 쉽지 않았기 때문이다. 게다가 새로운 살롱에는 쾌적함도 부족하지 않았다. 베네치아에서 물로 한정된 장소가 궁전의 형태를 지시하듯, 파

란 의미의 limoger란 단어가 유래한다. 알렉상드르 페르생(Alexandre Percin, 1846~1928)은 릴에서 짧은 기간 동안 제1군관구 사령관을 지낸 후 1915년 예비역으로 편입되었다.(『되찾은 시간』, 리브르드포슈, 439~440쪽 참조.)

리에서 정원 한 모퉁이가 지방에 있는 공원 이상으로 우리를 황홀하게 하듯, 베르뒤랭 부인이 호텔 안에 소유한 좁은 식당이 눈부시게 하얀 벽과 마름모꼴로 일종의 스크린을 형성하면서 그 위로 수요일마다, 아니, 거의 날마다 베르뒤랭네의 사치를 이용하는 데 매혹된 가장 흥미롭고 가장 다양한 사람들이, 파리에서 가장 우아한 여인들의 실루엣이 뚜렷이 드러났다. 파리에서 가장 부유한 이들도 수입이 없어 절약하던 시기에 베르뒤랭네의 재산은 점점 더 증가하고 있었다.* 연회의 형태가 변했음에도 브리쇼는 계속해서 매혹되었고, 베르뒤랭네의 교제 범위가 확대되어 감에 따라 그는 거기서 마치 성탄절 양말 속에 담긴 선물처럼 그토록 좁은 공간 안에 축적된 새로운 기쁨을 발견했다. 마침내 손님들 수가 너무 많아 개인 스위트룸에 딸린 식당이 지나치게 협소한 날이면 아래층에 있는 엄청나게 큰 식당에서 만찬을 베풀었는데, 예전에 캉브르메르 부부를 초대해야 할 필요가 있을 때 베르뒤랭 부인에게 그들을 초대하면 장소가 너무 비좁을지도 모른다고 거짓으로 말하게 했던 것처럼,** 신도들은 위층에서의 내밀한 분위기를 짐짓 아쉬워하는 척하면서 — 예전에 작은 지방 열차에서 했던 것처럼 그들끼리만 그룹을 지으면서 — 마음속으로는 자신이 옆 식탁에 앉은 사람에게 구경거리의 대상, 선

* 1914년에 선포된 모라토리움 때문에 이를테면 임대료 지불이 유예되었다.(『되찾은 시간』, 리브르드포슈, 440쪽 참조.)

** 베르뒤랭 부인이 라 라스플리에르 성관의 소유주인 캉브르메르네를 초대한 일화에 대해서는 『잃어버린 시간을 찾아서』 8권 57~58쪽 참조.

망의 대상이 된다는 사실에 황홀해했다. 아마도 통상적인 평화 시대였다면 《르 피가로》나 《르 골루아》에 남몰래 보낸 사교계 소식이, 브리쇼와 뒤라스 공작 부인이 함께 식사한 사실을 마제스틱 호텔 레스토랑이 수용할 수 있는 인원보다 더 많은 수의 사람들에게 알려 주었을 것이다.* 하지만 전쟁이 시작된 후부터는 잡보 담당 신문 기자가 이런 유의 소식을 삭제했으므로(비록 장례식이나 군대의 표창장 수여, 또는 프랑스와 미국의 연회 소식으로 만회하긴 했지만) 광고를 하려면 유아기와 초기 구텐베르크 발명 이전 시기에 어울리는 유치하고도 제한적인 수단을 이용해야만 했다. 다시 말해 베르뒤랭 부인의 식탁에 앉아 있는 모습을 직접 사람들에게 보여 주어야 하는 것이다. 만찬이 끝나면 사람들은 모두 '여주인'의 거실로 올라갔고 이어 전화 걸기가 시작되었다. 그런데 이 시기에 대부분의 큰 호텔에는 스파이들이 가득했는데, 그들은 봉탕이 부주의하게도 전화로 말한 소식을 기록했지만 그 소식은 운 좋게도 확실한 정보 부족으로 언제나 다음에 일어나는 사건에 의해 반박되었다.

오후 티타임이 끝나기 전 해가 질 무렵 아직도 환한 하늘에는 멀리서 작은 갈색 얼룩 같은 것이 보였는데, 푸른빛이 감도는 저녁에 보았다면 작은 벌레나 새로 착각할 만한 것이었다.

---

* 20세기 초반에 《르 골루아》는 상류 사회의 신문으로 사교계에 관한 기사가 많이 실렸다. 마제스틱 호텔은 파리 개선문 근처 클레베르 거리에 위치한 5성급 호텔이다.

이렇게 멀리서 산을 보면 구름으로 생각할 수도 있다. 그러나 그 구름이 거대하고 고체 상태이며 단단하다는 사실에 우리는 감동한다. 이렇게 나는 여름 하늘 속의 그 갈색 얼룩이 작은 벌레도 새도 아닌, 파리를 지키는 인간들이 탄 비행기임을 알고 감동했다.*(알베르틴과 마지막 산책을 하는 동안 베르사유 근방에서 보았던 비행기의 추억은 이런 감동과는 아무 상관이 없었다. 그 산책의 추억이 나의 관심에서 멀어졌기 때문이다.)

저녁 식사 시간이 되면 식당은 사람들로 붐볐다. 그래서 엿새 동안 지속적인 죽음의 위험에서 벗어났다가 다시 참호로 떠날 준비를 하는 가엾은 휴가병이 환히 불 켜진 유리 창문 앞에서 잠시 눈길을 멈추는 걸 보면서, 나는 마치 발베크의 호텔에서 어부들이 우리가 저녁 식사하는 모습을 바라볼 때처럼 마음이 아팠지만, 병사의 비참함은 모든 종류의 비참함을 결합하는 것이기에 가난한 자의 비참함보다 더 크며, 더 많이 체념했으므로 더 감동적이고 더 고귀하며, 또 병사가 전선으로 다시 떠날 준비를 하면서 후방 부대 근무병들이 식탁을 차지하려고 서로를 떠밀며 소란 피우는 모습을 보고 "이곳은 전쟁 중이 아닌 것 같군."이라고 말하면서 증오하는 마음 없이 철학자처럼 고개를 끄덕거릴 것임을 알기에 더 괴로웠다. 그러다 9시 30분이 되면 어느 누구도 아직 식사를 끝낼 생각을 하

---

* 1차 세계 대전 중 파리에서의 군사 비행은 지로(Girod) 사령관의 명령에 따라 주로 감시와 보호의 역할을 수행했다.(『되찾은 시간』, 플레이아드 IV, 1206쪽 참조.) 화자와 알베르틴이 베르사유에서 목격한 비행기에 대해서는 『잃어버린 시간을 찾아서』 10권 371~372쪽 참조.

지 않는 시각에 경찰의 명령으로 돌연 모든 불이 꺼졌고, 후방 부대 근무병들이 제복 입은 식당 종업원들로부터 외투를 빼앗는 새로운 소동이 벌어졌다. 생루의 휴가 기간 중 어느 날 저녁 내가 그와 함께 저녁 식사를 했던 식당에서도 새로운 소동이 9시 35분이 되자 환등을 비추는 방이나, 식사를 마친 남자나 여자 손님들이 달려가는 영화 관람실의 신비로운 미광 속에 벌어졌다.* 그러나 이런 시각이 지나면, 내가 지금 얘기하는 저녁에 나처럼 자기 집에서 저녁 식사를 하고 친구를 만나기 위해 외출하는 사람들에게서의 파리는, 적어도 그 몇몇 구역은 내가 유년 시절을 보낸 콩브레보다 훨씬 어두웠다. 우리가 하는 방문도 마치 시골 이웃을 방문하는 것 같은 모습을 띠었다.

아! 알베르틴이 살아 있다면, 내가 사교적인 만찬을 하는 저녁에 시내 아케이드 아래에서 만나기로 약속할 수 있다면 얼마나 즐거웠을까! 처음 순간 나는 아무것도 보지 못하고 그래서 그녀가 약속을 어겼다고 생각하며 동요했을 테지만, 갑자기 그녀의 낯익은 회색 드레스가 검은 벽 위로 뚜렷이 드러나면서 그녀의 미소 띤 눈이 나를 바라보는 모습이 보이고 그러면 우리는 서로를 포옹하고 남의 눈에 띄거나 방해받는 일 없이 산책하다 귀가했을 테지. 슬프게도 나는 혼자였고, 마치 예전에 스완이 저녁 식사 후 탕송빌의 어둠 속에서 지나가는

* 당시 파리에는 15개 정도의 영화관이 있었는데 대부분이 파리의 대로, 즉 그랑 불르바르에 위치했다.(『되찾은 시간』, 리브르드포슈, 440쪽 참조.)

사람을 더 이상 만나지 못한 채로 그 작은 예인로(曳引路)를 따라 생테스프리 거리까지 우리를 방문하러 왔을 때처럼, 시골 이웃을 방문하는 듯한 인상을 받았다. 생트클로틸드 거리에서 보나파르트 거리에 이르는, 그 구불구불한 시골길로 변한 거리에서 이제는 어떤 행인도 만나지 못했다. 게다가 그날 날씨가 떠돌게 하는 풍경 조각들이 더 이상 눈에 보이지 않는 주변 환경에 의해 방해를 받지 않았으므로, 바람이 차가운 우박을 쫓아내는 저녁이면 발베크에서 느꼈던 것보다 훨씬 더, 내가 예전에 그토록 꿈꾸었던 성난 바닷가에 서 있다고 믿어졌다. 또 지금까지 파리에 존재하지 않던 자연의 다른 요소들도 바캉스를 보내기 위해 기차에서 내린 시골 한복판에 와 있는 것처럼 믿게 했는데, 이를테면 달 밝은 밤 우리 옆에 있는 땅에 비친 빛과 그림자의 대조가 그러했다. 달빛은 보통 도시에서는 한겨울에도 낯선 효과를 자아냈다. 그 빛은 알프스산맥의 빙하 위로 펼쳐지듯 이제 어떤 일꾼도 치우지 않은 눈 쌓인 오스만 대로 위에 펼쳐졌다. 나무들의 실루엣이 푸른빛 도는 금빛 눈 위로 몇몇 일본화나 라파엘로의 그림 배경에서나 찾아볼 수 있는 섬세함으로 뚜렷하고 순수한 빛을 반사했다. 마치 일정한 간격으로 높이 솟아 있는 나무들로 뒤덮인 초원에 석양빛이 물들 때면 흔히 자연에서 찾아볼 수 있듯이, 그 실루엣은 나무뿌리 밑 눈 덮인 땅 위로 길게 뻗었다. 그러나 매력적인 섬세한 기교에 의해, 영혼처럼 가벼운 나무의 그림자가 펼쳐지는 초원은 초록색이 아닌 비취색의 눈 위를 비추는 달빛 때문에 눈부신 하얀빛으로 빛나는, 마치 초원 자체가 배나무 꽃잎으로만 엮인 천국의 초원 같았다.* 그리고 광장에서 얼음 같은 차가운 물줄기를 손에 잡고 있는 공공 분수대에 놓인 여신들은, 예술가가 다만 청동을 크리스털에 결합시키려는 의도에서 제작한 두 가지 소재로 만든 조각품 같았다. 이런 예외적인 날들이면 모든 집이 어둠 속에 잠겨 있었다. 그러나 반대로 봄에는 이따금 경찰의 법규를 어기고 한 저택이, 아니 저택의 한 층이, 어느 층의 방 하나만이 덧문을 닫지 않아 그 만질 수 없는 어둠 속에서 순수한 빛의 반사인 양, 견고하지 않은 환영인 양 홀로 몸을 지탱하는 듯했다. 그리고 눈을 높이 들어 금빛 미광 속에서 분간하는 여인은 우리가 길을 잃은 그 밤에, 또 그녀 자신도 유폐된 것 같은 그 밤에 마치 동방의 환영처럼 베일로 가린 신비로운 여인의 매력을 띠었다. 그리고 우리는 길을 지나갔고 시골 같은 어둠 속에서 건강에 유익한 단조로운 발걸음을 멈추러 오는 것은 아무것도 없었다.

이 책에서 언급된 사람들 중 어느 누구와도 오랫동안 재회하지 못했다는 생각이 들었다. 다만 1914년 파리에서 두 달을 보내는 동안 샤를뤼스 씨는 얼핏 스쳤고 블로크와 생루를 만났으며, 생루의 경우에는 단 두 번 만났다. 스스로의 모습을 있는 그대로 가장 잘 보여 준 두 번째 만남에서 그는 내가 앞에서 기술했던 탕송빌 체류 때 보여 준 온갖 불성실한 나쁜 인

* 하얀 꽃이 핀 배나무의 이미지에 대해서는 『잃어버린 시간을 찾아서』 5권 249쪽 참조.

상을 지워 버렸고, 또 나는 이런 그에게서 예전에 그가 가졌던 온갖 훌륭한 장점을 다시 알아볼 수 있었다. 내가 그를 처음 만난 것은 전쟁 선포 후, 다시 말해 그다음 주 초였다. 그때 블로크는 지극히 국수주의적인 감정을 과시했고, 그가 떠나자 생루는 다시 군 복무를 하지 않은 자신에 대해 얼마나 냉소적으로 말했는지 그 어조의 신랄함이 거의 충격적일 정도였다.

생루는 발베크에서 돌아오는 길이었다. 나는 간접적으로 나중에 그가 레스토랑 지배인에게 시도를 했지만 아무 소용이 없었다는 얘기를 들었다. 지배인이 그 자리를 얻은 것은 니심 베르나르 씨로부터 물려받은 재산 덕분이었다. 그는 사실 블로크의 아저씨가 예전에 '후원했던' 바로 그 젊은 종업원이었다.* 그러나 부유함이 그에게 미덕을 가져다주었다. 그리하여 생루가 그를 유혹하려고 시도했지만 헛수고였다. 이처럼 일종의 보상 심리에 의해 고결한 젊은이들은 나이를 먹어 감에 따라 마침내 정념을 의식하고 그 정념에 몸을 맡기는가 하면, 반면 도덕적으로 해이했던 젊은이들은 늦게나마 예전 이야기의 믿음으로 돌아가 원칙을 지키는 사람이 되고 샤를뤼스 같은 이들과 불쾌하게 충돌한다. 모든 것은 시간상 순서의 문제이다.

"아니야," 하고 그는 힘차게 또 즐겁게 외쳤다. "싸우지 않

---

* 종업원이라기보다 정확히는 '보조 요리사'를 가리킨다.(『잃어버린 시간을 찾아서』 7권 425쪽 참조.)

는 사람들은 모두 그 이유가 어떻든 죽고 싶지 않은 거야. '공포' 때문이라고." 그러고는 타인의 공포를 강조하는 몸짓보다 더 정력적인 긍정의 몸짓으로 덧붙였다. "내가 군 복무를 다시 하지 않은 것도 '정말이지 공포' 때문이라고!" 칭찬할 만한 감정으로 가장하는 것이 나쁜 감정을 감추기 위한 유일한 속임수는 아니며, 오히려 나쁜 감정의 과시가 새로운 속임수임을 나는 이미 주목한 적이 있었는데, 그렇게 하면 적어도 그 나쁜 감정을 숨기는 것처럼 보이지 않기 때문이다. 게다가 생루에게서 이런 경향은 경솔한 행동이나 실수로 남의 비난을 피할 수 없을 때 일부러 자신이 했다고 선언하는 습관으로 더욱 강화되었다. 이 습관은 아마도 생루와 오랫동안 내밀한 관계를 유지해 온 어느 '전쟁 학교'*의 교관으로부터 기인했으리라고 생각되는데, 생루는 그에 대해 커다란 존경심을 표명한 바 있다. 그래서 나는 조금도 망설이지 않고 이 말장난을 어떤 감정의 언술적인 비준으로 해석했고, 또 그것이 생루의 행동과 지금 시작된 전쟁에의 불참을 시사했으므로, 그가 그것을 선포하고 싶어 한다고 생각했다.

"오리안 아주머니가 이혼한다는 소식 들었니?" 하고 그는 나와 헤어지면서 물었다. "개인적으로는 아무것도 알지 못하지만 사람들이 이따금 말하고, 또 자주 그런 말을 듣고 보니 그 말을 믿기 위해서라도 그 일이 일어나기를 기다리는 것 같은 느낌이야. 게다가 충분히 이해할 만한 일이라고 말할 수 있

* 1873년 파리 7구 군사 학교에 설립된 고급 장교 양성 기관이었다.

어. 아저씨는 사교계뿐 아니라 친구들과 친척들에게도 매력적인 남자이지. 어떤 점에서는 아주머니보다 더 인정이 많은지도 몰라. 아주머니는 성녀이지만 아저씨에게 그 사실을 지나치게 느끼게 하거든. 다만 아저씨는 아주머니를 계속해서 배신하고 모욕하고 학대하고 돈도 주지 않는 끔찍한 남편이니까 아주머니가 아저씨와 헤어지는 건 지극히 당연한 일이므로 그 말이 진실이라는 증거가 될 수 있어. 그러나 또한 그건 사람들이 머리에 떠오른 생각을 그저 입 밖에 낸 것일 뿐, 진실이 아닐 수도 있어. 게다가 아주머니는 오랫동안 아저씨를 참아 왔으니까! 나도 이젠 사람들이 잘못 전하고 부인하고 그러다 나중에 진실로 드러난 것들이 많다는 걸 잘 알아." 이 말은 그에게 게르망트 양과의 혼담이 거론된 적이 있었는지 물어볼 생각을 하게 했다.* 그는 펄쩍 뛰면서 아니라고 단언했으며, 때때로 이유도 없이 나타났다 같은 방식으로 사라지는, 또 그 거짓된 양상이 소문을 믿는 사람을 보다 신중하게 처신하도록 하지 않고, 오히려 약혼이나 이혼 또는 정치적인 소문 같은 새로운 소문이 나타나기만 하면 거기에 그들의 믿음을 보태어 소문을 퍼뜨리는 그런 사교계의 소문 가운데 하나에 지나지 않는다고 단언했다.

로베르와 헤어진 지 사십팔 시간도 되지 않아 내가 알게 된 어떤 사실이 "전선에 가지 않는 사람들은 모두 공포를 느껴서

---

* 게르망트 대공 부인의 조카인 게르망트 양(때로는 게르망트-브라사크로 명명된)과 생루의 결혼은 앞에서 언급되었다.(『잃어버린 시간을 찾아서』 8권 427쪽 참조.)

야."라는 그의 말을 내가 완전히 잘못 해석했다는 걸 증명했다. 생루는 자신의 군 지원이 승인될지 어떨지 확신할 수 없었으므로 대화에서 돋보이고 심리적인 독창성을 보여 주려고 그렇게 말했던 것이다. 그러나 그동안에도 그는 자신의 군 지원이 승인받을 수 있도록 온갖 노력을 했고, 그런 점에서 그의 행동은 그가 그 말에 부여해야 한다고 믿은 독창성이라는 의미에서는 덜 독창적이었지만, 생탕드레데샹* 성당이 구현하는 보다 깊은 의미에서의 프랑스적 가치, 영주와 부르주아와 농노로 구성된 생탕드레데샹의 프랑스인에게서 당시 발견할 수 있었던 온갖 것 가운데 가장 훌륭한 부분과 보다 일치하는 것이었다. 동일한 가족에서 나와 동일하게 프랑스의 두 분파를 이루는, 영주들을 존경하는 농노와 영주들에 반항하는 농노, 즉 프랑수아즈의 아류와 모렐의 아류로부터 나온 두 화살이 다시 결합되기 위해 전선이라는 동일한 방향을 향했다. 블로크는 어떤 '민족주의자'(게다가 민족주의자라고도 할 수 없는)의 비겁한 행동에 대한 고백을 듣자 무척 기뻐했는데, 생루가 전선으로 떠나느냐고 묻자 그는 대사제와 같은 얼굴을 하면서 "근시야."라고 대답했다.

그러나 며칠 후 블로크가 몹시 당황한 모습으로 나를 찾아왔을 때, 전쟁에 관한 그의 의견은 완전히 바뀌어 있었다. '근시'임에도 병역에 적합하다는 판정을 받은 것이었다. 그를 집

* 이 작품에서 여러 번 등장하는 생탕드레데샹 성당은 중세의 종교 예술을 통해 재현된 미덕과 율법을 계승하는 '프랑스적' 전통과 가치를 상징한다.(『되찾은 시간』, 리브르드포슈, 441쪽 참조.)

으로 데려다주는 도중에 우리는 생루를 만났고, 생루는 전쟁부*에서 연대장에게 소개받기 위해 예전에 장교였던 사람과 약속을 잡았다고 했다. "캉브르메르 씨야."라고 생루가 말했다. "아! 그렇군, 예전에 네가 알던 지인에 관해 말하고 있어. 너도 나만큼 캉캉**을 잘 알잖아." 나는 생루에게 그와 마찬가지로 그 아내도 알며, 하지만 그들을 그렇게 높이 평가하지는 않는다고 대답했다. 그러나 처음 그들을 만났을 때부터 그 아내를 쇼펜하우어에 정통하고 어쨌든 천박한 남편에게는 닫혀 있는 지적 세계로 인도하는 뛰어난 여인으로 간주하는 데 익숙해 있었으므로, 생루가 "그 아내는 멍청해, 네게 양보하지. 하지만 남편은 재능도 있고 매우 호감이 가는 훌륭한 사람이야."라고 말하는 걸 듣고 처음엔 무척 놀랐다. 아마도 생루는 "멍청해."라는 말을 통해 상류 사회와 교제하고 싶어 하는 부인의 미친 듯한 욕망을 가리키는 것 같았는데, 이는 상류 사회가 가장 엄격하게 평가하는 것이다. 그러나 남편의 장점으로 말하자면, 아마도 그것은 뭔가 가족 중에 그의 어머니가 가장 낫다고 생각하고 인정하는 장점일지도 몰랐다. 적어도 그는 공작 부인들에게 거의 주의를 기울이지 않았으며, 그러나 솔직히 말하면 그것은 사상가들을 특징짓는 '지성'이나 일반

---

* 1791년부터 1945년까지 프랑스 국방부의 명칭이었다.

** 캉브르메르 씨의 별명이다.(『잃어버린 시간을 찾아서』 7권 383쪽) 캉브르메르 씨의 아내인 르네 드 캉브르메르는 르그랑댕의 여동생으로 속물근성의 여인이지만 아직까지 쇼펜하우어에 정통하다는 사실은 언급된 적이 없었다.(『되찾은 시간』, 리브르드포슈, 441쪽 참조.)

대중이 부자에게 '한재산 만들 줄 안다'고 인정하는 '머리가 좋은 사람'과는 다른 종류의 것이다. 그러나 생루의 말은 그렇게 불쾌하게 들리지 않았다. 허세를 부리는 것은 어리석음과 비슷하며, 소박함은 조금은 감추어진 그러나 매우 호감이 가는 취향을 환기한다는 점에서 그러했다. 사실 나는 캉브르메르 씨의 소박함을 음미할 기회를 가진 적이 없었다. 그러나 바로 이것이 판단의 다름 외에도 판단하는 사람에 따라 한 존재가 얼마나 여러 다양한 존재로 나타날 수 있는지를 말해 준다. 캉브르메르 씨에 대해 내가 아는 것은 그의 껍질뿐이었다. 그리고 타인이 증언하는 그의 맛은 내게 낯선 것이었다.

블로크는 자기 집 앞에서 우리와 헤어지며 생루에게 쓰라린 원한에 사로잡힌 듯, 저들 '멋진 젊은이' 장교들은 참모 본부에서 대열을 지어 행진하면서 아무 위험도 감수하지 않는데, 이등병에 지나지 않는 자기가 '빌헬름 때문에 총을 맞고' 싶지는 않다고 말했다. "빌헬름 황제가 매우 위독한 모양이야."라고 생루가 대답했다. 블로크는 가까이에서 증권 거래소를 지켜보는 사람들처럼 그런 충격적인 소식은 특별히 쉽게 받아들이는 경향이 있었으므로 "죽었다고 말하는 사람도 많아."라고 덧붙였다. 증권 거래소에서는 에드워드 7세나 빌헬름 2세처럼 병든 군주는 모두 망자로,* 포위 직전의 도시는 모

---

* 당시 프랑스 신문은 빌헬름 황제의 건강 상태에 많은 관심을 기울였다. 1914년 12월 11일 자 《에코 드 파리》는 "신경 쇠약으로 악화된 폐렴을 앓고 있어 독일 내에 커다란 불안을 야기하고 있다."라고 보도했다.(『되찾은 시간』, 폴리오, 382쪽 참조.)

두 점령한 도시로 간주하는 법이다. "그 사실을 감추는 건," 하고 블로크가 덧붙였다. "단지 보슈 놈들의 사기를 저하시키지 않기 위해서지. 놈은 어젯밤에 죽었어. 내 부친이 일급 소식통으로부터 들은 내용이라고." 일급 소식통이란 아버지 블로크가 참조하는 유일한 소식통으로, 그는 '고위층과의 교제' 덕분에 '외국 채권'이 상승하거나 '드비어스'* 채권이 하락할 거라는, 아직은 비밀인 그런 소식을 입수할 수 있었다. 게다가 그때 드비어스 채권이 상승하거나 외국 채권 '매입'이 발생해서, 만일 전자의 거래가 '탄탄하고 활발하며' 후자의 거래가 '유동적이고 미미해서' 사람들이 '판단을 유보한다고 해도' 일급 소식통은 여전히 일급 소식통으로 남아 있었다. 이렇게 블로크는 우리에게 신비롭고도 거드름 피우는 표정으로, 그러나 또한 분노한 표정으로 카이저의 죽음을 알렸다. 그는 특히 로베르가 '빌헬름 황제'라고 말하는 걸 들으며 격노했다. 생루와 게르망트 씨는 설사 그들이 단두대의 칼날 아래 있다 해도 달리 말하지는 못했을 거라고 생각한다. 두 명의 사교계 인사가 유일하게 무인도에 살아남아 어느 누구에게도 예의를 차릴 필요가 없다고 해도 그들은 그런 교육의 흔적에 의해 서로를 알아보았으리라. 마치 두 명의 라틴 문학자가 베르길리

* 프루스트가 전쟁 중 은행가 리오넬 오제르와 교환한 서신을 보면, 보통 예술가들보다 훨씬 주식 분야에 관심이 많았다는 걸 알 수 있다고 지적된다. 여기서 말하는 외국 채권은 스페인 외채를 가리키며, 또 드비어스는 세계적인 다이아몬드 가공 회사로 프루스트가 「르무안 사건」의 패스티시를 집필하는 데 있어 중심에 있던 회사이다.(『되찾은 시간』, 폴리오, 383쪽 참조.)

우스의 시구를 정확하게 인용하듯이 말이다. 생루는 설령 독일인으로부터 고문을 당한다 해도 '빌헬름 황제'라는 말밖에 다른 말은 하지 못했을 것이다. 이런 예의범절은 어쨌든 정신에 대한 커다란 구속의 지표이다. 그 구속을 내던질 줄 모르는 자는 사교계 인사로 남는다. 게다가 이런 평범하지만 우아한 언행은 — 거기에 숨겨진 관대함과 표현하지 않는 영웅심이 결합된다면 — 겁 많고 허세를 부리는 블로크의 천박함에 비하면 그래도 매력적이라고 할 수 있다. 그는 생루에게 외쳤다. "넌 아무것도 붙이지 않고 그저 빌헬름이라고는 부르지 못할걸? 그래, 넌 겁이 많아. 벌써 여기서라도 그놈 앞에서는 비굴하게 굴었을걸! 아! 그놈은 우리를 국경선에서 훌륭한 병사로 만들 거야. 병사들은 모두 보슈 놈들의 장화를 핥을 테고. 너희는 말을 타고 가두 행진을 할 줄 아는 장교들이니까. 이상, 끝."

"저 가엾은 블로크는 내가 가두 행진하기만을 바라는 모양이지." 하고 생루가 우리의 친구와 헤어졌을 때 미소를 지으며 말했다. 나중에는 알게 됐지만, 당시에는 그의 의도가 정확히 무엇인지 알지 못했지만, 그가 원하는 것이 가두 행진이 전부는 아니라고 느꼈다. 기병 부대가 활동을 못 하게 되자, 그는 보병 장교, 다음에는 경보병 장교로 근무를 허락받았고, 그러다가 드디어는 독자가 조금 후 읽게 될 일이 일어났다. 그러나 로베르의 애국심으로 말하자면, 단지 로베르가 말로 표현하지 않는다는 이유로 블로크는 이해하지 못했다. 블로크는 자신이 군 복무에 '적합하다'는 판정을 받자 고약하게도 반군국주의에 대한 신념을 표방했지만, 이전에 자기가 근시로 병역을 면제받았다고 믿었을 때에는 지극히 국수주의적인 발언을 했다. 그러나 생루였다면 결코 이런 발언 따위는 하지 못했으리라. 우선 일종의 도덕적인 세심함이 마음 깊은 곳에 있는, 또 매우 자연스럽다고 여겨지는 감정을 표현하지 못하도록 막았을 것이다. 예전에 어머니는 할머니를 위해서라면 일 초도 망설이지 않고 죽으려 했으며, 뿐만 아니라 사람들이 그렇게 하지 못하게 말렸다면 무척이나 괴로워했을 것이다. 그럼에도 "어머니를 위해서라면 내 목숨도 내놓겠어요."라는 말이 어머니의 입에서 나오는 걸 나는 사후에라도 결코 상상할 수 없었다. 이렇게 해서 프랑스에 대한 사랑을 침묵할 수밖에 없는 로베르는 이런 순간이면 게르망트 가문보다 생루 가문을(내가 그의 아버지를 그려 볼 수 있는 한에서) 더 많이 떠올렸다. 그가 가진 지성의 도덕적 장점이 그 감정을 표현하지 못하도록 막았을 것이다. 지적이고 정말 진지한 일꾼들은 그들이 하는 일을 문학으로 표현하며 돋보이게 하는 자들에 대한 일종의 혐오감이 있다. 우리는 고등학교도 소르본 대학교도 같이 다니지 않았지만, 각자 따로 동일한 대가의 몇몇 강의를(그리고 나는 생루의 미소를 기억한다.) 들은 적이 있다. 대가들은 주목할 만한 강의를 하면서 몇몇의 다른 대가들처럼 그들 이론에 야심 찬 이름을 붙이며 천재적인 인간으로 간주되기를 바란다. 그런 얘기만 해도 로베르는 기꺼이 웃음을 터뜨렸을 것이다. 물론 우리의 선호는 코타르나 브리쇼 쪽으로 향하지 않았고, 그러나 그리스어나 의학에 정통하고 바로 그 때문에 사기를 치는 행동은 허용될 수 없다고 믿는 분들에 대해 상당한 존경심을 갖고 있었다. 나는 어머니의 모든 행동이 예전에 자기 어머니를 위해서라면 목숨도 바쳤을 그런 감정에 근거하지만, 어머니 자신은 그 감정을 스스로에게는 결코 말하지 않았으며, 또 어쨌든 남에게 표현하는 것은 불필요하고 우스꽝스러울 뿐만 아니라 충격적이고 수치스러운 일로 여겼을 거라고 이미 앞에서 말했다. 마찬가지로 생루의 입에서 군 장비나 그가 해야 하는 물건 구입, 우리의 승리 가능성이나 별 가치 없는 러시아군과 영국이 할 일에 대해 말할 때면, 가장 호감 가는 장관이 일어서서 열광하는 의원들에게 토로하는 것과 같은 그런 웅변적인 말들은 결코 상상할 수 없었다. 그렇지만 나는 스완에게서 그토록 많은 사례를 보았던 것처럼, 자신이 느끼는 훌륭한 감정의 표현을 가로막는 이런 부정적인 측면에 '게르망트 정신'의 영향이 없었다고는 말할 수 없다. 왜냐하면 내가 그를 특히 생루 가문의 한 사람으로 생각한다 해도 그는 또한 게르망트로 남아 있었으며, 따라서 그의 용기를 부추기는 수많은 동기 가운데 동시에르에서의 그의 친구들을 부추긴 것과는 다른 그 무엇이 있었기 때문이다. 나와 매일 함께 저녁 식사를 하고 그들의 임무에 그토록 열중하던 젊은이들 중 많은 이들은 마른 전투*나 그 밖의 다른 곳에서 그들의 부하들을 끌고 나갔다가 전사했다.

내가 동시에르에 체류했을 때 젊은 사회주의자들도 있었을 테지만 생루가 교류하는 환경의 사람들이 아니었으므로 만

* 1914년 9월에 있었던 전투로 프랑스와 영국의 승리로 끝난 전투이다.

나지는 못했다. 그들도 생루가 교류하는 환경의 장교들이 평민, 즉 '포퓔로(populo)'와 사병에서 진급한 장교들과 프리메이슨 단원들이 지극히 거만하고 저속한 쾌락주의자라는 의미에서 '아리스토(aristo)'란 별명을 붙인 그런 귀족이 아니라는 걸 깨달았을 것이다.* 애국심도 마찬가지였다. 동시에르에 체류하는 동안 — 그때는 드레퓌스 사건이 한창 진행 중일 때였다 — 귀족 출신의 장교들은, 나도 들었는데, 그들이 '조국도 없는 자들'이라고 비난했던 그 사회주의자들에게도 동일한 애국심이 넘쳐흐르는 걸 목격했다. 군인들의 애국심은 그토록 진지하고 심오하고, 그들이 불가침의 존재라고 믿는 어떤 확고한 형태를 취했으므로, 그 애국심이 모욕당하는 걸 보면 분노했다. 한편 급진파 사회주의자들은 어떻게 보면 무의식적이고 독립적이고 확고한 애국적 종교도 가지지 못한 애국자들이라 할 수 있었는데, 그들은 자신들이 공허하고 가증스러운 표현이라고 믿는 것 속에 어떤 심오한 현실이 담겨 있는지 결코 이해하지 못했다.

아마 생루도 그들처럼 마음속에서 전술적이고 전략적인 측면에서 대단히 큰 성공을 목적으로 하는 최적의 작전에 대한 탐색과 구상을 자신의 가장 진실한 부분으로 발전시키는 데 길들여졌을 것이다. 따라서 그들처럼 그에게서도 자신의 육체적 삶은 비교적 중요하지 않은, 삶의 진짜 핵심이라 할 수

* 포퓔로(populo)는 서민이나 평민을 뜻하는 peuple의 약칭이며, 아리스토(aristo)는 귀족을 뜻하는 aristocrate의 약칭이다.

있는 내적인 부분을 위해 얼마든지 희생할 수 있는 것으로 그 주위에서 개인의 존재는 다만 보호막으로서의 가치만을 가졌으리라. 생루의 용기에는 보다 특징적인 요소들이 있었는데, 우리는 거기서 초기에 우리의 우정을 매력적으로 만들었던 관대함과, 또한 나중에 그에게서 깨어난 유전적인 악덕을 쉽게 알아볼 수 있었다. 그 악덕은 그가 극복하지 못한 어떤 지적 수준에 결합되어 그로 하여금 용기를 찬미하게 하고, 뿐만 아니라 여성적인 것을 끔찍이 싫어하게 한 나머지 남성적인 것을 접촉하는 데서 어떤 기쁨마저 느끼게 했다. 그는 아마도 그들의 삶을 매 순간 희생하는 세네갈 병사들과 더불어 순수한 야영 생활을 하면서 '사향 냄새 풍기는 향수를 뿌린 그 어린 신사들'에 대해 많은 멸시가 담긴 어떤 정신적인 쾌락을 맛보았을 테고, 이런 쾌락은 비록 대립되는 것처럼 보이지만 탕송빌에서 그가 남용했던 코카인이 주던 쾌락과 그리 다르지 않았을 것이다. 코카인이 유발하는 영웅주의가 — 하나의 처방이 다른 처방을 대체하듯 — 그를 치유해 주었다. 그의 용기에는 예의의 측면에서 이중적인 습관이 있었는데, 한편으로는 남을 칭찬하고 자신에 대해서는 아무 말도 하지 않고 그저 선행을 베푸는 데 만족하는 습관 — 그래서 우리가 조금 전에 만났던 블로크 같은 인간이 "물론 넌 꽁무니를 빼겠지."라고 말하면서 자신은 아무것도 하지 않는 것과는 반대되는 — 과, 다른 한편으로는 자신에게 속한 재산이나 지위, 목숨마저 아무것도 아닌 것으로 여기게끔 부추기는 습관이 있었다. 한마디로 말해 그의 성격이 가진 진정한 고귀함이었다.

그러나 그의 영웅심에는 그토록 많은 원천에서 나온 요소들이 혼재되었으므로 그 자신에게서 표명된 새로운 취향과 그가 극복할 수 없었던 지적인 평범함 또한 그 일부를 이루었다. 샤를뤼스 씨의 습관을 취하면서 로베르는 비록 아주 다른 형태이긴 하지만 샤를뤼스의 남성성에 대한 이상형도 취했다.

"전쟁이 오래갈까?" 하고 나는 생루에게 물었다. "아니, 난 상당한 단기전이 되리라고 생각해." 하고 생루가 대답했다. 그러나 이 점에 대해서도 그의 논증은 여느 때처럼 책에서 빌린 것이었다. "몰트케*의 예언을 참고하면 그래. 다시 읽어 봐." 하고 그는 이미 내가 그 책을 읽은 것처럼 말했다. "대부대의 지휘에 관한 1913년 10월 28일 자 포고령은 평화 시 예비군 교체를 조직하거나 예측하지도 않았는데, 이런 일은 장기전인 경우 반드시 해야만 하는 일이거든." 내게는 문제의 포고령이 단기전의 증거가 아니라, 포고령을 작성한 사람들에게서, 또 전쟁이 고착화될 경우 모든 종류의 물자에서 엄청난 소비나 여러 작전 현장의 유대 관계를 짐작하지 못한 사람들에게서 전쟁이 단기전이 될지, 전쟁의 양상이 어떻게 될지도 짐작하지 못한 선견지명의 결핍으로 해석되었다.

---

* 헬무트 몰트케(Helmuth Moltke, 1800~1891). 프로이센의 장군으로 1871년 전쟁의 승리자이다.(그의 조카는 1914년의 전쟁 동안 독일의 참모총장이었다.) 그러나 그가 어디서 단기전을 예측했는지는 정확하지 않으며, 다만 휘튼(F. E. Whitton)이 저술한 『몰트케 평전』을 통해 추측될 뿐이라고 설명된다. 그리고 생루가 참고한 것처럼 보이는 자료는 전쟁이 일어나기 이년 전에 발간된 「대부대의 지휘 규정」에 기술된 공식 내용으로 보인다고 설명된다.(『되찾은 시간』, 폴리오, 383쪽 참조.)

동성애의 세계 밖에서 성격상 동성애와 가장 대립되는 사람들 중에는 남성성에 대한 어떤 관습적인 이상형이 존재하며, 만일 동성애자가 예외적인 존재가 아니라면 그는 이런 이상형을 제멋대로 조작하고 왜곡한다. 그 이상형은 — 몇몇 군인이나 외교관에 의해 재현되는 — 특히 짜증스러운 것이다. 그것의 가장 소박한 형태로서 우리는 마음의 동요를 드러내고 싶어 하지 않는 어떤 비단결 같은 마음씨를 가진 자의 냉담한 모습을 들 수 있다. 어쩌면 죽을지도 모르는 친구와 헤어지는 순간 마음속으로는 울고 싶지만, 분노한 모습 아래 이런 마음을 감추기 때문에 어느 누구도 그 마음을 짐작하지 못하고, 그리하여 분노가 점점 커지다가 헤어지는 순간 마침내 폭발하고야 만다. "기가 막히군! 이 멍청한 자식, 어서 나를 포옹하고 내게서 거추장스러운 지갑이나 가져가라고, 이 바보야." 국가의 대업만이 중요하다고 느끼면서도 공사관이나 전투 부대에 있는 '아이'에게 애정을 품은 외교관 또는 장교는 아이가 열병에 걸리거나 총알에 맞아 죽기라도 하면 보다 능숙하고 교묘한 형태로, 하지만 사실은 가증스러운 형태로 남성성에 대한 동일한 취향을 제시한다. 그는 '아이'를 위해 눈물을 흘리려 하지 않는다. 마음씨 착한 의사가 전염병에 걸린 어린 환자의 죽음 앞에서 슬픔을 느끼면서도 표현하지 않듯이, 곧 사람들이 그 죽음에 대해 생각하지 않으리라는 걸 안다. 만일 외교관이 작가라면, 그는 죽음을 얘기하기는 하겠지만 슬픔을 느꼈다고는 말하지 않을 것이다. 그렇다. 처음에는 '남성적인 수줍음'에서, 두 번째는 자신이 느끼는 감정을 감추면서 감동을 자아내는 그런 예술적인 기교에 따라 침묵할 것이다. 그는 동료 중 하나와 함께 죽어 가는 자를 지키며 밤을 새울 것이다. 그러나 어떤 순간에도 슬픔을 느낀다고는 말하지 않을 것이다. 그들은 공사관이나 전투 부대 일을 평소보다 더 정확하게 얘기할 것이다.

"B가 내게 '내일 장군의 점검이 있다는 걸 잊지 말게. 부하들이 깨끗한 옷차림을 할 수 있도록 노력하게.'라고 말하더군. 보통 때는 그렇게도 다정한 그가 여느 때보다 훨씬 냉담한 어조로 말했어. 그가 내게 눈길을 안 주려 한다는 걸 알았지. 나 자신도 신경이 예민해진 걸 느꼈고."

독자는 이 냉담한 어조가 실은 슬픈 모습을 보이고 싶지 않은 존재들이 슬픔을 느끼는 방식임을 이해할 것이다. 이런 모습은 그저 우스꽝스러울 뿐이지만 또한 꽤 절망적이고 추악하다. 왜냐하면 그것은 슬픔이 의미가 없으며, 삶이 이별보다 더 중요하다고 믿는 사람들이 슬픔을 생각하는 방식이기 때문이다. 그리하여 누군가가 죽을 때면 그들은 마치 새해 첫날 당신에게 맛밤을 가져다주며 "행복하고 좋은 한 해가 되기를 바라요."라고 냉소하면서, 그렇지만 인사말을 하는 신사처럼 거짓과 허무의 인상을 준다. 요컨대 임종의 자리를 지키던 장교나 외교관의 이야기를 끝내자면, 부상병이나 죽어 가는 사람이 밖으로 실려 나갔으므로 그들은 모자를 쓰고, 그리하여 어느 한순간에 모든 것은 끝난다.

"돌아가서 장비에 광낼 준비를 해야겠다고 생각했어. 그런데 정말 왜 그랬는지 알 수 없는 일이지만, 의사가 맥박을 만

지던 손을 놓는 순간 침대 앞에 서 있던 B와 내가 서로 상의한 것도 아닌데 군모를 벗었어. 햇볕이 수직으로 내리쬐여 더워서 그랬는지도 모르겠지만."

그리고 독자는 두 명의 남성다운 남성이, 한 번도 애정이나 슬픔이란 말을 입 밖에 낸 적이 없는 남성이 모자를 벗은 것은 햇볕 때문이 아니라 장엄한 죽음 앞에서 느끼는 감동 때문임을 이해하리라.

생루 같은 동성애자들에게 남성성의 이상형은 동일하지 않지만 또한 관습적이며 기만적이다. 기만적이라 함은 신체적 욕망이 그들 감정의 기초를 이루는 걸 이해하지 못하고 그 감정에 다른 기원을 부여한다는 사실에 있다. 샤를뤼스 씨는 여성성을 증오했다. 생루는 젊은 남자의 용기와 기병의 임무에 대한 취기, 지극히 순수하며 서로를 위해 희생하는 남성들 간의 지적이고 도덕적인 우정의 고결함을 찬미했다. 전쟁은 중심 도시들을 여성들만 있는 곳으로 만들어 동성애자들에게 절망을 안기지만, 반대로 그들이 스스로 공상을 지어낼 만큼 총명하며, 그러나 그 공상의 기원을 꿰뚫어 보고 인식하고 자기를 판단할 만큼은 총명하지 않다면 이런 동성애자들에게 전쟁은 열정적인 소설의 공간이 될 것이다. 그리하여 어느 해에 모든 사람들이 디아볼로* 놀이를 했을 때처럼 몇몇 젊은이들이 단지 스포츠 모방 정신에서 군에 지원했을 때, 생루에게 전쟁은 그의 보다 구체적인 욕망 속에서, 그러나 이데올로

* 『잃어버린 시간을 찾아서』 4권 404쪽 주석 참조.

기라는 구름에 가려진 욕망 속에서 자신이 추구한다고 상상하는 이상형에 한층 더 가까웠다. 여성들로부터 멀리 떨어져 순전히 남성들로 구성된 기사단에서 그가 좋아하는 사람들과 공동으로 섬기는 이상이었다. 거기서 그는 당번병을 구하기 위해 자신의 목숨을 위태롭게 하고 부하들에게 열광적인 사랑을 불러일으키면서 죽어 갈 수 있다. 이처럼 그의 용기에는 비록 다른 많은 요소들이 들어 있었지만, 그가 대귀족이라는 사실과 또한 알아보기 힘들고 조금은 이상화된 형태로 샤를뤼스 씨의 관념도 포함되어 있었는데, 그것은 여성적인 것이 전혀 없는 남성의 본질이었다. 게다가 철학과 예술에서도 유사한 두 관념이 전개되는 방식에 의해서만 가치가 있듯이, 또 크세노폰에 의해 서술되었는가, 아니면 플라톤에 의해 서술되었는가에 따라 크게 다르듯이,* 나는 그들이 그런 점에서 서로 닮았다는 걸 인정하면서도 밝은 색 넥타이 매기를 꺼리는 샤를뤼스 씨보다는 지극히 위험한 곳으로 떠나기를 청하는 생루를 무한히 찬미한다.

나는 생루에게 내 친구 발베크 그랜드 호텔의 지배인 이야기를 했다. 전쟁 초에 그는 자신이 '결함[변절]'이라고 부르는 것이 프랑스의 몇몇 연대에 있었다고 주장했으며, 또 '프러시아의 군국주의자[군국주의]'라고 부르는 것이 이런 결함을 도발했다고 비난했다.** 어느 순간에는 발베크를 위협하는

* 프루스트는 소크라테스의 두 제자, 플라톤과 크세노폰이란 인물의 고전적인 비교를 통해 샤를뤼스와 생루의 유사성과 차이를 환기하고 있다.

** 호텔 지배인의 잘못된 언어 습관에 대해서는 『잃어버린 시간을 찾아서』

일본군과 독일군과 러시아 기병인 코사크군이 동시에 리브벨에 상륙한다고 믿었으며, 그래서 '초벽질한 흙이 떨어질[철수할]' 수밖에 없었다고 말했다.* 지배인은 당국이 보르도로 출발한 것은 조금은 성급했다고 생각했으며,** 그토록 빨리 '초벽질한 흙이 떨어지게 한[철수한]' 것은 잘못된 행동이었다고 말했다. 독일 혐오자인 그 지배인은 자신이 보슈인 것이 알려져서 강제 수용소에 들어가게 될 때까지는 자기 동생에 대해 이렇게 웃으면서 말했다. "동생은 보슈 놈들로부터 25미터 떨어진 참호에 있어요."

"발베크에 대해서 말인데 호텔의 옛 엘리베이터 보이를 기억해?" 하고 생루는 나와 헤어지면서 마치 그가 누구인지 잘 알지 못하며 그래서 내가 알려 주기를 기대하는 듯한 표정으로 말했다. "군에 지원하면서 공군에 '돌아가게[들어가게]' 해 달라고 내게 편지를 써 보냈더군."*** 아마도 엘리베이터 우리 속에 갇혀 올라가는 데 지쳤고, 또 그랜드 호텔의 계단 높이가 그에게는 더 이상 충분하지 않았던 모양이다. 그는 수

4권 49쪽 참조. 여기서도 그는 '변절'의 올바른 프랑스어 표현인 défection 대신 결함을 의미하는 défectuosité를, '프러시아 군국주의'의 바른 표현인 militarisme prussien 대신 프러시아 군국주의자를 의미하는 militariste prussien으로 오기하고 있다.

* 지배인의 오류로 '철수하다, 후퇴하다, 도망치다'를 의미하는 décamper 대신 '초벽질한 흙이 떨어지다'란 의미의 décrépir로 오기했다.

** 프랑스 정부가 보르도로 철수한 것은 1914년 9월 2일로 당시 독일군은 파리 근방까지 진격했다.

*** 엘리베이터 보이가 '들어가다(entrer)' 대신 'rentrer(돌아가다)'를 쓰는 습관에 대해서는 『잃어버린 시간을 찾아서』 7권 341~342쪽 참조.

위가 가슴에 늘어뜨린 장식줄과는 다른 '계급줄을 달려고' 했다. 우리의 운명은 항상 우리가 믿었던 것과는 같지 않기 때문이다. "물론 나는 그의 부탁을 지원해 줄 생각이야."라고 생루가 말했다. "오늘 아침에도 질베르트에게 말했지만 우리에겐 항상 비행기가 충분하지 않으니까. 적의 준비 상황을 볼 수 있는 것도 비행기를 통해서고. 공격의 최대 이점인 기습의 이점을 빼앗는 것도 비행기이며. 어쩌면 최고의 군대는 최고의 눈을 가진 군대겠지."*

나는 그 비행사 엘리베이터 보이를 며칠 전에 만났다. 그는 내게 발베크 얘기를 했고, 그래서 생루에 대해 어떻게 말할지 궁금했던 나는 누군가에게서 들은 것처럼, 샤를뤼스 씨와 젊은 남자들의 관계가 사실이냐고 물으면서 대화를 그쪽으로 돌렸다. 엘리베이터 보이는 놀란 듯했고 그 일에 관해 아무것도 모른다고 대답했다. 반대로 그는 애인과 세 남자 친구와 함께 살던 부유한 젊은이를 비난했다. 그는 그들을 모두 같은 부류로 취급하는 듯했는데, 독자도 기억하겠지만 샤를뤼스 씨가 브리쇼 앞에서 내게 말했듯이 실상은 전혀 그렇지 않았으므로,** 나는 엘리베이터 보이에게 그의 말이 틀렸다고 말했

---

* 1914년 프랑스 공군은 150대의 항공기를 보유했으며, 전쟁 동안 5만 3000대의 항공기를 제작했다고 한다.(『되찾은 시간』, 리브르드포슈, 442쪽 참조.)

** 여배우의 애인인 부유한 젊은이는 동성애자이지만, 그의 세 남자 친구는 동성애자가 아니라고 샤를뤼스는 말한 바 있다.(『잃어버린 시간을 찾아서』 10권 183~184쪽 참조.) 그렇지만 엘리베이터 보이는 그들을 모두 동성애자로 취급하며, 이에 화자가 반박하는 것이다.

다. 그는 내 의혹에 가장 확실한 단언으로 맞섰다. 부유한 젊은이의 여자 친구가 젊은 남자들을 유인하는 책임을 맡았으며, 모두가 함께 쾌락을 취했다고 했다. 진실이란 이토록 부분적이고 은밀하며 예측 불능인 탓에 이 분야에서 가장 유능한 샤를뤼스 씨도 완전히 잘못 생각했던 것이다. 부르주아식의 추론이 두려웠는지, 아니면 자기가 없는 데서 샤를뤼스 같은 사람을 만나는 게 두려웠는지 샤를뤼스 씨는 여자가 유인했다는 사실은 완전히 놓치고 있었다. "그 여자는 자주 나를 보러 왔어요." 하고 엘리베이터 보이가 말했다. "그러나 그녀가 누구를 상대로 하는지 금방 알아차렸죠. 내가 단호하게 거절했으니까요. 그런 부정한 짓에는 동의하지 않아요. 나는 그런 일을 명백히 불쾌하게 여긴다고 말했죠. 한 사람만 비밀을 지키지 않아도 소문은 나는 법이고, 그러면 어디서도 직장을 구할 수 없을 테니까요." 이 마지막 이유가 앞에서 말한 그의 고결한 주장을 약화시켰는데, 그것은 비밀을 지켜 준다면 양보할 용의가 있다는 의미를 함축했기 때문이다. 이것은 아마 생루의 경우에 해당되는 것 같았다. 필시 부유한 남자와 그 애인과 남자 친구들도 혜택을 받았을 것이다. 왜냐하면 그는 그들과 여러 다양한 시기에 걸쳐 나누었던 대화를 얘기했는데, 그렇게 단호하게 거절했다면 가능하지 않았을 일이었다. 이를테면 그 부유한 남자의 애인이 엘리베이터 보이의 친구인 제복 입은 종업원을 소개받기 위해 그를 찾아왔었다고 했다. "아마 그 녀석을 모르실 거예요. 손님은 그때 호텔에 안 계셨으니까요. 빅토르라고 사람들이 말했죠. 당연히," 하고 엘리베이터 보이는 조금은 비밀스러운 불가침의 법칙을 참조한다는 듯 덧붙였다. "부자가 아닌 친구에게는 거절할 수 없으니까요." 나는 그 부유한 남자의 귀족 친구가 발베크를 떠나기 전 나를 초대했던 일을 떠올렸다. 그러나 그것은 아마 이 일과는 전혀 관계가 없으며 단순히 친절한 마음에서 한 행동이었으리라.

"그런데 그 가엾은 프랑수아즈는 조카의 병역을 면제받는 데 성공한 거야?" 그러나 조카가 병역을 면제받을 수 있도록 오래전부터 온갖 노력을 해 온 프랑수아즈는 게르망트 부부를 통해 생조제프 장군에게 추천받으라는 제안을 받자 절망한 어조로 대답했다. "오! 그건 아무 도움도 안 될 거예요. 그런 늙은이하고 무슨 일을 하겠어요. 그는 더할 나위 없이 고약한 애국자랍니다." 프랑수아즈는 전쟁 얘기만 나오면, 비록 그로 인해 고통을 받는다고 해도 '동맹을 맺었기' 때문에 '가엾은 러시아 사람들을' 버려서는 안 된다고 말했다. 우리 집 집사는 어쨌든 전쟁이 열흘 정도만 지속될 것이며, 또 프랑스의 찬란한 승리로 끝날 거라고 확신했지만, 앞으로 일어날 사건에 의해 자신의 말이 반박될까 두려워 감히 그 말을 입 밖에 내지 못했고, 또 오래 계속되는 불확실한 전쟁을 예언할 만큼의 상상력도 갖고 있지 않았다. 그러나 그런 완전하고도 즉각적인 승리로부터 그는 적어도 프랑수아즈를 괴롭힐 수 있는 요소를 모두 미리 끄집어내려고 애썼다. "아주 끔찍한 일이 벌어질지도 모른다는군요. 많은 녀석들이 걸으려고 하지도 않나 봐요. 열여섯 살짜리 아이들은 울음을 터뜨리고." 이렇게 프랑수아즈를 '화나게 하려고' 불쾌한 말을 하는 것이,

바로 그가 '먹다 남은 씨를 내뱉고 욕설을 퍼붓고 험담을 하다'라고 부르는 것이었다. "열여섯 살이라니, 동정녀 마리아시여!"라고 프랑수아즈는 한순간 경계의 빛을 보이면서 말했다. "그렇지만 스무 살이 넘은 사람만 뽑는다고 하던데요. 아직 아이들인데요." "물론 신문이 그런 사실을 말하지 말라는 명령을 받은 거죠. 게다가 항상 앞장서는 건 젊은이들이에요. 그중 많은 아이들이 돌아오지 못할 테죠. 한편으로 그건 좋은 일일 거예요. 이따금 적절하게 피를 흘리는 건 유익하니까요. 장사도 잘되게 할 테고. 아! 하지만 정말로 너무도 유약한 아이들이 많아서 조금이라도 망설이기만 하면 즉시 총살당할 테고, 열두 발의 총알이 탕! 하고 살갗에 박힐 테죠. 다른 한편으로 그런 일은 필요할 테죠. 그런데 그게 장교들하고는 무슨 상관이 있겠어요? 그들은 페세타*를 받을 테고, 그것이 그들이 원하는 전부인데요." 이런 말 한 마디 한 마디 말에 프랑수아즈의 얼굴이 얼마나 창백해졌는지 사람들은 집사가 그녀를 심장 마비로 죽게 하는 건 아닌지 두려워했다.

그녀는 그런 일로 자신의 결점을 버리지 않았다. 한 소녀가 나를 만나러 왔을 때 내가 잠시 방 밖에 나가 보면, 그렇게 다리가 아픈데도 옷장 사다리 높이 올라가 있는 늙은 하녀의 모습을 볼 수 있었는데, 그녀는 옷에 좀이 슬지 않았는지 보기 위해 반코트를 찾는 중이라고 말했지만, 실은 우리가 하는 말을 엿들으려고 올라간 것이었다. 나의 온갖 비난에도 불구하

* 유로화가 통용되기 전의 스페인 화폐.

고 그녀는 내게 간접적인 투로 질문하는 듯한 교묘한 태도를 유지했고, 그렇게 하려고 얼마 전부터 "왜냐하면 아마도,"라는 표현을 사용했다. "저 숙녀분은 저택을 소유하고 있나요?"라는 말은 감히 하지 못한 채 순진한 개처럼 두 눈을 수줍게 뜨면서 명백한 질문을 피하려는 듯 "왜냐하면 아마도 저 숙녀분은 개인 저택을 소유하고 있을 테니까요……."라고 말했다. 이는 예의에서 나온 배려라기보다는 호기심 있는 것처럼 보이지 않기 위해서였다.

사실 우리가 제일 좋아하는 하인들은 — 그리고 특히 그들의 임무인 시중드는 일이나 존경을 표하는 일을 더 이상 하지 않는다면 — 우리의 카스트 제도 안으로 깊이 뚫고 들어왔다고 믿으면 믿을수록 안타깝게도 계속해서 하인으로 남아 있으며, 또 그들 계급의 한계를(우리가 지우고 싶어 하는) 보다 분명히 표시하는 법이어서, 프랑수아즈는 나에 대해(집사는 "나를 자극하려고"라고 말했을 것이다.) 사교계 인사라면 하지 않았을 그런 이상한 발언들을 자주 했다. 이를테면 만일 더워서 내 이마에 땀방울이라도 맺히면 — 나는 신경도 쓰지 않는데 — 마치 내가 중병에라도 걸린 듯 기쁨을 감추고 그러나 마음속으로는 기뻐하며 "땀에 흠뻑 젖었네요."라고 어떤 기이한 현상을 목격한 듯 놀라면서, 뭔가 부적절한 걸 보았을 때 짓는 경멸적인 미소("도련님은 넥타이를 매는 것도 잊고 외출하시네요.")와, 그렇지만 누군가의 건강 상태를 책임지는 사람의 근심 어린 목소리로 말했다. 마치 온 우주에서 나 혼자만이 땀에 젖었다는 듯이 말이다. 끝으로 그녀는 더 이상 예전처럼 품위 있게 말하지 않았다. 자기보다 훨씬 신분 낮은 사람들에 대한 겸손함과 애정이 깃든 존경심에서 그들의 상스러운 언어 표현을 택했기 때문이다. 프랑수아즈의 딸이 내게 자기 어머니에 대해 하소연하면서(누구로부터 들었는지는 모르지만) "어머니는 언제나 내게 말할 게 있어요. 문을 잘못 닫는다니 이러고저러고 어쩌고저쩌고……."라고 말했는데, 프랑수아즈는 아마도 지금까지 단지 그녀가 교육을 충분히 받지 못해서 언어를 바르게 사용하지 못한다고 생각했을 것이다. 그리고 나는 예전에 그토록 순수한 프랑스어가 피어나는 걸 보았던 그녀의 입술에서 지금은 하루에도 여러 번 "이러고저러고 어쩌고저쩌고"라는 말을 듣고 있다. 게다가 동일한 인간에게서 표현뿐만 아니라 사고 또한 얼마나 바뀌지 않는지 신기할 뿐이다. 집사는 푸앵카레* 씨가 나쁜 의도를 가졌으며, 이는 돈 때문이 아니라 절대적으로 전쟁을 원하기 때문이라고 말하는 습관이 있었다. 그는 하루에도 일고여덟 번 언제나 자기 말에 관심을 보이는 일상적인 청중 앞에서 그 말을 반복했다. 단어 하나 몸짓 하나 억양 하나 바꾸지 않은 채로. 그의 말은 이 분밖에 지속되지 않았지만 연극 공연처럼 바뀌지 않았다. 집사의 프랑스어 오류가 딸의 오류만큼이나 프랑수아즈의 언어를 오염시켰다. 어느 날 집사는 게르망트 공작이 '랑뷔토 공중

* 당시 대통령인 레몽 푸앵카레(Raymond Poincaré, 1860~1934)에 적대적인 세력은 그가 평화를 위한 노력은 충분히 하지 않고 보복전을 준비한다고 비난하면서 '전쟁광 푸앵카레'라는 별명을 붙였다고 한다.(『되찾은 시간』, 리브르드포슈, 443쪽 참조.)

변소'라고 부르는 걸 듣고, 랑뷔토 씨가 무척 화를 냈을 단어가 피소티에르(pissotière)가 아닌* 피스티에르(pistière)로 불린다고 생각했다. 아마도 유년 시절에 o라는 발음을 듣지 못해 계속 그렇게 기억에 남아 있었던 모양이다. 그래서 그는 그 단어를 부정확하게, 하지만 지속적으로 그렇게 발음했다. 프랑수아즈도 처음에는 거북하게 느꼈지만, 결국은 그런 종류의 시설이 남성에게만 있고 여성에게 없다는 점을 불평하기 위해 그 단어를 입 밖에 내고야 말았다. 그러나 그녀의 겸손과 집사에 대한 존경심 때문에 그녀는 '피소티에르'라고는 결코 발음하지 않고 — 관습에 조금 양보해서 — '피세티에르(pissetière)'라고 발음했다.

프랑수아즈는 이제 자거나 먹지도 못했으며 집사에게 공식 성명을 읽어 달라고 했지만 아무것도 이해하지 못했다. 집사 역시 한층 더 이해하지 못했지만 프랑수아즈를 괴롭히고 싶은 욕망이 종종 애국적인 기쁨을 압도하여, 독일군에 대해 호의적인 미소를 띠며 얘기했다. "열기가 더해지겠는데요. 우리의 노련한 조프르 장군께서 혜성 같은 계획을 세우시는 중이거든요."** 프랑수아즈는 어떤 혜성에 대해 말하는지 이해하

---

* 텍스트의 이해를 돕기 위해 '피소티에르(pissotière)가 아닌'이라는 문구를 추가했다. 이 일화는 이미 『잃어버린 시간을 찾아서』 9권 121쪽에서 소개된 것으로, 당시 파리 시장이던 랑뷔토 씨가 세운 남성용 공중 화장실 '피소티에르(pissotière)'를 집사가 계속해서 '피스티에르(pistière)'로 발음하고, 프랑수아즈는 더 나아가 '오줌을 누다'란 의미를 가진 피세(pisser)의 어근을 사용해서 '피세티에르'라고 발음한다는 뜻이다.

** 조제프 조프르(Joseph Joffre, 1852~1931). 1차 세계 대전 중 북동부군의

지 못했지만, 그 말이 교육을 받고 잘 자란 사람이라면 예의상 유쾌한 기분으로 대답해야 하는 그런 친절하고 기발하며 엉뚱한 짓에 속한다고 느꼈으므로 즐겁게 어깨를 치키면서 '그분은 언제나 똑같군요'라고 말하는 듯한 표정을 지으며 미소로 눈물을 가라앉혔다. 그래도 그녀는 새로 온 정육점 종업원이, 직업이 그런데도 겁이 많은(그렇지만 그는 도살장에서 일을 시작했다.) 소년이 아직 군대에 갈 나이가 아닌 걸 다행으로 여겼다. 그렇지 않았다면 소년이 병역을 면제받을 수 있도록 그녀는 전쟁 장관을 찾아갔을 것이다.

집사는 공식 성명이 완벽하지 않고, 또 프랑스군이 베를린에 진격하지 않는다고는 도저히 상상할 수 없었다. 왜냐하면 "우리는 적에게 막대한 피해를 입히면서 적을 물리쳤다, 등등."이라는 성명서를 읽으면서 그 전투를 새로운 승리라고 믿고 감탄했기 때문이다. 그렇지만 나는 이런 승전의 무대가 점점 더 빠른 속도로 파리에 접근한다는 사실에 겁이 났고, 또 집사가 공식 성명에서 전투가 랑스* 근방에서 벌어진다고 했음에도, 다음 날 신문에서 후속 전투가 주이르비콩트에서 우리에게 유리한 방향으로 전개되어 우리 군이 그 근방을 단단

최고 사령관으로 마른강 변에서 독일군의 진격을 저지하는 승리를 거두었지만, 그 뒤 지구전을 주장하다가 1916년 전선이 교착 상태에 빠지자 사령관직을 사임했다. '혜성 같은 계획을 세우다'라고 옮긴 tirer des plans sur la comète는 '실현 불가능한 계획을 세우다', '터무니없는 공상을 하다'라는 의미의 관용구이지만 프랑수아즈가 혜성이라는 단어를 강조하고 있으므로 원래 의미를 살려 옮겼다.

* 프랑스 북부 파드칼레주에 있는 도시로 1차 세계 대전 중 대부분의 도시가 파괴되었다.

히 지키고 있다는 기사를 읽으면서도 불안해하지 않는 걸 보고 깜짝 놀랐다.* 그렇지만 집사도 콩브레에서 그리 멀지 않은 곳에 위치한 주이르비콩트란 지명을 잘 알고 있었다. 그러나 우리는 사랑할 때처럼 눈가리개를 쓴 채로 신문을 읽는다. 사실을 이해하려고 하지 않는다. 애인의 말에 귀 기울이듯 편집국장의 달콤한 말에 귀를 기울인다. 싸움에 져도 만족하는데, 싸움에 졌다고 생각하지 않고 승리자라고 생각하기 때문이다.

게다가 나는 파리에 오래 머무르지 않고 곧 요양원으로 돌아갔다. 원칙적으로 의사는 격리 치료를 했지만, 그래도 각기 상이한 두 시기에 걸쳐 질베르트의 편지와 로베르의 편지가 내게 전달되었다. 질베르트는 편지에서(대략 1914년 9월경) 로베르의 소식을 보다 쉽게 알 수 있도록 파리에 남고 싶었지만 파리 상공에서 끊임없이 행해지는 '타우베'** 공습이 특히 딸에게 격렬한 공포를 유발하는 바람에 콩브레로 출발하는 마지막 기차를 타고 파리에서 도망쳤고,*** 기차가 콩브레까지 가지

---

* 주이르비콩트는 파리 남서쪽 보스에 소재하는 콩브레 근방의 마을로, 프루스트가 콩브레를 프랑스 북동부의 군사 작전 지역으로 이동한 후에도 여전히 콩브레 근방의 마을(북부에 위치한 랑스의 언급과는 모순되는)로 설정되고 있다. 주이르비콩트란 지명은 아마도 작가가 병역 근무를 한 오를레앙 근처의 주이르포티에에서 빌린 것처럼 보인다고 지적된다. 주이르콩트란 마을도 퐁투아즈 근처에 실제로 존재한다.(『되찾은 시간』, 폴리오, 384쪽 참조.)

** 독일어로 비둘기를 의미하는 '타우베(taube)'는 일반적으로 1차 세계 대전 동안 프랑스 상공을 위협한 독일 단엽 비행기를 칭한다. 1914년 8월 30일 비행기 한 대가 파리 상공에 처음 폭탄을 투하했고, 그러나 그 피해는 그리 크지 않았다고 한다.(『되찾은 시간』, 폴리오, 384~385쪽 참조.)

*** 파리에서의 위험을 피하려고 북동쪽으로 가는 기차를 탔다는 질베르

않아 농부가 모는 수레 덕분에 열 시간의 끔찍한 여정을 거친 후 마침내 탕송빌에 도착할 수 있었다고 적고 있었다. "그런데 당신의 옛 친구가 도착했을 때 무엇이 기다리고 있었는지 좀 상상해 봐요."라고 그녀는 편지 끝머리에 썼다.

"탕송빌에서는 모든 것으로부터 안전하리라고 믿고 독일 비행기를 피해 파리를 떠났는데, 이곳에 온 지 이틀도 지나지 않은 내게 도대체 무슨 일이 일어났는지 당신은 상상도 못 할 거예요. 바로 독일군이 라페르 근방에서 우리 군대를 물리친 후 이 지역을 침략했답니다. 독일 참모 본부가 연대 병사를 이끌고 탕송빌 입구에 나타났고, 그래서 나는 그들을 받아들일 수밖에 없었죠. 여기서는 도망칠 방법이, 더 이상의 기차도 아무것도 없었으니까요." 독일 참모 본부가 실제로 예의 바르게 처신했는지, 아니면 바이에른에 뿌리를 둔 독일의 가장 고귀한 귀족과 인척 관계를 맺고 있는 게르망트 정신에 물든 효과 때문인지는 잘 모르겠지만, 질베르트는 편지에서 참모 본부 사람들의 완벽한 교양과, 연못 근처에 자라는 '물망초'를 따러 가도 좋은지를 묻는 병사들의 완벽한 교양에 대해서만 끊임없이 얘기하고 있었다. 이런 훌륭한 교양에 그녀는 독일 장군들이 도착하기 전에 모든 걸 약탈하며 영지를 통과한 프랑스 도망병들의 무질서한 폭력을 대립시켰다. 어쨌든 질베르트의

트의 설명은 작가의 부주의에서 비롯된 조금은 모순되는 행동처럼 보인다고 지적된다.(『되찾은 시간』, 폴리오, 385쪽 참조.)

편지 몇몇 부분에 게르망트 정신이 스며들어 있었다면 — 다른 이들은 이를 두고 유대인의 세계주의라고 말할지 모르지만, 나중에 알 수 있는 것처럼 아마도 이것은 올바른 해석이 아닐 것이다 — , 내가 그로부터 몇 달 후에 받은 로베르의 편지는 게르망트보다 훨씬 생루에 가까웠으며, 더욱이 그가 습득한 온갖 자유로운 교양을, 요컨대 정말로 호감이 가는 교양을 투사하고 있었다. 그러나 애석하게도 그는 나와 동시에르에서 나눴던 대화에서처럼 전략에 관한 얘기는 하지 않았고, 또 그가 당시에 설명했던 원칙이 이번 전쟁에서 어느 정도로 확인되거나 파기되었는지도 말하지 않았다.

기껏해야 그는 1914년 이래 사실상 여러 종류의 전쟁이 연이어 일어났고, 각각의 전쟁에서 얻은 교훈이 다음번 전쟁 수행에 영향을 미쳤다고 말했을 뿐이다. 이를테면 예전의 '돌파' 이론은 돌파하기에 앞서 적이 점령한 진지를 포병에 의해 완전히 전복시켜야 한다는 이론으로 보강되었다. 그러나 그 후에 수많은 포탄 구멍이 그만큼 많은 장애물을 만든 진지에서 이 전복이 보병과 포병의 진격을 불가능하게 만든다는 점이 확인되었다.* "전쟁조차," 하고 그가 말했다. "우리의 오래된 헤겔 법칙에서 벗어나지 않아. 지속적인 생성 상태에 있으니 말이야."

---

* 1916년에 있었던 '솜' 전투는 '돌파 작전'을 포기하고 포병에 의한 대규모 폭탄 세례를 개시했으나 완전히 실패로 끝났고 이에 조프르 장군이 사임했다.(『되찾은 시간』, 리브르드포슈, 444쪽 참조.)

이런 대답은 내가 알고 싶은 것을 거의 채워 주지 못했다. 그러나 그보다 더욱 나를 화나게 한 것은 그가 내게 장군 이름을 인용조차 하지 않았다는 점이다. 또 신문에서 알게 된 짧은 지식을 통해, 동시에르에서 전쟁이 일어날 경우 누가 가장 많은 능력을 발휘할지를 알기 위해 내가 그토록 애태우던 이름이 이번 전쟁을 지휘하지 않은 것도 알게 되었다. 젤랭 드 부르고뉴와 갈리페, 네그리에는 사망했다. 포는 거의 전쟁 초기에 퇴역했다.* 우리는 조프르와 포슈, 카스텔노와 페탱에 관해서는 전혀 말하지 않았다.** "사랑하는 친구," 하고 로베르가 편지를 썼다.

"'그들은 통과하지 못하리', '우리는 그들을 잡으리'*** 같은 말들이 얼마나 불쾌한지 나도 인정해. '푸알뤼(poilu)'****만큼

---

* 여기 인용된 이름들은 동시에르에서 생루와 그의 군인 친구들과의 대화에서 언급되었던 장군들이다.(『잃어버린 시간을 찾아서』 5권 206쪽 참조.)

** 페르디낭 포슈(Ferdinand Foch, 1851~1929). 1차 세계 대전 중 연합군 총사령관으로 독일과 휴전 조약을 체결한 연합군 대표였다. 에두아르 드 카스텔노(Edouard de Castelnau, 1851~1944)는 1차 세계 대전 중 프랑스 사령관이자 참모 본부장이었으며, 2차 세계 대전 중에는 페탱에 반대하여 레지스탕스 운동을 지지했다. 앙리 필리프 페탱(Henri Philippe Pétain, 1856~1951)은 1차 세계 대전 중 대령으로 참전하여 포슈 총사령관 밑에서 요직을 맡았으며 2차 세계 대전 중에는 독일과의 친화 정책으로 비시 정부를 수립했다.

*** 전자는 페탱의 구호이며, 후자는 그의 일일 명령 중 하나로 나온다고 지적된다.(『되찾은 시간』 리브르드포슈, 444쪽 참조.) 특히 '우리는 그들을 잡으리(on les aura)'란 구호는 1차 세계 대전 중 프랑스군이 독일군에 맞서 승리할 것이라는 의미로 당시 많이 통용되던 구호이다.

**** 1차 세계 대전 중 프랑스 군사를 지칭하는 은어로 '용감하다'란 뜻이다.

이나 오랫동안 내 이를 갈게 했던 말이야. 문법의 오류나 취향의 오류보다 더 끔찍한 표현들 위에 서사시를 구축하는 것은 아마 권태로운 일일 테지. 그 표현들은 우리가 그토록 증오하는 그런 모순되고 끔찍한 것, 천박한 가식이나 주장 같은 거니까. 이를테면 '코카인'이라는 말 대신 '코코'라고 말하는 것이 보다 재치 있다고 생각하는 사람들처럼 말이야. 하지만 특히 자신 마음속에 영웅심을 숨기고 있다는 사실을 한 번도 생각해 본 적 없는, 그래서 그런 사실을 의심도 하지 못한 채로 그냥 침대에서 죽어 갔을 서민들과 노동자들과 소상인들이 전우를 구하기 위해 총알이 퍼붓는 가운데 달려가고, 부상당한 상관을 나르고, 또 그 자신이 총알을 맞아 죽어 가는 순간에도 독일군으로부터 참호를 탈환했다는 소식을 알리는 군의관에게 미소를 짓는 그 모든 사람들을 본다면, 친구여 맹세하지만, 그것은 네게 프랑스인이 훌륭하다는 생각을 하게 할 테고, 또 수업 중에 기이하게 보였던 역사적인 시대도 이해하게 해 줄 거야.

이 서사시는 너무 아름다워서 너도 나처럼 더 이상 말이 문제되지 않음을 알 거야. 로댕이나 마욜이라면 사람들이 알아보지 못하는 끔찍한 재료를 가지고도 예술품을 만들 테니까.* 이런 종류의 위대함을 접하고 보면 '푸알뤼'란 표현도

* 오귀스트 로댕(Auguste Rodin, 1840~1917). 우리에게도 많이 알려진 대표적인 프랑스 조각가이다. 아리스티드 마욜(Aristide Maillol, 1861~1944)은 프랑스 조각가로 여자 누드상을 많이 제작했으며, 인체를 단순화시켜 순수 추상 조각으로 나아가는 데 있어 교두보 역할을 했다.

이를테면 우리가 '올빼미 당원'*이란 말을 읽었을 때처럼 암시나 농담을 함축한다는 것조차 더 이상 지각할 수 없지. 하지만 대홍수나 그리스도와 '이방인' 같은 말이 위고나 비니 또는 다른 시인들에 의해 사용되기 전에 이미 위대함으로 빛어졌듯이, '푸알뤼'라는 말도 위대한 시인들에 의해 이미 사용될 준비를 마쳤다는 느낌이 들어.

민중이나 노동자는 가장 훌륭한 사람들이지만, 어떻게 보면 모든 인간이 좋은 사람이라고 할 수 있어. 대사의 아들인 저 가엾은 어린 보그베르는 총에 맞아 죽기 전 일곱 번이나 부상당했음에도 원정을 나갔다가 총을 맞지 않고 돌아올 때면 용서를 비는 듯, 또 자기 잘못이 아니라고 말하는 표정을 지었어. 아주 멋진 녀석이었지. 우린 매우 가까운 사이였는데, 그의 가엾은 부모는 상복을 입지 않고 또 폭격이 있을지도 모르니 오 분만 있는다는 조건으로 장례식 참석을 허락받았어. 너도 알지만 그의 어머니는 남자같이 크고 억센 사람이어서 많이 슬펐을 텐데도 겉으로는 알아볼 수 없더군. 그러나 그 가엾은 아버지는 얼마나 비참한 상태였는지, 나와 얘기 중이던 전우의 머리가 갑자기 어뢰에 맞아 박살 나거나 또는 몸통에서 떨어져 나가는 것조차 보는 습관이 들어 완전히 무감각해진 나도 그 가엾은 보구베르가 한낱 넝마 조각처럼 그냥 무너지는 걸 보자 자제할 수 없었어. 그것이 프랑스를 위한 일이

* 1791년에서 1799년 사이 혁명에 반대하여 프랑스 서부에서 폭동을 일으킨 농부들을 가리킨다. 나중에는 가톨릭 왕당파를 지칭했다.

며, 그의 아들이 영웅처럼 행동했다고 장군이 아무리 말해 봐야 소용없었어. 그 말이 오히려 그 가엾은 사람의 오열을 커지게 했을 뿐, 그는 아들의 몸에서 떨어지지 못하더군. 끝으로 바로 이런 이유 때문에 '그들은 통과하지 못하리' 같은 구호에 익숙해져야만 하는 거야. 나의 불쌍한 시종이나 보구베르 같은 그 모든 사람이 독일군이 통과하지 못하도록 막았으니까. 어쩌면 너는 우리가 그렇게 멀리까지는 전진하지 못하리라고 생각할 테지만 너무 이성적으로 생각할 필요는 없어. 죽어 가는 인간이 끝났다고 느끼는 것처럼 군대도 어떤 내적 인상에 의해 승리를 느끼는 법이니까. 그런데 우리는 승리할 걸 알고 있으며, 또 정의로운 평화의 건설을 위해 승리를 원하고 있어. 우리에게만 정의롭지 않은, 프랑스인과 독일인에게도 정의로운, 정말로 정의로운 평화를 원하고 있어."

물론 전쟁의 '참화'가 생루의 지성을 본래의 것보다 더 높여 주지는 못했다. 평범하고 저속한 정신을 가진 영웅들이 회복 기간 동안 전쟁의 묘사를 위해 사건의 수준이 아니라, 그 자체로는 아무것도 아닌 사건을 그들이 지금까지 준수해 온 평범한 미학 규칙의 수준에 맞추면서 십 년 전에도 했던 것처럼 '핏빛 어린 여명', '승리의 비상하는 전율 등등'을 얘기했지만, 그들보다 훨씬 지적이고 예술가인 생루는 지적인 예술가로 남아 있었고, 그리하여 늪지대의 숲 기슭에서 발이 묶여 움직이지 못하는 동안에도 나를 위해 그 풍경을 멋지게, 마치 오리 사냥을 하는 것처럼 묘사하고 있었다. 그는 '아침의 황홀함'을 이루던 몇몇 빛과 그림자의 대조를 내게 이해시키려고 우리가 좋아하던 몇 개의 그림을 인용했고, 로맹 롤랑*의 글 한 페이지와 니체의 글을 암시하는 것도 겁내지 않았다. 후방에 있는 사람들이라면 독일 이름을 발음하는 것만으로도 공포를 느낄 테지만 전선에 있는 사람들은 독립적 정신에서 그런 것을 두려워하지 않았다. 또 이를테면 졸라 재판의 증인석에서 뒤 파티 드 클람** 대령이 생전에 한 번도 만난 적 없는 지극히 격렬한 드레퓌스파의 시인인 피에르 키야르*** 앞을 지나가며 그의 상징주의 극시 「손 잘린 소녀」의 시구를 낭독한 것처럼 그런 적의 시를 인용하는 애교도 부렸다. 그는 내게 슈만의 몇몇 멜로디에 대해 얘기하며 독일어로만 그 곡명을 말했는데, 여명의 숲 가장자리에서 첫 번째 새의 지저귐을 들었을 때 마치 '숭고한 지크프리트의 새'가 그에게 말하는 것처럼 그렇게 황홀해했으며, 또 전쟁이 끝나면 다시 듣기를 소망한다고 어떤 완곡한 표현도 쓰지 않고 말했다.****

---

* 로맹 롤랑(Romain Rolland)은 《주르날 드 주네브》에 '혼전(混戰)을 넘어서서'라는 제목으로 전쟁에 관한 일련의 논설을 게재했는데, 프랑스의 승리를 바라면서도 괴테를 낳은 독일에 대해 지나친 증오나 불의와 거짓을 경계했고(여기서는 생루가 어느 정도 그 입장을 대변하는), 그의 이런 모호한 태도를 프루스트를 위시한 많은 작가들이 이해하지 못했다고 한다.(『되찾은 시간』, 리브르드포슈, 444쪽 참조.)

** 졸라의 재판 당시 증인이었던 뒤 파티 드 클람에 대해서는 『잃어버린 시간을 찾아서』 5권 398쪽 주석 참조.

*** 피에르 키야르(Pierre Quillard, 1864~1912). 프랑스 시인으로 드레퓌스 지지파였으며 1886년 극시 「손 잘린 소녀」를 발간했다.

**** 바그너의 오페라 「지크프리트」 2막에 나오는 마법의 새에 대한 암시

그리하여 이제 두 번째로 파리에 돌아왔을 때, 나는 도착 다음 날 질베르트의 새 편지를 받았다. 그녀는 아마 내가 앞에서 인용한 편지, 적어도 그 편지의 의미를 잊어버린 모양이었다. 왜냐하면 1914년 말 자신의 파리 출발을 회고적으로 서술하면서 앞서 보낸 편지와는 조금 다른 방식으로 표현하고 있었기 때문이다. "내 사랑하는 친구, 어쩌면 당신은 모를 거예요."라고 그녀는 적었다.

"내가 탕송빌에 와 있는 것도 벌써 이 년이 되어 간다는 걸. 난 독일군과 거의 같은 시각에 이곳에 도착했어요. 모든 사람들이 떠나는 걸 말렸죠. 날 미친 여자 취급 하더군요. '파리에서는 안전한데 왜 하필이면 침략받는 지역으로, 모두 빠져나갈 생각만 하는 곳으로 떠나느냐고요.' 그들 생각이 옳았음을 부인하지는 않아요. 하지만 어떻게 해요. 내가 가진 유일한 장점이라곤 비겁하지 않다는, 아니 당신이 원한다면 충실하다는 점뿐인데. 나의 소중한 탕송빌이 위험에 처했다는 말을 들었을 때 우리의 늙은 관리인이 혼자 지키도록 내버려 둘 수는 없었어요. 내 자리는 바로 그 사람 옆인 것 같았어요. 그리고 바로 이런 결심 덕분에 나는 성을 거의 온전하게 보존할 수 있었죠. 근방에 있는 다른 모든 성들은 겁에 질린 소유주가 도망가는 바람에 완전히 파괴되었지만, 나는 성뿐 아니라 사랑하

이다. 여기서 생루는 어떻게 보면 프루스트의 대변인이라고 할 수 있는데, 바그너가 독일인이라고 해서 그의 예술을 비방하는 것은 부당하다는 견해이다.(『되찾은 시간』, 리브르드포슈, 444쪽 참조.)

는 아빠가 그토록 애착을 가졌던 소중한 수집품도 지킬 수 있었답니다."

한마디로 말해 질베르트는 그녀가 내게 1914년에 써 보낸 것처럼 독일군을 피해 안전한 곳에 가려고 탕송빌에 간 것이 아니라, 오히려 독일군과 만나 그들에 맞서 성을 지키려고 갔던 것이었다. 더욱이 군인들은 탕송빌에 주둔하지는 않았지만 그녀의 집을 계속해서 수시로 드나들었는데, 이런 왕래는 지난날 콩브레 거리에서 프랑수아즈에게 눈물을 흘리게 했던 군인들의 왕래를 훨씬 넘어선 것이었으며, 질베르트가 말했듯이 이번에야말로 그녀는 정말 전선의 삶을 살았던 것이다. 그래서 신문도 그녀의 감탄할 만한 행동에 커다란 찬사를 보냈고 그녀에게 훈장을 수여하는 일조차 거론되었다. 편지의 맺음말은 정확히 맞는 말이었다.

"사랑하는 친구, 이 전쟁이 어떤 것인지 당신은 정말 모를 거예요. 그리고 길이며 다리며 언덕이 가진 중요성도요. 내가 얼마나 여러 번 당신을 생각했으며, 또 당신 덕분에 그토록 감미로웠던 산책을, 그러나 지금은 황폐해진 이 고장에서 함께했던 산책을 생각했는지 몰라요. 당신이 그렇게도 좋아하고 또 우리가 그토록 여러 번 함께 갔던 이런저런 오솔길이나 언덕을 차지하려고 이곳에서 엄청난 전투가 벌어졌답니다. 아마 당신도 나처럼 그 어두운 루생빌과 지겨운 메제글리즈가 — 누군가가 우리에게 편지를 가져다주고 또 당신이 아프면 의사를 모시러 가던 — 어느 날인가 이처럼 유명한 장소가 되리라고는 결코 상상하지 못했을 거예요. 그런데 사랑하는 친구, 이곳이 지금은 아우스터리츠나 발미와 같은 자격으로 영원히 영광 속으로 들어가게 되었답니다.* 메제글리즈 전투는 팔 개월 이상 지속되었고, 독일군은 거기서 60만 명 이상의 병력을 잃었으며 메제글리즈를 파괴했지만 차지하지는 못했죠. 당신이 그토록 좋아하던 작은 오솔길, 우리가 산사나무 비탈길이라고 불렀으며 당신이 어린 시절 내게 사랑에 빠졌다고 주장했지만 실은 내가 당신을 사랑했던 비탈길이 어떤 중요성을 가지게 되었는지는 말로 다 할 수 없군요. 그 비탈길이 이르는 거대한 밀밭이 저 유명한 307고지로, 당신도 아마 신문에 게재된 공식 성명서에 그 이름이 여러 번 되풀이되는 걸 보았을 거예요. 프랑스군은 비본 내의 작은 다리도 파괴했답니다. 당신은 그 다리가 당신이 바라던 것만큼 유년 시절을 회상하게 하지 못한다고 말한 적이 있는데, 독일군들은 거기에 다른 다리들도 놓았답니다. 일 년 반 동안 그들은 콩브레의 절반을 가졌고 프랑스군이 나머지 절반을 가졌죠."**

---

* 아우스터리츠 전투는 체코 남동부 아우스터리츠에서 1805년 나폴레옹의 프랑스 군대가 오스트리아와 러시아 연합군을 물리친 전투이며, 발미 전투는 프랑스 북동부 발미에서 1792년 프랑스 혁명 정부의 군대가 프로이센군을 물리친 전투이다.

** 프루스트는 이렇게 콩브레를 전선으로 이동하면서 메제글리즈 전투를 1차 세계 대전 중 가장 치열했던 전투 중의 하나인 '베르됭' 전투로 재현하고 있다. 따라서 화자와 질베르트의 시적 몽상의 공간이었던 산사나무 비탈길이 참모본부의 지도에서는 중요한 전술 고지가 된다.(『되찾은 시간』, 리브르

이 편지를 받은 다음 날, 다시 말해 어둠 속을 거닐면서 그 모든 추억을 되씹으며 발소리가 울리는 걸 듣기 전전날,* 전선에서 온 생루가 다시 전선으로 돌아가기에 앞서 단 몇 초간 방문했다. 그의 방문을 알리는 소리만 듣고도 나는 깊이 감동했다. 겁 많은 정육점 소년이 속한 그룹이 연내에 소집될 예정이었으므로 프랑수아즈는 생루가 병역을 면제해 주기를 기대하면서 생루에게 달려가려고 했다. 그러나 그 겁 많은 도살업자가 오래전에 정육점을 바꾸어 청탁이 필요 없어진 것을 알고 스스로 멈추었다. 우리가 다니는 정육점 여주인은 단골을 잃을까 봐 두려웠는지 아니면 진심이었는지 프랑수아즈에게 그 소년이 어느 가게에 고용되었는지 알지 못하며, 게다가 결코 좋은 정육업자가 되지 못할 거라고 단언했다. 프랑수아즈는 여기저기 다니며 그를 찾아보았다. 그러나 파리는 넓고 정육점은 많았으므로 그렇게 많은 정육점에 들어가 보았으나 헛수고였다. 그녀는 결코 그 피비린내 나는 겁 많은 젊은이를 되찾을 수 없었으리라.

생루가 내 방에 들어왔을 때 나는 요컨대 모든 휴가병이 풍기는, 또 치명적인 병에 걸렸으나 아직은 자리에서 일어나 옷을 갈아입고 산책하는 사람 앞에 섰을 때 느끼는 그런 두려운 감정과 기이한 인상과 더불어 그에게 다가갔다. 전투병들에

드포슈, 444~445쪽 참조.)

* 시간의 연속적인 나열이 이 모든 사건들이 동시 다발적으로 이루어진 듯한 인상을 주고 있다. 생루의 방문을 기점으로 한다면, 화자는 생루의 방문 전날 질베르트의 편지를 받았으며, 생루의 방문 다음 날에는 어둠 속에서 산책을 한다.

게 주어지는 이런 휴가에는 뭔가 잔인한 면이 있는 듯했다.(특히 전쟁 초기에 그런 것 같았다. 왜냐하면 나처럼 파리에서 멀리 떨어져 살아 보지 않은 사람에게는, 곧 습관이 나타나 우리가 여러 번 보아 온 사물에 진정한 의미를 부여하는 심오한 인상과 사유의 뿌리를 사물로부터 빼앗아 가기 때문이다.) 사람들은 전선에서 처음 나온 휴가병들*을 보며 "저들은 다시 돌아가고 싶지 않을 거야. 탈영할지도 몰라."라고 말했다. 이는 사실 우리가 신문을 통해서만 그들에 대해 들었고, 그래서 그들이 티탄족 같은 거대한 전투에 참가했으며, 또 어깨에 부상만 입고 돌아올 거라고는 상상도 할 수 없는 그런 비현실적인 장소로부터 그들이 왔기 때문만은 아니었다. 그것은 그들이 돌아가려는 곳이 죽음의 강가이며, 잠시 우리 곁에 와 애정과 공포와 신비의 감정으로 우리를 채워 주긴 하나 여전히 이해할 수 없는 존재였기 때문이다. 마치 우리가 불러낸 망자들이 잠시 우리 곁에 나타나지만 감히 질문도 못 하고, 질문을 한다 해도 기껏해야 "당신은 상상도 할 수 없을걸요."라고 대답하는 것과도 같다. 왜냐하면 전투의 불길을 피해서 온 휴가병이나, 또는 영매에 의해 최면에 걸리거나 불려 나온 산 자 또는 죽은 자에게서 신비와 접촉한 — 만일 그런 일이 가능하다면 — 유일한 효과가 어느 정도로 우리 대화의 무의미함을 커지게 하는지는 정말 놀라운 일이다. 나는 이런 생각을 하면서 로베르에게 다가

* 첫 번째 휴가는 1915년 7월에 행해졌다고 한다.(『되찾은 시간』, 플레이아드 IV, 1215쪽 참조.)

갔는데, 그의 이마에 난 상처가 내게는 거인의 발이 이 땅에 남긴 자국보다 더 고귀하고 더 신비로워 보였다. 나는 감히 그에게 질문을 하지 못했고 그도 내게 몇 마디밖에 하지 않았다. 그리고 이 말들도 그가 전쟁 전에 했던 말과 별 차이가 없었는데, 마치 전쟁이 일어나도 사람들은 여전히 옛 모습 그대로이며, 대화의 어조도 동일하고 대화의 내용만이 다른 것 같았다. 그것도 그렇게 다른지는 모르겠지만!

나는 그가 모렐이 그의 아저씨에게 했듯이 그에게 했던 못된 행동을 점차 망각하는 방법을 군대에서 찾은 것 같다고 생각했다. 그렇지만 그는 모렐에게 아직도 큰 우정을 느끼고 있어서 그를 보고 싶은 갑작스러운 욕망에 사로잡혔지만 끊임없이 그 욕망을 유보하고 있었다. 모렐과 만나려면 베르뒤랭 부인 댁에 가기만 하면 된다고 로베르에게 알려 주지 않는 것이 질베르트를 보다 자상하게 배려하는 길이라고 생각했다.

나는 로베르에게 파리에서는 얼마나 전쟁이 실감 나지 않는지 부끄러울 정도라고 말했다. 그는 파리에서도 때때로 '꽤 놀라운 광경'을 볼 수 있다고 했다. 전날 있었던 체펠린 비행선*의 공습을 암시하는 것 같았다. 또 그는 예전에 미학적으로 대단히 아름다운 공연 얘기를 했을 때처럼 내게 그 광경을 보았느냐고 물었다. 전선에서 언제 죽을지도 모르는 순간

---

* 독일의 체펠린(Zeppelin)이 개발한 경식 비행선. 가벼운 금속으로 뼈대를 만들고 수소나 다른 가스를 선체에 설치한 비행선이다. 파리 상공에서 체펠린 비행선에 의한 첫 번째 공습은 1915년 3월 11일에 이루어졌지만 피해는 그렇게 크지 않았다고 한다.

에 “정말 기막히군! 저 멋진 분홍빛은! 그리고 저 연한 초록빛은!”이라고 말하는 것은 일종의 애교로 이해할 수 있지만, 파리에서 대단치 않은 공습, 그러나 우리 집 발코니에서 밤의 정적 속에 유용한 안전 장치인 로켓을 달고, 단지 가두 행진을 위해서만 울리는 것이 아닌 나팔 소리와 더불어 ‘진짜’ 축제가 벌어지는 듯한 공습을 얘기하는 생루의 말에서는 그런 태도를 전혀 찾아볼 수 없었다. 나는 밤하늘을 올라가는 비행기의 아름다움을 얘기했다. “어쩌면 내려가는 비행기가 더 아름다울지도 몰라.”라고 그는 말했다. “올라갈 때의 비행기가 아름다운 건 나도 인정해. 비행기는 ‘성좌를 형성하고’ 또 그런 점에서 성좌를 지배하는 법칙과 똑같이 정확한 법칙을 따르지. 네 눈에 장관(壯觀)으로 보인 것은 전투기 편대가 집결하고 명령이 주어지자마자 요격하기 위해 출발하는 모습 같은 것이겠지. 하지만 너는 완전히 별들과 일체를 이룬 비행기들이 다시 빠져나와 요격하러 가고, 또는 해제 경보 사이렌*이 울리면 다시 돌아가는 순간을, 별자리도 더 이상 자기 자리를 지키지 못하는 그런 ‘묵시록적인 순간’을 더 좋아하지 않았을까? 그리고 사이렌 소리는 꽤 바그너적이지 않아? 게다가 독일인의 도착을 경배하기 위해서는 지극히 자연스러운 일이지. 황

---

* 여기서 해제 경보 사이렌으로 옮긴 berloque(또는 breloque)는 원래 군대에서 음식을 배분하거나 해산을 알릴 때 울리는 북소리나 나팔 소리를 가리키지만, 1차 세계 대전 동안에는 사이렌 소리도 가리켰다. 이 책에서는 문맥에 따라 해산 나팔, 사이렌 소리 또는 해제 경보 사이렌으로 옮겼다.(『되찾은 시간, 리브르드포슈, 444쪽 참조.)

실 좌석에 앉은 '독일 황태자(Kronprinz)'와 공주들이 함께 독일 국가 「라인강의 파수꾼」을 부르는 듯했으니까.* 하늘로 올라가는 것이 발퀴레들이 아니라 정말 비행사인지 물어볼 뻔했다고." 그는 비행사들과 발퀴레들을 동일시하는 데서 기쁨을 느끼는 듯했으며, 게다가 그 동일시를 순전히 음악적인 이유로 설명했다. "정말이지, 사이렌 음악은 「발퀴레의 기행(騎行)」**이었어. 파리에서 바그너를 듣기 위해서는 결국 독일군의 도착이 필요했던 거야."

게다가 어떤 관점에서 이 비교는 틀린 것이 아니었다. 발코니에서 내려다본 도시는 단 하나의 유동적이고 무정형한 깜깜한 장소 같았는데, 이런 어둠과 심연으로부터 돌연 빛과 하늘 속으로 이동한 도시에서 비행사들은 하나씩 사이렌의 찢어지는 듯한 소리에 돌진했으며, 그동안 탐조등은 보다 느리고 은밀하고 불안한 움직임으로, 그것이 찾는 것이 아직은 눈에 보이지 않지만, 어쩌면 이미 가까이 있는 대상이라는 듯 끊임없이 움직이면서 적을 탐지했고, 그 빛으로 선로를 변경한 비행기들이 적을 포착하려고 추격에 뛰어들 때까지 적을 에워쌌다. 편대에서 편대로 각각의 비행사가 이제 하늘 속으로 이동한 도시에서 발퀴레처럼 돌진했다. 그렇지만 집들 가까

---

* 원문에는 독일어 Wacht am Rhein으로 표기되었다. 독일 국가로 보불 전쟁과 1차 세계 대전 동안 애창되었던 곡이다.

** 말을 타고 하늘을 날아다니는 신의 딸인 여전사들, 즉 발퀴레들을 노래하는 「발퀴레의 기행(騎行)」은 「발퀴레」 3막에 나온다.(바그너의 「발퀴레」에 대해서는 『잃어버린 시간을 찾아서』 2권 11쪽 주석 참조.)

이 있는 지상의 구석에는 불이 켜졌고, 그래서 나는 생루에게 그가 전날 집에 있었다면 하늘 속에서 벌어지는 묵시록의 장면을 관조하면서, 더 나아가 지상에서도(상이한 장면이 나란히 배열된 엘그레코의 「오르가스 백작의 장례식」*에서처럼) 잠옷 차림의 인물들, 그들의 유명한 이름 때문에 페라리**의 후계자로 간주될 만한 인물들이 연출하는 진짜 보드빌을 볼 수 있었을지도 모른다고 말했다. 페라리가 쓴 사교계 기사는 생루와 나를 자주 즐겁게 했으며, 우리 자신이 그런 기사를 쓰면서 즐겼다. 그날도 마치 전쟁이 일어나지 않은 것처럼, 채펠린의 공포라는 지극히 '전쟁다운' 주제의 기사를 썼다. "알아봄, 멋진 나이트가운을 입은 게르망트 공작 부인과 괴상한 분홍색 파자마에 목욕 가운을 걸친 게르망트 공작 등등."

"단언하지만," 하고 생루가 말했다. "어느 큰 호텔에 가도 잠옷 차림의 미국 유대인 여자들이, 그들의 꺼진 가슴을 빈털터리가 된 공작과 결혼할 수 있는 유일한 희망인 진주 목걸이로 조이는 모습을 볼 수 있을 거야. 그런 저녁이면 리츠 호텔은 자유 교환 호텔***과도 흡사하겠지."

---

* 엘그레코의 대표작인 「오르가스 백작의 장례식」(1586)은 지상에서 행해지는 정적인 장례식 장면과 천상에서 이루어지는 동적인 심판이 나란히 배열된 바로크 기법의 작품이다.

** 《르 피가로》의 사교계 담당 기자였던 프랑수아 페라리는 「사교계와 도시」라는 칼럼에서 도시의 여러 다양한 연회에서 목격한 유명 인사들의 이야기를 '알아봄'이라는 동일한 머리말 형식으로 게재했다.(『되찾은 시간』, 폴리오, 388쪽 참조.)

*** 「자유 교환 호텔」은 조르주 페도와 모리스 데발리에르가 1864년에 발표

생루의 지성이 전쟁 덕분에 더 발달한 건 아니지만, 그럼에도 유전적 요인에 상당 부분 빚지고 있는 진화 현상에 의해 축조된 그의 지성은, 예전에 내가 그에게서 한 번도 본 적 없는 광채를 발하고 있음을 말해야 한다. 과거 우아한 여인들로부터 또는 멋쟁이가 되기를 갈망하는 여인들로부터 구애를 받던 그 금발 청년과, 말장난을 멈추지 않는 수다쟁이나 이론가 사이에는 얼마나 거리가 있는가! 마치 예전에 브레상이나 들로네*가 했던 역할을 다시 하는 배우처럼, 그는 다른 세대나 다른 분파의 가문에게는 샤를뤼스 씨의 후계자로 — 비록 매우 까맣고 매우 하얀 두 가지 색이 반반 섞인 샤를뤼스 씨에 비해 장밋빛과 금발과 금빛으로 반짝거렸지만 — 보였을 것이다. 전쟁에 관해 그는 아저씨의 의견에 거의 동의하지 않는 다른 무엇보다도 프랑스를 우선시하는 귀족 분파로 분류되었으며, 샤를뤼스 씨는 사실상 패배주의자로 분류되었으나, '배역의 창조자'인 샤를뤼스를 만나지 못한 사람에게 그는 해설자 역할에서 얼마나 뛰어난 연기를 할 수 있는지를 보여 줄 수 있었다. "힌덴부르크는 새로운 발견처럼 보인다고 하던데." 라고 나는 생루에게 말했다. "구태의연한 발견이지." 하고 그

한 극작품이다. 아내에 싫증 난 남편이 친구 아내와의 밀회를 '자유 교환 호텔'에서 약속하는데, 그런데 그 호텔에는 친구가 있다. 그리하여 수많은 거짓과 오해가 쌓이는 가운데 인물들은 밤거리를 배회한다. 프루스트 자신이 실제로 리츠 호텔에서 목격한 폭격 장면과 페도의 극작품, 그리고 엘그레코의 그림에 대한 추억이 한데 어우러진 단락이라고 지적된다.(『되찾은 시간』, 폴리오, 388쪽 참조.)

* 브레상과 들로네에 대해서는 『잃어버린 시간을 찾아서』 1권 35쪽, 136쪽 주석 참조. 나이 든 배우들로 젊은이 역할을 했다.

는 즉각적으로 대꾸했다. "또는 미래의 혁명인지도 모르고. 적에게 관대하게 구는 대신 차라리 망쟁 장군에게 오스트리아와 독일을 넘어뜨리게 했어야 해. 또 프랑스를 몬테네그로화하는 대신 차라리 터키를 유럽화했어야 해."* "하지만 우리는 미합중국의 지원을 받을 수 있을 거야." 하고 내가 말했다. "그동안 내가 이곳에서 보는 건 분열된 국가의 광경뿐인걸. 프랑스를 탈기독교화할지도 모른다는 두려움이 이탈리아에게 좀 더 많은 양보를 할 법도 한데?" "너의 샤를뤼스 아저씨가 지금 네 말을 듣는다면?" 하고 나는 말했다. "사실 사람들이 교황의 명을 조금 더 어긴다고 해도 넌 그렇게 화를 내지 않겠지. 그렇지만 네 아저씨는 사람들이 프란츠 요제프** 왕권

---

* 파울 폰 힌덴부르크(Paul on Hindenburg, 1847~1934). 1차 세계 대전이 발발하자 예순여섯 살의 나이로 현역에 복귀하여 절대적으로 열세였던 탄넨베르크 전투를 승리로 이끌면서 1916년에는 참모 총장, 전쟁 후에는 대통령이 된 독일 장군. 그러므로 생루가 '구태의연한 발견'이라고 말한 것이 그의 이런 뒤늦은 출현을 빗댄 것이라는 점에서는 납득할 만하지만, '미래의 혁명(future révolution)'이라고 말한 부분은 '구태의연한 발견'의 프랑스어 표현 vieille révélation과 어음이 유사해서가 아니라면, 군사 정부의 권력 남용을 통한 사회 정치 분야에서의 전술 혁명을 의미하는 것인지 이해하기 힘들다고 지적된다. 또한 '적에게 관대하게' 군다는 비난이나, 샤를 망쟁(Charles Manzin, 1866~1925) 장군의 권한을 축소하는 듯한 다소 희화적인 비난도 조금은 역설적으로 보인다. 터키를 유럽화한다는 발언은 정치적 야심의 표현으로 간주될 수 있지만, 프랑스를 몬테네그로화한다는 것은(오스트리아 군대가 1916년 1월부터 발칸반도에 위치하는 몬테네그로 공화국을 이미 점령하고 있었으므로) 신어 사용이라는 점 외에는 별달리 흥미로운 점을 제시하지 못한다고 설명된다.(『되찾은 시간』, 플레이아드 IV, 1218쪽 참조.)

** 프란츠 요제프 1세(Franz Joseph I, 1830~1916). 육십팔 년이라는 오랜 통치 기간(1848~1916)을 통해 오스트리아-헝가리 제국을 세우고 발칸 문

에 해를 끼친다고 생각하면 절망하실걸. 게다가 그분은 그 점에서 탈레랑과 비엔나 회의의 전통에 따른다고 생각하고 있어."* "비엔나 회의 시대는 이미 오래전에 지나갔어."라고 그가 대답했다. "비밀스러운(secret) 외교에 구체적인(concret) 외교로 맞서야 해. 아저씨는 사실상 완강한 왕당파인 만큼 몰레 부인처럼 잉어(carpe) 같은 바보나 아르튀르 메이에르 같은 살인귀(escarpe)를 샹보르식으로 요리하기만 하면 모두 감수하고 집어삼킬 사람이지. 삼색기에 대한 증오심에서 《붉은 모자》 같은 쓰레기 신문 편이 되어 신념을 가지고 그 신문을 백색기로 간주하겠지만." 물론 이것은 말에 불과했고,** 생루는

제로 러시아와 대립하면서 1차 세계 대전의 원인을 제공한 인물 중 하나이다.

* 비엔나 회의는 나폴레옹 전쟁 후 유럽의 신질서를 구축하기 위해 비엔나에서 1814년에 개최된 회의로, 오스트리아와 프로이센의 영토 확대, 스위스의 중립, 프랑스 부르봉가의 복위를 결정했다.

** 생루의 말이 전개되는 순서에 따라 서술해 보면, 1870년부터 이탈리아 정부와 바티칸은 의견 대립을 보였고, 또 바티칸이 가톨릭 국가인 오스트리아를 지지하면서 프랑스는 외교적으로 상당한 어려움에 처한다. 이런 맥락에서 생루는 이탈리아 정부의 편을 드는 듯 보이며, 샤를뤼스는 바티칸을 지지하는 것처럼 보인다. 그러나 생루가 말하는 '비밀스러운(secret)' 외교와 '구체적인(concret)' 외교에 대한 언급은 진정한 정치 분석이라기보다는 유음어에 의한 말장난으로 보는 편이 더 타당하며, 이런 사실은 '잉어'와 '살인귀'라는 표현으로 뒷받침된다. 프랑스어로 잉어, 즉 '카르프(carpe)'는 바보를 뜻하며, 이 '카르프'가 살인귀란 의미를 가진 '에스카르프(escarpe)'를 끌어들인다. 또 이 두 단어는 모두 '모욕을 감수하다', '쉽게 믿다'라는 의미를 가진 avaler des couleuvres란 관용구와 관련이 있다.('샹보르식 잉어 요리'는 송아지 가슴살과 거위 간과 송로버섯으로 속을 채운 잉어를 통째로 샴페인에 쪄낸 것이다.) 또 샤를뤼스는 몰레 백작 부인의 잉어 같은 어리석음에도 불구하고 자신의 혈족인 샹보르 백작(앙리 5세)의 기억에 충실하게 백작 부인과의 교제를 이

그의 아저씨가 이따금 보여 주는 그런 심오한 독창성과도 거리가 멀었다. 그의 아저씨는 의심 많고 질투하는 성격의 소유자인 데 반해, 생루의 성격은 상냥하고 매력적이었다. 또 그는 발베크에서처럼 온통 금빛 머리칼 아래 매력적인 장밋빛 피부를 가졌다. 그의 아저씨가 그를 넘어서지 못하는 유일한 점은 거기서 가장 초연하다고 생각하는 인간에게 새겨진 포부르생제르맹의 기질로, 보잘것없는 출신의 총명한 인간에 대한 존경심(이런 존경심은 정말로 귀족에게서만 피어나며 그리하여 모든 혁명을 부당한 것으로 만든다.)과 동시에 어리석은 자기 만족이 섞인 그런 감정이었다. 겸손과 오만, 습득한 지적 호기심과 타고난 권위의 혼합에 의해 샤를뤼스 씨와 생루는 각기 다른 길을 통해, 또 대립되는 견해와 더불어 한 세대라는 거리를 두고 온갖 새로운 사상에 관심을 가진 지식인이 되었고, 또 어떤 차단기로도 침묵을 얻을 수 없는 다변가가 되었다. 그러므로 조금 평범한 사람이라면 각자 자기 기분에 따라 그들을 빛나는 사람 또는 지겨운 사람으로 생각할 수 있었다.

"넌 우리가 동시에르에서 나눴던 대화를 기억해?" 하고 나는 그에게 말했다. "아! 정말 좋은 시절이었어! 어떤 심연이 우리를 갈라놓은 걸까? 그 아름다운 시절이 다시 오기는 할까?

어 간다.(『잃어버린 시간을 찾아서』 10권 72~73쪽 참조.) 또한 아르튀르 메이에르는 《르 골루아》 신문사 사장으로 정통 왕당파이고, 《붉은 모자》는 반군국주의를 표방하는 혁명파 신문이며, 또 공화정의 삼색기는 부르봉 왕조의 국기인 백색기와 대립된다.(『되찾은 시간』, 플레이아드 IV, 1218쪽 참조.)

깊이를 알 수 없는 심연으로부터
깊은 바닷속에서 몸을 씻고 난 후
다시 젊어진 태양이 하늘에 솟아오르듯?*"

"감미로웠던 시절을 회상하기 위해서만 그 대화를 생각하지는 말아 줘."라고 나는 말했다. "나는 그 대화에서 어떤 종류의 진실에 도달하려고 노력했어. 모든 것을 전복시키는 현재의 전쟁, 또 특히 전쟁의 관념이 네가 그때 그 전투들에 관해, 이를테면 미래의 전쟁에서 모방할 나폴레옹의 전투에 관해 말했던 모든 것을 취소하는 것은 아닌가 하고." "천만에," 하고 그가 말했다. "나폴레옹식의 전투는 아직도 발견되고 있어. 특히 이번 전쟁에는 나폴레옹의 정신에 젖어 있는 힌덴부르크가 있으니까. 빠른 부대 이동과 집결된 모든 병력을 다른 쪽에서 기습하기 위해 적군 앞에 간단한 저지선만을 남기거나(나폴레옹이 1814년에 사용한 전술), 적군의 병력을 중요하지 않은 전선에 묶어 두기 위해 적을 철저히 교란시키는 양동작전(힌덴부르크가 바르샤바에서 택한 것으로 그 때문에 적의 속임수에 넘어간 러시아군이 바르샤바에서 저항하다 마주리 호수 지역에서 패배한**), 아우스터리츠와 아르콜레와 에크뮐 전투에

* 샤를 보들레르, 윤영애 옮김, 「발코니」, 『악의 꽃』(문학과 지성사, 2003) 96쪽 참조. 원문에 인용된 텍스트에 의거하여 조금 수정해서 옮겼다.
** 폴란드의 마주리 호수 지역을 공격하기 위해 힌덴부르크가 1915년 바르샤바를 공격하는 것처럼 위장한 작전이다. 이 작전으로 러시아군이 패배한다.

서 시작한 것과 유사한 철수 작전,* 힌덴부르크의 이 모든 전략은 나폴레옹에서 나온 것으로 이게 끝이 아니야. 덧붙여 말하지만 만일 네가 나로부터 멀리 떨어진 곳에서 이번 전쟁 동안 일어난 사건들을 일어난 순서에 따라 해석하고 싶다면, 힌덴부르크가 하는 행동의 의미와 다음에 그가 하려는 행동의 열쇠를 발견하기 위해서는 힌덴부르크의 이런 특별한 방식에만 너무 배타적으로 의존해서는 안 된다고 말하고 싶어. 장군이란 어떤 종류의 희곡 작품이나 책을 쓰는 작가와 같으며, 또 그가 쓴 책 자체는 그것이 한 지점에서 드러내는 예기치 못한 요소와 다른 지점에서 제시하는 난관 때문에 원래 예상했던 계획으로부터 아주 멀어지는 법이니까. 이를테면 견제 공격은 그 자체로 충분히 중요한 지점에서 이루어져야 하므로 주력 작전이 실패로 끝날 때면 견제 공격이 기대 이상으로 성공하는 경우를 가정해 봐야 해. 그때는 견제 공격이 주력 작전이 될 수도 있으니까. 나는 곧 힌덴부르크가 나폴레옹식 전투의 한 전형인 두 적수, 즉 영국군과 우리를 분리하는 전투를 시작할 거라고 예상하고 있어."

이렇게 생루의 방문을 떠올리면서 걷다가 나는 지나치게 멀리까지 우회했고 거의 앵발리드 다리 근처에 이르렀다. 지

* 아우스터리츠 전투에 대해서는 131쪽 주석 참조. 아르콜레 전투는 나폴레옹이 북이탈리아의 베로나 근방 아르콜레 다리 주변에서 오스트리아군을 물리친 전투이며, 에크뮐 전투는 독일 바이에른에서 오스트리아군을 물리친 전투이다.

극히 적은 수의 가로등만이(고타 폭격기* 때문에) 조금은 이른 시각에 켜져 있었다. '서머 타임'**이 너무 일찍 실시되어 어둠이 더 빨리 찾아올 때에도 그것은 화창한 계절 내내 고정되었고(마치 어느 일정한 날짜부터는 난방 장치가 켜졌다 꺼졌다 하는 것처럼), 그래서 불이 켜진 도시의 밤하늘 위로 하늘 한 부분에는 — 여름 시간도 겨울 시간도 모른 채 8시 30분이 된 것도 9시 30분이 된 것도 알려고 하지 않는 — , 푸른빛이 도는 하늘 일대에는 약간의 빛이 계속해서 비추고 있었다. 트로카데로탑***에서 내려다보이는 도시 부분의 하늘은 온통 터키석의 빛깔을 띤 거대한 바다 같았고, 물이 빠져나가자 검은 바위의 가벼운 선이, 어쩌면 낚시꾼들이 나란히 쳐 놓은 단순한 그물의 가벼운 선이 벌써 솟아오르는 듯했다. 작은 구름들이었다. 그 순간 터키석의 빛깔을 띤 바다는 지구의 거대한 공전 속에 휘말린 인간들을 그들이 의식하지도 못하는 사이에 휩쓸어 갔고, 지구에는 미친 인간들이 그들만의 혁명을, 현재 프랑스를 피로 물들이는 것과 같은 의미 없는 전쟁을 계속하고 있었다. 거기다 시간 변경이 자기에게 어울리지 않는다고 여겨, 불 켜진 도시 위로 늑장 부리는 푸른빛 색조의 낮을 한가

* 독일군의 고타 폭격기는 속도 면에서 연합군의 폭격기보다 성능이 뛰어났으며, 1918년 초부터 파리 상공에 치명적인 공격을 가했다.(『되찾은 시간』, 리브르드포슈, 446쪽)

** 프랑스에서 서머 타임은 1916년부터 시작되었다.

*** 1878년 만국 박람회를 위해 세워졌던(지금은 파괴된) 옛 트로카데로궁은 두 개의 사각 탑으로 둘러싸인 돔 지붕의 건축물이었다.

롭게 연장하는 게으르고 지나치게 아름다운 하늘을 쳐다보노라니, 그것은 더 이상 넓게 펼쳐진 바다가 아니라 푸른 빙하의 수직적 단계처럼 보여 현기증이 날 정도였다. 그 터키석 계단과 매우 가까이 있는 듯 보이는 트로카데로의 탑들도, 마치 멀리서 산꼭대기 비탈과 이웃하는 것 같은 스위스 몇몇 도시에 있는 그런 두 탑처럼, 틀림없이 거기서 지극히 멀리 떨어져 있을 것 같았다. 나는 가던 길을 되돌아갔지만 앵발리드 다리를 지나자 이미 하늘에 해가 사라졌고 도시에 불빛도 거의 없었으므로, 여기저기 쓰레기통에 부딪치고 어떤 길을 다른 길로 혼동하면서 어두운 거리의 미로를 기계적으로 좇아가다가, 나도 모르는 사이에 대로 위에 있는 자신을 발견했다. 거기서 조금 전에 나를 사로잡았던 동방의 인상이 재개되었고, 다른 한편으로 집정부 시대의 파리에 이어 1815년의 파리가 환기되었다. 1815년처럼 매우 잡다한 빛깔의 군복을 입은 연합군이 행진하고 있었다.* 그런 군복들 사이에서 바지 모양의 빨간 스커트를 입은 아프리카 병사들과 하얀색 터번을 두른 인

* 이 부분은 부아뉴 부인의 『회고록』에서 영향을 받은 듯 보이지만, 그 경우 프루스트는 연합군에 의한 1814년의 파리 점령과 1815년 점령의 차이를 간과한 것처럼 보인다고 지적된다. 나폴레옹이 러시아 원정에 실패하면서 1814년 파리가 영국, 러시아, 프러시아, 오스트리아 군대에 의해 점령당했을 때에는 파리지앵들이 "푸른색 넓은 바지에 가슴을 부풀리고, 허리가 꼭 끼는 무릎까지 내려오는 상의를" 입은 러시아 병사들에게 감탄했지만, 엘바섬에서 돌아온 나폴레옹이 워털루 전투에 패하면서 1815년 점령당했을 때에는 연합군이 보상금을 요구하는 등 많은 약탈을 감행했으므로 파리지앵들에 의해 배척되었다고 설명된다.(『되찾은 시간』, 폴리오, 390쪽 참조.)

도 병사들을 보는 것만으로도 내가 산책하는 파리를 동방의 어느 이국적인 상상 속의 도시로 여기게 하기에 충분했다. 의복과 얼굴의 색깔까지 정확히 미세하게 현재의 파리와 닮았지만, 그 배경으로 말하자면 자의적인 공상의 산물이었다. 마치 카르파초가 자신이 살던 도시로부터 수많은 군중을 한데 모으면서 예루살렘이나 콘스탄티노플을 만든 것처럼 말이다. 그러나 그 군중이 입은 잡다한 색깔의 멋진 옷은 지금 내가 보는 병사들의 옷만큼 다채롭지는 않았다.* 두 명의 알제리 보병 뒤로 중절모자를 쓰고 긴 우플랑드**를 걸치고 보랏빛 얼굴을 한 체격이 장대한 키 큰 남자가 걸어가는 모습이 보였는데, 병사들은 그에게 전혀 신경을 쓰는 것 같지 않았다. 그의 얼굴을 보면서 나는 수많은 스캔들을 일으킨 남색가로 알려진 배우 또는 화가 중 어떤 이름을 대야 할지 몰라 잠시 망설였다. 어쨌든 그 산책자를 알지 못한다고 확신했으므로, 그의 시선이 내 시선에 부딪혔을 때 그가 당황한 표정을 짓는 걸 보고, 또 비밀로 하고 싶은 일에 전념하던 중 들킨 것이 전혀 아님을 보여 주려는 사람처럼 일부러 걸음을 멈추고 내게로 오는 것을 보고 나는 깜짝 놀랐다. 한순간 내게 인사한 사람이 누군지 자문했다. 샤를뤼스 씨였다. 그에게서 병의 진화 또는 악덕의 회전이 절정에 이르러, 그에 수반되는 결함이나 일반적인 악의

---

* 카르파초의 그림 중에서도 특히 「성 게오르기우스와 용」(1502~1507), 「성녀 우르술라의 쾰른 도착」(1490)을 연상시킨다고 지적된다.(『되찾은 시간』, 폴리오, 390쪽 참조.)

** 품이 넉넉하고 앞이 트인 가운 모양의 망토를 말한다.

통과로 인해 개인이 원래 가지고 있던 작은 인격이나 조상으로부터 물려받은 자질이 그 앞에서 완전히 중단되는 그런 단계에 이르렀다고 말할 수 있었다. 샤를뤼스 씨는 자신으로부터 가능한 한 멀리 떨어져 있었고, 아니, 차라리 그가 현재 변한 모습으로, 또 그 자신만이 아닌 다른 수많은 성도착자에 속하는 그런 모습으로 완전히 자신을 위장했으므로, 처음 순간 나는 대로 한복판에서 알제리 병사의 뒤를 따르는 그를 샤를뤼스 씨가 아닌 어느 성도착자 중 하나라고 여겼던 것이다. 대귀족도 아니며 상상력과 재치가 넘치는 인간도 아닌 샤를뤼스 씨는, 그저 남작과 닮은 점이라곤 그들 모두에게 공통된 표정 하나뿐이었으며, 이제 그 표정이 적어도 정신을 집중해서 자세히 보기 전에는 모든 것을 가리고 있었다.

이렇게 나는 베르뒤랭 부인을 방문하러 가기 전에 샤를뤼스 씨를 만났다. 베르뒤랭 부인 댁에서는 틀림없이 예전처럼 샤를뤼스 씨를 만날 수 없었을 것이다. 그들의 불화는 점점 심해졌고, 베르뒤랭 부인은 그를 더욱 실추시키기 위해서 현재의 시국마저 활용했다. 오래전부터 부인은 자칭 샤를뤼스의 대담하다는 주장에서 가장 오래된 것을 고수하는 사람들보다 그가 더 구식이며 이미 끝난, 낡아 빠진 사람이라고 여겨 왔는데, 지금은 그 비난을 요약하여 그를 '전쟁 전'* 사람이라고 칭하면서 그에 대한 모든 상상에 혐오감을 부추겼다. 전쟁은, 작은

---

* 이 전쟁 전(avant-guerre)이란 표현은 특히 레옹 도데가 그의 저서 『전쟁 전』(1914)에서 평화 시대를 상징하는 말로 사용하여 널리 확산되었다.(『되찾은 시간』, 폴리오, 390쪽 참조.)

패거리에 따르면 그를 현재로부터 단절하여 완전히 죽은 과거 속으로 물러나게 했다.

게다가 — 이 점은 오히려 사교계에 정통하지 못한 정치 인사들을 대상으로 한 것이지만 — 부인은 사교계에서의 위치나 지적 가치라는 측면에서 샤를뤼스를 '정신 나간 사람' 또는 '곁다리'라고 표현했다. "그는 아무도 만나지 않고 아무도 그를 초대하지 않아요."라고 그녀는 봉탕 부인에게 말했으며 또 부인을 쉽게 설득했다. 게다가 이 말은 어느 정도 진실이기도 했다. 샤를뤼스 씨의 위치가 변했다. 점점 사교계에 신경을 쓰지 않고 변덕스러운 성격 때문에 사람들과 불화를 일으키고, 또 자신의 사회적 가치를 의식하여 사교계의 꽃인 대부분의 사람들과 화해하기를 소홀히 했으므로 그는 비교적 고립된 상태에서 살고 있었다. 빌파리지 부인이 사망 당시 처했던 고립 상태가 귀족 사회의 추방이 그 원인이었다면, 샤를뤼스 씨의 고립은 일반 대중의 눈에는 다음과 같은 두 가지 이유로 더 끔찍했다. 우선 지금은 많이 알려진 샤를뤼스 씨에 대한 나쁜 평판은 사정을 잘 모르는 사람들에게는 바로 그런 평판 때문에 사람들이 그와의 교류를 꺼린다고 믿게 했지만, 실제로는 샤를뤼스 씨 자신이 독자적으로 그들과의 교류를 거부했다. 그리하여 그의 까다로운 성미의 결과였던 것이 그것이 행사된 사람들 쪽에서의 멸시의 결과로 보였다. 다른 한편으로 빌파리지 부인에게는 가문이라는 커다란 방패막이가 있었다. 그러나 샤를뤼스 씨는 자신과 가문 사이의 불화를 증폭시켰다. 게다가 가문은 — 특히 오래된 포부르생제르맹이나 쿠르부아지에 쪽이 — 그의 관심을 끌지 못하는 것 같았다. 그리고 쿠르부아지에 사람들과는 대조적으로 예술에 대해 그토록 대담한 관점을 제시해 온 그가 이를테면 베르고트 같은 사람의 관심을 가장 많이 끌었을 것이, 그가 옛 포부르생제르맹의 모든 사람들과 친척 관계에 있으며, 또 라셰즈 거리로부터 팔레부르봉 광장과 가랑시에르 거리에 이르는 동네에서 그의 사촌누이들이 영위하는 거의 시골풍의 삶을 묘사할 수 있는 능력에 있다는 걸 그는 꿈에도 짐작하지 못했다.*

그리고 베르뒤랭 부인은 보다 실질적이며 보다 초월성이 떨어지는 관점에 자신을 위치시키면서 샤를뤼스 씨가 프랑스인이 아니라고 믿는 척했다. "그 사람의 국적은 정확히 뭔가요? 오스트리아인 아닌가요?" 하고 베르뒤랭 씨가 별 의미 없이 물었다. "천만에요. 전혀 아니에요." 하고 몰레 백작 부인이 대답했다. 그녀 마음의 첫 번째 움직임은 원한보다는 상식에 복종했다.** "천만에요, 그는 프로이센 사람이에요." 하고 '여주인'이 말했다. "내가 말하잖아요. 난 알아요. 그자는 여러 번 반복해서 말했어요. 자신이 프로이센 귀족원의 세습 의원

---

* 라셰즈 거리는 파리 7구에 있으며(『잃어버린 시간을 찾아서』 5권 316쪽 주석 참조.), 팔레부르봉은 국회 의사당이 위치하는 곳으로 파리 7구에 속하며, 가랑시에르는 파리 6구의 생쉴피스 성당에서 시작되는 거리로, 여기 인용된 거리들은 모두 파리의 유서 깊은 귀족들이 살던 곳이다.

** 샤를뤼스는 처음에 몰레 부인을 찬미하다 모렐을 시켜 가장 잔인한 비방으로 괴롭혔고, 그녀는 그 일로 죽음에 이른다.(『잃어버린 시간을 찾아서』 10권 52~53쪽)

이자 전하(Durchlaucht)라고."* "그렇지만 나폴리 여왕께서는 말씀하시기를……." "그녀가 소름 끼치는 스파이란 건 당신도 알잖아요." 하고 실각한 여군주가 어느 저녁에 자신의 집에서 보여 준 태도를 아직도 잊지 못한 베르뒤랭 부인이 소리쳤다.** "난 알고 있어요, 아주 정확한 방식으로요. 그 여잔 그런 짓으로만 살아왔어요. 우리에게 좀 더 활력적인 정부가 있었다면, 그런 자들은 모두 포로수용소에 가 있을 거예요. 그럼요, 어쨌든 그런 한심한 세계의 사람들은 초대하지 않는 게 나아요. 내무 장관이 그들을 주목한다는 걸 알기 때문이죠. 당신 저택도 곧 감시받게 될 거예요. 샤를뤼스 씨가 이 년 동안 우리 집을 계속해서 염탐했다는 생각을 그 무엇으로도 지울 수 없군요." 작은 패거리의 조직에 관한 상세한 보고서가 독일 정부에게 어떤 이득이 될지 의심하는 사람이 있을 거라고 생각했는지, 베르뒤랭 부인은 목소리를 부풀리지 않고 말을 해야 말의 가치가 더 소중해 보인다는 사실을 아는 사람으로서 더 부드럽고 더 예리한 표정을 지으며 말했다. "첫날부터 저는 남편에게 '그 작자가 우리 집에 오게 된 방식이 아무래도 납득이 가지 않아요. 뭔가 수상쩍은 데가 있어요.'라고 말했음을 알려 드리죠. 우리가 머물렀던 대저택은 만(灣)의 안쪽 매우 높은 지대에 위치했어요. 그자는 틀림없이 독일군으로부터 잠수함 기지를 설치하라는 임무를 부여받았을 거예요. 그

---

* 『잃어버린 시간을 찾아서』 8권 172쪽에서 샤를뤼스는 "독일에서는 나처럼 배신 제후인 대공을 '전하(Durchlaucht)'라고" 부른다고 설명한 바 있다.
** 『잃어버린 시간을 찾아서』 10권 225~229쪽 참조.

가 나를 놀라게 한 일이 여럿 있었는데 이제야 이해가 가네요. 처음에 그는 다른 손님들과 함께 기차로 오고 싶어 하지 않았어요. 그런데 나는 정말 친절하게도 성관에 있는 방을 제안했거든요. 그래요, 그는 그걸 거절하고 군대가 엄청나게 많은 동시에르에 거주하고 싶어 했어요. 이 모든 것이 스파이 냄새를 지독하게 풍기잖아요."

샤를뤼스 남작에 관한 첫 번째 비난, 즉 유행에 뒤진다는 비난에 대해서는 사교계 인사들도 베르뒤랭 부인의 말이 옳다고 쉽게 인정할 수밖에 없었다. 사실 그들은 배은망덕한 자들이었다. 왜냐하면 샤를뤼스 씨는 어떻게 보면 그들의 시인이라고 할 수 있었는데, 그는 주위 사교계로부터 역사와 아름다움과 정취, 희극적인 것과 경박한 우아함이 함유된 일종의 시를 도출할 줄 알았기 때문이다. 그러나 이런 시적 정취를 이해할 수 없는 사교계 인사들은 그들의 삶에서 한 번도 접해 보지 못한 그 시를 다른 곳에서 찾으면서 샤를뤼스 씨보다 훨씬 열등한 인간들, 하지만 사교계를 경멸한다고 주장하며 그 대신 사회학이나 정치 경제학 이론을 가르치는 사람들을 샤를뤼스 씨보다 훨씬 높게 평가했다. 샤를뤼스 씨는 몽모랑시 공작 부인을 고상한 여인으로 여기며 부인이 자기도 모르게 내뱉는 전형적인 표현들을 얘기하고, 또 우아한 멋을 부릴 줄 아는 부인의 옷차림을 묘사하기를 좋아했지만, 옷이란 입기 위해 만들어졌으니 그것에 어떤 주의도 기울이지 않은 척하는 사교계 여인들은 몽모랑시 공작 부인을 전혀 흥미롭지 않은 일종의 바보로 여겼으며, 그들 중 보다 지적인 여인들은 데샤넬*의 강연을 듣기 위해 소르본 대학교나 의회로 달려갔다.

간단히 말해 사교계 인사들은 이제 샤를뤼스 씨에 대해 더 이상 열광하지 않았다. 그의 흔치 않은 지적 능력을 지나치게 깊이 이해해서가 아니라 전혀 이해하지 못했기 때문이다. 그들은 그를 '전쟁 전' 인간이나 유행에 뒤진 인간이라고 생각했는데, 그 까닭은 가치를 판단할 능력이 없는 사람들은 바로 유행의 기준에 따라 가치의 등급을 정하기 때문이다. 그들은 한 세대에 존재했던 탁월한 사람의 가치를 깊이 다루거나 거론조차 하지 않았다. 그러다 갑자기 새로운 세대의 표지가 나타나면 전 세대의 것보다 잘 이해하지도 못하면서 그들 모두를 일괄적으로 비난해야 한다.

두 번째 비난, 즉 그의 게르만주의에 대한 비난은 사교계 인사들의 중용 정신에 의해 거부되었지만, 모렐에게서 지칠 줄 모르는 특별히 잔인한 연주자를 발견했다. 샤를뤼스 씨가 두 번이나 많은 노력을 해서 그를 위해 획득하는 데 성공하고 다음에는 그로부터 빼앗는 데 성공하지 못한 신문사나 사교계에서의 자리를 보존할 줄 알았던 모렐은 남작을 계속해서 증오했고, 이런 증오는 남작과의 관계가 정확히 어떤 것이든 남작이 사람들에게 그토록 감추어 온 그 마음속 깊은 착한 마음을 경험한 모렐로서는 그만큼 비난받아 마땅했다. 샤를뤼스

---

* 폴 데샤넬(Paul Deschanel, 1855~1922). 1898년부터 1902년까지 프랑스 하원 의장, 1912년부터 1920년까지는 프랑스 대통령을 지낸 정치가이자 작가.

씨가 바이올리니스트에게 얼마나 다정하고 관대하며 자기가 한 약속을 어기지 않으려고 얼마나 세심한 마음으로 보살폈는지, 샤를리가 남작과 헤어지는 순간 남작에 대해 떠올린 생각은 사악한 남자가 전혀 아닌(그는 기껏해야 남작의 악덕을 병으로 생각했을 뿐이다.) 자신이 알았던 사람 중 가장 고결한 생각을 가진, 예외적인 감수성과 성인 같은 태도를 가진 인간이라는 생각뿐이었다. 그는 그 사실을 거의 부인하지 않았으므로 샤를뤼스 씨와의 관계가 틀어졌을 때에도 친지들에게 진심으로 말했다. "그분에게는 아드님을 맡기셔도 괜찮습니다. 가장 좋은 영향만 받게 될 테니까요." 그러므로 신문에 게재하는 글을 통해 남작을 괴롭히려고 했을 때, 그의 생각 속에서 그가 조롱했던 것은 그의 악덕이 아니라 미덕이었다.

전쟁이 일어나기 얼마 전부터 그는 자칭 전문가에게는 속이 훤히 들여다보이는 짧은 시평을 통해 남작에게 엄청난 해를 끼쳤다. 그중 하나가 '이름이 '위스(us)'로 끝나는 어느 미망인의 불운, 남작 부인의 지난날'이라는 제목의 글이었는데, 베르뒤랭 부인은 지인들에게 돌리려고 신문 50부를 샀고, 또 베르뒤랭 씨는 볼테르도 이보다 잘 쓰지는 못한다면서 그 시평을 큰 소리로 낭독했다. 전쟁이 일어나면서 시평의 어조가 변했다. 남작의 성도착만이 아니라, 소위 그의 게르만 국적이라고 하는 것까지도 고발의 대상이 되었다. '보슈 부인', '반 덴 보슈 부인'이 샤를뤼스 씨의 통상적인 별명이었다.* 시적

* 보슈 부인과 반 덴 보슈 부인으로 옮긴 원어는 각각 '프라우 보슈(Frau

성격을 띤 한 단상은 베토벤의 무용곡에서 그 제목을 빌리기도 했는데 '어느 독일 여인'*이었다. 끝으로 두 편의 단편 소설 「아메리카의 아저씨와 프랑크푸르트의 아줌마」 그리고 「후방의 건장한 남성」은 작은 패거리에게 교정본으로 읽혀 브리쇼를 기쁘게 했다. 브리쇼 자신은 "가장 높으시고 가장 강력하신 아나스타지아** 부인께서 제발 검은 잉크로 삭제하지 마시기를!" 하고 소리쳤다.

시평의 내용 자체는 우스꽝스러운 제목에 비해 섬세했다. 문체는 베르고트에게서 유래한 것으로 어쩌면 나만이 그렇게 느꼈을지도 모른다. 그 이유는 다음과 같다. 베르고트의 작품은 모렐에게 어떤 영향도 주지 않았다. 그 수정(受精)은 아주 특별하고도 드문 방식으로 이루어졌는데, 단지 그 때문에 여기서 전하는 것이다. 베르고트가 말할 때면 단어를 선택하거나 발음하는 방식이 특이하다는 걸, 나는 이미 그가 살아 있을 때 언급한 바 있다. 이런 베르고트를 오랜 기간 생루 부부의 집에서 만난 모렐은 베르고트가 택했을 단어들을 사용하면서 그의 목소리를 완벽하게 위조하는 '모작'을 썼다. 그런데 지금 모렐은 글을 쓸 때면 베르고트식으로 대화를 옮겨 적었지만,

---

Bosch)'와 '프라우 반 덴 보슈(Frau van den Bosch)'로, 보슈와 반 덴 보슈는 벨기에나 네덜란드에서 흔한 성(姓)이다. 현대 네덜란드어에서 보슈는 보스로 명명된다.

* 베토벤이 작곡한 「열두 개의 미뉴에트」나 「열두 개의 독일 춤곡」 또는 「바가텔」을 연상시킨다고 지적된다.(『되찾은 시간』, 폴리오, 391쪽 참조.)

** 아나스타지아는 전쟁 기간 동안 '검열 기관'에 붙여진 별명으로, 그 시기에 많은 비난을 받았다고 한다.(『되찾은 시간』, 폴리오, 391쪽 참조.)

글로 표현된 베르고트라면 했을 문장의 어순 전환은 하지 않았다. 베르고트와 담소를 나눈 적이 있는 사람은 지극히 적은 수였으므로 그의 문체와는 다른 어조를 알아보지 못했다. 이런 말로 하는 수정은 아주 드물어서 내가 인용하고 싶었던 것이다. 게다가 그것은 불임의 꽃 말고는 아무것도 생산하지 못한다.

신문사의 사무실에 있던 모렐은 프랑스인의 피가 콩브레의 포도즙처럼 혈관 속에서 끓어올랐고, 또 전쟁 중 사무실에 있는 것만으로는 너무도 부족하다 여겨 비록 베르뒤랭 부인이 그를 파리에 남아 있게 하려고 가능한 모든 노력을 기울여 설득했지만, 결국 군에 지원하고 말았다. 물론 그녀는 캉브르메르 씨가 그 나이에 참모 본부에 있었다면 틀림없이 화를 냈을 것이다. 자신의 살롱에 오지 않은 모든 남성에 대해 "그자는 어디서 또 자신을 숨길 방법을 찾아냈나요?"라고 말했다. 그래서 사람들이 그가 전쟁 첫날부터 일선에 나갔다고 단언하면, 부인은 거짓말하거나 어쩌면 잘못 생각하는 데 습관이 들어 양심의 가책도 느끼지 않은 채 대꾸했다. "천만에요, 그자는 파리에서 조금도 움직이지 않았어요. 장관을 끌고 다니는 것만큼이나 위험한 짓을 하는가 봐요. 내가 말하잖아요. 내가 보증하잖아요. 그자를 만난 사람을 통해 알아낸 거예요." 그러나 신도들은 별개의 문제여서 베르뒤랭 부부는 그들이 자신들을 버리게 만드는 전쟁을 지극히 '따분한 여인'으로 간주하며 그들이 떠나는 걸 원치 않았다. 그래서 그들이 파리에 남아 있도록 모든 조치를 취했다. 그것은 그녀에게 식사를 함께

하는 즐거움과 그들이 아직 도착하지 않았거나 이미 떠난 후라면 그들의 무위(無爲)를 비난하는 이중의 즐거움을 줄 것이었다. 그렇게 하려면 그들이 후방 근무에 동의해 주어야 했는데, 모렐이 고집을 부리자 그녀는 난처했다. 그래서 그녀는 오랜 시간 다음과 같이 말했지만 헛수고였다. "그렇지만 당신은 사무실에서 근무하잖아요. 전선에 나가는 것 이상으로요. 필요한 건 나라에 유용한 존재가 되는 거고, 진짜로 전쟁에 속해 전쟁의 일부를 이루는 거죠. 그런데 당신은 그 일부이고 그 사실을 모든 사람이 알고 있으니 마음을 편히 가지세요. 아무도 당신에게 돌을 던지지 않을 테니까요." 이처럼 다른 상황에서도, 남성이 드물지 않고 지금처럼 특히 여성만을 초대하지 않아도 되던 시절에도 부인은, 만일 그들 중 한 남성이 어머니를 잃으면 자기 집에서 베푸는 연회에 별 지장 없이 계속해서 올 수 있다고 그를 설득했다. "슬픔은 가슴속에 간직하는 거예요. 만일 당신이 무도회에 간다면,"(그녀는 무도회를 열지 않았다.) "내가 제일 먼저 만류할 거예요. 그러나 여기 내 작은 수요 모임이나 극장 아래층 특별석이라면 아무도 놀라지 않을 거예요. 당신이 슬퍼한다는 걸 모두 알고 있으니까요." 지금은 남성들이 이전보다 더 드물었고 장례식도 더 빈번했으므로 그들을 사교계에 가지 못하도록 막을 필요는 없었다. 전쟁이란 말만으로도 충분했으니까. 베르뒤랭 부인은 나머지 사람들에게 매달렸다. 그녀는 그들이 파리에 남는 것이 프랑스에 보다 유익한 일이라고 설득하고 싶어 했다. 예전에 고인이 된 사람이 그들이 즐거워하는 걸 보면 더 행복해할 거라고 단언했던 것과도 같았다. 그럼에도 남성 손님은 거의 없었다. 어쩌면 이따금 마음속으로는 샤를뤼스 씨와 더 이상 회복할 수 없는 절교를 한 것을 후회했는지도 모른다.

이제 샤를뤼스 씨와 베르뒤랭 부인은 서로 교류하지 않는 사이가 되었지만, 그럼에도 베르뒤랭 부인은 손님을 초대하고, 샤를뤼스 씨는 쾌락을 찾아다니며 여전히 아무것도 변하지 않았다는 듯 그들의 삶을 계속 살고 있었다. 크게 중요하지는 않지만 그래도 작은 차이는 몇 개 있었는데, 이를테면 베르뒤랭 부인의 살롱에서 지금은 코타르가 「꿈의 섬」*에 나오는 아이티 제독이 입은 군복과 꽤 유사하며, 또 나사로 만든 군복 위에 단 넓은 하늘색 리본이 '마리아의 아이들'의 리본을 연상시키는 그런 대령의 군복 차림으로 연회에 참석했다. 샤를뤼스 씨는 여태껏 그의 취향이던 성숙한 남성들이 사라진 도시에 남자, 프랑스에서는 여성을 좋아했으나 식민지에 살면서 몇몇 사람들이 그랬던 것처럼, 다시 말해 처음에는 필요에 의해 습관을 붙였다가 나중에는 어린 소년에 대한 취향을 가지게 되었다.

게다가 코타르가 베르뒤랭 부인의 연회에 참석하던 시절의 특징적인 요소들 가운데 으뜸은 신문에서 말하듯이 "적과 마주하면서" 코타르가 죽었으므로 이내 사라졌다는 점이다.**

---

* 피에르 로티의 소설 『로티의 결혼』을 레날도 안이 3막 오페라로 만들어 1898년에 오페라 코미크에서 공연한 작품이다. '마리아의 아이들'은 1837년에 창설된 수녀회로 가슴에 푸른 리본을 달고 다녔다.

** 코타르의 죽음에 대한 모순된 표현은 이미 앞에서도 지적된 바 있다. 여

그는 파리를 떠나지 않았지만 나이에 비해 지나치게 과로했고, 곧 베르뒤랭 씨가 그 뒤를 이었다. 믿기 어렵겠지만 베르뒤랭 씨의 죽음을 슬퍼한 사람은 오직 엘스티르뿐이었다. 나는 어떻게 보면 절대적으로 자유로운 관점에서 그의 작품을 연구할 수 있었다. 그런데 엘스티르는 특히 늙어 가면서 자신의 작품에 모델을 제공한 사회에 그 작품을 맹신적으로 연결했고, 이렇게 해서 인상(印象)의 연금술 덕분에 예술 작품으로 변신한 사회는 그에게 팬들과 관객들을 안겨 주었다. 그는 점점 아름다움의 주된 부분이 사물에 있음을 물질주의자처럼 믿게 되었고, 그렇게 해서 처음 엘스티르 부인에게서 찬미했던 조금은 무거운 미의 전형을 회화나 장식 융단에서 추구하고 다루었으며, 베르뒤랭의 죽음과 더불어 예술을 지지하고 예술의 진정성을 보증하던 사회적 근간, 그렇지만 소멸되기 쉬운 근간의 — 그것의 일부를 이루던 유행 의상만큼이나 그토록 빨리 시대에 뒤진 것이 되어 버리는 — 마지막 잔재가 사라지는 것을 보게 되었다. 마치 대혁명이 18세기의 우아함을 파괴하면서 '페트 갈랑트'의 화가를 비탄에 잠기게 하고,* 또 몽마르트르와 물랭 드 라 갈레트의 사라짐이 르누아

기서 언급된 과로는 아마도 사랑으로 인한(오데트와의?) 피로의 누적을 말하는 것 같다고 지적된다.(『되찾은 시간』, 폴리오, 391쪽 참조.)

* 장앙투안 와토(Jean-Antoine Watteau)가 1717년 '프랑스 회화와 조각 아카데미' 회원으로 선출된 것은 바로 이 '페트 갈랑트의 화가'로서의 자격이었다. '페트 갈랑트'는 우아한 축제를 뜻한다.

르를 몹시 슬프게 했을 것처럼 말이다.* 그러나 그는 특히 베르뒤랭 씨의 죽음에서 그의 그림을 지극히 공정한 시각으로 보아 주던 사람의 눈과 두뇌의 사라짐을 보았으며, 거기서 그 그림은 어떻게 보면 사랑하는 추억의 상태로 존재했다. 물론 그림을 좋아하는 젊은이들 또한 가끔 솟아올랐다. 그러나 그들이 좋아하는 그림은 다른 그림이었고, 그들은 스완이나 베르뒤랭 씨처럼 엘스티르를 공정하게 평가하게 해 주는 휘슬러의 안목이나 모네의 진리에 대한 가르침도 받지 못했다. 그러므로 엘스티르는 비록 오랜 세월 동안 베르뒤랭 씨와 사이가 틀어진 채로 지냈지만 그의 죽음으로 인해 더욱 혼자가 된 듯한 기분을 느꼈고, 그것은 마치 그의 작품을 이루는 아름다움의 일부가 우주에 존재하는, 그 아름다움의 의식에 대한 약간의 것과 더불어 사라지는 것 같았다.

샤를뤼스 씨의 쾌락과 관련된 변화는 간헐적인 것이었다. '전선'에 있는 병사들과 많은 서신 교환을 한 덕분에 그에게는 꽤 성숙한 나이의 휴가병들이 부족하지 않았다.

사람들의 말을 그대로 믿는 시절이었다면, 먼저 독일이 다음에는 불가리아가 그다음엔 그리스가 맹세하는 평화 의사를 들으면서 그 말을 신뢰했을지도 모른다. 그러나 알베르틴과 프랑수아즈와 함께 살면서 그들이 표현하지 않는 생각이나 계획을 의심하는 데 익숙해진 후부터는 외관상 맞는 것처럼

* 르누아르가 몽마르트 언덕을 배경으로 하여 그린 「물랭 드 라 갈레트의 무도회」는 엘스티르가 그린 「춤의 즐거움」의 모델이 되는 작품이다.(『잃어버린 시간을 찾아서』 10권 367쪽 주석 참조.)

보이는 빌헬름 2세나 불가리아의 페르디난트 황제, 또 그리스의 콘스탄티누스 왕의 어떤 말에도 내 본능은 속지 않았고, 그들 각각이 꾸미는 음모도 간파했다.* 물론 프랑수아즈나 알베르틴과의 언쟁은 그저 한 존재의 미미한 정신적 세포의 삶에 관계되는 지극히 개인적인 일에 지나지 않았다. 그러나 동물의 몸이나 인간의 몸, 다시 말해 그 각각이 단 하나의 세포에 비해 몽블랑처럼 거대한 세포의 집합체가 존재하듯이, 개인으로 조직된 거대한 집합체인 국가가 존재한다. 국가의 삶도 개인으로 조직된 집합체를 확대하면서 그 구성 요소인 세포들의 삶을 반복하는 데 지나지 않는다. 그러므로 세포의 신비와 반응과 법칙을 잘 이해하지 못하는 사람은 국가 간의 갈등을 얘기할 때에도 의미 없는 말밖에 하지 못할 것이다. 그러나 그가 개인 심리의 대가라면 그의 눈에는 서로 대립하는 개인들의 응집된 거대한 덩어리가 단지 두 성격의 갈등에서 비롯된 분쟁보다 훨씬 강력한 아름다움으로 비칠 것이다. 그리고 그는 그 거대한 덩어리를 키 큰 남자의 몸이 적충류에게 보이는 것과 같은 비율로, 다시 말해 1밀리미터의 입방체를 채우는 데 1만 마리 이상을 요구하는 비율로 볼 것이다. 이처럼 얼마 전부터 다양한 형태의 수많은 작은 다각형들로 그 주변까

* 독일과 오스트리아-헝가리와 이탈리아의 삼국 동맹에 러시아와 영국과 프랑스의 삼국 협상이 맞선 전쟁에서 앞에서도 지적했지만(80쪽 주석 참조.) 그리스는 모호한 태도를 취했다. 이런 그리스의 콘스탄티누스 왕과 마찬가지로 불가리아 황제는 1915년까지는 연합국에 대해 그들이 중립국임을 설득했으나, 1915년에는 오스트리아와 독일 편을 들어 세르비아를 공격했다.

지 채워진 프랑스라는 거대한 형상과, 최근에 통합되어 예전 보다 더 많은 다각형들로 채워진 독일이라는 형상이 서로 싸우고 있었다.* 이런 관점에서 본다면 독일이라는 몸과 프랑스라는 몸, 또 연합군과 적군이라는 몸도 어느 정도는 개인처럼 행동하고 있었다. 그러나 그들이 교환하는 타격은 생루가 내게 그 법칙을 설명한 바 있는 권투 시합처럼 수많은 법칙의 지배를 받았다. 왜냐하면 우리가 그들을 개인으로 생각한다 해도, 그들은 개인의 거대한 집합체이므로 그 분쟁은, 마치 해안선을 따라 늘어선 수백 년 된 절벽들을 부수기 위해 수많은 파도를 일으키는 대양처럼, 또는 그것의 경계선을 긋는 산악 지대를 느리면서도 파괴적인 진동으로 무너뜨리려고 시도하는 거대한 빙하처럼 무한하고 장엄한 형태를 취했기 때문이다.

그럼에도 이 이야기에 나오는 많은 인물들, 특히 샤를뤼스 씨와 베르뒤랭 부인에게서 삶은 마치 독일이 그렇게 그들 가까이 있지 않다는 듯 예전과 거의 유사한 형태로 계속되었다. 우리에게 지속적으로 위험이 닥쳐와도 비록 지금은 잠시 멈추었다고는 하지만 그 위험을 머릿속에서 그려 보지 않고는 완전히 거기에 무관심한 법이다. 사람들은 언제나 쾌락을 찾아 나서며, 만일 쾌락을 시들게 하고 약화시키는 영향력이 멈춘다면 적충류의 증식이 최고조에 달해, 다시 말해 며칠 사이에 수백만 해리를 건너뛰어 1밀리미터의 입방체에서 태양보

* 독일의 통일이 뒤늦게야 이루어졌다(1871)는 사실을 '예전보다 더 많은 다각형들로 채워진 독일'이라는 은유로 표현하고 있다.

다 백만 배나 큰 덩어리로 변하며, 동시에 우리가 살아가는 데 필요한 모든 산소와 모든 물질을 파괴하여 더 이상의 인류도 동물도 지구도 존재할 수 없다는 것은 결코 생각하지 않는다. 또는 뭔가 돌이킬 수 없는 지극히 가능한 재앙이 태양의 항구 불변한 외관 속에 감추어진 부단하고도 격렬한 활동에 의해 에테르 속에서 결정될 수 있음도 상상하지 못한다. 적충류의 세계와 에테르의 세계가 우리 주위에 감돌게 하는 우주적 위험을 인지하기에 전자의 세계는 너무 작고 후자의 세계는 너무 커서 그들은 이 두 세계를 생각함 없이 그저 그들의 일에만 몰두한다.

이렇게 해서 베르뒤랭 부부는 계속 만찬을 베풀었고(얼마 안 가 베르뒤랭 씨가 죽은 후에는 베르뒤랭 부인 혼자서), 또 샤를뤼스 씨는 독일군이 — 사실 지속적으로 재개되는 피비린내 나는 장벽 뒤에서 꼼짝 않는 — 파리에서 자동차로 한 시간 가량 떨어진 곳에 있다는 것은 전혀 생각지 않고 쾌락을 찾아 나섰다. 베르뒤랭 사람들은 거기에 대해 생각했다고 말할지도 모른다. 왜냐하면 그들은 매일 저녁 현 상황에 대해, 군대뿐 아니라 함대에 대해서도 토론하는 정치 살롱을 열었기 때문이다. 사실 그들은 전멸한 연대나 바다에 침몰한 승객들 같은 수많은 희생자들을 생각했다. 그러나 일종의 반작용에 의해 안락한 생활과 관계되는 것은 곱셈을 하고 그렇지 못한 것은 지극히 큰 수로 나누는 법이므로, 수백만 낯선 사람들의 죽음도 우리를 거의 건드리지 못하거나 밖에서 들어오는 외풍보다는 덜 불쾌하게 건드린다. 카페오레에 적셔 먹던 크루아상을 더 이상 구입할 수 없어 두통에 시달리던 베르뒤랭 부인은, 우리가 앞에서 언급한 바 있는 레스토랑에서 크루아상을 만들어 주도록 허락하는 처방을 코타르에게서 받았다. 당국의 허락을 받는 일이 장군의 임명만큼이나 힘들었다. 신문이 루시타니아호*의 침몰을 보도한 날 아침, 베르뒤랭 부인은 그녀의 첫 번째 크루아상을 다시 먹었다. 크루아상을 카페오레에 적시면서 빵에서 손가락을 빼낼 필요 없이 신문을 넓게 펼친 채로 붙잡을 수 있도록 다른 손가락을 조금 밀었다. "얼마나 무서운 일이야. 공포라는 측면에서는 가장 끔찍한 비극도 넘어설 정도야." 그러나 그 모든 익사자의 죽음도 그녀에게는 10억분의 1로 축소된 형태로만 나타났으리라. 왜냐하면 입안을 가득 채운 채 그런 비통한 성찰을 하는 그녀의 얼굴에는, 아마도 두통에 그토록 소중한 크루아상의 맛 때문인지 감미로운 만족감의 표정이 감돌았기 때문이다.

샤를뤼스 씨로 말하자면 조금 다른 경우이기는 했으나 보다 심각했다. 그는 프랑스의 승리를 열광적으로 소망하지 않는 데서 그치지 않고 더 나아가 비록 고백은 하지 않았지만, 독일의 승리를 원하지는 않았다 해도 적어도 모든 사람들이 소망하듯 독일의 멸망도 원치 않았다. 그 까닭은 국가라고 불리는 개인들의 커다란 전체가 그 자체로서는 어느 정도 개인

---

* 1차 세계 대전이 한창이었을 때 뉴욕을 출발한 영국의 여객선 루시타니아호가 1915년 5월 7일 아일랜드 연안에서 독일 잠수함이 발사한 어뢰에 맞아 침몰했다. 1200명의 익사자 가운데에는 150여 명의 미국인도 포함되었으며, 이는 미국이 전쟁에 참여하는 데 결정적인 계기가 되었다.

처럼 행동하기 때문이다. 그런데 개인을 이끄는 논리는 마치 사랑의 문제로 대립하는 사람들의 논리처럼, 아들이 아버지와, 요리사가 여주인과, 아내가 남편과 가정적인 문제로 다투는 싸움처럼 지극히 내밀하며 지속적으로 열정에 의해 재조정되기 마련이다. 틀린 논리도 옳다고 생각되며 — 독일의 경우가 그런 것처럼 — , 또 맞는 논리도 때때로 그것이 자기 열정에 부응하기 때문에 반박할 수 없는 것처럼 보이는 정당한 논거를 제공한다. 이런 개인들의 싸움에서 어느 편이 정당한지를 알기 위한 가장 확실한 방법은 바로 그편에 가담하는 것으로 관망자는 결코 전적으로 그 정당성을 인정하지 못한다. 그런데 국가 쪽에서 보면, 개인이 정말로 국가의 일부라 해도 개인은 국가라는 개체의 한 세포에 불과하다. 과대 선전*이란 의미 없는 말이다. 누군가가 프랑스인에게 그들이 곧 패배할 거라고 말해도, 어떤 프랑스인도 베르타** 대포에 맞아 죽는다는 말을 들었을 때처럼 결코 절망하지 않을 것이다. 진정한 과대 선전은 만일 자신이 국가의 실제 살아 있는 구성원이라면, 국가 보존 본능의 형태인 희망을 통해 스스로에게 하는 것이다. 독일이라는 개체의 동기 중 그 부당한 동기에 눈을 감고, 프랑스라는 개체의 동기 중 정당한 동기를 매 순간 인정하

---

* 과대 선전으로 옮긴 프랑스어의 bourrage de crâne은, 19세기 말에 나타나 1차 세계 대전 중에 확산된 은어로 지나치게 과도한 선전을 가리킨다.

** '거대한 베르타'(독일의 철강 무기 제조업자인 크루프 딸의 이름을 따라 명명된)는 1918년 3월부터 몇 달 동안 파리를 폭격한 장거리 대포였다.(『되찾은 시간』, 폴리오, 391쪽 참조.)

기 위한 가장 확실한 방법은 독일인은 판단력이 없고 프랑스인은 판단력이 있으며, 그들 둘 다에게 가장 확실한 방법은 애국심을 가지는 것이었다. 샤를뤼스 씨는 쉽게 동정심을 느끼고 관대하며 애정과 헌신을 기울일 줄 아는 흔치 않은 도덕적 자질의 소유자이지만, 반면 여러 다양한 이유로 해서 — 거기에는 어머니가 바이에른 공작 부인이라는 이유도 한몫했지만 — 애국심에 대한 의식은 없었다. 따라서 그는 독일 집단의 일부이듯 프랑스 집단의 일부였다. 만일 나 자신도 애국심이 없다면 프랑스 집단을 구성하는 세포 가운데 하나라고 느끼는 대신, 예전 방식과는 다르게 그 분쟁을 판단했을 것 같았다. 남이 하는 말을 그대로 정확히 믿었던 소년 시절이라면, 독일 정부가 신념을 갖고 항변하는 말을 들으면서 전혀 의심하지 않았을 것이다. 그러나 오래전부터 나는 우리의 생각이 언제나 우리가 하는 말과 일치하지 않는다는 걸 깨달았다. 어느 날 계단 창문으로부터 내가 한 번도 의심해 보지 못했던 샤를뤼스 씨의 어떤 모습을 발견했고, 뿐만 아니라 특히 프랑수아즈, 다음에는 슬프게도 알베르틴에게서 그들의 말과 그렇게도 모순되는 판단이나 계획이 형성되는 걸 보았으므로, 나는 단순한 방관자로서 독일 황제나 불가리아 왕의 표면적으로 정당해 보이는 어떤 말에도 내 본능이 속아 넘어가는 걸 허용하지 않았을 것이며, 그 결과 알베르틴에 대해 그랬듯이 그들이 은밀하게 꾸미는 음모를 간파했을 터였다. 그러나 결국 내가 당사자가 아니었다면, 프랑스라는 당사자의 일원이 아니었다면 내가 했을지도 모를 일에 대해 그저 상상만 할 수 있었으리라. 알베르틴과 언쟁을 벌였을 때도 내 슬픈 시선 또는 짓눌린 목은 내가 주장하는 이유에 열정적으로 관심을 가진 나란 개체의 일부였으므로, 나는 그것에 무관심할 수 없었다. 그러나 샤를뤼스 씨의 무관심은 완전했다. 그런데 그가 방관자에 지나지 않은 이상 진짜 프랑스인이 아니면서 프랑스에 사는 순간, 모든 것이 그를 친독파로 여기게 했다. 그는 매우 예리했다. 바보들은 어느 나라에나 가장 수가 많은 법이다. 만일 그가 독일에 살았다면, 불의를 열정적으로 옹호하는 독일의 어리석은 자들을 보면서 몹시 화를 냈을 것이다. 그러나 프랑스에서 살면서 정의를 열정적으로 옹호하는 프랑스의 어리석은 자들에 대해서도 똑같이 분노했을 것이다. 열정의 논리는 보다 정당한 권리를 위해 사용된다 해도 열정 없는 사람에게는 결코 반박할 수 없는 논리가 되지 못한다. 샤를뤼스 씨는 애국자들의 거짓 추론을 매번 예리하게 지적했다. 정당한 권리가 바보에게 야기하는 만족감과 성공의 확신은 특히 우리를 짜증나게 하는 법이다. 샤를뤼스 씨는 자기처럼 독일과 독일의 힘을 알지 못하는 사람들의 그 의기양양한 낙관주의에 짜증이 났다. 그들은 매달 다음 달에는 독일이 궤멸할 거라고 믿었고, 일 년 후에는 새로운 예측을 하면서 여전히 확신을 이어 갔다. 마치 그렇게 어긋난 예측에 대해서는 지금껏 확신한 적이 없었다는 듯 예측한 사실마저 잊어버렸고, 그래서 누군가가 그 사실을 환기하면 그것은 같은 것이 아니라고 말했다. 그런데 어떤 깊이를 가진 샤를뤼스 씨의 재치도, 미술 분야에서 사람들이 마네의 비방자들에게 "들라크루아에 대해서도 똑같은 말을 했어요."라고 말하면, "그것은 같은 것이 아니에요."라는 말로 그들이 반박한다는 사실을 어쩌면 이해하지 못했을 것이다.*

끝으로 샤를뤼스 씨는 동정심이 많고 패배자란 생각을 떠올리기만 해도 마음 아파했고 늘 약자 편에 섰으며, 형 선고를 받은 자의 고뇌와 '정의가 이루어졌다'며 기뻐하는 군중과 판사와 형 집행인을 죽일 수 없다는 사실 때문에 괴로워하지 않기 위해 신문에 난 재판 기사도 읽지 않았다. 어쨌든 그는 프랑스가 이제 패배하지 않을 거라고 확신했고, 반대로 굶주림에 시달리는 독일군이 조만간 항복할 수밖에 없음도 인지했다. 이런 생각 역시 그가 프랑스에 살고 있다는 사실 때문에 불쾌하게 느껴졌다. 독일에 대한 추억은 어쨌든 매우 오래전 일이었고, 한편 독일의 궤멸을 그토록 즐겁게 말하는 프랑스인들은 그를 역겹게 했다. 그들은 그가 잘 아는 결점, 그에게 적대적인 얼굴을 한 사람들이었다. 그 경우 우리는 우리 바로 옆에서 일상의 저속함 속에 매몰된 사람들보다 — 적어도 그들과 완전히 한 편이 되어 그들과 한 몸이 되지 않는다면 — 우리가 알지 못하는 사람들, 우리가 상상하는 사람들을

* 졸라는 들라크루아와 마네가 등단 초기에는 복고주의적인 비평가들에 의해 몰이해의 희생양이 되었다고 서술했으며, 프루스트 또한 "그것은 같은 것이 아니에요."라는 표현이 야기하는 환상을 이렇게 묘사했다. "자신의 조카에게 법률 조언을 하려고 결심한 나이 든 아저씨는 똑같이 바보짓을 하며 똑같은 방식을 취하지만 '그것은 같은 것이 아니'라고 상상한다. 마찬가지로 들라크루아를 위해 투쟁하는 사람들은 '그것은 같은 것이 아니'라고 생각하면서 마네나 인상파와 입체파에게 분노하는 법이다.(『에세이와 평론』, 플레이아드, 583쪽 ; 『되찾은 시간』, 폴리오, 392쪽 참조.)

더 많이 동정하는 법이다. 그런데 애국심은 연인들 간의 다툼에서 스스로의 편을 들듯이 자기 나라의 편을 드는 기적을 행한다.

그리하여 전쟁은 샤를뤼스 씨에게 증오심으로 비옥한 경이로운 재배지였다. 그 증오심은 한순간에 태어나 아주 짧은 기간 지속되었지만, 그 기간 동안 그는 온갖 난폭한 표현에 몰두했다. 신문을 읽으면 승리에 찬 기사의 논조가 매일같이 세력이 약해진 독일을 "궁지에 몰린 무력해진 야수"라고 표현했지만 실제 상황은 그 반대였으므로, 그 경박하고 잔인한 어리석음이 샤를뤼스 씨를 분노에 취하게 했다. 신문 한 지면에는 저명 인사들의 글이 게재되었는데 브리쇼나 노르푸아, 모렐과 르그랑댕조차 거기서 '군 복무에 복귀하는' 한 방편을 발견했다. 샤를뤼스 씨는 그들과 만나 지극히 신랄한 야유를 퍼붓는 꿈을 꾸었다. 언제나 특히 성적인 결함에 정통한 샤를뤼스 씨는 자기들의 결함은 남들이 모를 거라고 생각하면서 '약탈 제국'의 군주들이나 바그너와 같은 이들의 결함을 비난하며 좋아하는 몇 명의 사람들에게서 그런 결함을 인지했다. 그래서 그들과 대면하여 모든 사람들 앞에서 그들 자신의 악덕을 인정하게 하고, 패배자를 모욕하는 그들을 수치스럽게 만들고 헐떡거리게 하고 싶어 애가 탔다.

사를뤼스 씨는 또한 개인적으로도 친독파가 될 만한 보다 많은 이유를 가지고 있었다. 그중 하나는 상류 사회의 인간으로 사교계 인사들 사이에서, 명예로운 사람들과 명예를 중요시하는 사람들 사이에서, 불량배와 악수하지 않는 사람들 사이에서 오랫동안 살아온 탓에 그들의 섬세함과 잔인함을 안다는 것이었다. 그는 그들이 클럽에서 추방당한 인간의 눈물에 냉담하고, 또는 비록 '도덕적 결벽증'에서 한 행동이 말썽꾸러기 상대방의 어머니를 죽음으로 몰고 간다 해도, 그들과 결투에서 싸우기를 거절한 사람에게 냉담하다는 것도 알고 있었다. 그는 자기도 모르게 영국에 대한 찬미, 영국이 전쟁에 참여하게 된 그 경이로운 방식에 대한 찬미에도 불구하고, 거짓말할 줄 모르는 그 완벽한 영국이 밀과 우유를 독일에 반입하지 못하도록 막으면서 뭔가 체면을 중시하는 나라, 결투에서 자격증 가진 입회인이나 심판 역할을 하는 나라 같다는 생각이 들었다. 한편 도스토옙스키의 몇몇 인물들처럼 결함이 있는 사람들이나 불량배가 더 훌륭한 사람일 수 있음을 그는 알고 있었다. 그리고 나는 왜 그가 독일인을 도스토옙스키의 인물들과 동일시하는지 결코 이해할 수 없었다. 거짓말이나 속임수가 착한 마음씨를 가졌다고 속단하기에는 충분치 않으며, 독일인이 그런 선의를 보여 준 것으로 보이지 않았기 때문이다.

끝으로 샤를뤼스 씨의 친독 성향을 완성하는 마지막 특징은 어떤 기이한 반동 작용에 의해 그의 '샤를리즘'*에서 비롯

---

* '샤를리즘(charlisme)'이란 단어에는 샤를 10세의 추종자나 스페인의 돈 카를로스(don Carlos)의 추종자를 지칭하는 '카를리즘(carlisme)'의 흔적이 있으며, 보다 확대된 의미로는 구제도의 왕당파를 지칭하는 것으로 풀이될 수 있다. 그러나 『잃어버린 시간』에서 샤를뤼스는 다른 무엇보다도 동성애자의 대명사로 간주되며, 따라서 샤를리즘은 샤를뤼스의 동성애, 또는 이런 동성애의 고유한 특징으로 정의될 수 있다고 서술된다.(『되찾은 시간』, 리브르드포슈, 449쪽 참조.)

되었다. 그는 독일인을 매우 추하게 생각했다. 아마도 그들이 자신의 혈통과 너무 가까웠기 때문인지 모른다. 그는 모로코인, 특히 피디어스*의 살아 있는 조각상을 보는 듯한 앵글로색슨족에게 열광했다. 그런데 그에게서 쾌락은 어떤 잔혹 관념과 함께 작동했고, 당시에 나는 그 힘의 전부를 알지 못했다. 그가 사랑하는 인간은 그의 눈에 매력적인 가해자로 보였다. 그는 독일인의 반대편에 서면서 마치 자신이 관능의 시간에만 하는 것처럼 행동한다고 믿었다. 다시 말해 동정심 많은 기질과는 반대 방향으로 행동하며, 다시 말해 매력적인 악에 열광하고 추한 미덕을 짓이긴다고 생각했다. 그것은 라스푸틴**이 살해당했을 때도 마찬가지였는데, 더욱이 사람들은 도스토옙스키의 야식 장면에서 살인에 관한 러시아적 색채의 강렬한 흔적을 발견하고 놀랐다.(샤를뤼스 씨가 완벽하게 알고 있는 그 모든 것이 일반 대중에게도 알려진다면 그 인상은 더욱 강렬했을 것이다.) 삶은 우리를 너무도 실망시키기에 우리는 문학이 삶과 아무 관계도 없다고 믿으며, 그리하여 책이 가르쳐 준 소중한 관념들이 손상될 위험 없이 무상으로 자연스럽게 우리의 일상적인 삶 한복판에서 펼쳐지는 것을 보면, 이를테면 야식이나 살인 같은 러시아 사건들에 뭔가 러시아적인 것이 깃드는 걸

* 그리스의 조각가로 파르테논 신전의 프리즈를 제작한 주요 인물로 알려져 있다.

** 그리고리 라스푸틴(Grigorii Raspoutin, 1872~1916). 러시아의 수도사. 니콜라이 2세의 총애를 받았으나 지나치게 세력이 커지자 귀족들에 의해 암살되었다.

보면 놀라움을 금치 못하는 것이다.

전쟁은 무한히 계속되었고, 이미 여러 해 전 일이지만 확실한 소식통으로부터 평화 협상이 시작되었다는 소식을 들었다면서 조약 조항까지 명시했던 사람들이, 이제는 우리와 담소를 나누면서 그들의 가짜 뉴스에 대해 사과조차 하려 하지 않았다. 그들은 그 사실을 잊었고 그래서 다른 뉴스를 성심껏 퍼뜨릴 준비가 되어 있었지만, 그 뉴스 역시 아주 빨리 잊어버릴 것이다. 그때는 고타 폭격기의 공습이 지속적으로 이어지던 시기였다. 대기는 프랑스 비행기의 요란한 경계경보 진동으로 끊임없이 따닥따닥거렸다. 그러나 이따금 사이렌 소리가 「발퀴레」— 전쟁이 시작된 이래 사람들이 유일하게 들었던 독일 음악 — 에 나오는 애절한 부름인 양 소방사들이 공습경보가 끝났음을 알릴 때까지 계속 울렸다. 그들 옆에는 해산 나팔이 마치 눈에 보이지 않는 거리의 소년처럼 일정한 간격을 두고 그 기쁜 소식을 언급하면서 대기 속으로 환희의 외침을 내던지곤 했다.

샤를뤼스 씨는 전쟁 전에 군국주의자였고 특히 프랑스에는 군국주의자가 부족하다면서 비난하던 브리쇼 같은 이들이, 지금은 독일의 과도한 군국주의를 비난하는 데서 그치지 않고 독일 군대에 대한 자신의 찬미조차 비난하는 걸 보고는 깜짝 놀랐다. 독일에 대한 전쟁을 지연시키는 일이 발생했다면 그들은 의견을 바꾸고 틀림없이 정당한 이유로 평화주의자들을 비난했을 것이다. 그러나 이를테면 브리쇼가 그의 나쁜 시력에도 불구하고, 중립국에서 발간된 몇몇 작품에 대한 논평을 강연에서 다루기로 수락했을 때, 그는 용기병을 보고 상징적 찬미에 빠진 두 아이를 군국주의의 기원으로 조롱한 어느 스위스인의 소설에 열광했다.* 이런 조롱은 용기병이 강건한 미의 대상이 될 수 있다고 판단하는 샤를뤼스 씨에게는 다른 이유로 해서 불쾌하게 느껴졌다. 그러나 특히 남작은 브리쇼의 찬미를 이해하지 못했는데, 자신이 읽지 않은 책에 대한 예찬이 아니라면, 적어도 전쟁 전의 브리쇼에게 활력을 주던 정신과는 아주 다른 정신에 대한 그의 예찬을 이해하지 못했다. 전쟁 전에는 군인이 하는 행동이라면 뭐든지 훌륭하다고 생각했으므로, 부아데프르 장군의 부정행위나 파티 드 클람 사령관의 변장과 술책, 앙리 중령의 가짜 문서는 문제도 되지 않았다.** 어떤 놀라운 사건의 급변에 의해(이는 사실상 매우 고결한 열정, 즉 애국적 열정의 또 다른 얼굴에 지나지 않았는데, 이 열정이 반군국주의 경향의 드레퓌스파에 맞서 투쟁하던 시절에는 군국주의자의 경향을, 초군국주의를 내세우는 게르만 제국과 투쟁하는 지금에는 반군국주의자의 경향을 띠게 했다.) 브리쇼는 이렇게 외쳤던 것일까! "오! 오로지 힘의 숭배인 용기병만을 인정

---

* 프루스트는 스위스 태생의 작가 카를 슈피텔러(Carl Spitteler, 1845~1924)가 쓴 단편 소설로 1917년에 프랑스어로 번역된 『두 명의 어린 여성 혐오자』를 암시하고 있다. 작가는 이 작품에서 상징적으로 군인 복장을 입은 '용(또는 용기병)'을 찬미하는 두 소년을 묘사했다.(『되찾은 시간』, 리브르드포슈, 450쪽 참조. 슈피텔러는 스위스의 작가이자 시인으로 서사시와 신화 문학을 부활시킨 업적으로 노벨 문학상을 받았다.)

** 이 세 사람은 드레퓌스 사건에서 주요 역할을 했다.(『잃어버린 시간을 찾아서』 5권 167쪽, 399쪽 주석 참조.)

하는 폭력적인 시대의 젊은이들을 유인하기 위해서는 이 얼마나 어울리는 놀라운 광경인가! 난폭한 힘의 표출을 숭배하면서 자란 세대가 앞으로 얼마나 비겁한 오합지졸이 될지 우리는 미리 판단할 수 있을 것이다! 이렇게 해서 슈피텔러는 다른 무엇보다도 추악한 검의 개념에, 숲 깊숙이 유배된 조롱과 비방의 대상인 고독한 인간, 그가 '미친 대학생'*이라고 부르는 몽상가를 대립시키고자 했으며, 작가는 이런 몽상가에게서 지금은 슬프게도 유행에 뒤진 감미로움을, 만일 고대 신들의 잔인한 통치가 깨지지 않았다면 곧 잊힐 거라고 말할 수 있는 그런 평화 시대의 온갖 멋진 감미로움을 즐겁게 구현했던 것이다."

"그런데," 하고 샤를뤼스 씨가 말했다 "자네는 코타르와 캉브르메르를 알지 않는가. 그들과 만날 때마다 그들은 내게 독일의 심리 분석이 놀라우리만큼 미흡하다는 사실을 지적한다네. 우리끼리 말이지만 그 두 사람이 지금까지 심리 분석이라는 것에 관심이나 가졌다고 생각하는가? 아니, 지금이라도 그걸 증명해 보일 수 있다고 생각하는가? 내 말은 정말 과장이 아니라네. 게다가 니체나 괴테 같은 위대한 독일인에 대해서도 자네는 코타르가 "튜턴족**을 특징짓는 습관적인 심리 분석의 부족" 운운하는 소릴 듣게 될 걸세. 물론 전쟁 중에는 그보다 더 나를 아프게 하는 것들이 많지만 그 말이 신경에 거슬

* 슈피텔러의 『두 명의 어린 여성 혐오자』에 나오는 또 다른 인물이다.
** 게르만족의 한 분파로 독일과 북유럽 민족을 가리킨다.

린다는 걸 인정하게. 노르푸아가 브리쇼보다는 더 예리하다네, 그 점을 인정하지. 비록 전쟁이 시작될 때부터 계속 오류를 범하긴 했지만. 그러나 보편적 열광을 불러일으킨다는 그 논설은 도대체 뭔가? 나의 존경하는 신사분께서도 나와 마찬가지로 브리쇼가 어떤 가치를 가진 인간인지 잘 알지 않는가? 비록 그가 속한 작은 교회로부터 나를 갈라놓은 그 교회 분리 이래 예전처럼 자주 만나지는 못했지만 말이야. 하지만 달변가이며 그토록 박학한 옛 중고등학교 교사에 대해 나는 상당한 존경심을 갖고 있네. 그 나이에 지극히 쇠약한 몸을 가지고 몇 해 전부터 그는 눈에 띄게 쇠약해졌어. 그의 말처럼 다시 기력을 회복해서 '봉사하는' 것은 무척 감동적이라는 걸 인정하지. 하지만 선의와 재능은 각기 다른 것이라네. 브리쇼는 재능이란 걸 가져 본 적이 없어. 물론 현 전쟁의 몇몇 위대함을 찬미하는 그의 말에 나 또한 공감한다는 건 인정하지. 어쨌든 고대 문명을 맹목적으로 신봉하는 브리쇼 같은 자가, 역사적인 궁전보다 노동자의 가정이나 광산에서 더 많은 시(詩)를 발견한 졸라에 대해, 또는 호메로스 위에 디드로를, 라파엘로 위에 와토를 위치시키는 공쿠르에 대해 그토록 야유를 퍼부은 자가 계속해서 테르모필레 전투나 아우스터리츠의 전투조차 보쿠아의 전투에 비하면 아무것도 아니라고 주장하는 것은 조금은 기이하다고 할 수 있네.* 게다가 문학과 예술의 모

* 졸라가 『제르미날』에서는 광산, 『목로주점』에서는 노동자 계급의 가정을 묘사한 것에 대한 일종의 패러디이다. 한편 공쿠르는 현대성의 대변자라고 주장하면서도 호메로스와 라파엘로 같은 관례적이고 보편적 예술을 숭배하는

더니스트에게 저항해 오던 일반 대중이 이번에는 전쟁의 모더니스트를 추종하고 있네. 그 이유는 그렇게 생각하는 것이 현재 우리가 선택한 유행이며, 또 소심한 자들은 아름다움이 아닌 행동의 거대함에 압도되기 때문이지. 오늘날의 사람들은 '콜로살(kolossal)'이란 단어를 k자로 쓰는데, 사실 우리가 무릎을 꿇는 존재의 본질은 거대하다고(colossal) 할 수 있네.* 그런데 브리쇼는 그렇고 요즘 모렐을 만난 적이 있는가? 그가 나를 보고 싶어 한다고 누가 그러더군. 그가 첫걸음을 내딛기만 하면 될 텐데, 내가 연장자인데 먼저 시작할 수야 없잖은가."

불행히도 이야기를 조금 앞당겨서 말해 보면, 그다음 날로 샤를뤼스 씨는 거리에서 모렐과 마주쳤다. 모렐은 샤를뤼스 씨의 질투를 자극하기 위해 그의 팔을 붙들고 조금은 진지한 이야기를 했고, 정신을 잃은 샤를뤼스 씨가 모렐에게 그날 저녁 다른 곳에 가지 말고 자기 옆에 머물러 달라고 요구했지만, 그 순간 모렐은 학교 친구를 목격하고 샤를뤼스 씨에게 작별 인사를 했다. 샤를뤼스 씨는 물론 실행에 옮길 것은 아니지만

대신 디드로와 와토를 옹호했다. 테르모필레 전투는 기원전 480년 페르시아군과 그리스 연합군 사이에 있었던 전쟁으로 그리스군의 대부분이 크세르크세스 일세의 페르시아 군대에 의해 전멸되었다. 그리스 시대의 테르모필레 전투나 나폴레옹 시대의 아우스터리츠 전투가 역사 속 전투라면, 보쿠아 전투는 1차 세계 대전의 최대 격전지였던 베르됭에서 25킬로미터 떨어진 보쿠아란 마을에서 1915년에 일어난 전투이다.(『되찾은 시간』, 폴리오, 394쪽 참조.)

* '거대한(kolossal)'과 '문화(kultur)(프랑스어로는 각각 colossal과 culture로 표기되는)를 이루는 k란 철자가 독일 예술의 무거움을 표상한다고 전쟁 동안 발간된 프랑스의 한 선전 책자는 비난한 바 있다.(『되찾은 시간』, 폴리오, 394쪽 참조.)

협박을 하면 모렐이 남을지도 모른다고 기대해서 "조심하라고, 복수할 테니."라고 말했다. 모렐은 웃음을 터뜨리며 놀란 친구의 목을 가볍게 두드리고 허리를 껴안으며 떠났다.

물론 샤를뤼스 씨가 모렐에 대해서 한 말은 사랑이 — 또 남작의 사랑은 사실 집요할 수밖에 없었다 — 얼마나 남의 말을 쉽게 믿고 자존심을 잃게 하는지를(동시에 보다 창의적이고 보다 예민하게 만들면서) 증명해 보였다. 그러나 샤를뤼스 씨가 "그 녀석은 여자에 미쳐서 그것밖에 생각하지 않아."라고 덧붙였을 때, 그는 스스로 생각한 것보다 더 진실을 말했다. 그는 자신에 대한 모렐의 애정이 동일한 종류의 다른 애정으로 이어지지 않았다는 걸 남들에게 믿게 하려고 애정이나 자존심에서 그렇게 말했다. 물론 나는 샤를뤼스 씨가 여전히 모르는 사실, 모렐이 게르망트 대공에게 50프랑을 받고 하룻밤을 내준 사실을 알고 있었으므로* 아무것도 믿지 않았다. 학교 친구들과 함께 카페테라스에 앉아 있던 모렐은 샤를뤼스 씨가 지나가는 걸 보고(죄를 고백하고 싶은 마음에서 "미안해요. 당신에게 야비하게 군 걸 인정해요."라고 애처롭게 말할 기회를 가지려고 일부러 샤를뤼스 씨의 몸에 부딪칠 때를 제외하고는), 그들과 함께 작은 소리를 내며 손가락으로 남작을 가리키고 늙은 성도착자를 조롱하듯 킥킥거렸는데, 나는 그것이 자신의 장난을 감추기 위한 것이었으며, 또 그 공개적인 고발자들도 남작

* 「소돔과 고모라」에서 모렐은 게르망트 대공과 멘빌의 매춘업소에서 하룻밤을 보내려 하다 실패한다.(『잃어버린 시간을 찾아서』 8권 398~403쪽 참조.)

의 손에 별도로 끌려간다면 남작이 요구하는 것은 뭐든지 했을 거라고 확신했다. 잘못된 생각이었다. 가령 어떤 특이한 움직임이 성도착에서 가장 거리가 먼 생루 같은 존재들을 성도착으로 이끈다 해도 — 또 그것은 모든 계층에서 나타나는 법이다 — 어떤 역방향에서의 움직임이 상습적인 성도착자들을 오히려 그 실천에서 멀어지게 했다. 몇몇 이들에게서 이런 변화는 뒤늦게 종교적인 가책과 어떤 스캔들이 터졌을 때 느낀 마음의 동요, 또는 대개 문지기나 시종인 부모가 진심으로 그들에게 믿게 한 존재하지도 않는 병에 대한 두려움 때문에 일어났다. 질투에 사로잡힌 연인들은 오로지 그들 자신만을 위해 젊은 남자를 가지려고 그 병의 존재를 믿는 척했지만, 오히려 이것이 다른 이들과 마찬가지로 그들로부터도 그 젊은 남자를 멀어지게 했다. 바로 그런 이유로 발베크의 옛 엘리베이터 보이는 황금이나 돈을 줘도 그들의 제안을 승낙하려고 하지 않았는데 그 제안이 적으로부터 온 것만큼이나 위험해 보였기 때문이다. 모렐의 경우 그가 모든 사람을 예외 없이 거부한 것은 — 이 점에서는 샤를뤼스 씨가 자기도 모르게 진실을 말한 셈이었다. 그 말은 그의 환상을 정당화하는 동시에 희망을 무산시켰다 — 샤를뤼스 씨와 헤어진 후 한 여인에게 반해 이 년 동안 함께 살았고, 또 모렐보다 의지가 강한 여인은 모렐에게 절대적인 신의를 강요했다. 그렇게 해서 샤를뤼스 씨가 그렇게 많은 돈을 줄 때도 50프랑을 받고 게르망트 대공에게 하룻밤을 제공했던 모렐은 이제 동일한 사람, 아니 어떤 다른 사람이 5만 프랑을 준다고 해도 거절했을 것이다. 체면에 대한 의식도 물질에 초연하지도 않은 모렐에게 그의 '아내'는 뭔가 남들의 이목을 두려워하는 마음을 불어넣었고, 그래서 모렐은 세상의 온갖 돈이 어떤 조건에서 제공되었을 때는 전혀 거기에 관심이 없다고 허세를 부리거나 과시하는 지경에 이르는 것도 싫어하지 않게 되었다. 이처럼 심리학의 여러 상이한 법칙이 작용하여 인간 종의 개화에 있어 이런저런 방향에서 과잉이나 감소에 의해 종의 소멸을 초래하는 온갖 것을 보완하려고 준비한다. 꽃의 세계도 이와 같은데, 다윈*에 의해 규명된 동일한 지혜가 수정 방식을 연속적으로 하나에 다른 하나를 대립시키면서 조정한다.

"게다가 참 이상한 일이지." 하고 샤를뤼스 씨는 이따금 작고 날카로운 목소리로 덧붙였다. "고급 칵테일을 마시면서 하루 종일 무척 행복해 보이는 사람들이 전쟁이 끝날 때까지 완주할 수 없다고, 심장이 버틸 힘이 없다고 다른 것은 생각할 수 없으며 돌연 죽을 것 같다고 선언하는 걸 듣게 되니 말일세. 또 놀라운 건 그런 일이 실제로 일어난다는 거야. 얼마나 신기한 일인가! 음식 탓일까? 형편없이 준비된 음식만을 섭취하거나, 아니면 그들의 열정을 증명하기 위해 지금까지 유지해 온 식이 요법을 망치는 쓸데없는 것에 매달려서일까? 그러나 어쨌든 나는 이런 때 이른 이상한 죽음의 놀라운 사례들을 여럿 알고 있네. 적어도 고인의 관점에서 보면 때 이른 죽음이라고 할 수 있지. 내가 무슨 말을 했는지 모르겠군. 노르

* 다윈의 『종의 기원』은 1862년에 프랑스어로 번역되었다.

푸아가 전쟁을 찬미한다는 이야기였나. 그러나 그 말을 하던 방식이 얼마나 기이했는지! 우선 자네는 그가 새로운 표현을 많이 쓰지만 매일처럼 사용해서 낡은 것이 되면 — 노르푸아는 정말 지칠 줄 모르네. 아마 내 고모인 빌파리지 부인의 죽음이 그에게 두 번째 젊음을 가져다주었다고 생각하네만 —, 그 새로운 표현은 즉시 다른 상투적인 표현으로 바뀐다는 걸 알아차렸는가? 예전에 잠시 나타났다 지속되고 그러다가 사라지는 언어 방식을 자네가 즐겁게 기록하던 것이 기억나네. 이를테면 '바람을 뿌리는 자 폭풍우를 수확한다.', '개들이 짖어 대도 대상(隊商)은 지나간다.', '루이 남작이 늘 그렇게 말해 왔듯이 좋은 정치를 하시오, 그럼 나도 좋은 재정을 펼칠 테니.', '조금 과장하면 비극이지만, 진지하게 생각하는 편이 더 적절한 징조가 있다.', '프로이센 왕을 위해 일한다.'(이 표현은 다시 부활했는데 어쩔 수 없는 일이지.) 그런데 슬프게도 그 후에 나는 얼마나 많은 표현들이 죽어 가는 걸 보았던가!* 우리가 가진 것이 '휴지 조각', '약탈 제국', '무방비의 부녀자를 살육하는 데 쓰이는 악명 높은 쿨투어(Kultur)**', '일본인들의 말처럼 승리는 상대방보다 십오 분 더 괴로워할 수 있는 자에게 돌아간다.', '게르만-우랄알타이어족', '과학적인 야만성', '로이드조지 씨의 강력한 표현에 따라 우리가 전쟁에서

* 이 구절은 빅토르 위고의 『동방 시집』 중 「유령」에 나오는 시구 "아 슬프게도 나는 얼마나 많은 소녀들이 죽어 가는 걸 보았는가!"를 암시한다고 지적된다.(『되찾은 시간』, 리브르드포슈, 451쪽)

** 독일어로 표기된 이 말은 특히 전쟁 중 독일의 정신문화를 가리킨다.

승리하기를 원한다면'과 같은 표현들인데 수를 셀 수 없을 정도로 많다네. 또 '군대의 사기가 충천하도다.', '군대의 용맹함' 같은 것도 있지.* 비록 전쟁이 그 훌륭한 노르푸아의 통사론에 빵의 제조나 교통 수단의 빠른 속도만큼이나 깊은 변화를 가져왔지만. 자네는 그 훌륭한 인간이 자신의 소망을 지금 곧 실현될 진리인 것처럼 공표하고 싶지만, 단순 미래를 사용하면 실제로 사건이 있어났을 때 반박될 가능성이 있으므로 감히 사용하지 못하고, 그래서 그런 시제의 기호로 '사부아르(savoir)'라는 조동사를 택해서 '할 수 있다'라는 의미로 사용한다는 점에 주목했는가?"** 나는 샤를뤼스 씨에게 그가 무슨 말을 하려는지 잘 이해하지 못하겠다고 고백했다.

여기서 우리는 게르망트 공작이 동생의 비관주의를 전혀 공유하지 않는다는 사실을 말해야 한다. 게다가 그는 샤를뤼스 씨가 영국을 싫어하는 것만큼이나 영국을 좋아하는 사람

* 이미 「소녀들」에서 소개된 것들에(『잃어버린 시간을 찾아서』 3권 68~70쪽 주석 참조.) 전쟁과 관련되어 당시 신문에서 발췌한 것들이 추가되었다.(『되찾은 시간』, 리브르드포슈, 451쪽) 데이비드 로이드조지(David Lloyd George, 1863~1945)는 영국의 정치가로 1차 세계 대전 발발 후 수상이 되었으며, 전쟁 후에는 영국 대표로 베르사유 조약에 참석하여 미국의 윌슨 대통령과 프랑스의 클레망소와 함께 조인했다.

** 프랑스어의 단순 미래는 말하는 사람의 의지나 앞으로 일어날 일의 확실성을 의미한다. 따라서 샤를뤼스는 자신의 말이 함축하는 확실성이 미래에 반박될 가능성을 생각하여, 동사의 본래 의미는 '알다'이지만 조동사로 쓰이면 pouvoir처럼 '할 수 있다'는 의미를 가진 savoir를 써서 그 표현을 완화시킨다는 의미이다.

이었다. 그래서 공작은 카요* 씨를 천 번이나 총살당해 마땅한 배신자라고 여겼다. 배신의 증거를 요구하는 동생에게 게르망트 씨는 "나는 배신했다."라고 선언하고 종이에 서명한 자만을 처형해야 한다면, 배신의 죄를 결코 단죄할 수 없을 거라고 대답했다. 그러나 다시 이 이야기를 할 기회가 없을 경우를 생각해서, 이 년 후 가장 순수한 카요 반대파로 고무된 공작이 영국의 한 무관 부부를 만난 사실을 언급하고자 한다. 드레퓌스 사건 때 매력적인 세 귀부인과 교류했던 것처럼,** 공작은 학식이 뛰어난 이들 부부와도 친하게 지냈다. 첫날부터 형 선고가 확실하며 죄가 명백하다고 판단하는 카요 얘기를 꺼냈을 때, 그 학식 많은 매력적인 부부가 "필시 무죄 판결을 받겠죠. 그를 반대할 만한 점이 전혀 없으니까요."라고 말하는 것을 듣고 공작은 무척 놀랐다. 게르망트 씨는 노르푸아 씨가 증인 진술에서 망연자실한 카요를 노려보며 "당신은 프랑스의 졸리티***요. 그렇소, 카요 씨, 당신은 프랑스의 졸리티요."라고 말했던 걸 인용하려고 했다. 하지만 그 학식 많은 매력적인 부부는 미소를 지으면서, 노르푸아 씨를 우스꽝스럽게 만들며 그가 노망났다는 증거들을 대면서 '망연자실한 카요 씨 앞에서'라고 《르 피가로》는 전했지만 필시 실제로는 빈정대는

* 조제프 카요(Joseph Caillaux, 1863~1942). 급진적 사회주의 정당의 당수. 1차 세계 대전 중 '적과의 통신 및 정보 협의'로 체포되어 1920년 삼 년 형을 선고받고 1925년 1월에 사면되었으며, 이후 재정부 장관이 되었다.

** 『잃어버린 시간을 찾아서』 7권 250~252쪽.

*** 『잃어버린 시간을 찾아서』 11권 373쪽 주석 참조.

카요 씨 앞에서 그 말을 했을 거라고 결론을 내렸다. 게르망트 공작의 의견은 지체 없이 바뀌었다. 이런 변화를 한 영국 여성의 영향으로 돌리는 것은 그리 놀라운 일로 보이지 않았는데, 만일 영국인이 독일인을 훈족이라고만 부르면서 죄인들에 대한 가혹한 처벌을 요구하던 1919년이었다면 놀라운 일로 보였을 것이다. 그러나 그들의 의견 또한 바뀌었고, 그래서 프랑스를 비탄에 빠뜨리고 독일에 도움이 될 수 있는 온갖 결정이 승인되었다.*

샤를뤼스 씨의 이야기로 돌아가 보면, 내가 이해하지 못하겠다는 고백에 그는 "천만에, 자네는 알고 있네."라고 대답했다. "아니 '사부아르'란 조동사는 노르푸아 씨의 논설에서는 미래의 기호, 즉 노르푸아의 소망, 게다가 우리 모두의 소망을 표현하는 기호라네."라고 덧붙였는데, 어쩌면 전적으로 진심에서 하는 말 같지는 않았다. "'사부아르'가 단순히 미래의 기호가 아닌 경우에도, 그 동사의 주어가 국가라면 미래의 의미로 해석될 수 있다는 건 자네도 알 테지. 이를테면 노르푸아가 '미국은 이런 반복적인 '권리' 침해에 무관심할 수 없으리.', '이원 군주제**는 과거의 잘못을 뉘우칠 수밖에 없으리.'라고

---

* 1918년 휴전 협정 직후부터 연합군 사이에서는 의견의 차이가 노출되었고, 영국은 힘의 균형이라는 원칙에 충실하게 프랑스가 지나치게 승리의 이득을 보는 걸 원치 않았으므로, 경제나 정치적인 면에서 그 이득을 제한하려고 했다.

** 1867년 프로이센과의 전쟁에서 패배한 오스트리아는 오스트리아와 헝가리로 양분된 두 나라를 한 군주가 지배하는 이원 군주제를 채택했다.

말할 때마다, 이 문구가 노르푸아의 소망(나와 마찬가지로 자네의 소망)을 표현하고 있음은 명백하네. 하지만 그 경우에도 '사부아르'란 조동사는 본래의 의미, 즉 '안다'라는 의미를 간직한다고 할 수 있네. 왜냐하면 국가는 '알' 수 있으며 미국은 '알' 수 있으며, 이원 군주제도 '알' 수 있으니까.(늘 동일한 '통찰력의 부족'에도 불구하고.) 그러나 노르푸아가 '이런 조직적인 유린 행위는 중립국들을 설득시킬 수 없으리.', '호수 지대*는 빠른 시일 내 연합군의 손에 떨어질 수밖에 없으리.', '이번 중립국의 선거 결과는 국가의 대다수 의견을 반영할 수 없으리.'**라고 쓸 때면, 그것이 미래, 즉 소망을 표현하고 있음은 의심할 여지가 없네. 그런데 유린 행위나 호수 지대와 투표 결과는 무생물이므로 '알' 수 없는 법이지. 이런 표현을 사용하면서 노르푸아는 다만 중립국을 향해 중립국의 상태에서 벗어나라는(유감스럽게도 나는 그들이 복종하지 않는 것처럼 보인다는 걸 인정할 수밖에 없지만), 또는 호수 지대에 대해 더 이상 '보슈 놈들'에게 소속되지 말라는 명령을 내리는 거라네.('보슈'란 단어를 발음할 때면, 샤를뤼스 씨는 예전에 발베크 기차에서 여성을 좋아하지 않는 취향을 가진 남성들 얘기를 할 때와 같은 그런 대담성을 보였다.)

게다가 자네는 노르푸아가 1914년부터 중립국들을 대상으로 논설을 쓸 때면 늘 어떤 술책을 부리며 시작한다는 점을 주목

---

* 독일 남부 바이에른 지방과 스위스와 오스트리아 국경에는 호수가 많은 것으로 유명하다.

** 이 중립국 선거는 1916년 그리스 의회의 다수가 동맹국 편에 서서 참전하는 것에 반대한 선거를 말한다.(『되찾은 시간』, 플레이아드 IV, 1227쪽 참조.)

했는가? 그는 물론 프랑스가 이탈리아(또는 루마니아 또는 불가리아 등등)의 정치에 간섭해서는 안 된다는 선언으로 시작하지. 이들 강대국들이 중립국의 지위에서 벗어나든 벗어나지 않든 오로지 국가의 이익만을 고려해서 완전히 자주적으로 결정하는 것이 유익하다고 역설하면서 말이야. 그러나 이런 논설의 첫 번째 선언(예전 같으면 '연설의 서두'라고 불렀을)이 지극히 비타산적이라면, 다음에 나오는 선언은 조금은 타산적이라고 할 수 있네. '그렇지만' 하고 노르푸아의 말은 사실 이렇게 계속된다네. '법과 정의의 편에 서서 투쟁하는 국가들만이 이 투쟁에서 물질적인 이득을 취하게 될 것임은 명백하다. 최소한의 노력만을 요하는 정책에 편승하여 연합국을 위해 칼을 뽑지 않은 국민들에게, 그들의 억압받는 형제의 신음 소리가 몇 세기 전부터 울려 퍼진 영토를 연합국이 반환하면서 보상해 주리라고는 기대할 수 없을 것이다.' 이제 전쟁 개입의 충고를 향해 첫걸음을 내디딘 노르푸아를 멈추게 하는 것은 아무것도 없네. 그는 전쟁 개입의 원칙뿐 아니라 그 시기에 대해서도 점점 가장하지 않고 충고한다네. '물론' 하고 그는 자칭 '착한 사도'라고 부르는 자의 역할을 하면서 '전쟁 개입에 가장 적절한 시기와 방식을 정하는 일은 오로지 이탈리아와 루마니아의 몫이다. 그렇지만 그들이 지나치게 망설이면 시간을 놓칠 위험이 있음을 간과할 수는 없을 것이다. 이미 러시아 기병의 말발굽 소리가 형언하기 어려운 공포에 쫓기는 독일을 전율케 하고 있다. 이미 찬란한 여명의 빛이 보이는 승리를 지원하기 위해서만 달려오는 국민은 그들이 서두르면 아직 받을 수 있는 보상에 대한 권리를 전혀 가질 수 없음은 명백하다 등등.' 마치 극장에서 '마지막 남은 자리가 이제 곧 끝납니다. 늦게 도착한 분들에게 알립니다.'라고 말하는 것과도 같다네. 이런 고찰은 정말 어리석은 것으로 게다가 노르푸아는 반년마다 반복하고 있다네. 루마니아에 대해서도 그는 주기적으로 이렇게 말하지. '루마니아가 국민의 열망을 실현하기를 바라는지 아닌지를 알 때가 드디어 왔도다. 더 이상 기다리게 한다면 너무 늦을 위험이 있다.' 그런데 삼 년 전부터 그는 그런 말을 해 왔지만,* '너무 늦을' 거라던 그 시간은 아직 오지 않았고 루마니아에게 제공해야 할 것은 계속 증가하고 있네. 그는 그리스가 세르비아와 맺은 조약을 지키지 않는다며 프랑스 등등으로 하여금 이익 보호국으로서 그리스에 개입할 것을 요청하고 있네.** 그런데 솔직히 말해 프랑스가 전쟁 중이 아니고, 또 그리스의 협력이나 우호적인 중립을 바라지 않는다면, 프랑스가 이익 보호국으로서 개입하겠다는 생각을 할 수 있겠는가? 또 그리스가 세르비아와의 약속을 지키지 않았다고 프랑스를 격분하게 한 그런 도덕적 감정이, 루마니아와 이탈리아의 명백한 조약 위반이 문제 되었을 때는 침묵하지 않았던가? 루마니아와 이탈리아가 독일의 동맹국으로서 조금은 덜 강압적이고 폭넓

---

* 루마니아는 오랜 망설임 끝에 1916년 8월 말에 가서야 오스트리아에 대해 전쟁을 선포한다. 같은 시기에 이탈리아도 독일에 전쟁을 선포한다.(『되찾은 시간』, 플레이아드 IV, 1228쪽)

** 그리스는 1913년의 2차 발칸 전쟁 후 세르비아와 방어 동맹 조약을 체결한다. 그리고 이익 보호국이란 전쟁 중 당사국의 요청에 의해 그들 국민의 이익 보호 임무를 위탁받은 제 삼국을 가리킨다.(네이버 지식백과 '이익 보호국' 참조.)

은 의무를 수행한 데에는 정당한 이유가 있다고 생각하네. 그리스 또한 마찬가지지지만.* 사실인즉 사람들은 모든 것을 신문을 통해서만 듣고, 또 문제의 인물이나 사건을 개인적으로 알지 못하는데 어떻게 달리 행동할 수 있겠는가? 기이하게도 자네가 그토록 열광했던 드레퓌스 사건이 일어났던 시절, 전쟁 문제를 다루던 철학자 기자들**이 과거와의 모든 관계 단절을 널리 알렸던 시기에, 나는 우리 집안사람들이 그들의 신문이 드레퓌스 반대파라고 소개한 옛 코뮌파인 반교권주의자에게는 온갖 경의를 표하고, 반면 명문가의 가톨릭 신자지만 재심파가 된 장군에게는 모욕을 퍼붓는 걸 보면서 충격을 받은 적이 있네. 마찬가지로 모든 프랑스인들이 존경하던 프란츠 요제프 황제***를 증오하는 걸 보고 충격을 받았네. 나는 그분과 교류가 많았고, 또 그분은 나를 사촌으로 대해 주셨으므로 지극히 당연한 일이라고 할 수 있지. 아! 전쟁이 일어난 후에는 편지도 쓰지 않았군!" 하고 그는 남들이 비난할 수 없음을 잘 아는 잘못을 대담하게 고백한다는 듯 덧붙였다. "그렇군, 전쟁이 일어난 첫해에 단 한 번 보냈군. 그러나 어쩌겠는

---

* 이탈리아는 1914년에는 삼국 동맹에 속했지만 그 관계가 확고하지 않았으며, 루마니아는 독일과 경제 협정을 체결했다.(『되찾은 시간』, 플레이아드 IV, 1228쪽)

** 이 표현에 대해서는 『잃어버린 시간을 찾아서』 10권 123쪽 주석 참조.

*** Franz Joseph I(1830~1916). 역사상 가장 오래 재위한 오스트리아 황제. 139쪽 주석 참조. 1866년 프로이센과의 전쟁에서 패배한 후 오스트리아·헝가리 제국의 이원 군주제를 실시했으며, 발칸 문제로 러시아와 대립하자 오스트리아·헝가리·독일의 삼국 동맹을 맺어 1차 세계 대전을 일으켰다.

가, 그분에 대한 내 존경심은 하나도 변하지 않을 테니. 하지만 내게는 전선에서 싸우는 많은 젊은이들이 있으며 내가 우리와 교전 중인 국가 원수와 서신 교환을 계속하는 걸 보면 그들이 매우 나쁘게 생각하리라는 걸 나도 아네. 그래도 어쩌겠는가? 나를 비난하고 싶은 자는 그렇게 하라지 뭐." 하고 그는 나의 비난에 과감하게 맞선다는 듯 덧붙였다. "지금 같은 때에 샤를뤼스라고 서명한 편지가 비엔나에 도착하는 건 원치 않네. 연로하신 군주에게 내가 하고 싶은 가장 큰 비난은, 유럽에서 가장 오래되고 가장 유서 깊은 가문의 수장인 지체 높은 군주께서 보잘것없는 시골 귀족, 매우 영리하기는 하지만 어쨌든 단순히 벼락출세한 자에 불과한 빌헬름 폰 호엔촐레른 같은 자에게 끌려가도록 내버려 두었다는 것일세.* 이것이 이번 전쟁으로 일어난 가장 충격적인 비정상적인 일 가운데 하나였네." 그리고 사실상 모든 것을 지배하는 귀족의 관점으로 다시 돌아가자마자, 그는 놀라우리만큼 유치한 사람이 되었으므로 내게 마른 전투나 베르됭 전투 이야기를 할 때와 같은 어조를 되찾았으며, 또 이번 전쟁의 역사를 기술할 사람이라면 간과해선 안 되는 핵심적이며 또 매우 신기한 사실

---

* 오스트리아 황제가 속하는 합스부르크 가문은 유럽에서 가장 역사가 깊은 가문으로 13세기 말부터 오스트리아를 지배하고 15세기와 19세기에는 신성 로마 제국 독일에 황제도 배출했지만, 1차 세계 대전의 주역인 빌헬름 2세를 배출한 호엔촐레른가는 1701년에 프리드리히 1세와 더불어 프로이센 왕의 지위를 확보하고 1871년에 가서야 빌헬름 1세와 더불어 독일 제국을 세웠다. 샤를뤼스의 말에 따르면 '벼락출세한' 가문이다.(『되찾은 시간』, 폴리오, 396쪽 참조.)

이 있다고 했다. "이처럼," 하고 그가 말했다. "이를테면 사람들은 너무도 무식해서 어느 누구도 다음과 같은 명백한 사실을 지적하지 않네. 순수한 보슈 놈인 몰타 기사단의 위대한 지도자*가 로마에 계속 살면서 우리 기사단의 위대한 지도자로서 치외 법권의 특권을 누리고 있다는 걸 말이야. 흥미롭지 않은가." 하고 그는 마치 '나와 만나서 저녁 시간을 낭비하지 않았다는 걸 알겠지?'라고 말하는 듯한 표정으로 덧붙였다. 내가 그에게 고맙다고 인사하자 그는 대가를 요구하지 않는 사람의 겸손한 표정을 지었다. "내가 무슨 말을 하는 중이었나? 아! 그렇군. 그들이 보는 신문에 따라 지금은 프란츠 요제프 황제를 증오한다고 했지. 그리스의 콘스탄티노스 왕과 불가리아의 황제에 대해서는 일반 대중이 여러 번에 걸쳐 혐오와 호감 사이를 왔다 갔다 했는데 그 이유는 그들이 번갈아 '삼국 협상' 또는 브리쇼가 '중앙 제국들'이라고 부르는 편에 섰기 때문이라고 말해지더군.** 브리쇼가 매 순간 '베니젤로스의 시간이 울리리.'***라고 반복해서 말하는 것과도 같네. 베니

---

* 몰타 기사단에 대해서는 『잃어버린 시간을 찾아서』 6권 447쪽 참조. 1905년에 몰타 기사단 단장으로 임명된 사람은 오스트리아 태생의 갈레아초 폰 툰 운트 호엔슈타인이었다.

** 여기서 '삼국 협상'은 러시아와 프랑스와 영국을, '중앙 제국'은 독일과 오스트리아·헝가리 제국을 가리킨다.

*** 엘레우테리오스 베니젤로스(Eleuthérios Venizélos, 1864~1936). 그리스의 정치가. 발칸 전쟁 때 많은 공을 세웠으며 1차 세계 대전 당시 연합국 편에서 참전하려 했지만 중립 정책을 주장하는 친독파인 국왕 콘스탄티노스 1세와 갈등을 빚으면서 총리직에서 해임되었다. 1917년 왕의 퇴위와 더불어 다시 복권하여 연합국 편에서 참전했다. 따라서 베니젤로스의 시간이

젤로스가 대단히 유능한 정치가임은 의심하지 않지만, 그리스인들이 그토록 베니젤로스를 원한다고 누가 말할 수 있겠는가? 혹자는 그리스가 세르비아와 한 약속을 지키기를 그가 원한다고 말하더군. 그런데 그 약속이란 게 도대체 어떤 것이며, 또 이탈리아와 루마니아가 위반할 수 있다고 믿었던 약속보다 더 광범위한 것인지도 알아야 하지 않겠는가. 우리는 그리스가 그 조약을 실행하고 헌법을 준수하는 방식에 대해 어떤 우려를 표명하는데, 만일 그것이 우리에게 이득이 되지 않는다면 틀림없이 그런 우려는 하지 않았을 테지. 전쟁이 없었다면 '보증국들이' 의회 해산에 그렇게 많은 주의를 기울였을 거라고 생각하는가?* 그리스 왕으로부터 그 모든 지지 세력을 하나씩 제거해서 왕을 보호해 줄 군대가 더 이상 존재하지 않는 날, 그저 왕을 밖으로 추방하거나 감금하기 위해서라는 걸 알 수 있네. 일반 대중은 그리스 왕과 불가리아 왕을 신문을 통해서만 판단한다고 말했잖은가. 그들이 왕을 알지 못하는데 어떻게 신문과 다르게 생각할 수 있단 말인가? 나는 두 분 왕을 자주 만났고, 그리스의 콘스탄티노스 왕이 '황태자'였을 때는 아주 친하게 지냈는데 그는 정말 멋진 청년이었네. 니콜라이 황제께서도 그분을 극진히 아낀다고 늘 생각했네. 물론

란 그리스가 동맹국인 세르비아가 아니라 연합국 쪽으로 기울어진 시간을 가리킨다.(『되찾은 시간』, 플레이아드 IV, 1228쪽 참조.)

* 1915년 콘스탄티노스 왕은 두 번에 걸쳐 베니젤로스에게 우호적이던 의회를 해산했는데, 이에 2차 발칸 전쟁을 종식시킨 조약의 보증국인 연합국이 반발했다.(『되찾은 시간』, 플레이아드 IV, 1228쪽 참조.)

나쁜 의도 없이 순수한 의도로 말일세. 크리스티안 대공 부인* 이 그 점에 대해 공공연하게 떠들고 다녔지만, 워낙 고약한 여자니까. 불가리아 황제로 말하자면 순전히 무뢰한에다 동성애자 티를 내고 다니지만,** 그래도 매우 총명하고 뛰어난 분이라네. 나를 아주 좋아하시지."

유쾌한 사람일 수도 있는 샤를뤼스 씨는 그 주제에 들어가기만 하면 아주 끔찍한 사람이 되었다. 그럴 때면 그는 자신의 건강 상태가 양호하다는 걸 내내 과시하면서 짜증 나게 하는 병자처럼 만족감을 보였다. 발베크의 지방 열차에서 그가 피하는 비밀을 고백해 주기를 그토록 바랐던 신도들도 어쩌면 이런 괴벽을 과시하는 행동 앞에서는 더 이상 견디지 못하고, 그래서 마치 병자 방에 있거나 또는 당신 앞에서 주사기를 꺼내는 모르핀 중독자 앞에 있을 때처럼 불편하고 숨도 쉬지 못하고, 드디어는 그들 쪽에서 듣고 싶어 하던 고백을 먼저 멈추게 했을지도 모른다고 나는 여러 번 생각했다. 더욱이 그가 모든 이들을 비난하는 걸 들을 때면, 대개는 흔히 어떤 종류의 증거도 없이 사람들이 그가 속한다는 걸 아는 특별한 범주에 자신은 제외시키고 그 모든 이들을 의도적으로 집어넣으면서

---

* 아마도 덴마크의 크리스티안 대공과 1898년에 결혼한 알렉산드린 메클렌부르크 대공 부인을 가리키는 듯하다고 지적된다.(『되찾은 시간』, 플레이아드 IV, 1228쪽 참조.)

** 불가리아의 페르디난트(또는 프랑스어로 페르디낭) 황제의 동성애는 이미 「게르망트」에서 환기된 바 있다.(『잃어버린 시간을 찾아서』 5권 403쪽 주석 참조.) 「게르망트」에서는 파리 사교계를 드나드는 인물 가운데 하나로 간주하여 페르디난트의 프랑스어 이름인 페르디낭 드 뷜가리로 표기했다.

비난하는 것을 들을 때면 짜증이 났다. 끝으로 그렇게도 지적인 그가 이 점에서는 지극히 편협하고 옹색한 철학을 스스로 만들어 냈으며(어쩌면 그 근저에는 스완이 '삶'에서 발견한 것과 동일한 호기심이 약간은 들어 있었는지 모르지만), 그 특별한 동기에 의해 모든 걸 설명하고, 또 누군가가 자신과 같은 결점으로 실추할 때마다 본래의 자기보다 훨씬 못한 사람으로 여겼으며, 뿐만 아니라 그런 자신에게 유달리 만족을 느꼈다. 그렇게 해서 그토록 엄숙하고 고상한 그가 이야기를 마무리하기 위해 짓는 미소는 정말로 바보 같았다. "페르디난트 폰 코부르크*에 관한 것과 똑같은 종류의 추측이 빌헬름 황제에 대해서도 돌고 있으며, 또 그런 추측이 페르디난트 황제가 '약탈 제국' 편을 들게 된 동기일 수도 있다는군. 정말이지 이해가 가는 일이네. 자기와 비슷한 '누이'에게는 아무것도 거절하지 않는 법이니까. 불가리아와 독일의 동맹에 대한 아주 멋진 설명이라고 생각되네만." 샤를뤼스 씨는 이런 바보 같은 설명이 정말 기발하다는 듯 오래 웃었는데, 비록 그것이 사실에 입각한 것이라 할지라도 샤를뤼스 씨가 전쟁을 봉건주의적 시각이나 예루살렘의 성 요한 기사단의 시각에서 판단하면서 했던 고찰만큼이나 유치했다. 하지만 그는 보다 정확한 지적으로 이야기를 마쳤다. "놀라운 사실은 신문을 통해서만 전쟁에 관련된 사건들과 사람들을 판단하는 일반 대중이 스스로 판단하

---

* 불가리아 황제 페르디난트 1세를 가리킨다. 원문에는 페르디낭 드 코부르로 표기되었다.

는 것이라고 믿는다는 거지."

이 점은 샤를뤼스 씨가 옳았다. 누군가는 내게 포르슈빌 부인이 내밀한 감정을 담은 어조로 말하기 전에, 마치 개인 의견을 발언할 때뿐만 아니라 그런 의견을 구상할 때조차도 침묵과 망설임의 순간을 필요로 하는 사람들처럼, 잠시 입을 다물고 망설이는 순간을 볼 필요가 있다고 말했다. "그들이 바르샤바를 점령할 거라고는 생각하지 않아요." "두 번째 겨울까지는 가지 않으리라는 느낌이 들어요." "저는 불안정한 평화는 원치 않아요." "저를 두렵게 하는 건, 말씀드려도 괜찮다면, 바로 의회랍니다." "그럼요, 그래도 우린 돌파할 수 있을 거예요." 이런 말을 하기 위해 오데트는 애교스러운 표정을 지었고, 그 표정은 이런 말을 할 때면 절정에 이르렀다. "독일 군대가 잘 싸우지 못한다고 말하는 건 아니지만, 그들에게는 우리가 배짱이라고 부르는 것이 부족해요." 이 '배짱(cran)'이란 말을 발음할 때면(단지 '기세(mordant)'라는 말을 할 때에도) 그녀는 마치 화실의 전문 용어를 쓰는 도제라도 되는 듯, 손으로는 찰흙 빚는 몸짓을 하고 눈으로는 윙크를 했다. 그녀가 쓰는 언어에는 그렇지만 예전보다 훨씬 더 영국에 대한 찬미의 흔적이 어려 있었고,* 더 이상 예전처럼 영국인을 가리키면서 '망슈 해협 너머에 있는 우리 이웃,' 아니면 기껏해야 '우리의 친구 영국인'이라고 부르는 데 만족할 필요가 없었으므로

* 영어 사용을 선호하는 오데트의 언어 취향에 대해서는『잃어버린 시간을 찾아서』2권 15쪽 참조.

'우리의 충직한 연합군'이라고 칭했다. 독일인을 부정 선수로 간주하는 영국인을 보여 주기 위해, 그녀가 모든 얘기에 '페어플레이(fair play)'란 표현을 빠뜨리지 않고 인용했음은 말할 필요도 없다. 그리고 "중요한 건 우리의 용감한 연합군이 말하듯이 싸움에서 이기는 거예요." 그녀는 사위의 이름을 서투르게도 영국 병사와 관계되는 온갖 것과 또 그가 스코틀랜드와 뉴질랜드와 캐나다 병사와 마찬가지로 호주 병사와 내밀함 속에 사는 기쁨과 연결했다. "제 사위 생루는 이제 모든 용감한 '영국 병사들(tommies)'이 사용하는 은어를 안답니다. 아무리 먼 '영연방 자치령(dominions)'에서 온 병사라 해도 그의 말을 알아듣게 하고, 기지의 총사령관뿐 아니라 가장 보잘것없는 '이등병(private)'하고도 형제처럼 지낸답니다."

샤를뤼스 씨와 나란히 대로를 걸어서 내려가는 동안 우리는 포르슈빌 부인에 관해 더 많은 여담을 나누었지만, 이 시기를 묘사하는 데 보다 유용한 베르뒤랭 부인과 브리쇼의 관계에 대한 여담을 허락해 주기 바란다. 사실 그 가엾은 브리쇼는 샤를뤼스 씨로부터 가혹한 비판을 받았고(지극히 예리하면서도 조금은 무의식적인 친독파라고 할 수 있으므로), 베르뒤랭 부부로부터는 더 심한 대접을 받았다. 물론 베르뒤랭 부부는 국수주의자였고, 그러므로 베르뒤랭 부인은 여타의 논설에 못지않게 자신을 기쁘게 하는 브리쇼의 논설을 좋아했어야 했다. 하지만 우선 독자들은 예전에 베르뒤랭 부부에게 그토록 위대한 인간으로 보였던 그가 이미 라 라스플리에르에서부터 사니에트처럼 웃음거리는 아니라 해도, 적어도 그들이 감추지 않고 조롱하는 대상이 되었음을 기억할 것이다. 하지만 최소한 그는 신도 중 한 사람으로 남아 있었고, 이런 사실은 그에게 작은 그룹의 창립 회원 또는 준회원에 관한 정관에서 암묵적으로 예정된 특권의 일부를 보장했다. 그러나 어쩌면 전쟁 덕분에, 또는 눈에 보이지는 않지만 모든 필요한 요소가 오래전부터 베르뒤랭 부인의 살롱에서 포화 상태를 이룬 우아함의 결정화가 오래 지체되면서, 베르뒤랭 살롱은 점점 새로운 세계에 문호를 개방하기 시작했고, 또 처음 이 새로운 세계로 유인하는 미끼였던 신도들이 초대를 받지 못하면서 이와 유사한 현상이 브리쇼에게도 일어나게 되었다. 소르본과 학사원이란 배경에도 불구하고 그의 명성은 전쟁 전까지는 베르뒤랭 살롱의 경계를 넘지 못했다. 그러나 그가 거의 매일처럼 논설을 쓰기 시작했을 때, 그 논설은 지금까지 그가 신도들을 위해 수를 셀 수 없을 정도로 소비하는 걸 보아 온 그런 가짜 광택으로 장식되었고, 한편 소르본 교수로서 감추려고 하지 않는 진정한 박학함과 또 그 박학함을 둘러싼 어떤 익살스러운 형태로 채워졌으므로, '상류 사회'는 문자 그대로 그에게 매혹되었다. 게다가 상류 사회는 적어도 한 번은 무지한 것과는 거리가 먼, 풍요로운 지성과 기억력의 자산에 의해 주목을 끄는 누군가에게 호의를 베푸는 법이다. 그래서 세 명의 공작 부인이 베르뒤랭 부인의 살롱으로 저녁 시간을 보내러 간 동안, 다른 세 명의 공작 부인은 그 위대한 인간을 자기 집 만찬에 초대하는 영광을 얻으려고 서로 경쟁했고, 브리쇼는 자신이 자유롭다고 느꼈으므로 그중 한 부인의 초대를 승낙했는데, 그의 논설이 포부르생제르맹의 사람들에게서 성공을 거두자 격노한 베르뒤랭 부인이 아직 브리쇼가 알지 못하는, 틀림없이 브리쇼를 유인하려고 서두를 것 같은 어느 찬란한 인간이 참석할 때면 절대 브리쇼를 초대하지 않도록 조심했다. 이렇게 해서 저널리즘(브리쇼는 지금까지 자신이 무상으로, 또 익명으로 그의 전 생애에 걸쳐 베르뒤랭 살롱에서 소비해 온 것을 뒤늦게 신문에 제공하면서 명예도 얻고 그 대가로 상당한 보수도 받았으므로 만족했다. 논설을 쓰는 일이 달변가이자 박학한 그에게는 담소를 나누는 일만큼이나 힘들지 않았다.)은 만일 베르뒤랭 부인이 없었다면…… 브리쇼를 명실상부한 영광의 길로 인도할 것 같았으며, 또 한동안은 그렇게 보였다. 물론 브리쇼의 논설은 사교계 인사들의 생각처럼 그렇게 주목할 만한 것은 아니었다. 인간의 천박함이 매 순간 문인의 현학 아래 나타났다. 아무 의미도 없는 이미지들 옆에("독일인들은 베토벤의 동상을 정면에서 바라보지 못하리라.", "실러는 무덤 속에서 전율하리라.", "벨기에의 중립을 서명한 잉크가 아직 마르지도 않았도다.", "레닌은 말을 하지만, 그의 말은 초원에 부는 바람과 함께 사라지도다.") "2만 명의 포로란 대단한 숫자다.", "우리의 사령부는 주의 깊게 관찰할 줄 알리라.", "우리는 승리를 원하며 그뿐이다."와 같은 진부한 표현이 자리했다. 하지만 이 모든 것에는 얼마나 많은 지식과 지성과 바른 성찰이 섞여 있었던가! 그런데 베르뒤랭 부인은 브리쇼의 논설을 읽기에 앞서 거기서 조롱거리를 찾아낼 수 있다는 생각에 미리 만족감을 느꼈고, 혹시라도 놓치게 될까 봐 읽으면서도 부단한 주의를 기울였다. 그런데 불행하게도 그런 조롱거리는 확실히 몇 개 있었다. 그녀는 그것을 발견할 때까지 기다리지도 않았다. 적어도 브리쇼가 참조하는 작품에서 별로 알려지지 않은 작가를 때맞춰 인용하는 경우, 그것은 가장 견디기 어려운 현학의 증거로 고발되었고, 또 베르뒤랭 부인은 손님들의 폭소를 유발하기 위해 만찬 시간이 되기만을 초조하게 기다렸다. "그런데 오늘 저녁 실린 브리쇼의 논설을 읽은 소감이 어떠세요? 퀴비에*를 인용한 걸 읽으면서 당신 생각을 했어요. 정말이지 그 사람 미쳤나 봐요." "아직 읽지 못했는데요."라고 코타르가 말했다. "아니 어떻게 아직 읽지 않을 수 있죠? 당신이 어떤 즐거움을 거부했는지 모르시나 봐요. 우스워서 거의 쓰러질 정도예요." 그리고 아직 브리쇼를 읽지 않은 사람이 있다는 사실을 알고 베르뒤랭 부인은 자신이 직접 그 우스꽝스러운 점을 규명할 수 있는 기회를 손에 넣은 걸 마음속으로 기뻐하면서 집사에게 《르탕》을 가져오게 하여 가장 단순한 문장이라도 과장된 울림을 자아내도록 큰 소리로 낭독했다. 만찬이 끝난 후에도 저녁 내내 브리쇼를 배척하는 운동이 거짓으로 신중한 체하는 태도와 더불어 계속되었다. "큰 소리로 말하지 않겠어요. 저쪽에서는," 하고 그녀는 몰레 백작 부인을 가리키면서 말했다. "그런 것에 꽤 감탄할지도 모르니까요. 사교계 인사들은 우리가 생각하는 것보다 훨씬 순진한가 봐요." 몰레 부인은, 그들이

* 조르주 퀴비에(Georges Cuvier, 1769~1832). 프랑스의 해부학자이자 동물학자. 동물을 체계적으로 분류하고 화석을 연구하는 등 고생물학이 독립적인 학문으로 구축되는 데 큰 영향을 미쳤다.

자기 얘기를 한다는 걸 들리게 하려고 꽤 큰 소리로 말하면서도 동시에 자기들 말이 그녀에게 들리지 않기를 바란다는 듯 목소리를 낮추는 걸 보고 비겁하게도 브리쇼를 부인했는데, 사실 그녀는 브리쇼를 미슐레와 동등한 인간으로 생각했다. 그녀는 베르뒤랭 부인이 옳다고 인정했고 하지만 뭔가 그녀에게 명백해 보이는 사실로 말을 마치기 위해 이렇게 말했다. "그래도 그분에게서 부인할 수 없는 점은 글을 잘 쓴다는 거겠죠." "부인은 그걸 잘 썼다고 생각하세요?" 하고 베르뒤랭 부인이 말했다. "전 돼지가 쓴 거라고 생각하는데요." 이런 대담한 언사에 사교계 인사들은 모두 웃음을 터뜨렸고, 베르뒤랭 부인 자신도 돼지라는 말에 무척 놀랐다는 듯 손으로 입술을 누르며, 그 말을 속삭이듯 발음했다. 브리쇼가 검열 때문에 초래된 불쾌감에도 불구하고 순진하게도 자신의 성공에 대한 만족감을 과시했으므로, 베르뒤랭 부인의 분노는 그만큼 더 컸다. 지나치게 대학 교수임을 내세우지 않기 위해 새로운 단어를 사용하는 버릇에 따라, 그는 매번 검열 기관이 자신이 쓴 논설 일부를 '검은 잉크로 삭제한다'*고 말했다. 브리쇼 앞에서 베르뒤랭 부인은 그가 조금 더 예리한 사람이었으면 알아챘을 그런 언짢은 표정을 짓는 순간을 제외하고는, 쇼쇼트**가 쓴 것을 존중하지 않는다고 대놓고 말하지는 않았다. 브리쇼가 '나'라는 대명사를 너무 많이 사용했을 때 단 한 번 말했

---

* 87쪽 주석 참조.

** 베르뒤랭 부부가 브리쇼에게 붙인 별명으로 '쇼쇼트(chochotte)'는 점잔 빼는 여자란 뜻이다.

을 뿐이다. 그리고 사실 그에겐 '나'를 지속적으로 쓰는 습관이 있었는데, 우선 대학 교수로서 '나는 동의한다(j'accorde)'란 표현이나, '나는 인정한다(je veux bien que)'란 의미로 '나는 바란다(je veux que)'를, 다시 말해 "나는 거대한 전선의 확장이 필요하다는 것을 인정한다, 등등"의 표현을 지속적으로 썼으며, 하지만 특히 전쟁 전부터 독일이 오랫동안 전쟁 준비를 해 온 사실을 감지한 드레퓌스 반대파의 오래된 투사로서, "1897년부터 나는 고발했다.", "1901년에 나는 지적했다.", "오늘날에는 희귀본이 된 소책자에서 나는 경고했다."('책에는 저마다의 운명이 있다.'*)란 말을 자주 쓰다 보니 그 습관이 그대로 남아 있었다. 베르뒤랭 부인의 지적에, 매우 신랄한 어조의 지적에 그는 얼굴을 심하게 붉혔다. "맞는 말씀입니다, 부인. 콩브 씨처럼 예수회도를 좋아하지 않은 누군가가 드레퓌스 사건이라는 대홍수가 일어나기 전에 이미 '자아는 항상 가증스러운 것이다.'라고 말한 적이 있습니다.** 비록 콩브 씨는 내가 잘못 생각하는 게 아니라면 나의 맞수라고 할 수 있는

---

* 기원 후 2세기 라틴 문법학자 테렌티아누스 마우루스의 명구 "독자의 능력에 따라 책에는 저마다의 운명이 있다.(Pro captu lectoris habent sua fata libelli.)"를 일부 인용한 것이다.

** 에밀 콩브(Émile Combes, 1835~1921). 프랑스의 국무 회의 의장이자 내무 장관을 지낸 인물. 20세기 초반의 반교권주의를 표방하는 장관이 예수회도에 대한 적대감과 회의주의적 시각 때문에 17세기 인물인 파스칼("자아는 항상 가증스러운 것이다."는 파스칼의 『팡세』에 나오는 구절이다.)과 20세기 인물인 아나톨 프랑스(콩브는 자신이 쓴 『평신도 운동, 1902~1903』의 출간을 위해 아나톨 프랑스로부터 1904년 서문을 받았다.)와 나란히 자리하는 것이다.(『되찾은 시간』, 플레이아드 IV, 1229쪽 참조.)

그 매력적인 회의주의의 온건한 대가 아나톨 프랑스로부터 서문을 받지는 못했지만 말입니다." 그때부터 브리쇼는 '나(je)'란 대명사 대신에 우리나 그들을 의미하는 on을 썼다.* 그러나 이 on이 독자에게 저자가 자신의 얘기를 한다는 사실을 모르게 하지 않았고, 또 저자는 항상 on이란 피신처에 몸을 숨기고 계속 자기 얘기를 할 수 있으며, 자기가 쓴 하찮은 문장에 대해서도 논평을 하고 단 하나의 부정문에 근거하는 논설도 쓸 수 있었다. 이를테면 다른 논설에서 독일군이 그들이 가진 힘을 잃었다고 말할 때면 브리쇼는 이렇게 시작했다. "우리는(on) 여기서 진실을 은폐하지 않으리라. 우리는 독일군이 힘을 잃었다고 말했다. 독일군이 더 이상 거대한 힘을 갖고 있지 않다고 말하지는 않았다. 독일군이 어떤 힘도 갖지 못하게 될 거라고도 말하지 않을 것이다. 또한 우리는 그들이 영토를 점령했다거나 점령하지 않았다 같은 말도 하지 않으리라." 요컨대 그가 말하지 않을 거라고 진술하는 것만으로도, 또 몇 해 전에 그가 했던 말과 클라우제비츠와 조미니, 오비디우스와 티아나의 아폴로니우스 등이 몇 세기 전에 했던 말을 환기하는 것만으로도,** 브리쇼는 상당한 분량의 책을 위한 자료

---

* 프랑스어의 on이란 부정 대명사는 나, 우리, 그들, 사람들, 누군가 등 발화자의 신분을 드러내고 싶지 않을 때 자유롭게 쓸 수 있는 대명사이다. 이 책에서도 문맥에 따라 자유롭게 옮겼다.

** 프로이센 장군 카를 폰 클라우제비츠(Karl von Clausewitz, 1780~1831)와 프랑스 장군 앙투안앙리 조미니(Antoine-Henri Jomini, 1779~1869)라는 두 군사 이론가에, 화자는 고대 시인 오비디우스와 철학자 티아나의 아폴로니우스를 대립시키고 있다. 어떤 주제든 어떤 시기든(대홍수까지 거슬러 올라가

를 쉽게 확보할 수 있었다. 그가 책을 출판하지 않은 것은 참으로 안타까운 일인데 그만큼 풍요로운 내용의 논설을 지금은 찾기 어렵기 때문이다. 베르뒤랭 부인의 질책을 받은 포부르생제르맹의 사람들은 베르뒤랭 부인의 살롱에서는 브리쇼를 조롱했으나, 일단 작은 패거리 밖으로 나오면 계속해서 브리쇼를 찬미했다. 그러다가 한때 그를 찬미하는 것이 유행이었던 것처럼 그를 조롱하는 것이 유행이 되었다. 그리하여 그의 논설을 읽던 시절부터 은밀히 그에게 매혹되었던 여인들조차, 혼자 있지 않을 때면 세련되지 않은 사람으로 보이지 않으려고 그에 대한 찬미를 멈추고 웃음을 터뜨렸다. 작은 패거리에서 이 시기만큼 브리쇼에 관한 얘기를 많이 한 적도 없었는데, 단지 조롱할 목적에서였다. 그들은 신참의 지적 수준을 평가하기 위한 기준으로 브리쇼의 논설을 어떻게 생각하느냐고 물었고, 만일 신참이 처음에 틀린 대답을 하면 누군가가 지적인지를 알아보는 방법을 가르쳐 주지 않고는 못 견뎠다.

"어쨌든 내 가엾은 친구, 이 모든 것은 끔찍하고, 이런 지겨운 논설보다 더 유감스러운 것도 많네. 사람들은 문화 예술의 파괴나 훼손된 조각품에 대해서 말하지. 하지만 저 비교할 수도 없는 다채로운 조각상인 경이로운 젊은이들의 파괴 역시 문화 예술의 파괴 행위 아닌가? 아름다운 젊은이가 더 이상 존재하지 않는 도시는 온갖 종류의 조각품이 부서진 도시와

는) 마음 내키는 대로 왔다 갔다 하는 브리쇼 담론의 특징을 우회적으로 표현한 대목이다.(『되찾은 시간』, 리브르드포슈, 453쪽 참조.)

같지 않을까? '부이용 뒤발' 레스토랑에 들어갔다고 믿게 하는 코르네트를 쓴 여자의 시중 대신, 디동 신부처럼 곰팡내 나는 피부병에 걸린 늙은 어릿광대의 시중을 받는다면, 우리가 레스토랑에 식사하러 가면서 어떤 즐거움을 맛볼 수 있겠는가?* 그렇다네, 내 친구. 나는 이런 말을 할 권리가 있다고 생각하네. 아름다움은 그래도 살아 있는 질료 안에 있을 때라야 아름다움이라고. 등이 구부러지고 코안경을 쓰고 병역 면제 사유가 얼굴에 역력한 자의 시중을 받는다면, 퍽이나 즐겁겠군! 레스토랑에서 누군가 괜찮은 사람을 바라보면서 눈을 쉬게 하려면, 과거와는 달리 우리 시중을 드는 종업원이 아니라 식사하는 손님들을 바라보아야 한다네. 그러나 종업원이라면 비록 그들이 자주 식당을 바꾸긴 해도 다시 만날 수 있지만, 그것이 그곳에 처음 온, 어쩌면 내일은 죽어 있을지도 모르는 영국 병사라면, 그가 누구인지 언제 그가 다시 돌아올지를 알기 위해 간다는 것은! 「클라리스」란 감미로운 작품의 저자인 저 매력적인 모랑이 얘기한 것처럼, 폴란드의 아우구스투스 왕은 자기 연대 중 하나와 중국 대형 도자기 수집품을 교환했는데, 내 의견으로는 형편없는 거래였다네.** 우리의 가장 아름

---

* '부이용 뒤발' 레스토랑은 청결하고 건강식을 제공하는 저렴한 식당으로 주로 단정한 옷차림의 여인들이(원뿔 모양의 모자를 가리키는 코르네트가 그 상징인) 식당 서비스를 담당했다고 한다. 앙리 디동(Henri Didon, 1840~1900) 신부는 성 도미니크회 수도사로 설교자이자 신학자였다.

** 「클라리스」는 폴 모랑(Paul Morand, 1888~1976)의 『다정한 재고품』(1921)에 수록된 단편 소설 가운데 하나이다. 그러나 이 작품에서 폴란드의 아우구스투스 왕에 대한 일화는 찾아볼 수 없으며, 아마 에르나 폰 바츠도르프

다운 여자 친구들의 기념비적인 건물 계단을 장식하던, 그 키가 2미터나 되는 장신의 하인들이 모두 죽었다는 걸 잊지 말게! 전쟁이 두 달밖에 가지 않을 거라고 사람들이 그들에게 반복해서 말하는 바람에 대부분 군에 지원했는데 말일세. 아! 그들도 나처럼 독일의 힘을, 프로이센이란 종족의 위력을 몰랐네."라고 그는 자제심을 잃고 말했다.

그런 후 그는 자신의 견해를 지나치게 드러냈음을 알아차리고 "내가 프랑스를 위해 두려워하는 건 독일이 아니라 전쟁 자체라네. 후방에 있는 사람들은 전쟁을 마치 신문 덕분에 멀리서 관람하는 거대한 권투 시합 정도로 상상하지. 그러나 그것은 권투 시합과 전혀 관계없네. 오히려 한쪽에서 쫓아내면 다른 쪽에서 재발하는 질병이라고나 할까. 오늘은 누아용*을 탈환하겠지만, 내일은 빵도 초콜릿도 없을 테고, 모레는 태평하다고 믿으면서 필요하면 총알도 맞겠다고 하던 자가 — 실제로 상상해 본 적이 없으니까 — 신문에서 자기 부대가 소환되었다는 기사를 읽고 공포에 사로잡힐 테지. 역사

(Erna von Watzdorf, 1892~1976)가 집필한 작센의 선제후이자 바이에른 왕인 강건왕 아우구스투스(루이 14세와 중국 도자기에 심취했던 인물인)에 관한 저술을 가리키는 듯하다고 지적된다. 또 프루스트는 는 폴 모랑의 문체에 관해 '친구에게'란 제목의 글을 1920년《라 르뷔 드 파리》에 발표했으며, 이 글은 나중에 모랑의 『다정한 재고품』의 서문으로 수록된다.(『되찾은 시간』, 플레이아드 IV, 1230쪽 참조.)

* 누아용은 프랑스 북부 피카르디 지방 우아즈주의 중심 도시로 1차 세계대전 중 독일군에게 점령당했다. 12세기 말에서 13세기 초반에 세워진 고딕 건축물 노트르담 드 누아용 대성당이 있다.

적인 건축물로 말하자면, 랭스 대성당*처럼 그 질적인 가치가 유일하다고 할 수 있는 걸작의 사라짐보다는 프랑스의 작은 마을을 그토록 교육적이고 매력적으로 만드는 성당 주변 전체의 사라짐을 보는 일이 더욱 공포스럽네."

나는 이내 콩브레를 생각했다 예전에는 내 가족이 콩브레에서 차지하는 보잘것없는 위치를 고백하면 게르망트 부인의 눈에 내 존재가 하찮게 보일 거라고 생각했었다. 그 위치는 어쩌면 르그랑댕이나 스완과 생루 또는 모렐을 통해 게르망트 부부나 샤를뤼스 씨에게 이미 폭로되었을지도 모른다고 생각했다. 그러나 이런 종류의 암시적 간과법이 과거의 일을 회고적으로 설명하는 것보다는 덜 고통스러웠다. 나는 그저 샤를뤼스 씨가 콩브레 이야기를 하지 않기만을 바랐다.

"미국인들을 나쁘게 말하고 싶지는 않네." 하고 샤를뤼스 씨가 말을 이었다. "그들은 한없이 관대해 보이고, 또 이번 전쟁에는 오케스트라 지휘자가 없는 탓에 전쟁이란 춤 속에 다른 나라가 끼어든 훨씬 후에야 끼어든 나라도 있으며, 또 미국인은 우리가 거의 전쟁을 끝낼 무렵에 전쟁을 시작했으므로**

---

* 샹파뉴-아르덴주 랭스에 위치한 프랑스 고딕 양식의 대표작으로 400년경에 처음 건축되었으나 1210년 화재로 소실되고 현재의 성당은 화재 이후에 건설된 것이다. 프랑스 국왕의 대관식을 거행한 곳으로 유명하며 1차 세계 대전 중 독일군의 폭격으로 큰 피해를 입었다. 그리고 성당 주변의 성 레미 수도원 및 토 궁전은 유네스코 세계 문화 유산에 등재될 만큼 예술적 가치가 높은 것으로 평가된다.

** 미국의 개입은 1917년 미국 의회에서 투표로 결정되었다. 첫 군대가 5월 상륙한 이래 전쟁 끝날 무렵의 미국군은 거의 200만 명에 달했다고 한다.(『되찾은 시간』, 플레이아드 IV, 1231쪽 참조.)

사 년의 전쟁으로 한결 열기가 누그러진 걸 느낄 수도 있겠지. 전쟁 전에도 그들은 우리 나라와 우리의 예술을 사랑했으며 또 우리의 걸작을 매우 비싼 값으로 구입했으니까. 많은 걸작이 지금은 그 나라에 있네. 그러나 바레스* 씨가 말했듯이 이런 '뿌리 뽑힌' 예술은 프랑스의 멋진 매력을 구성하는 것과는 상반된 것이지. 성(城)은 성당의 기원을 설명해 주며, 성당 자체도 순례의 장소였으므로 '무훈시'**의 배경을 설명해 주지. 우리 가문의 기원과 인척 관계의 명성을 과장해서 말할 필요는 없겠지. 게다가 이 문제와는 관계가 없으니까. 그러나 최근에 어떤 이권 문제를 처리하기 위해, 비록 그 부부와 내 관계가 조금 소원해지긴 했지만 콩브레에 사는 조카 생루의 아내를 방문하러 가야 했네. 콩브레는 어디서나 흔히 볼 수 있는 그런 작은 마을에 지나지 않아. 하지만 우리 조상들이 그 기증자로서 성당의 몇몇 채색 유리에 재현되었고, 또 어떤 채색 유리에는 우리 가문의 문장이 새겨져 있네. 성당 안에는 우리의 예배당과 묘소가 있지. 그런데 독일군에게 관측소로 사

---

* 모리스 바레스(Maurice Barrès, 1862 ~1923)가 쓴 3부작 『국민 정력의 소설』 중 1부 『뿌리 뽑힌 사람들』(1897)을 빗대어서 하는 말이다. 자아는 자신의 고향이나 나라를 떠나서는 아무 의미도 없다고 주장하는 민족주의 작가인 바레스의 말을 빌려, 프랑스 작은 성당들의 수호자이자 생탕드레데샹 성당의 찬미자인 프루스트는, 역사적인 건축물을 박물관으로 바꾸려는 사람들과 또 이미 시작된 건축물의 미국 수출에 대해 부정적 견해를 표명하고 있다.(『되찾은 시간』, 플레이아드 IV, 1231쪽 참조.)

** 무훈시는 11세기에서 15세기 사이에 걸쳐 쓰인 영웅적 인물의 무훈을 찬미하는 프랑스의 장편 서사시이며 그 대표작이 『롤랑의 노래』이다.

용되었다고 해서 프랑스군과 영국군이 이 성당을 파괴했다네. 프랑스라는 그 모든 살아남은 역사와 예술의 혼합물이 파괴되었고, 또 그것으로 끝이 아니야. 물론 나는 가문이라는 이유로 콩브레 성당의 파괴를, 고대 조각의 순수성을 자연스럽게 회복한 고딕 성당의 기적과도 같은 랭스 대성당이나 아미앵 대성당*의 파괴와 비교하려는 그런 우스꽝스러운 생각을 하는 것은 아니네. 피르맹 성인**의 치켜든 팔이 오늘날 부서졌는지 아닌지도 잘 모르네. 만일 부서졌다면 이는 신앙과 에너지에 대한 최고의 긍정이 이 세상에서 사라진 셈이지." "그것의 상징 말이죠." 하고 나는 그에게 대답했다. "저도 남작님만큼이나 몇몇 상징을 찬미합니다. 하지만 그것이 표현하는 실재를 상징 때문에 희생한다는 건 부조리한 일입니다. 대성당은 그것을 보존하기 위해 대성당이 가르치는 진리를 부정하는 것이 필요할 때까지는 찬미되어야 합니다. 성 피르맹의 치켜든 팔은 거의 군대를 지휘하는 듯한 동작으로 '명예가 요구한다면 우리는 부서져도 상관없다. 돌 때문에 인간을 희생해서는 안 된다. 돌의 아름다움은 바로 인간의 진실을 한순간 고정했다는 데에 있다.'라고 말합니다." "나는 자네가 무슨 말을 하려는지 이해하네."라고 샤를뤼스 씨가 대답했다. "유감스럽게도 그토록 여러 번 우리를 스트라스부르의 동상과 데룰레드

* 솜 데파르트망의 아미앵시에 위치하는 이 대성당은 랭스 대성당과 더불어 프랑스 고딕 건축의 걸작이다.

** 아미앵 성당의 북쪽 입구에는 도시의 첫 번째 주교 성인을 재현한 '성 피르맹의 문'이 있다.(『되찾은 시간』, 리브르드포슈, 454쪽 참조.)

의 묘소를 순례하게 만든 바레스 씨가 랭스의 대성당조차 우리 보병들보다 중요하지 않다는 글을 썼을 때는 감동적이고 근사했지만 말일세.* 이런 단언은 그곳에서 지휘하던 독일 장군이 랭스의 대성당보다 독일 병사의 생명이 더 소중하다고 한 말에, 우리 신문이 표명한 분노를 조금은 우스꽝스럽게 만들었지만 말이야. 더욱이 분통이 터지고 가슴 아픈 것은 나라마다 같은 말을 한다는 거지. 독일 산업 연합회가 벨포르의 점령이 우리의 복수심에 맞서 독일 국가를 보존하기 위해 필수적이라고 선언하는 이유가, '보슈 놈들'의 침략 의사로부터 우리를 보호하려면 마인츠를 요구해야 한다는 바레스의 주장과 동기는 동일하니까.** 알자스로렌 탈환이 프랑스로 하여금 전쟁을 일으키는 데는 부족한 동기로 보였지만, 왜 해마다 전쟁을 계속하고 전쟁을 다시 선포하기에는 충분한 동기로 보였겠는가?*** 자네는 이제 프랑스의 승리가 약속되었다고 믿는

---

* 파리 콩코르드 광장에 있는 '스트라스부르의 동상'(프랑스 여덟 개 도시를 우화적으로 조각한 동상 중의 하나)과 라 셀생클루에 있는 데룰레드(바레스보다 먼저 '애국자 연맹'의 의장을 지낸)의 묘소는 애국자들의 순례지였다.(『되찾은 시간』, 리브르드포슈, 454쪽 참조.)

** 전쟁 초기에 승리를 거둔 독일군은 프랑스에 대해 스위스와 국경을 접한 벨포로를 양도할 것을 요구했으며, 프랑스가 독일에게 마인츠의 양도를 요구한 사실은, 바레스가 1920년에 한 강연에서 나타나는데, 그는 연합군이 모든 영토 합병에 반대한 베르사유 조약의 결정에도 불구하고 1815년에 강제로 편입된 라인란트(그 중심 도시인 마인츠)를 독일에서 해방시켜야 한다고 주장했다.(『되찾은 시간』, 리브르드포슈, 454쪽 참조.)

*** 샤를뤼스의 눈에는 독일이 전쟁을 일으킨 것은 사라예보에서 오스트리아 황태자 부부를 암살한 사건이지만, 프랑스의 전쟁 목적은 다른 무엇보다도 1871년에 독일에게 빼앗긴 알자스로렌을 탈환하는 것으로, 이런 동기

모양인데, 나도 진심으로 그러기를 바라며 자네도 그 사실을 의심하지 않네. 그 말이 맞건 틀리건 연합군이 승리한다고 확신하고 있으며(물론 나로서는 이런 해결책이 기쁠 수밖에 없네. 승리의 대부분이 종이상의 승리에 불과하며, 우리에게 아직 언급된 건 아니지만 그 대가로 상당한 돈을 지불해야 하는 피루스식의 승리* 가 아닌가 하는 생각이 드네만), 또 '보슈 놈들'이 더 이상 승리를 확신하지 않게 되면서부터 독일은 평화를 서두르는 것처럼 보이고, 또 정의로운 프랑스, 당연히 정의의 말을 울려야 하는 프랑스는 전쟁을 연장하려는 것처럼 보이니까. 하지만 거기에는 또한 상냥한 프랑스, 다만 자기 아이들을 위해서라도, 또 봄마다 다시 피어나는 꽃이 무덤이 아닌 다른 것을 비추기 위해서라도 연민의 말을 울려야 하는 프랑스가 있네. 솔직해지게, 내 친애하는 친구, 자네 자신이 끊임없이 반복적인 창조 행위를 통해서만 존재하는 사물에 관한 이론을 내게 전개하지 않았나? 세계의 창조란 단번에 이루어지는 것이 아니라 필연적으로 날마다 일어나기 마련이라고 자네는 말했지. 진심에서 그런 말을 한 거라면 그 이론에서 전쟁을 제외시킬 수는 없을 걸세. 아무리 우리의 탁월한 노르푸아가 '독일이 전쟁을 원하는 지금 주사위는 이미 던져졌도다.'라고 쓴다 해도('승리의 여명'이니 '동장군'과 같은 그에게 그렇게도 친숙한 수사학적인 도구를 꺼내면서) 아무 소용없이, 아침마다 전쟁이 새롭게 선포

가 독일에 대해 전쟁 충분 사유가 되지 못하는 듯 보이지만, 프랑스에게는 가장 중요한 동기로 간주되고 있음을 암시하고 있다.

* 『잃어버린 시간을 찾아서』 8권 221쪽 주석 참조.

되는 게 사실이니 말이야. 그러므로 전쟁을 계속하기 바라는 자들은 전쟁을 시작한 자들과 마찬가지로 죄인이라고 할 수 있네. 어쩌면 더 죄가 많다고 할 수 있지. 전쟁을 시작한 자는 전쟁의 모든 참화를 예견하지는 못했을 테니까 말이지.

그런데 이렇게 질질 끄는 전쟁에서는 비록 그것이 성공적으로 끝난다 해도 위험이 따르지 않는 건 아니라네. 선례가 없는 일에 대해, 또 처음 시도하는 수술이 신체 기관에 미치는 영향에 대해 말하기란 어려운 법이니까. 일반적으로 사람들이 불안해하는 새로움은 사실 별 문제 없이 넘어가는 법이지. 가장 사려 깊은 공화파들도 '정교 분리'는 미친 짓이라고 생각했으니까. 그런데 그 일은 우체통에 편지를 넣는 것만큼이나 쉽게 지나갔지. 또 드레퓌스는 복권했고 피카르는 전쟁 장관이 되었지만 어느 누구도 휴우 하고 한숨을 쉬지 않았네.* 그렇지만 이렇게 몇 해 동안이나 끊임없이 계속되어 온 전쟁의 피로를 어떻게 두려워하지 않을 수 있겠는가? 전쟁에서 돌아온 사람들이 뭘 할 수 있단 말인가? 피로가 그들을 무너지게 하고 얼빠지게 하는데. 모든 것이 프랑스가 아니라면 적어도 정부, 어쩌면 정부 형태를 악화시킬 수 있는데 말이지. 예전에 자네는 모라스가 쓴 그 멋진 '에메 드 쿠아니'**를 내게 읽도록 했지.

---

* 프랑스의 정교 분리는 1905년에 시행되었고 드레퓌스는 1906년 무죄 판결을 받았으며, 피카르는 사면 복권된 후 1906년 전쟁 장관(육군 장관)이 되었다.

** 『에메 드 쿠아니의 회고록』(1769~1820)이 발간되었을 때 샤를 모라스가 1902년에 쓴 서평 「몽크 양 또는 사건의 발생」을 환기하고 있다. 에메 드 쿠아니는 혁명을 지지했지만 공포 시대에 투옥되어(앙드레 셰니에가 쓴 「갇

1812년에 '제국'이 일으킨 전쟁에 대해 에메 드 쿠아니가 기대했던 것을, 오늘날 공화국이 하는 전쟁의 진전에 대해서도 또 다른 에메 드 쿠아니 같은 이가 기대하지 않겠는가. 오늘날의 에메가 존재한다면 그녀의 희망은 과연 실현될 수 있을까? 나는 그렇게 되기를 원치 않네.

전쟁 자체에 대한 얘기로 돌아가 보면, 전쟁을 처음 시작한 사람이 빌헬름 황제일까? 나는 그 점에 대해 강한 의심을 품고 있네. 또 만일 그가 일으켰다 해도 예를 들면 나폴레옹과 다른 것을 했을까? 내가 가증스럽다고 생각하는 것이 나폴레옹의 추종자들이나, 선전 포고 당일의 포 장군*처럼 '나는 사십 년 전부터 이날을 기다려 왔다. 내 생애에서 가장 아름다운 날이다.'라고 외쳤던 사람들에게 그토록 많은 혐오감을 불러일으키는 걸 보면 놀라울 뿐이지. 사교계가 민족주의자들이나 군인들에게 어울리지 않는 자리를 제공했을 때, 예술에 우호적인 사람은 모두 국가에 치명적인 일에 종사하며, 호전적이지 않은 모든 문명은 해롭다고 비난받았을 때, 나만큼 강력하게 항변한 사람도 없었다는 걸 하느님은 아시네. 진정한 사교계 인사조차 장군에 비하면 아무것도 아니라는 듯이 어느 미친 여자가 나를 시브통** 씨에게 소개할 뻔하기도 했네. 자

힌 소녀」란 시 작품에 영감을 준) 탈레랑으로 하여금 나폴레옹을 배신하고 루이 18세에게 동조하도록 만든 사교계 여인이다.(『되찾은 시간』, 리브르드포슈, 455쪽 참조.)

* 포 장군에 대해서는 『잃어버린 시간을 찾아서』 5권 206쪽 주석 참조.

** 가브리엘 시브통(Gabriel Syveton, 1864~1904). 국민당 의원이자 '프랑

네는 내가 유지하려고 애쓰는 것이 사교계의 규범에 불과하다고 말할 테지. 그러나 그 표면적인 경박함에도 불구하고, 그 규범이 어쩌면 과도한 행위를 수없이 막아 주었는지도 모르네. 나는 언제나 문법과 논리학을 옹호하는 사람들을 존경해 왔네. 그들이 큰 위험을 물리쳤다는 걸 사람들은 오십 년이나 지나서야 이해하게 되었지. 그런데 우리 민족주의자들은 가장 열렬한 독일 혐오자들이며 가장 극단적인 항전주의자들이라네. 그러나 십오 년이 지난 후 그들의 철학은 송두리째 변했네. 사실상 그들은 전쟁의 연장을 추진하고 있어. 그러나 이는 오로지 호전적인 인종을 멸망시키기 위함이며 평화를 사랑하기 때문이네. 왜냐하면 십오 년 전에 그렇게나 아름답다고 생각했던 전쟁 문명이 이제는 그들에게 혐오감을 일으키니까. 그들은 프로이센에 대해 국가에서 군사적 요소를 가장 중요시하게 만든다고 비난했을 뿐만 아니라, 군사 문명이 그들이 지금 소중하게 여기는 모든 것들을, 예술뿐만 아니라 여성의 환심을 사는 언동조차 파괴했다고 생각하네. 그들의 비평가들 중 민족주의로 개종하는 사람은 동시에 평화의 친구가 된다네. 그는 모든 전쟁 문명에서 여성은 굴종적이고 낮은 역할을 한다고 확신하네. 그래서 중세의 기사들에게서 '담(dames)'의 존재나, 단테의 베아트리체는 어쩌면 베크 씨의 여주인공들만큼 높은 왕좌에 앉아 있었다고 감히 대답하지 못하는지

스 조국 연맹'의 창립자 중 한 사람이다.

도 모르지.* 어느 날 내가 식탁에서 러시아 혁명가 다음 자리에 앉거나, 또는 그저 우리 장군들 중 어느 장군의 다음 자리에, 전쟁에 대한 공포 때문에 또 십오 년 전에 그들 자신이 유일한 활력소라고 평가했던 이상(理想)을 숭배하는 민족을 벌하기 위해 전쟁을 하는 장군의 다음 자리에 앉아 있는 모습을 보게 될 거라고 예상하네. 그런데 그 불행한 사람은 몇 달 전만 해도 헤이그 회의를 소집했다고 존경을 받았지만, 지금은 사람들이 자유 러시아를 찬양하고 황제를 영광스럽게 했던 '차르'란 칭호마저 망각했어.** 이렇게 세상의 수레바퀴는 돌아간다네.***

그렇지만 독일은 프랑스와 얼마나 똑같은 표현을 사용하는지 프랑스가 그들의 말을 그대로 인용한다고 믿어질 정도라네. 그들은 '생존을 위한 투쟁'이라는 말을 지치지 않고 하지. 그러나 '우리는 온갖 침략으로부터 우리의 미래를 보장해 주

---

* '담'은 중세 기사들이 흠모하며 평생 동안 충성을 맹세하는 귀부인 또는 정신적인 여인상을 가리킨다. 앙리 베크(Henri Becque, 1837~1899)는 「파리지엔」(1885)이라는 극작품에서 주위 인물에 비해 탁월하지만 자유분방한 여인상을 클로틸드 드 메닐이란 여주인공을 통해 표현했다.(『되찾은 시간』, 리브르드포슈, 455참조.)

** 첫 번째 헤이그 국제 회의는 1899년 러시아 니콜라이 2세의 제안으로 소집됐는데, 국가 간의 분쟁이 있을 경우 인도주의적 차원에서 준수해야 할 규칙을 결정했다.(『되찾은 시간』, 리브르드포슈, 456쪽 참조.) 자유 러시아는 1917년 2월 혁명으로 로마노프 왕조 시대가 막을 내린 러시아를 가리키는 것처럼 보인다.

*** 이 표현은 중세의 '운명의 바퀴' 또는 『예수 그리스도의 모방』에 나오는 "이 세상의 영화(榮華)는 이처럼 사라져 간다."라는 구절을 환기하는 것처럼 보인다.(『되찾은 시간』, 리브르드포슈, 456쪽 참조.)

는 평화를 쟁취하는 날까지, 또 우리의 용감한 병사들의 피가 헛되이 흘리지 않도록 저 무자비하고 잔인한 적에 맞서 싸우리라.' 또는 '우리 편이 아닌 자는 모두 우리에게 대항하는 것이다.'라는 구절을 읽으면서도, 몇몇 변화가 있기는 했지만, 그들이 서로 스무 번이나 그 구절을 발언했으므로 그것이 빌헬름 황제의 말인지, 아니면 푸앵카레 씨의 말인지 알지 못하네. 사실을 말하면 그 경우 황제가 우리 공화국 대통령의 모방자라고 고백해야겠지만. 프랑스가 힘이 없다면 이렇게까지 전쟁을 질질 끌려고 하지는 않았을 테니 말이야. 특히 독일이 더 이상 강력한 존재이기를 멈추지 않았다면 이렇게 전쟁을 끝내려고 서두르지도 않았을 거고. 예전만큼 강력한 존재는 아니라는 말이지. 자네는 독일이 여전히 강력하다는 걸 보게 될 테니까."

샤를뤼스 씨는 신경과민이나 떨쳐 버려야만 하는 인상의 출구를 찾기 위해 말을 할 때면 — 말 외에는 다른 어떤 기술도 연마하지 못했으므로* — , 마치 비행사가 폭탄을 투하하듯 그 말이 어느 누구의 귀에도 닿지 않는 들판 한복판이건, 특히 그의 말이 되는대로 떨어지는 사교계이건 상관없이 목소리를 높이 외치면서 말하는 습관이 있었다. 사교계 인사들

* 샤를뤼스는 사실상 여러 종류의 예술을 연마했으며 특히 피아노도 잘 쳤다. 그러나 스완과 마찬가지로 작품을 창조하지 못했으며, 따라서 불임의 예술가상을 구현한다. 프루스트에 따르면 작가의 임무는 자아가 느끼는 내적 인상을 자신의 언어로 번역하는 데 있지만, 샤를뤼스의 경우 지나친 감정 표출과 소모와 일탈로 그 인상을 깊이 사유하고 표현하는 데 이르지 못한다.(『되찾은 시간』, 리브르드포슈, 456쪽 참조.)

은 속물근성이나 신뢰감, 또 청중들을 그토록 괴롭히는 탓에 억지로 또는 두려움에서 그의 말에 귀를 기울였다. 대로에서 하는 장광설은 지나가는 행인에 대한 경멸의 표시였으므로, 행인에게 길을 비키지 않는 것과 마찬가지로 목소리도 낮추지 않았다. 그러나 목소리는 폭발하고 사람들을 놀라게 하고 특히 뒤를 돌아보는 사람들은 대화 소리를 들었으므로 우리를 패배주의자로 여겼을지도 모른다. 나는 이 점을 샤를뤼스 씨에게 지적했으나 웃음을 유발하는 데만 성공했을 뿐이다. 그는 "우스꽝스럽다는 걸 인정하게." 하고는 "어쨌든,"이라고 덧붙였다. "우리는 매일 저녁 다음 날 신문 3면의 기삿거리가 될 수 있다는 걸 알지 못하네. 요컨대 내가 뱅센의 도랑에서 총살당하지 말라는 법이 어디 있단 말인가? 내 종조부 앙기엥 공작에게도 동일한 일이 일어났으니.* 귀족의 피에 대한 갈증이 어떤 유의 하층민을 날뛰게 하는데, 그들은 그 점에서는 사자들보다 더 세련되었다고 할 수 있네. 그 짐승들은 베르뒤랭 부인의 코에 할퀸 자국만 있어도 얼마든지 달려든다는 걸 자네도 알지 않는가. 내가 젊었을 때 사람들이 '피프'**라고 불렀던 것으로 말이야." 그리고 그는 우리가 마치 살롱에 단둘

---

* 앙기엥 공작(duc d'Enghien, 1772~1804). 나폴레옹에 대한 음모를 획책한 죄목으로 뱅센성의 도랑에서 1804년 총살당했다. 게르망트 가문을 역사적 인물과 연결하고자 시도한 사례 중 하나이다.(『되찾은 시간』, 리브르드포슈, 456쪽 참조.)

** 피프(pif)는 은어로 코를 의미한다. '젊었을 때'란 말을 붙임으로써 샤를뤼스가 조금은 유행이 지난 은어를 사용하는 것에 대한 두려움을 나타내고 있다.(『되찾은 시간』, 플레이아드 IV, 1234쪽 참조.)

이 있다는 듯 큰 소리로 웃음을 터뜨렸다.

이따금 샤를뤼스 씨가 지나가는 길에 어둠 속에서 빠져나온 꽤 수상쩍은 사람들이 그로부터 조금 떨어진 곳에서 무리 지어 있는 걸 보면서 나는 그가 혼자 내버려 두기를 좋아할지, 아니면 내가 함께 있어 주기를 좋아할지 자문해 보았다. 마치 간질 발작에 자주 시달리는 노인을 만난 사람이 제대로 걷지 못하는 노인의 거동에서 발작이 임박했음을 감지하고 상대가 받침대로서의 동행자를 원하는지, 아니면 발작을 감추고 싶은 증인으로서의 동행자를 두려워하는지 — 발작을 피하려면 절대적인 안정이 필요한데 어쩌면 그의 존재만으로도 발작을 재촉할지 모르므로 — 물어보는 것처럼. 그러나 자신이 멀어져야 할지 어떨지를 모를 때에도 병자의 경우 사건이 일어날 가능성은, 마치 술 취한 사람이 비틀거리면서 움직이듯 자리를 옮기는 것으로 나타난다. 그런데 내가 옆에 있어서 일어나지 못한 사건의 가능성을 말해 주는 지표는 — 샤를뤼스 씨가 원하는지, 아니면 두려워하는지는 확신할 수 없었지만 — 똑바로 걸어가는 남작에 의해서가 아니라 마치 기발한 무대 연출에서처럼 일련의 단역 배우들이 차지하는 여러 다양한 자리에 의해 나타났다. 그래도 나는 샤를뤼스 씨가 그들과의 만남을 피하고 싶어 한다고 생각했다. 왜냐하면 그가 대로에서 좀 더 어두운 골목길로 나를 데려갔기 때문이다. 그곳에는 동원령이 내려졌던 초기에 압축 공기처럼 전선으로 빠져나가면서 파리를 텅 빈 상태로 만들었던 온갖 인간들의 썰물로부터, 샤를뤼스 씨를 위해 보상하고 위로해 주기 위해 온갖 무장을 한 온갖 국가의 병사들이, 젊은이들의 밀물이 대로에서부터 — 만일 그들이 대로를 향해 몰려가는 것이 아니라면 — 끊임없이 몰려들고 있었다. 샤를뤼스 씨는 우리 앞에서 지나가는 그 빛나는 군복에 대해 계속해서 감탄했는데, 그것은 파리를 항구와 같은 국제 도시로 만들었고, 또한 가장 다양하고 가장 아롱거리는 의상을 한데 모으는 계기로 삼기 위해서만 몇 개의 건축물을 세운 화가의 어떤 배경처럼 파리를 비현실적으로 만들었다.

샤를뤼스 씨는 예전에 드레퓌스파라고 비난받던 귀부인들과 마찬가지로 패배주의자로 비난받는 귀부인들에 대해서도 온갖 존경심과 애정을 가지고 있었다. 그는 다만 그들이 정치를 할 만큼 스스로를 낮추면서 '신문 기자들의 논쟁'을 초래한 점은 유감스럽게 생각했다. 귀부인을 보는 그의 시각에는 변함이 없었다. 왜냐하면 그의 경박함은 아주 일관성이 있어서 아름다움과 그 밖의 다른 매력에 결합된 태생은 영속적인 것이고, 또 전쟁은 드레퓌스 사건과 마찬가지로 천박하고 덧없는 유행일 뿐이었기 때문이다. 만일 게르망트 공작 부인이 오스트리아와 단독 강화 조약을 시도했다는 죄목으로 총살당한다 해도, 마치 참수형으로 처형당한 마리 앙투아네트를 오늘 우리가 그렇게 생각하듯이, 그는 여전히 공작 부인이 고귀하고 품위를 잃지 않았다고 생각했을 것이다. 이런 순간이면 뭔가 성 발리에나 성 메그랭*처럼 고귀한 샤를뤼스 씨는 자세를

* 성 발리에(Saint Vallier)는 빅토르 위고의 역사극 「왕은 즐긴다」(1832)에

똑바로 뻣뻣이 세우고 엄숙하고 정중하게 말하면서, 단 한순간도 그와 같은 부류의 사람들이 드러내는 태도는 보이지 않았다. 그렇지만 왜 그들 중에 온전히 정확한 목소리를 내는 사람은 단 한 명도 없는 것일까? 가장 심각한 주제를 접하는 순간에도 그의 목소리는 여전히 부정확했고 조율사가 필요한 것처럼 보였다.

게다가 샤를뤼스 씨는 문자 그대로 머리를 어느 쪽으로 향해야 할지 몰라, 또 쌍안경을 가져오지 않은 걸 후회하면서 여러 번 머리를 쳐들었는데, 쌍안경을 가져왔다 해도 별 도움은 되지 않았을 것이다. 왜냐하면 이틀 전 체펠린 비행선의 공습 때문에 당국이 경계를 강화했으므로 평소보다 많은 수의 군인들이 하늘까지 가득했기 때문이다. 몇 시간 일찍 푸른 저녁 하늘에 벌레처럼 갈색 얼룩을 만드는 모습을 보이던 비행기가, 지금은 가로등의 부분 소등으로 인해 더욱 깊어진 어둠 속을 빛나는 화선(火船)처럼 지나갔다. 이런 인간 유성이 느끼게 하는 가장 커다란 아름다움의 인상이 어쩌면 보통 때는 눈을 들지도 않는 하늘을 쳐다보게 했는지도 모른다. 1914년 파리에서 나는 다가오는 적의 위험을 거의 무방비 상태로 기다리는 아름다움을 보았고, 물론 지금도 그때처럼 잔인하게도 신비스러울 정도로 고요한 달은 고대의 변함없는 아름다움을

나오는 인물이며, 성 메그랭(Saint Mégrin)은 알렉상드르 뒤마의 『앙리 3세와 그 궁정』(1829)에 나오는 인물이다. 이 책과 별 관계도 없는 두 인물이 왜 샤를뤼스의 비교 대상이 되었는지 이해하기 힘든 부분이라고 지적된다.(『되찾은 시간』, 폴리오, 401쪽 참조.)

간직한 채 아직 훼손되지 않은 건축물에 빛의 공허한 아름다움을 뿌리고 있었다. 거기에는 1914년처럼, 아니 1914년 이상으로 다른 그 무엇이 있었는데, 비행기나 에펠탑의 탐조등으로부터 나오는 다른 빛들과 간헐적인 불꽃이었다. 우리는 총명한 의지와 우호적인 경계심이 그 탐조등을 지휘한다는 사실을 알았고, 그것은 예전에 생루의 방에서, 군인들이 사는 수도원 같은 방에서 한창 젊은 나이에 어느 날 자신에게 닥칠 희생을 망설임 없이 받아들이기 위해 그토록 열성적으로 훈련을 받던 군인들이 주던 것과 같은 감동을 선사했으며, 동일한 종류의 고마움과 안도감을 불러일으켰다.

이틀 전의 공습으로 지상보다 더 요동쳤던 하늘은 이제 폭풍우가 멈춘 바다처럼 잔잔했다. 그러나 폭풍우가 일고 난 후의 바다처럼 아직 완전히 진정된 것은 아니었다. 비행기 몇 대가 마치 별들에 합류하는 로켓처럼 아직 하늘로 올라가고 있었고, 탐조등은 희미한 별의 먼지처럼, 또는 방황하는 은하수처럼 하늘을 가르면서 천천히 이동하고 있었다. 그동안 비행기들이 성좌 한가운데로 끼어들었고, 사람들은 이 '새로운 별'을 보면서 사실상 지구의 다른 반구(半球)에 있다고 믿었으리라.

샤를뤼스 씨는 이런 비행사들에게 찬사를 보냈다. 그의 친독 성향도 다른 취향과 마찬가지로 그것을 부정하면서도 자제하지 못하고 고백할 수밖에 없었다. "게다가 덧붙여 말해 보면 나는 고타 폭격기에 탑승한 독일인들도 똑같이 찬미한다네. 체펠린을 탄 사람들도 마찬가지고. 그들에게 필요한 용기를 생각해 보게나. 그들은 그저 영웅일 뿐이야. 포병 부대가 그들을 향해 총을 쏘는데, 민간인들에게 폭탄을 투하하는 게 무슨 문제란 말인가? 자네는 고타 폭격기와 대포가 무서운가?" 나는 무섭지 않다고 고백했지만 어쩌면 잘못 생각했던 걸지도 모른다. 나는 게으름 때문에 할 일을 매일 다음 날로 미루는 습관이 있는데 어쩌면 죽음도 같을 거라고 상상했는지 모른다. 바로 그날 내가 맞지 않을 거라고 확신하는 대포를 어떻게 무서워한단 말인가? 게다가 이렇게 따로 형성된 폭탄 투하와 가능한 죽음의 관념은, 독일 비행체의 횡단에 대해 내가 그려 보던 이미지에, 흔들리는 하늘의 안개 물결로 내 시선에 조각난 모양으로 대롱거리는 그 비행체 중 하나에서, 비록 그것이 살상 무기임을 알았지만 별과 같은 천상의 존재로만 상상하던 비행기에서 어느 날 저녁 우리를 향해 폭탄이 떨어지는 움직임을 목격할 때까지는 어떤 비극적인 것도 덧붙이지 않았다. 왜냐하면 위험에 대한 최초의 현실은 새로운 것, 우리가 이미 알고 있는 것으로 결코 환원되지 않는, 즉 인상이라고 부르는 것에 의해서만 지각되며, 또 이번 경우처럼 하나의 선, 어떤 의도를 묘사하는 선, 그 선을 흐트러뜨리는 임무 수행의 잠재력을 가진 선으로 자주 요약되기 때문이다. 한편 콩코르드 다리에서 우리를 위협하러 왔다가 추격당하는 비행기 주위에는, 마치 샹젤리제의 분수와 콩코르드 광장과 튈르리 공원의 분수가 구름 속에 반사된 듯 탐조등의 빛나는 물줄기가 하늘 속에서 굴절되고, 그것이 그리는 선들 역시 강력하고 현명한 인간들의 예측하고 보호하는 의도들로 가득했으며, 그리하여 마치 동시에르의 병영에서 보낸 어느 저녁처럼 나는 그들이 그토록 정확한 힘으로 우리를 지켜 주는 수고를 하는 데 대해 깊은 고마움을 느꼈다.

밤에 본 파리 또한 그것이 적의 위협을 받았던 1914년만큼이나 아름다웠다. 달빛은 방돔 광장이나 콩코르드 광장 같은 그토록 아름다운 밤 풍경의 전체 사진을 마지막으로 찍게 해 주는 마그네슘의 부드럽고도 지속적인 불꽃 같았다. 어쩌면 광장을 파괴할지도 모르는 폭탄에 대한 나의 공포는 대조적으로 아직 훼손되지 않은 광장의 아름다움에 일종의 충일감을 부여했으며, 또 광장 스스로가 무방비의 건축물을 폭탄 투하에 제공하는 듯 스스로를 앞으로 내미는 것 같았다. "무섭지 않은가?" 하고 샤를뤼스 씨가 되풀이했다. "파리지앵들은 깨닫지 못하는 모양이야. 베르뒤랭 부인이 매일 모임을 개최한다고 누가 말하더군. 소문으로만 아는 거지. 그들에 대해서는 정말로 아무것도 몰라, 완전히 절교했으니까."라고 덧붙였는데, 마치 전보 배달부가 지나간다는 듯 눈뿐 아니라 머리와 어깨도 아래로 떨어뜨렸으며 또 팔은 쳐들었다. '손을 떼다'라는 의미가 아니라면 적어도 '난 아무것도 말할 수 없네'(내가 아무것도 묻지 않았음에도)를 의미하는 몸짓이었다. "모렐이 그곳에 자주 간다는 걸 알고 있네."라고 그가 말했다.(그가 모렐에 대한 이야기를 다시 꺼낸 것은 이번이 처음이었다.) "그가 지난날을 몹시 후회하고 다시 나와 가까이 지내고 싶어 한다고 누군가가 그러너군."이라고 남의 말을 쉽게 믿는 포부르생제르맹 사람들의 우직함과("프랑스가 여느 때보다도 독일과 많은 대화를 하고 있으며, 협상이 이미 시작되었다고 누군가가 자주 말하더군.") 또 아무리 매정한 거절에도 쉽게 설득되지 않은 연인의 우직함을("어쨌든 그가 나와 가까워지기를 바란다면 그저 말만 하면 될 텐데. 내가 그보다 나이가 많으니 내가 첫발을 내디딜 수는 없지 않은가.") 증명해 보였다. 그리고 그것은 너무도 자명했으므로 아마 말할 필요도 없었을 것이다. 그러나 그의 말은 진심이 아니었고, 바로 그런 이유로 나는 샤를뤼스 씨가 몹시 거북했다. 왜냐하면 자신이 첫발을 내디딜 수 없다고 말하면서 그는 반대로 한 걸음을 내디뎠고, 또 그들의 관계 회복을 맡아 주겠다고 내가 제안하기를 기다린다고 느꼈기 때문이다.

물론 나는 누군가를 사랑하거나 단순히 남의 집에 초대받지 못해 귀찮을 정도로 많은 부탁을 하면서도 다른 누군가에게 그 소망을 전가하면서 겉으로 드러내지 않는 사람들의 순진한 또는 가장된 우직함을 알고 있었다. 그러나 이 말을 또박또박 끊어 말하던 샤를뤼스의 억양이 갑자기 떨리는 것과 눈 깊숙이 흔들리는 어떤 희미한 시선을 감지하며 나는 그의 진부한 주장과는 다른 것이 있다는 느낌을 받았다. 내 느낌은 틀리지 않았고, 회고적으로 그걸 증명해 준 두 가지 일을 지금 바로 말하고자 한다.(그중 두 번째는 샤를뤼스 씨의 사후에 일어난 일이므로 나는 많은 세월을 앞당겨서 말하는 셈이다. 그런데 그의 죽음은 먼 훗날 일어날 일이며, 그때까지 우리는 예전에 알았던 사람과는 매우 다른, 특히 모렐을 완전히 망각했던 시기에 마지막으로 알았던 모습과는 매우 다른 그를 여러 번 볼 기회를 가지게 될 것이다.) 첫 번째 일로 말하자면, 내가 샤를뤼스 씨와 함께 대로를 내려가던 저녁보다 단 이삼 년 지난 후에 일어났다. 따라서 그날 저녁으로부터 약 이 년 후 나는 모렐을 만났다. 나는 곧바로 샤를뤼스 씨가 바이올리니스트와 재회하며 느낄 기쁨을 떠올렸고, 그래서 모렐에게 한 번이라도 좋으니 그분을 만나러 가라고 간청했다. "그분은 당신에게 아주 좋은 분이었어요."라고 모렐에게 말했다. "이미 나이도 들었고 죽을지도 몰라요. 그러니 이제 오래된 싸움은 그만하고 불화의 흔적은 지워 버려요." 유화책이 바람직하다는 내 견해에 모렐은 전적으로 동의하는 듯 보였으나, 샤를뤼스 씨를 단 한 번이라도 방문하라는 청은 단호히 거절했다. "당신은 잘못 생각하고 있어요." 하고 내가 말했다. "그것이 전적으로 게으름이나 악의 또는 당치 않은 자존심이나 미덕(당신의 미덕에 대해서는 비난하지 않을 테니 안심해요.) 또는 교태의 몸짓이라면." 그러자 바이올리니스트는 고백하는 일이 지극히 고통스럽다는 듯 얼굴을 비틀고 몸을 떨면서 대답했다. "아니에요, 그 모든 것 때문이 전혀 아니에요. 미덕이라뇨? 그런 건 안중에도 없어요. 악의라뇨? 오히려 그를 동정하기 시작했어요. 교태를 부리려는 것도 아니에요. 필요가 없으니까요. 게으름 때문도 아니에요. 하루 종일 하는 일 없이 무료하게 시간을 보내는 날도 많은걸요. 전혀 그런 것 때문이 아니에요. 실은 아무에게도 말하지 마세요. 당신에게 말하다니, 내가 미쳤어요. 실은…… 무서워서예요!" 그는 온 사지를 떨기 시작했다. 나는 그의 말을 이해하지 못하겠다고 고백했다. "아뇨, 내게 묻지 마세요. 더 이상 그 얘긴 하지 말아요. 당신은 나만큼 그분을 알지 못해요. 아니, 당신은 그분을 전혀 알지 못한다고 할 수 있어요." "그렇지만 그분이 당신에게 어떤 해를 끼칠 수 있나요? 더욱이 그분이 해를 끼치려고 하지 않을 테니 당신들 사이에 더 이상의 원한도 없을 텐데요 그리고 사실 그분이 아주 좋은 분이라는 건 당신도 알잖아요." "물론이죠! 그분이 좋은 분이라는 건 나도 알아요. 자상함과 올바른 성품도요. 하지만 날 내버려 둬요. 더 이상 그 얘기는 하지 마세요. 이렇게 빌게요. 말하는 게 수치스럽지만 난 무서워요."

두 번째 일은 샤를뤼스 씨 사후에 일어났다. 그가 남긴 몇 개의 유품과 적어도 죽기 십 년 전에 쓴 삼중 봉투 안에 든 편지가 내게 전달되었다. 그는 중병에 걸렸고 그래서 몇 가지 조치를 취했으며, 나중에 우리가 게르망트 대공 부인의 오후 모임에서 보게 될 그런 상태로 추락하기 전에 잠시 회복했다. 편지는 몇몇 친구에게 물려주는 물건과 함께 금고 속에 칠 년 동안 보관되었는데, 그동안 그는 모렐을 완전히 망각했다. 편지는 정교하면서도 단호한 필체로 다음과 같이 쓰여 있었다.

"내 소중한 친구, '신의 섭리'는 낯선 길이라네. 이따금 신은 의인의 탁월함이 부족하지 않도록 평범한 인간의 '부재나 결핍'*을 이용한다네. 자네는 모렐이 어떤 출생의 사람인지 알

---

* 여기서 샤를뤼스는 같은 어원에 속하는 '결핍'이란 의미의 défaut와 '부족하다'란 의미의 faillir란 두 단어를 사용하여 평범한 인간(모렐)과 의인(샤를뤼스)을 대립시키고 있다. 평범한 인간의 결핍은 의인의 결핍을 막아 준다. 그러나 샤를뤼스는 이내 défaut의 이런 어원적인 의미를 버리고, 다음 문단부터는 '결함'이란 통상적인 의미로 돌아가고 있다.(『되찾은 시간』, 폴리오, 401쪽 참조.)

고 있으며, 또 내가 어느 정상까지, 거의 내 수준으로까지 그를 끌어올리려고 했는지도 아네. 그러나 자네도 알다시피 그는 모든 인간이 다시 말해 진정한 불사조로서 다시 태어날 수 있는 먼지나 재로 돌아가려 하지 않고, 독사가 기어 다니는 진흙탕으로 돌아가고 싶어 했네. 그는 스스로 실추했고 그것이 나의 실추를 막았네. 자네도 알다시피 우리 가문의 문장(紋章)은 우리 주님의 경구이기도 한 '너는 사자와 살무사를 짓밟으리라.'*이며, 또 그런 문장의 표현체로 사자와 뱀을 발바닥으로 밟고 있는 인간을 묘사하고 있네. 그런데 바로 나 자신이라고도 할 수 있는 사자를 그렇게 짓밟을 수 있는 건 바로 뱀과, 내가 조금 전에 너무 경솔하게 결핍[결함]이라고 칭했던 뱀의 신중함 덕분이라네. 왜냐하면 복음서의 심오한 지혜는 이런 결함까지도 미덕으로 만들며, 적어도 타인들을 위한 미덕으로 만들기 때문이라네. 과거에 조화로운 조바꿈을 하며 휙휙거리는 소리를 냈던 우리의 뱀은, 뱀을 부리는 자 — 게다가 그 자신이 매혹된 — 를 만나자 음악적인 파충류가 되었으며, 뿐만 아니라 내가 지금은 성스럽다고 여기는 신중함의 미덕을 비겁함의 수준으로까지 갖게 되었네. 그 성스러운 신중함 때문에 그는 나를 만나러 오라는 부름에 저항했네. 이런 사실을 자네에게 털어놓지 않는다면 나는 이 세상에서 마음의 평화를 찾지 못할 테고, 또 저세상에 가서도 주님으로부터 용

* 본문에는 라틴어 Inculcabis super leonem et aspidem으로 표기되었다. 성경의 「시편」 저자들이 의인에게 한 약속 "너는 살무사와 독사 위를 거닐고, 힘센 사자와 용을 짓밟으리라."(「시편」 91장 13절)를 부분적으로 인용한 것이다.

서를 받을 희망을 갖지 못할 걸세. 이런 점에서 그는 내게 신의 지혜를 구하기 위한 도구였네. 왜냐하면 내가 만일 결심만 했다면, 그는 결코 우리 집에서 산 채로 나가지 못했을 테니까. 우리 두 사람 중 어느 하나가 사라져야만 했네. 나는 그를 죽이기로 결심했지. 그런데 신께서 그에게 신중함을 충고했고 그것이 나를 죄악에서 구해 주었네. 나의 수호천사인 대천사 미카엘의 개입이 그 일에 있어 큰 역할을 했다고 나는 믿어 의심치 않네.* 여러 해 동안 나는 대천사를 소홀히 했고, 특별히 악에 대한 나의 투쟁에서 대천사가 베풀어 준 수많은 선의의 행동에 그토록 심술궂게 응답했으므로 지금 나는 용서를 빌고 있네. 하늘에 계신 아버지께서 모렐에게 나를 만나러 가지 말라고 계시를 내린 것은 바로 하느님의 종이신 대천사 덕분이며, 나는 그 사실을 신앙과 지성의 충만함 속에 지금 얘기하고 있네. 이렇게 나는 죽어 간다네. 그대의 충실하고 헌신적이며 '항상 한결같은(Semper idem)'

P. G. 샤를뤼스."**

그때 나는 모렐의 공포를 이해했다. 물론 그 편지에는 오만함과 문학적인 것도 많이 들어 있었다. 하지만 그 고백은 진실이었다. 모렐은 게르망트 부인이 시동생에게서 발견했던 그 '광기의 측면'이 지금까지 내가 생각했던 것처럼 다만 표면적

---

* 샤를뤼스의 미카엘 대천사에 대한 숭배는 『잃어버린 시간을 찾아서』 8권 189~190쪽 참조.

** P는 팔라메드(Palamède)를, G는 게르망트(Guermantes)를 가리킨다.

이고 갑작스러운 분노의 일시적 표출에 한정되지 않음을 나보다 더 잘 알고 있었다.

그러나 우리가 하던 이야기로 다시 돌아가야 한다. 나는 샤를뤼스 씨 옆에서 대로를 따라 걸어가는 중이었고, 그는 나를 자기와 모렐 사이에 어떤 화해의 출구를 열어 줄 어렴풋한 중개자로 금방 생각해 냈던 것이다. 내가 대답하지 않는 걸 보고 그는 말했다. "게다가 나는 왜 그가 연주를 하지 않는지 모르겠네. 전쟁이라는 핑계로 사람들은 더 이상 음악을 하지 않네. 그러나 춤을 추고 사교적인 만찬도 베풀고 여인들은 피부를 위해 '앙브린'* 같은 것을 발명하지 않는가. 그들이 베푸는 연회도 아마 독일군이 좀 더 가까이 다가오면, 폼페이 최후의 날과 같은 것으로 채워질 테지. 그것이 그들을 경박함에서 구해 줄 걸세. 독일의 베수비오 화산 같은 데서 분출되는 용암이(그들의 함포는 화산 못지않게 끔찍하니까.) 화장 중인 여인들을 불시에 기습하며 그 동작을 중단하고 영원히 고정시켜 나중에 아이들이 삽화를 넣은 교과서를 보면서 동서가 베푸는 만찬에 가기 전에 마지막으로 분을 바르는 몰레 부인이나, 또는 가짜 눈썹 그리는 일을 금방 마친 소스텐 드 게르망트의 모습을 보며 경험을 쌓게 될 테지. 미래의 브리쇼 같은 이들에게는 강의 자료가 될 테고, 한 시대의 경박함도 십 세기가 지난 후에는 특히 화산 폭발이나 폭탄 투하로 용암과 유사한 물질

* 파라핀과 송진의 합성물로 만들어진 황갈색 물질의 화상 치료제로 보이며, 앙브린(ambrine)이란 이름은 황갈색의 호박(ambre)에서 연유하는 듯하다고 지적된다.(『되찾은 시간』, 리브르드포슈, 457쪽 참조.)

의 분출에 당시의 모습이 그대로 보존되어 있는 경우에는 가장 중요한 박학의 자료가 될 걸세. 베수비오 화산이 분출한 것과 유사한 독가스와 폼페이의 매몰을 초래한 것과 같은 붕괴 사태에도 불구하고 그들의 그림과 조각품을 바욘*에서 빼내지 못한 그 조심성 없는 저택이 원래의 모습 그대로 보존되는 경우, 그것은 미래의 역사를 위해 얼마나 훌륭한 자료가 되겠는가! 게다가 일 년 전부터 저녁이면 무통로칠드나 생테밀리옹의 어느 오래된 포도주병을 가져오려고 지하실에 내려가는 것이 아니라, 성물(聖物)을 나르던 순간에 죽음이 덮친 헤르쿨라네움**의 사제들처럼 그들이 가진 가장 귀중한 물건을 가지고 지하실로 숨기 위해 도망치고 있으니, 이는 이미 부분적으로는 폼페이가 아닌가? 물건에 대한 집착이 언제나 그 소유자를 죽음으로 몰고 가는 파리는, 헤라클레스가 창건한 헤르쿨라네움과 같은 도시는 아니었네. 그러나 얼마나 많은 유사성이 우리의 주의를 끄는지 보게! 오늘 우리에게 주어진 이 명철한 의식은 우리 시대에만 존재하지 않고 시대마다 존재했네. 베수비오 화산 근처 도시들의 운명을 우리도 내일 겪게 되리라고 생각하네만, 그 도시의 주민들은 성경에 나오는 저주받

---

* 바욘은 프랑스 남서부 비아리츠 해변과 보르도 근방의 유적 도시이다. 따라서 샤를뤼스가 바욘을 언급한 이유에 대해서는 베수비오 화산의 환기에 뒤이어 이 지역과 가까운 보르도에서 생산된 포도주(무통로칠드나 생테밀리옹) 때문에 로마의 방어 기지였던 바욘이 환기된 것은 아닌지 추정될 뿐이다.

** 베수비오산 서쪽 산기슭에 위치했던 고대 도시. 서기 79년 화산의 폭발로 완전히 폐허가 되었다. 현재의 이름은 에르콜라노이다.

은 도시와 같은 운명의 위협을 받고 있음을 느끼고 있었네. 누군가가 폼페이의 집 벽에서 '소도마, 고모라'*라고 쓰인 계시적인 비문(碑文)을 발견했으니까." 샤를뤼스 씨가 한순간 하늘을 향해 눈을 쳐든 것이 소돔이라는 이름과 그것이 불러일으킨 관념, 아니면 폭격에 대한 관념 때문인지는 모르겠지만, 여하튼 그는 금방 지상으로 눈을 돌렸다. "나는 이 전쟁의 모든 영웅들을 찬미하네." 하고 그가 말했다. "여보게 친구, 전쟁 초기에 나는 조금 경솔하게 영국 병사들을 아마추어 축구 선수로 간주하면서 그들이 프로 선수들과 겨룬다며 — 또 어떤 프로 선수란 말인가! — 조금은 건방지다고 생각했는데, 미학적으로만 보아도 그들은 그리스의 육상 선수들에 지나지 않아. 내 말 잘 듣게. 그리스, 그렇다네, 그들은 플라톤의 청년들일세.** 아니 차라리 스파르타인들이라고나 할까. 내 친구들 중 몇몇은 그들의 주둔지인 루앙으로 그들을 찾아갔네. 거기서 아주 근사한 것을, 아무도 생각해 보지 못한 대단히 근사한 것을 보았다고 하더군. 아니 그건 더 이상 루앙이 아니라 다른 도시였다고 하더군. 물론 거기에는 대성당의 삐쩍 마른 성인들과 더불어 예전의 루앙도 여전히 존재하네.*** 물론 그 역시

---

* 앙리 테드나(Henry Thédenat, 1844~1916)는 『폼페이, 역사, 사생활』(1906)이란 저서에서 이 두 단어를 어느 집 벽에서 발견했다고 기술하고 있다.(『되찾은 시간』, 폴리오, 402쪽 참조.)

** 청년의 아름다움에 대한 플라톤의 찬미를, 이폴리트 텐(Hippolyte Taine, 1828~1893)이 쓴 「플라톤의 청년들」(1855)이란 글에서(『비평과 역사 에세이』(1904)에 수록.) 제목을 빌려 암시하고 있다.(『되찾은 시간』, 폴리오, 402쪽 참조.)

*** 16세기 초반 건축가 롤랑 르 루(Rouland Le Roux, 1465~1527)에 의

똑같이 아름답지만 다른 것이라네. 그리고 우리의 푸알뤼들! 내가 푸알뤼들이나 귀여운 '파리고들'에게서 어떤 맛을 발견하는지는 말로 할 수 없군.* 저기 활발하고 익살스러운 용모에 영악한 표정을 지으며 지나가는 녀석을 좀 보게. 그들의 걸음을 멈추게 하고 짧게나마 담소를 나누는 일이 내게는 종종 있네만, 얼마나 섬세하고 상식적인 녀석들인지! 또 저 시골 청년들은? r음을 굴리는 방식이나 사투리를 쓰는 저들은 무척 재미있고 상냥하네. 나는 시골에서 오래 살았고, 또 농가에서 여러 번 잔 적이 있어서 저들에게 말을 걸 줄 아네만, 프랑스인에 대한 찬미가 우리의 적을 낮게 평가하게 해서도 안 되네. 그렇게 되면 우리 자신도 비하하는 셈이 될 테니. 그런데 자네는 독일 병사가 어떤 병사인지 잘 모를 걸세. 나처럼 그들이 분열 행진하는 모습을, 무릎을 굽히지 않고 뻣뻣하게 걷는 걸음으로 '보리수나무 아래(unter den Linden)'** 대로를 행진하는 모습을 보지 못했으니까." 그러고는 발베크에서 내게 스케치해 보이고 시간과 더불어 그에게서 보다 철학적 형태를 취한, 그렇지만 부조리한 성찰도 곁들인 남성성의 이상형으로 다시 돌아갔는데, 이따금 탁월한 존재임을 입증하는 순간에

해 설계되고 건축된 루앙 대성당의 정면 현관에 조각된 성인들을 가리킨다.(『되찾은 시간』, 폴리오, 402쪽 참조.)

* 프랑스 병사를 가리키는 은어인 푸알뤼에 대해서는 124쪽 주석 참조. 파리고는 파리지앵을 가리키는 은어이다.

** 베를린에 있는 이 대로에 대해서는 『잃어버린 시간을 찾아서』 11권 377쪽 주석 참조.

도 단순한 사교계 인사로서 지나치게 얄팍한 짜임을 드러냈다. "여보게," 하고 그가 말했다. "보슈 병사인 저 멋진 녀석은 힘세고 건강하며 자기 나라의 위대함만을 생각한다네. '도이칠란트위버알레스(Deutschland über alles)'*만 해도 그렇게 어리석은 것은 아닐세. 그런데 우리는 — 그들이 남성답게 전쟁을 준비하는 동안에도 — 딜레탕티즘**에 빠져 있지 않았는가." 샤를뤼스 씨에게 이 단어는 아마도 뭔가 문학과 유사한 것을 의미하는 듯했다. 왜냐하면 필시 내가 문학을 좋아하고 한때 그에 전념할 의사가 있었음을 기억해 낸 듯, 곧 내 어깨를 치면서(그 동작을 이용하여 내 어깨를 힘차게 누르는 바람에 예전에 내가 군 복무를 할 때 76식 총***의 반동 작용에 의한 것과 동일한 아픔을 유발했지만) 그 비난을 완화하려는 것처럼 말했기 때문이다. "그렇다네. 우리 모두는 딜레탕티즘에 빠져 있네, 우리 모두는. 자네도 마찬가지지만. 기억하게나, 자네도 나처럼 '메아 쿨파'를 외칠 수 있다는 걸. 우리는 지나치게 예술 애호가였어." 이런 비난에 대한 놀라움과 순발력의 부족, 대화 상

---

* 도이칠란트위버알레스(Deutschland über alles)는 '세계에 군림하는 독일'을 뜻하며 1797년 J. 하이든이 작곡한 「국왕 찬가」에다 1841년 H. 팔레르슬레벤이 가사를 붙인 곡으로…… 1922년 정식 국가(國歌)로 채택되었다.(네이버 지식백과 '도이칠란트위버알레스' 항목 참조.)

** 예술이나 학문을 단순히 취미로 즐기는 태도나 주의를 가리킨다. 딜레탕은 예술 애호가로, 딜레탕티즘은 예술 애호가다운 면이라고 옮기기도 한다.

*** 프루스트는 76 보병 부대에서 군 복무를 했는데, 아마도 거기서 공식 목록에 등록되지 않은 총의 명칭이 연유하는 듯 보인다고 지적된다.(『되찾은 시간』, 리브르드포슈, 458쪽 참조.)

대자에 대한 존경심과 그의 다정한 선의에 감동해서 나는 그가 권하는 대로 가슴을 칠 만하다는 듯 그의 부름에 응했지만, 정말로 바보 같은 짓이었다. 내게는 스스로를 자책할 정도로 예술 애호가다운 면은 전혀 없었으니까. "그럼 이만 가겠네." 하고 그가 말했다.(멀리서부터 그를 따르던 무리가 마침내 우리를 버리고 떠났다.) "아주 늙은 신사처럼 잠을 자러 가야겠군. 게다가 노르푸아가 좋아하는 그 바보 같은 경구에 따르면 전쟁이 우리의 습관을 모두 변하게 한 것 같네." 게다가 나는 샤를뤼스 씨가 그의 저택을 군인 병원으로 개조했으므로 집에 돌아가도 계속해서 독일 병사들 사이에 있다는 걸 알고 있었다. 하지만 이 일은 상상력의 욕구보다는 선의를 베풀고 싶은 욕구에 따랐다고 생각한다.

밤은 투명했고 바람 한 점 없었다. 아치형 구조물과 그림자의 반사로 이루어진 둥근 다리 사이로 흐르는 센강이 보스포루스* 해협과 흡사할 거라고 상상했다. 샤를뤼스 씨의 패배주의가 예언하는 침략의 상징이든, 프랑스군과 우리 형제국인 이슬람 국가의 협력의 상징이든 시퀸** 금화처럼 가느다랗고

---

* 보스포루스 해협은 흑해와 마르마라해를 잇고 아시아와 유럽을 분리하는 터키의 해협이다. 18세기 이후 군사적 요충지로 부각되면서 세계적인 주목을 받았다.

** 시퀸은 이탈리아와 이슬람 국가에서 14세기부터 19세기 초반까지 통용되던 금화로 현재는 반짝거리는 얇은 금속 조각, 즉 스팽글을 가리킨다. 프루스트가 이런 금화에 초승달 형태를 부여한 것은 자의적인 것으로 보인다고 지적된다.(『되찾은 시간』, 폴리오, 402쪽 참조.)

휘어진 달은 파리의 하늘을 초승달*이라는 동방의 기호 아래 두는 것 같았다.

그렇지만 잠시 후 그는 내게 작별 인사를 하면서 내 손을 부서질 듯 움켜잡았는데, 이는 남작과 같은 사람들에게서 느낄 수 있는 어떤 독일식의 특별함이었다. 또 코타르식으로 말하자면 몇 분 동안 내 손을 주무르면서 마치 샤를뤼스 씨가 내 관절 마디에 그것이 전혀 잃어버리지 않았던 유연함을 다시 돌려주려는 것 같았다. 몇몇 눈먼 사람들에게서 촉각은 어느 정도 시각을 대체한다. 하지만 이 경우 나는 촉각이 어떤 감각을 대체하는지 알 수 없었다. 어쩌면 어둠 속에 지나가는 세네갈 병사를 얼핏 보았지만 그를 감탄의 시선으로 바라본 것을 인정하지 못하는 것처럼, 남작은 어쩌면 단순히 내게 악수를 했다고 믿었는지도 모른다. 하지만 두 경우 다 남작은 오인하고 있었다. 그는 접촉과 시선의 과도한 사용이라는 점에서 유죄였다. "드캉과 프로망탱, 앵그르와 들라크루아가 말하는 동방이 전부 저 안에 있지 않은가?"**라고 한 세네갈 병사의 지나가는 모습에 고정된 듯 여전히 꼼짝하지 않은 채 말했다. "자네도 알다시피 나는 화가와 철학자로서만 사물과 존재에 관심을 두네. 게다가 난 너무 늙었어. 그 그림을 완성하기 위

---

* 초승달은 터키의 국기로 오스만 제국을 상징한다.

** 드캉의 오리엔탈리즘과 앵그르에 대해서는 『잃어버린 시간을 찾아서』 5권 306쪽, 6권 180쪽 주석 참조. 소설가 프로망탱은 화가이기도 했다.(38쪽 주석 참조)

해 우리 둘 중 어느 하나가 오달리스크*가 아닌 것이 얼마나 불행한 일인지!"

남작이 나를 떠났을 때 내 상상력을 사로잡은 것은 드캉이나 들라크루아가 그린 동방이 아닌, 내가 그토록 좋아하던 『천일야화』에 나오는 고대의 동방이었으며, 또 점차 그 컴컴한 거리의 그물망 같은 길을 헤매면서 나는 바그다드의 외진 동네로 모험을 찾아 나선 칼리프 하룬알라시드를 생각했다.** 한편 더운 날씨와 걸음으로 인해 갈증이 났지만 모든 술집이 문을 닫았고, 또 기름 부족으로 택시도 드물었는데, 중동 사람이나 흑인이 운전하는 택시를 드물게 만나도 그들은 내가 보내는 신호에 응답조차 하지 않았다. 마실 것을 주문하고 집에 돌아갈 기운을 찾기 위한 유일한 장소가 호텔인 것 같았다.

그러나 내가 이른 곳은 중심가에서 꽤 멀리 떨어진 거리로, 그곳은 고타 폭격기가 파리에 폭탄을 투하한 후부터는 문이 전부 닫혀 있었다. 거의 모든 상인들의 가게가 그러했는데, 종업원이 없거나 가게 주인 자신이 겁을 먹고 시골로 도망쳤는지, 문에는 보통 손으로 쓴 안내문이 조금은 먼 시기에, 게다가 불확실하기만 한 시기에 문을 다시 연다는 걸 알리는 안내문이 붙어 있었다. 아직 문을 닫지 않고 버티는 다른 가게들은

* 앵그르가 그린 나체화의 명칭이자 그림에 나오는 여인의 이름이다. 흔히 마네의 「올랭피아」와 대비되는 그림이다.

** 『천일야화』의 중요성에 대해서는 『잃어버린 시간을 찾아서』 4권 433쪽, 7권 412쪽 참조.

일주일에 두 번만 문을 연다고 같은 방식으로 알리고 있었다. 가난과 방치와 공포가 온 동네에 서식한다는 느낌이 들었다. 이런 방치된 집들 사이로 삶이 공포와 실패를 물리친 듯 풍요로운 활동을 유지하는 한 집을 보았을 때 나의 놀라움은 클 수밖에 없었다. 경찰의 명령으로 창문을 닫았지만, 닫힌 덧문 뒤로 새어 나오는 불빛이 절약에는 전혀 신경 쓰지 않는다는 걸 보여 주었다. 매 순간 새로운 방문객이 드나들 수 있도록 문이 열려 있었다. 이웃에 있는 모든 상인들의 질투심을 유발할 것 같은(그 소유주들이 벌어들일 돈 때문에) 호텔이었다. 그리고 내가 있는 데서 15미터 떨어진 곳, 다시 말해 짙은 어둠 속에서 그 모습을 식별하기에 너무도 먼 거리에서 한 장교가 재빨리 나오는 것을 보았을 때에는 호기심 또한 고조되었다.

그렇지만 뭔가 내게 강한 인상을 준 것은 내가 보지 못한 얼굴이나 커다란 우플랑드 안에 감추어진 군복이 아니었다. 그 몸이 통과한 수많은 지점의 수와 밖으로 나가기 위한 행동에 소요되는, 마치 포위당한 사람이 탈출하는 듯한 그런 짧은 순간 사이에 존재하는 불균형이었다. 그래서 분명히 식별하지는 못했지만 — 생루의 용모와 날씬한 몸매, 민첩한 거동이라고까지는 말하지 않겠지만 —, 생루에게 그토록 특별한 뭔가 동시에 여러 곳에 존재하는 일종의 편재성을 떠올렸다. 그렇게나 짧은 시간에 여러 상이한 지점을 차지할 수 있었던 군인은 나를 보지 못한 채 지름길로 사라졌다. 호텔의 수수한 외관이 지금 나온 자가 생루라는 강한 의심을 품게 했지만, 나는 들어갈지 말지를 자문하며 그냥 그렇게 서 있었다.

그러다 무심코 한 독일 장교로부터 빼앗은 편지에서 생루의 이름이 발견되어 그가 부당하게도 간첩 사건에 연루되었던 일이 생각났다. 물론 군 당국은 생루가 완전히 무죄임을 밝혀냈다. 그러나 지금 나는 본의 아니게 내가 본 것에 이 추억을 연결했다. 이 호텔이 간첩들에게 만남의 장소로 사용된 것은 아닐까? 장교가 사라지고 나서 얼마 지나지 않아 나는 여러 부대에서 온 병사들이 들어가는 걸 보았고 그것이 내 가정에 한층 힘을 더했다. 게다가 몹시 갈증이 났다. 아마도 이곳에서 마실 음료수를 구할 수 있을 테고, 갈증을 가라앉히면서 불안하긴 하지만 내 호기심을 충족시킬 기회로도 이용할 수 있을 것 같았다.

그러므로 몇 개의 계단으로 이루어진 작은 층계를 올라가기로 결심한 것은 다만 이런 만남에 대한 호기심 때문만은 아니었다고 생각한다. 계단을 올라가자 그 끝에는 일종의 현관방 같은 것이 있었고, 아마도 더위 때문인지 문이 열려 있었다. 처음 순간 나는 내 호기심을 충족할 수 없겠다고 생각했다. 왜냐하면 내가 있는 어둠 속 계단에서 몇몇 사람들이 방이 있느냐고 물었고, 또 이런 그들에게 남은 방이 하나도 없다고 대답하는 걸 보았기 때문이다. 얼마 후 한 평범한 해병이 나타났을 때 28호실이 서둘러 그에게 주어졌으므로, 그들이 거절당한 이유는 단지 스파이 소굴에 속하지 않는다는 이유 때문이란 생각이 들었다. 어둠 속에서 나는 사람들의 눈에 띄지 않은 채로 몇몇 군인과 노동자 둘이 잡지나 화보에서 오려 낸 천연색 여인 사진으로 멋을 부리며 장식한 그런 질식할 것 같은 작은 방에서 평온하게 대화를 나누는 모습을 볼 수 있었다. 그들은 애국심에 관한 의견을 침착한 어조로 전개하는 중이었다. "뭘 원하는가, 그저 동지들처럼 하는 거지." 하고 한 사람이 말했다. "아! 내가 죽고 싶지 않다는 건 확실해."라고 다른 사람은 내가 잘 알아듣지 못한 어떤 바람 같은 것에 대답했는데, 내가 이해한 바에 따르면 그는 내일 위험한 임지로 다시 출발하는 것 같았다. "이를테면 스물두 살 나이에 아직 여섯 달밖에 군 복무를 하지 않은 자에게는 조금은 지나치지 않나." 하고 그는 오래 살고 싶은 소망보다 공정하게 성찰한다는 의식이 더 많이 느껴지는 그런 어조로 외쳤다. 마치 스물두 살밖에 되지 않았다는 사실이 죽지 않을 기회를 더 많이 부여한다는 듯이, 또 죽는 것이 불가능하다는 듯이 소리쳤다. "파리는 정말 근사하지 않나." 하고 또 다른 사람이 말했다. "전쟁 중이라고 말할 수 없을 정도야. 그리고 쥘로, 여전히 지원할 생각이야?" "지원하는 건 확실해. 저 못된 보슈 놈들을 닥치는 대로 갈기고 싶으니까." "하지만 조프르는 장관들의 아내와 잠을 자는 인간이야. 뭔가를 했던 인간이 아니라고." "그런 말을 듣다니 정말 끔찍하군." 하고 그보다 조금 나이 든 비행사가 그 말을 한 노동자 쪽으로 돌아서면서 말했다. "자네에게 충고하지만 일선에서는 그렇게 말하면 안 돼. 푸알뤼들이 자네를 바로 날려 버릴 거야." 이런 대화의 진부함 때문에 나는 더 이상 그들의 말을 듣고 싶지 않았고, 그래서 안으로 들어갈지 다시 내려갈지 물었다. 그때, 돌연 나를 전율케 하는 말을 듣고 무관심한 상태에서 벗어났다. "멋지군, 지배인은 아직 돌아오지 않고, 그런데 이런 시간에 어디 가서 쇠사슬을 구할 수 있을지 모르겠는걸." "하지만 그분은 벌써 묶여 있지 않나." "물론 묶여 있지. 묶여 있거나 묶여 있지 않거나, 나도 그런 식으로 묶여 있다면 풀 수 있다고." "그렇지만 자물쇠가 채워졌는걸." "물론 채워졌지. 하지만 부득이한 경우에는 열 수도 있어. 사실 쇠사슬이 그렇게 길지 않거든. 그것이 어떤 건지는 내게 설명하지 말라고. 어젯밤 내내 그분을 때렸더니 내 손에 피가 다 흘렀다고." "오늘 저녁엔 네가 때릴 거야?" "아냐, 내가 아냐. 모리스야. 하지만 일요일엔 나라고, 지배인이 약속했어." 나는 왜 그들이 해병의 단단한 팔을 필요로 했는지 이제 이해가 갔다. 그들이 온순한 부르주아들을 쫓아냈다면, 그것이 그 호텔이 스파이들의 소굴이어서가 아니었다. 때맞춰 범죄를 발견하고 범인을 체포하지 않으면 끔찍한 범죄가 곧 저질러질 것 같았다. 그렇지만 모든 것은 평온하면서도 위험이 도사리고 있는 그 밤에 꿈과 이야기 같은 외양을 띠었고, 그리하여 나는 동시에 판관의 오만함과 시인의 관능을 가지고 결연하게 호텔 안으로 들어갔다.

나는 가볍게 모자를 만졌고, 그러자 거기 있는 사람들이 그대로 자리에 앉은 채로 조금은 예의 바르게 내 인사에 답했다. "어느 분에게 부탁해야 할지 좀 말씀해 주실 수 있나요? 방을 하나 빌리고 마실 것을 좀 가져다주셨으면 해서요." "조금만 기다리시오. 지배인이 외출해서요." "하지만 위층에 우두머리가 있지 않나." 하고 한 수다쟁이가 넌지시 비추었다. "하지만 그분을 방해해서는 안 된다는 걸 알 텐데." "방을 빌릴 수 있을 거라고 생각하세요?" "그럴걸요." "43호실이 비어 있을걸요." 하고 스물두 살이어서 죽지 않을 거라고 확신하던 청년이 말했다. 그러고는 내게 자리를 내주기 위해 가볍게 소파를 밀었다. "창문을 좀 열면 어떨까, 연기가 가득해서 말이야." 하고 비행사가 말했다. 사실 모두가 파이프나 담배를 피우고 있었다. "좋아, 하지만 우선 덧문을 닫게. 체펠린 때문에 불을 켜는 게 금지된 건 자네도 알지 않나." "체펠린은 더 이상 오지 않을 거야. 체펠린이 전부 격추되었다고 신문도 암시했잖아." "더 이상 오지 않는다고, 어떻게 네가 그걸 알지? 너도 나처럼 십오 개월이나 전선에 가 있고, 보슈 놈들의 비행기를 다섯 번째로 격추시켰다면 그런 말을 할 수 있을까. 신문을 믿지 말라고. 어제도 체펠린이 콩피에뉴로 날아가서 가정주부 한 사람과 아이 둘을 죽였어." "가정주부와 아이 둘을?" 하고 죽지 않기를 바라던 청년이 열기 어린 시선과 깊은 연민이 담긴 표정으로 말했는데, 게다가 청년의 얼굴은 정력적이고 개방적이며 그들 중 가장 호감이 가는 인상이었다. "키 큰 쥘로로부터 소식이 없어. 녀석의 대모(代母)*가 일주일 전부터 편지를 받지 못했대. 또 이렇게 오래 소식이 끊긴 건 이번이 처음이라는 거야." "그 대모가 누군데?" "올랭피아

* 여기서 대모는 천주교회에서 말하는 영적인 어머니가 아니라 멀리 전선에 나가 있는 병사들에게 위문품이나 편지를 보내던 '전시 대모'를 가리킨다. 이들은 형편이 어려운 병사들에게 정신적이고 물질적인 도움을 주었다.(『되찾은 시간』, 리브르드포슈, 458쪽 참조.)

극장*보다 조금 아래쪽에서 공중 화장실을 관리하는 여자야." "너하고 자는 사이야?" "무슨 말을 하는 거야. 결혼한 여자야. 지극히 정숙한 여자라고 할 수 있어. 부인은 매주 그에게 돈을 보내는데 마음씨가 착하기 때문이지." "아! 멋진 여자군." "그렇다면 넌 키 큰 쥘로를 알아?" "아느냐고?"라며 스물두 살의 청년이 열기를 띠며 그 대화에 다시 끼어들었다. "가장 친한 친구 중 하나이지. 내가 그처럼 높이 평가하는 사람은 그리 많지 않아. 또 좋은 동료고. 항상 남을 도울 준비가 되어 있는. 아! 그에게 무슨 일이라도 일어난다면 그건 대단한 불행이라고 할 수 있어." 누군가가 주사위 놀이를 제안했고, 스물두 살의 청년이 흥분하며 서둘러 주사위를 던지더니 튀어나올 듯한 눈으로 결과를 외쳤다. 노름꾼의 기질이 있다는 걸 쉽게 알 수 있었다. 다음에 누군가가 그에게 말하는 소리는 잘 듣지 못했고, 청년이 깊은 연민이 깃든 어조로 외쳤다. "쥘로가 기둥서방이라니! 다시 말해 기둥서방이라고 말하고 다닌다니. 하지만 녀석은 창녀의 기둥서방이 될 만큼 그렇게 형편없는 녀석이 아닌데. 난 녀석이 자기 아내에게 돈을 내는 걸 보았어, 돈을 지불하는 걸 말이야. 그렇다고 그 알제리 여자 잔이 녀석에게 뭔가를 주지 않는다는 말은 아니야. 하지만 그 여잔 5프랑 이상은 주지 않는다고. 사창가에서 일하면서 매일 50프랑 이상 버는 여자가 말이야. 그런 여자로부터 5프랑밖에 못 받

* 파리에서 가장 오래된 뮤직홀 중의 하나로(1893년 설립) 현재도 영업 중이다. 파리 9구의 카퓌신 대로에 위치한다.

다니! 지나치게 멍청한 녀석이라면 또 모를까. 지금 그녀는 전선에 가 있고, 물론 힘든 삶이지만 자기가 원하는 만큼 돈을 벌고 있어. 그런데도 그에게는 아무것도 안 보낸다고. 아! 기둥서방이라니, 걸로가? 그런 식이라면 기둥서방으로 불릴 사람은 무척이나 많을걸. 녀석은 기둥서방이 아닐 뿐만 아니라 내 의견으로는 바보야." 그들 무리 중 가장 나이가 많고, 그래서 아마도 그 나이 때문에 지배인으로부터 어느 정도 품위를 지키도록 당부받은 남자가 잠시 화장실에 가는 바람에 나는 대화의 끝부분만 들었다. 그러나 그는 나를 볼 수밖에 없었고, 그래서 방금 한 이야기가 내게 불러일으킨 효과에 당황하는 표정이 역력했다. 돈에 쉽게 매수되는 사랑 이론을 방금 전개한 그 스물두 살의 청년에게 특별히 말을 건네는 기색 없이 보다 일반적인 투로 말했다. "자네들은 너무 말이 많아, 또 너무 크게 말하고. 창문도 열려 있고, 이 시간에는 사람들이 자고 있는데 말이야. 지배인이 돌아와서 이렇게 지껄이는 걸 들으면 만족하지 않으리라는 걸 자네들도 잘 알 텐데."

바로 그 순간 문 열리는 소리가 들렸고 모두 지배인이 들어온 줄 알고 침묵을 지켰으나, 외국인 자동차 운전사가 들어왔다. 모두 그를 극진히 환대했다. 그러나 운전사의 재킷에 멋진 시곗줄이 늘어뜨려진 걸 보고 스물두 살의 청년은 의아하다는 듯 냉소적인 시선을 보냈고, 이어 눈살을 찌푸리더니 나를 향해 준엄한 눈짓을 했다. 나는 첫 번째 시선이 '저게 도대체 뭐지? 훔친 건가? 정말 축하하네'란 의미라고 이해했다. 그리고 두 번째 시선은 '우리가 모르는 녀석이 있으니 아무 말도

하지 말게'란 의미였다. 그때 갑자기 여러 명의 죄수를 묶을 만한 몇 미터나 되는 굵은 쇠사슬을 등에 짊어진 지배인이 들어왔다. "내가 이런 짐을 지다니! 네놈들이 게으름뱅이가 아니라면, 내가 이렇게 찾으러 갈 필요도 없었을 텐데 말이야." 나는 그에게 방을 하나 빌리고 싶다고 말했다. "몇 시간만 빌릴 수 있을까요. 차도 발견하지 못하고 몸도 좀 아파서요. 마실 것을 좀 올려 주었으면 좋겠는데요." "피에로, 지하실로 카시스주*를 찾으러 가고, 43호실을 정리하라고 해. 7호실에서 또 벨이 울리는군. 그들은 환자라고 하던데. 환자라니, 당치도 않아. 코카인 복용자들이야. 반쯤 미친 것 같던데. 밖으로 쫓아 버려야 해. 22호실 시트는 갈았나. 좋아, 또 7호실에서 울리는군. 달려가 보게. 그런데 모리스, 거기서 뭐 하나? 널 기다린다는 걸 알 텐데. 14의 2호실로 올라가, 더 빨리 가라고." 그러자 모리스는 지배인을 따라 재빨리 나갔는데, 지배인은 내가 쇠사슬을 본 것에 조금은 당황한 듯 쇠사슬을 지고 사라졌다. "왜 이렇게 늦게 왔지?" 하고 스물두 살의 청년이 운전사에게 물었다. "왜 이렇게 늦게 왔냐고? 한 시간 일찍 온 건데. 하지만 걷는데 너무 더웠어. 자정에야 약속이 있거든." "누구를 만나러 왔는데?" "매혹적인 파멜라를 만나러." 하고 동양인 운전사가 웃었는데 새하얀 이가 드러났다. "아!" 하고 스물두 살의 청년이 말했다.

---

* 즙이 많고 향기로운 까막까치밥나무 열매로 만든 리큐어로 부르고뉴 지방에서 많이 생산된다.

그들은 곧 나를 43호실로 올려 보냈다. 그러나 분위기가 너무 불쾌했고 또 호기심이 얼마나 컸던지, 나는 '카시스주'를 마신 후 다시 계단을 내려갔다. 그러다 문득 어떤 생각이 떠올라 다시 계단을 올라갔고, 43호실이 있는 층계를 지나 위층까지 올라갔다. 갑자기 복도 끝 외따로 떨어진 방에서 신음을 참는 소리가 들리는 것 같았다. 나는 소리가 나는 방향으로 급히 걸어가서 귀를 문에 붙였다. "부디 자비를, 자비를 베푸세요. 불쌍히 여기시고 나를 풀어 주세요. 너무 그렇게 세게 때리지 마세요."라고 어떤 목소리가 말했다. "발에다 키스할게요, 복종할게요. 다시는 시작하지 않을게요. 불쌍히 여겨 주세요." "안 돼. 이 방탕한 녀석." 하고 다른 목소리가 대답했다. "네놈이 소리를 지르고 무릎으로 기고 있으니 침대에 묶을 거야. 인정사정없어." 그리고 나는 가죽 채찍으로 때리는 소리를 들었는데, 고통스러운 외침이 들리는 걸로 보아 아마도 못 같은 것이 박힌 날카로운 채찍인 것 같았다. 그때 나는 그 방에 커튼 치는 것을 잊어버린 둥근 측면창이 있는 걸 보았다. 어둠 속을 살금살금 걸어가 둥근 창까지 미끄러졌다. 거기서 나는 바위에 묶인 프로메테우스*처럼 침대에 묶인 채 모리스가 때리는 못 박힌 가죽 채찍 세례를 받으면서 이미 피투성이가 된, 또 그 형벌이 처음 가해지지 않았음을 증명하는 피멍으로 덮인 샤를뤼스 씨를 내 앞에서 보았다.

---

* 쇠사슬로 바위에 묶여 날마다 독수리에게 간이 먹히는 형벌을 받는 프로메테우스의 이미지가 샤를뤼스의 사도마조히즘을 재현하는 이미지로 사용되고 있다.

돌연 문이 열렸고 누군가가 들어왔으며, 다행스럽게도 나를 보지 못했다. 쥐피앵이었다. 그는 공손한 표정과 교활한 미소를 지으며 남작에게 다가갔다. "제가 필요하지 않으십니까?" 그러자 남작은 쥐피앵에게 잠시 모리스를 내보내라고 말했고, 쥐피앵은 모리스를 지극히 무례하게 내쫓았다. "아무도 듣지 못할 테지?" 하고 남작이 쥐피앵에게 말하자 쥐피앵은 듣지 못한다고 단언했다. 남작은 쥐피앵이 작가처럼 지적이지만 실질적인 정신이 전혀 없는지라 이해 당사자 앞에서 언제나 어느 누구도 속지 않는 암시적인 말과, 모든 사람이 아는 그런 별명으로 얘기한다는 걸 알고 있었다.*

"잠깐만요." 하고 3호실에서 벨소리가 나는 것을 들은 쥐피앵이 말을 중단했다. '악시옹 리베랄'** 당의 국회 의원이 방에서 나오고 있었다. 쥐피앵은 방 벨 소리를 알았으므로 번호판을 볼 필요도 없었다. 사실 그 국회 의원은 날마다 점심 식사 후에 왔는데 그날은 시간을 변경해야 했다. 생피에르드샤이요 성당***에서 정오에 딸을 결혼시켜야 했기 때문이다. 그래서 그는 저녁에 왔다가 일찍 떠나고 싶어 했는데, 특히 이런 폭격이 있는 시기에는 늦게 돌아가면 아내가 이내 불안해했기 때문이다. 쥐피앵은 그가 문밖으로 나갈 때까지 배웅하고

---

* 쥐피앵의 호텔은 실제로 알베르 르 퀴지아가 파리 8구의 아르카드 거리 11번지에 운영했던 것과 유사한 시설을 모델로 했다고 지적된다.(『되찾은 시간』, 리브르드포슈, 458쪽 참조.)

** 1901년에 창설된 가톨릭계의 중도 우파 정당을 말한다.

*** 파리 16구 아브뉴 마르소에 있는 성당을 말한다.

싶어 했다. 전혀 사적인 이해관계 없이 그의 존경할 만한 품성에 대해 존경심을 표하기 위해서였다. 왜냐하면 그 국회 의원은《악시옹 프랑세즈》의 과장된 표현을 거부했고(더욱이 샤를 모라스나 레옹 도데가 쓴 글을 한 줄도 이해할 수 없었지만),* 장관들과도 사이가 좋아 그가 사냥에 초대하면 모두들 우쭐해했다. 그러나 쥐피앵은 경찰과 분쟁이 있을 때도 그에게 어떤 도움도 청하려 하지 않았는데, 만일 자신이 그 돈 많고 겁 많은 입법자에게 그런 말을 하는 위험을 무릅쓴다면, 별 해를 끼치지 않을 '단속'도 피하지 못했을 테고, 하지만 그 즉시 가장 인심이 후한 고객을 잃게 될 것임을 알았기 때문이다. 모자를 눈까지 내려쓰고 깃을 치켜올리고 마치 선거 일정 때 하듯 재빨리 빠져나가면 얼굴을 감출 수 있다고 생각하는 국회 의원을 문 앞까지 데려다준 후, 쥐피앵은 샤를뤼스 씨 곁으로 다시 올라와서 "외젠 씨였어요."라고 말했다. 쥐피앵의 호텔에서는 요양원과 마찬가지로 사람들을 그저 세례명으로만 불렀는데, 그래도 단골손님의 호기심을 만족시켜 주기 위해, 또는 호텔의 인기를 높이기 위해 손님 귀에다 대고 그들의 진짜 성(姓)을 덧붙이는 배려를 했다. 이따금 쥐피앵은 단골손님의 진

---

* '프랑스의 행동'을 의미하는 이 정당은 1899년 샤를 모라스(Carles Maurras, 1868~1952)에 의해 창설되었으며, 레옹 도데(『잃어버린 시간을 찾아서』 5권 현사 참조.)도 그 핵심 당인이었다. 동일 이름의 기관지를 통해 강력한 민족주의를 표방하고 반의회주의와 반유대주의 성향을 드러냈으며, 군주제로의 회귀도 주장했다. 1차 세계 대전 후 민족주의 감정이 고조되면서 전성기를 맞았으나 2차 세계 대전 후에는 비시 정부와의 연합으로 소멸되었다.

정한 면모를 모르고, 이런저런 사람들을 증권업자나 귀족 또는 예술가로 상상하고 또 말했는데, 틀린 이름으로 명명된 사람들에게는 일시적이고 매력적인 오류였지만, 그렇게 이름을 부른 사람은 결국 빅토르 씨가 어떤 사람인지 영원히 알지 못한 채 체념하고 받아들일 수밖에 없었다. 쥐피앵은 남작을 즐겁게 하기 위해 몇몇 모임에서 하는 것과는 반대로 하는 습관이 있었다. "르브룅 씨를 소개해 드릴게요."(그러고는 귀에다 대고 "르브룅 씨로 불리지만 실제로는 러시아의 대공작이랍니다."라고 말했다.) 이와 반대로 쥐피앵은 샤를뤼스 씨에게 우유 배달 소년을 소개하는 것만으로는 충분치 않다고 느꼈는지 윙크를 하며 속삭였다. "저 녀석은 우유 배달부이지만 다른 무엇보다도 벨빌에서 가장 위험한 아파치* 가운데 한 명이죠."(쥐피앵이 '아파치'라고 말할 때의 그 외설적인 어조를 눈으로 봐야 한다.) 그리고 이런 지적만으로는 충분치 않았으므로 몇 개의 '인용'을 추가하려고 했다. "녀석은 별장 도둑질과 강도질로 여러 번 유죄 판결을 받았죠. 지나가는 행인들과 싸움을 벌여(똑같이 외설적인 어조로 말했다.) 상대를 거의 불구자로 만들었다가 프렌 교도소에 갔고, 또 아프리카의 징벌 부대에도 있었답니다.** 부사관을 죽였거든요."

* 앞에서는 악당 또는 불량배라고 옮겼지만, 여기서는 아파치라는 발음이 문제가 되고 있으므로 아파치로 옮긴다.

** 프렌은 일드프랑스의 발드마른 데파르트망에 위치하며 프랑스에서 두 번째로 큰 교도소가 있는 도시로 유명하다. 아프리카의 징벌 부대로 옮긴 bataillon d'Afrique은 본문에 bat d'Af란 약어로 표기되었다. 북아프리카에

남작은 쥐피앵을 조금은 원망하고 있었다. 왜냐하면 그가 집사에게 호텔을 구입하도록 지시하고 그 밑에 사람을 두어 호텔을 관리하게 했지만, 올로롱 양 아저씨*의 서투른 행동 때문에 거의 모든 사람이 다소간에 남작의 신분과 이름을 알게 되었기 때문이다.(다만 많은 사람들이 그의 이름을 별명인 줄 알고 틀리게 발음하면서 왜곡했으므로 남작의 신분은 쥐피앵의 신중함이 아닌 그들 자신의 어리석음에 의해 보존되었다.) 그러나 남작은 쥐피앵의 약속을 믿고 안심하는 편이 보다 간단하다고 생각했고, 또 아무도 들을 수 없다는 걸 알고 마음도 진정되었으므로 쥐피앵에게 말했다. "그 아이 앞에서는 말하고 싶지 않았네. 꽤 상냥하고 최선을 다하니까. 하지만 그 아인 충분히 난폭하지 않단 말이야. 얼굴은 마음에 들지만 마치 배운 걸 암기하듯 날 방탕한 녀석이라고 부르거든." "아! 아닙니다. 아무도 그에게 어떤 말도 하지 않았는걸요." 하고 쥐피앵은 자기 말이 전혀 사실 같지 않다는 것도 인지하지 못하고 이렇게 대꾸했다. "게다가 녀석은 라빌레트의 문지기 여자 살해 사건에 연루되어 있어요." "아! 그건 꽤 재미있군." 남작이 미소를 지으며 말했다. "하지만 마침 여기 그 녀석과 비슷하게 생긴 소 도축업자, 도살장의 인간이 와 있는데 우연히 지나는 길에 들렀답니다. 한번 시험해 보시겠어요?" "아! 그렇게 하지. 기꺼이 하지." 나는 도살장 인간이 들어오는 걸 보았는데, 그는 사

주둔했던 일종의 징벌 부대였다.(『되찾은 시간』, 폴리오, 403쪽 참조.)

* 샤를뤼스가 집사인 쥐피앵의 조카딸을 양녀로 삼고 올로롱 양이란 작위를 준 것에 대해서는 『잃어버린 시간을 찾아서』 11권 413쪽 참조.

실 모리스와 조금 흡사했다. 보다 신기한 점은 두 사람 다 어떤 전형(典型)에 속하는 걸 가졌는데, 내가 개인적으로는 한 번도 끌어내지 못했지만 지금은 모렐의 얼굴에서 존재한다고 깨달은 것으로, 그들은 내가 본 그대로의 모렐이 아니라면, 적어도 나와는 다르게 모렐을 본 눈이 그의 이목구비를 가지고 구성할 수 있었던 얼굴과 어떤 유사성을 가지고 있었다. 모렐에 대한 내 추억에서 빌린 이목구비를 가지고 나 자신이 타인에게 그려 보일 수 있는 얼굴의 모형을 마음속에서 만들어 내자, 하나는 보석상에서 일하고 다른 하나는 호텔 종업원인 그 두 젊은이가 모렐의 어렴풋한 대용품 같다는 생각이 들었다. 그리하여 샤를뤼스 씨가 적어도 그가 구현하는 어떤 사랑의 형태에서 언제나 동일한 전형에 충실하며, 또 그에게 이 두 젊은이를 차례로 택하게 한 욕망이 동시에르 역의 플랫폼에서 모렐을 멈춰 세우게 한 것과 같은 욕망이라는 결론을 내려야 했을까? 이 세 젊은이가 모두 그리스의 미소년과 흡사하여 그 형체가 샤를뤼스 씨의 사파이어 같은 눈에 새겨져 그의 시선에 그토록 특별한 것을 부여했으므로 발베크에 도착한 첫날 그토록 나를 두렵게 했다는? 아니면 모렐에 대한 사랑이 그가 찾는 전형을 수정하면서 그의 부재에 관해 스스로를 위로하려고 모렐과 흡사한 남자를 찾는다는? 나의 또 다른 가정은 어쩌면 모렐과 남작 사이에는 그 겉모습에도 불구하고 우정의 관계 외에 다른 것은 아무것도 존재하지 않았으며, 또 샤를뤼스 씨가 쥐피앵의 호텔로 모렐과 꽤 흡사한 젊은이들을 오게 한 것도 그들 옆에서 모렐과 더불어 쾌락을 맛본다는 환상을 가질 수 있었기 때문이라는 것이었다. 물론 샤를뤼스 씨가 모렐을 위해 한 그 모든 것을 생각하면, 또 만일 사랑이 연인을 위해 우리 자신을 희생하게 할 뿐만 아니라 때로는 우리의 욕망조차 희생하게 한다는 사실을 우리가 깨닫지 못한다면, 이런 가정은 별로 가능해 보이지 않는다. 게다가 우리의 욕망은 자신이 사랑하는 것보다 우리가 더 많이 사랑한다고 연인이 느낄수록 실현되기 어려운 법이다.

이런 가정에서 처음 보기에 전혀 사실 같아 보이지 않은 면을 제거하고 사실처럼 보이게 하는 것은(그렇다고 해서 물론 사실에 부합하는 건 아니지만), 바로 샤를뤼스 씨의 예민한 기질과 지극히 열정적인 성격 때문이다. 이런 점에서 그의 열정적인 성격은 생루의 성격과도 비슷했는데, 그는 모렐과의 관계 초기에 자신의 조카가 라셸과의 관계 초기에 했던 것과 같은 역할을, 보다 예의 바르고 소극적인 역할을 했는지도 모른다. 사랑하는 여인과의 관계는(젊은 남자와의 관계로도 확대될 수 있지만) 여인의 미덕과는 다른 이유로, 또는 여인이 불어넣는 관능적인 사랑과는 거리가 먼 기질과는 다른 이유로 해서 플라토닉한 관계로 남을 수 있다. 왜냐하면 연인 스스로가 사랑의 지나침으로 초조해져서 자신이 욕망하는 걸 얻을 때까지 충분히 무관심을 가장하고 기다릴 수 없기 때문이다. 그는 계속해서 다시 시도하고 사랑하는 여인에게 편지 쓰기를 멈추지 않으며, 여인을 늘 만나려 하고 여인이 거절하면 절망한다. 그때 여인은 이런 사실을 이해했다. 만일 그와의 동행이나 우정을 허락한다면, 그런 은혜를 박탈당했다고 믿은 남성에게 그

은혜가 너무도 큰 것으로 보여 그녀는 더 많이 주지 않아도 되며, 또 남성이 그녀를 보지 않고 더 이상 견디지 못하는 순간을, 그가 무슨 수를 써서라도 전쟁을 끝내고 싶어 하는 순간을 이용하여 플라토닉한 관계가 첫 번째 조건인 평화를 부과할 수 있다는 것을. 게다가 조약의 체결을 선행하는 기간 내내 불안한 연인은 줄곧 편지나 시선의 기회만을 노리면서 처음에는 육체적인 소유를 줄곧 생각하며 그런 욕망으로 괴로워하지만, 기다리는 동안 욕망이 빛을 잃으면서 다른 종류의 욕구, 충족되지 않으면 더 고통스러운 욕구에 자리를 양보하면서 육체를 소유하는 일은 더 이상 생각하지 않게 된다. 그리하여 첫날 애무를 기대했던 쾌락을, 우리는 나중에 다정한 말의 형태나 함께 있겠다는 약속으로 변질된 형태의 쾌락으로 받게 되며, 그것은 커다란 불확실성의 공포를 느낀 후, 또는 단지 이따금 차가운 안개로 흐려진 시선, 결코 다시는 만나지 못하리라고 생각되는 사람을 그토록 멀리 물러가게 하는 시선을 받은 후여서 그런지 감미로운 휴식을 가져다준다. 여인은 이 모든 걸 간파하고, 첫날부터 그녀에 대해 가진 그 치유할 수 없는 욕망을 감추기에는 너무도 신경이 예민한 그들에게 몸을 허락하지 않아도 되는 사치를 스스로 누릴 수 있음을 안다. 그때 여인은 아무것도 주지 않고도 그녀가 보통 몸을 맡길 때 받는 것보다 훨씬 많은 것을 받을 수 있으므로 매우 행복하다. 지나치게 신경이 예민한 사람들은 이처럼 자기들의 우상의 미덕을 믿는다. 그들이 여인 주위에 씌우는 후광은 그들의 과도한 사랑의 산물, 우리가 보듯이 매우 간접적인 것이다. 그

때 여인에게는 수면제나 모르핀처럼 자기도 모르게 속임수를 치게 될 약 성분이 무의식적인 상태로 존재한다. 약에서 수면의 쾌감이나 진정한 안정감을 얻는 사람들은 그 약을 꼭 필요로 하는 사람들이 아니라, 아주 비싼 값을 주고 사거나 자신이 소유한 것을 다 주고 교환하는 사람들도 아닌 다른 종류의 병자들로(게다가 어쩌면 같은 종류의 병자들이 몇 해의 거리를 두고 다른 사람으로 변했는지는 모르지만), 그들은 약을 먹어도 잠이 오지 않고 약을 통해 어떤 쾌감도 느끼지 못하지만, 약을 먹지 않으면 그토록 불안에 시달려 무슨 대가를 치르고라도, 설령 자살을 하는 일이 있다 해도 그 불안을 멈추고 싶어 한다.

샤를뤼스 씨로 말하자면 그의 경우는 성 정체성에 연유하는 약간의 차이를 제외하고 사랑의 일반 법칙에 포함된다. 비록 그가 카페 왕조보다 더 오래된 가문에 속하는 부유한 존재이며 상류 사회가 덧없이 추종하는 존재라 해도, 또 모렐이 비천한 존재이며, 샤를뤼스 씨가 내게 말했듯이 모렐에게 "난 왕족이라네. 자네의 행복을 비네."라고 말한다 해도 아무 소용 없는 일로, 모렐이 굴복하지 않는 한 여전히 우월한 위치를 차지하는 것은 모렐이었기 때문이다. 그리고 모렐을 원하지 않기 위해서는 아마 자신이 사랑받고 있다고 느끼는 것만으로도 충분했으리라. 위대한 인간이 온 힘을 다해 자신의 지인이 되고 싶어 하는 속물들에게 느끼는 혐오감을, 남성적인 남성은 성도착자에 대해, 또 여인은 자신을 지나치게 사랑하는 남성에 대해 가지는 법이다. 샤를뤼스 씨는 온갖 이점을 갖고 있으며 뿐만 아니라 모렐에게도 엄청난 이점을 제공했을 것이다. 그러나 이 모든 것도 상대방의 의지에 부딪히면 부서지기 마련이다. 이런 점에서 샤를뤼스 씨는 독일인의 경우와도 흡사했는데 — 게다가 그의 뿌리는 독일인에 속했다 — , 남작이 너무 지나치게 의도적으로 반복했던 것처럼 그 무렵 전개된 전쟁에서, 모든 전선에서의 승리자는 독일군이었다. 그러나 승리를 거둔다 한들 무슨 소용이 있단 말인가? 그들이 승리를 거둘 때마다, 연합군은 독일군이 유일하게 얻기를 바라는 평화와 화해를 더 확고하게 거절했는데, 이처럼 나폴레옹은 러시아를 진격하고 러시아 당국에 대해 매우 관대하게 자기 쪽으로 오도록 청했지만 누구 하나 나타나지 않았다.

나는 계단을 내려가 작은 응접실로 들어갔고 그곳에는 자신을 부를지 말지를 몰라 불안해하는 모리스가 있었는데, 쥐피앵이 만일을 생각해서 기다리라고 했으므로 동료 중 하나와 카드 게임을 하고 있었다. 그들은 바닥에 떨어진 무공 훈장을 발견하고 몹시 흥분했지만 누가 훈장을 잃어버렸는지, 또 훈장 소지자가 벌을 받지 않게 하려면 누구에게 훈장을 보내야 할지도 알지 못했다. 그러다가 그들은 자신의 당번병을 구하러 갔다가 죽은 장교의 친절한 행위에 대해 이야기했다. "그래도 부자들 중에 착한 사람이 있나 봐. 나도 그런 종류의 사람을 위해서라면 기쁘게 죽임을 당했을 거야."라고 모리스가 말했다. 물론 그는 기계적인 습관이나 방치된 교육의 결과, 돈의 필요, 또 일하는 것보다 덜 힘든 것처럼 여겨지고 또 어쩌면 더 많은 돈을 가져다주는 방법으로 돈을 벌려는 성향 때문에 남작에게 그 끔찍한 채찍질을 가했을 것이다. 그러나 그는 조금 전 샤를뤼스 씨가 우려했던 것처럼 어쩌면 아주 착한 마음씨와 멋진 용기를 가진 청년인지도 몰랐다. 그는 장교의 죽음을 얘기하면서 거의 눈물을 그렁거렸고, 또 스물두 살의 청년도 그 못지않게 감격했다. "아! 그래 멋진 사람들이야. 우리 같은 가난뱅이들은 잃어버릴 게 많지 않지만, 수많은 하인들을 거느리고 매일 6시가 되면 아페로*를 마시러 갈 수 있는 신사가 그런 일을 하다니 정말 근사해! 원한다면 비웃을 수도 있겠지. 하지만 그런 종류의 사람이 죽어 가는 걸 보면 정말 뭔가 마음이 흔들려. 착한 주님께서는 부자들을 그런 식으로 죽게 해서는 안 된다고. 우선 그들은 노동자들에게는 아주 유익한 존재들이야. 그런 죽음 때문에라도 보슈 놈들은 마지막 한 명까지 다 죽여야 해. 그들이 루뱅에서 한 짓을 좀 보라고. 어린아이들의 손목을 자르다니!** 아니 난 모르겠어. 물론 나도 다른 사람보다 나을 건 없지만, 그런 야만인들에게 복종하느니 차라리 이 낯짝에 총알을 맞도록 내버리겠어. 그들은 인간도 아니고 진짜 야만인들이니까. 내 말에 반대하는 말은 하지 않겠지." 사실 그 모든 청년들은 애국자였다. 팔에 가벼운 부상을 입은 단 한 사람만이 다른 이들의 수준에 미치지 못했

---

* 아페리티프의 속어로 식사 전에 마시는 술을 가리킨다.

** 1914년 8월 벨기에 루뱅의 파괴, 특히 세계에서 가장 많은 장서를 가진 도서관의 파괴는, 랭스 대성당 화재에 앞서 독일군이 전쟁 초기에 저지른 행위 중 가장 잔인한 행위로 비난받았다. 또 독일군이 벨기에와 프랑스 북부를 침략했을 때, 그들은 민간인들에 대한 약탈이나 화재, 강도, 살인도 서슴지 않았으며 어린애의 손목도 잘랐다고 한다.(『되찾은 시간』, 플레이아드 IV, 1240쪽 참조.)

다. 그는 곧 전선으로 떠나야 했으므로 "정말이지 이건 착한 부상이(군 복무를 면제하게 해 주는) 아니었어."라고 말했다. 마치 예전에 스완 부인이 "지긋지긋한 인플루엔자*에 걸릴 방법을 찾았나 봐요."라고 말했던 것처럼.

문이 열리더니 잠시 공기를 마시러 밖에 나갔던 운전사가 돌아왔다. "벌써 끝났어? 그렇게 길지 않았군." 하고 운전사는 당시 발간되던 신문을 암시하는 '사슬에 묶인 인간'**이라는 별명을 가진 자를 때리는 중이라고 생각했던 모리스를 보고 말했다. "공기를 마시러 밖으로 나간 너에게는 길지 않겠지." 하고 위층 인간의 마음에 들지 않은 것을 들켜 기분이 상한 모리스가 대답했다. "이런 더위에 온 팔로 나처럼 때려야 한다고 생각해 봐. 그분이 주는 것이 50프랑이 아니라면." "그리고 그분은 얘기를 잘해. 학식이 많다는 게 느껴져. 곧 끝날 거라고 말하던가?" "그분은 우리가 그들을 이기지 못할 거라고 하더군. 어느 누구도 우세를 점하지 못한 채로 끝날 거래." "젠장 그렇다면 그자는 보슈 놈이군." "너무 큰 소리로 말한다고 이미 내가 말했을 텐데." 하고 가장 나이 든 사람이 그들에게 말했고, 또 나를 보더니 "방을 다 쓰셨습니까?"라고 말

---

* 이 단어는 당시 감기란 말 대신 자주 사용되었다고 한다. 그러나 스완 부인이 했다는 이 말은 앞에서 한 번도 언급된 적이 없다.(『되찾은 시간』, 플레이아드 IV, 1241쪽 참조.)

** 《사슬에 묶인 인간》은 클레망소가 《자유인》에 이어 발간한 신문 이름이다. 검열에 대항하는 서사시적 투쟁을 보여 주기 위해 이렇게 신문 이름을 바꾸었다고 한다.(『되찾은 시간』, 리브르드포슈, 460쪽 참조.)

했다. "아! 입 닥쳐. 네가 여기서 주인은 아니잖아." "네, 방을 다 썼습니다. 돈을 내러 왔는데요." "지배인에게 내는 편이 좋겠습니다. 모리스, 가서 지배인을 모셔 오게." "하지만 방해하고 싶지 않은데요." "그건 방해하는 게 아닙니다." 모리스는 위층으로 올라갔고 돌아와서는 내게 말했다. "지배인께서 내려오신답니다." 나는 수고비로 2프랑을 주었다. 그는 기뻐서 얼굴이 붉어졌다. "아! 정말 고맙습니다. 포로가 된 형에게 보내야겠어요. 네, 그렇게 불행하지는 않은 모양입니다. 수용소에 따라 다른가 봐요."

그동안 외투 아래 연미복과 하얀 넥타이 차림을 한 매우 우아한 두 신사가 — 가벼운 억양으로 보아 둘 다 러시아인으로 보였다 — 문지방에 서서 들어올지 말지를 의논하고 있었다. 그들은 분명 그곳에 처음 온 것 같았는데, 누군가가 그들에게 그 장소를 가르쳐 주었고, 그래서 욕망과 유혹과 지극한 두려움 사이에서 의견이 갈린 것 같았다. 두 사람 중 하나가 — 잘생긴 청년이 — 반은 질문하는 듯 반은 설득하는 듯한 미소를 지으며 이 분마다 다른 하나에게 되풀이했다. "뭐라고! 어쨌든 무슨 상관이야?" 그들의 말은 그 결과가 어떻든 상관하지 않는다는 뜻이었지만, 아마도 그렇게 상관없지만은 않은 모양이었다. 왜냐하면 안으로 들어가려는 어떤 동작도 그 말을 잇지 않았지만, 상대를 향한 또 다른 시선과 똑같은 미소와 '어쨌든 무슨 상관이야'라는 똑같은 말이 이어졌기 때문이다. '어쨌든 무슨 상관이야'라는 말은 우리가 평소 말하는 언어와는 그토록 다르고, 어떤 감동이 우리가 말하고 싶은 것을 빗나

가게 하고, 대신 우리의 사유와는 무관한 표현이 살고 있는 미지의 호수로부터 솟아오른 지극히 다른 문장을 — 바로 그렇기 때문에 우리의 사유를 폭로하는 — 꽃피우게 하는 그런 수많은 멋진 언어 가운데 한 사례이다. 한번은 내 여자 친구가 알몸으로 내 옆에 누워 있을 때, 우리가 들어오는 소리를 듣지 못한 프랑수아즈가 들어오는 걸 보고 알베르틴이 내게 미리 알려 주고 싶어 자기도 모르게 "저런, 아름다운 프랑수아즈가 저기 있네요."라고 말했던 일이 떠올랐다. 프랑수아즈는 눈이 잘 보이지 않는 데다 또 우리로부터 꽤 떨어진 곳에서 방을 지나갔으므로 아무것도 보지 못했을 것이다. 그러나 알베르틴이 그녀의 삶을 통해 한 번도 입 밖에 낸 적 없는 '아름다운 프랑수아즈'라는 그 예외적인 말이 스스로 자신의 기원을 가리켰다. 프랑수아즈는 그 말이 어떤 감동에 의해 우연히 나온 말임을 인지했고, 그 모든 걸 이해하기 위해서는 아무것도 볼 필요 없다는 듯 그녀 고장의 사투리로 "이 창녀(poutana)야!"라고 중얼거리면서 나갔다. 또 한번은 아주 나중 일이지만 가장이 된 블로크가 자기 딸 중 하나를 가톨릭교도와 결혼시켰을 때, 어느 버릇없는 신사가 그 딸에게 유대인의 딸이라는 말을 들은 것 같다면서 성씨를 물었다. 그러자 태어나면서부터 블로크 양이었던 젊은 여자는 게르망트 공작이 했을 것처럼 독일식으로 '블로흐'라고 발음하며 응답했다.(블로크(Bloch)의 ch를 c 또는 k, 즉 '크'로 발음하지 않고 독일식의 흐(ch)로 발음했다.)

호텔 장면으로('어쨌든 무슨 상관이야'라고 생각했는지 두 러시아인이 들어가기로 결심한 호텔로) 돌아가 보면 지배인은 아직 도착하지 않았고, 쥐피앵이 들어와서 그들이 너무 큰 소리로 말한다면서 이웃 사람들이 항의하러 올 거라고 불평했다. 그는 나를 보더니 깜짝 놀라 말을 멈췄다. "모두 층계참으로 나가게." 이미 모두가 자리에서 일어났을 때 나는 그에게 말했다. "이 젊은이들은 여기 남고, 내가 당신과 잠깐 밖으로 나가는 편이 더 간단할 것 같은데요." 그는 몹시 당황한 표정으로 나를 따라왔다. 나는 어떻게 해서 그곳에 오게 되었는지 설명했다. 손님들이 지배인에게 시종이나 성가대 소년 또는 흑인 운전사를 들여보내 달라고 요구하는 소리가 들렸다. 이들 미치광이 늙은이들은 온갖 종류의 직업을 가진 사람들과, 병사들 중에는 온갖 병과의 병사들과 온갖 나라에서 온 연합군들에게 관심이 있었다. 그들 중 몇몇은 특히 캐나다 병사들을 요구했는데, 아마도 옛 프랑스 억양 때문인지 영국 억양 때문인지 어렴풋하게 남아 있는 억양의 매력에 어쩌면 그들 자신도 모르게 끌린 듯했다. 남성용 짧은 스커트 때문에, 또 호수에 대한 몽상이 자주 그 욕망에 결합되었는지 스코틀랜드 병사들이 특히 인기가 많았다. 또 모든 광기는 상황에서 파생된 온갖 특별한 양상을 띠기 마련이어서 — 그 상황에 의해 실제로 악화되지는 않아도 —, 한 노인은 그가 가진 모든 호기심이 충족되었는지 팔다리가 절단된 병사를 소개해 줄 수 있느냐고 끈질기게 요구했다. 계단에서 천천히 걷는 발걸음 소리가 들렸다. 쥐피앵은 경솔한 성격 탓에 참지 못하고 남작이 내려온다고 말하고 말았다. 그리고 어떤 일이 있어도 남작이 나를 봐서는 안 된다면서, 내가 젊은이들이 있는 현관방에 붙은 방으로 들어가기 원한다면 문 위쪽에 있는 작은 채광창을 열어 주겠다고 말했다. 남작이 남에게 보이지 않고 보고 들을 수 있도록 자신이 고안한 술책인데, 이번에는 남작에게 불리하고 내게 유리한 쪽으로 돌리겠다는 것이다. "다만 움직이시면 안 됩니다." 그러고는 나를 어둠 속으로 밀어 넣더니 자리를 떴다. 게다가 전쟁 중인데도 그의 호텔은 만원이었으므로 내게 줄 다른 방이 없었다. 조금 전 내가 나온 방은 이미 쿠르부아지에 자작이 차지했다. 자작은 엑스에 있는 적십자사를 이틀 동안 떠날 수 있었으므로, 쿠르부아지에 성으로 자작 부인을 보러 가기에 앞서 파리에서 한 시간 동안 기분 전환을 하려고 했다. 부인에게는 적당한 기차를 타지 못했다고 말할 작정이었다. 자작은 그로부터 몇 미터 떨어진 곳에 샤를뤼스 씨가 있으리라고는 꿈에도 생각하지 못했고, 쥐피앵네 호텔에서 그의 사촌을 아직 한 번도 만난 적이 없는 샤를뤼스 씨도 그런 생각은 하지 못했다. 그래서 쥐피앵은 자작이 조심스럽게 감추고 있는 그의 원래 모습을 알지 못했다.

사실 쥐피앵이 말한 대로 곧 남작이 들어왔다. 상처 때문에 조금은 힘들게 걸었으나 아마 그에 익숙한 듯했다. 비록 쾌락은 끝났고 이곳에 온 것은 모리스에게 지불해야 할 돈을 주기 위해서였지만, 그는 거기 앉아 있는 모든 젊은이들 쪽으로 다정하고 호기심 어린 시선을 빙 돌렸고, 또 그들과 각각 플라토닉하면서도 사랑스러운 느낌을 연장하는 인사의 기쁨을 맛보기를 기대했다. 그를 거의 겁먹게 하는 이런 남성들의 하렘을 보며 그가 보여 주는 그 모든 활기찬 경박한 몸짓 속에서, 나는 예전에 그가 라 라스플리에르에 처음 나타났던 저녁에 그토록 내게 강한 인상을 주었던 그 몸과 머리를 좌우로 흔드는 몸짓과 세련된 시선을 되찾을 수 있었다. 내가 모르는 그의 어떤 조모로부터 물려받은 우아함은 평소 삶에서는 보다 남성적인 표정 아래 감춰져 있었지만, 자기보다 못한 환경에 있는 사람들의 마음에 들고 싶어 하는 몇몇 상황에서는 귀부인처럼 보이려는 욕망이 교태를 부리듯 활짝 피어났다.

쥐피앵은 이들을 추천하면서 샤를뤼스 씨가 호감을 가질 수 있도록 그들이 모두 벨빌*의 '기둥서방들'이며 1루이만 주면 자기 누이도 팔아먹을 녀석들이라고 단언했다. 사실 쥐피앵은 동시에 거짓말과 진실을 말한 셈이었다. 그들은 쥐피앵이 남작에게 말한 것보다 훨씬 괜찮은 사람들이며 보다 감성적이고 전혀 야만인에 속하지 않았다. 그러나 그들을 끔찍하게 여기는 사람들은 그들도 같은 행동을 할 거라고 믿으면서 그들에게 성심껏 얘기했다. 사디스트는 제아무리 살인자와 함께 있어도 그 때문에 사디스트 자신의 순수한 영혼은 변하지 않는다고 믿으며 그래서 전혀 살인자가 아닌 사람들, 하지만 5프랑짜리 '튄'**을 쉽게 벌고 싶고, 또 자기 아버지와 어머니가 차례로 다시 살아나기도 하고 죽기도 하는 사람들

---

* 파리 북부 20구에 속하는 이 거리는 역사적으로 노동자들이 많이 살았으며, 1차 세계 대전 후에는 다양한 국적의 이주 노동자들이 거주했다. 여성을 착취하고 학대하는 '기둥서방'이 환기하는 사디즘적 요소는 콩브레의 몽주뱅 일화의 연장선상에 놓인다.

** 5프랑을 의미하는 은어이다.

의 거짓말을 들으면 소스라치게 놀란다. 그들이 마음에 들려고 애쓰는 손님과 대화를 나누는 중에 그 거짓이 폭로되기 때문이다. 그러면 손님은 순진함과 제비족에 대해 가지고 있던 자의적 관념 속에서 놀라움을 금치 못한다. 상대가 죄가 있다고 믿으면서 수많은 살인을 저질렀다고 기뻐했는데, 이제 그의 말에서 모순과 거짓을 깨달으며 질겁한다.

모든 사람이 샤를뤼스 씨를 아는 것처럼 보였고, 샤를뤼스 씨는 그들 한 사람 한 사람 앞에 오래 멈추어서 지방색을 풍기는 듯 꾸민 거만한 태도와 동시에 방탕한 생활에 연루된 사디스트의 기쁨과 더불어 그가 그들의 언어라고 여기는 언어로 말했다. "넌 구역질 나. 네가 올랭피아 극장 앞에서 '카르통'* 둘과 함께 있는 걸 봤어. '돈푼'이라도 받으려고 한 모양이지. 그렇게 날 속이는 거야." 다행스럽게도 그 말의 상대인 젊은이는 여자로부터 '돈푼'을 받은 적이 없다고 주장할 틈이 없었는데, 그랬다면 샤를뤼스 씨의 흥분이 감소했을 것이다. 그래서 그는 샤를뤼스 씨의 마지막 말에만 항변하며 "오! 아닙니다. 저는 속이지 않았습니다."라고 말했다. 이 말이 샤를뤼스 씨에게 격한 기쁨을 유발했다. 그리고 그가 가진 종류의 지성은 물론 그 가장된 모습 너머로 자기도 모르게 다시 분출되는 법이어서 그는 쥐피앵 쪽으로 돌아섰다. "저렇게 말하다니 정말 상냥하지 않은가. 또 얼마나 말을 잘하는가! 사실인 줄 알

* 여자를 의미하는 은어이다.(『잃어버린 시간을 찾아서』 10권 45쪽 주석 참조.)

겠어. 어쨌든 사실이든 아니든 무슨 상관이겠어? 내게 사실처럼 믿게 했는데. 또 그는 얼마나 작고 예쁜 눈을 가졌는가! 네 수고에 대한 답으로 커다란 키스를 두 번 해 주지, 내 귀여운 아이. 참호 속에서도 날 생각하겠지, 너무 힘들지 않나?" "아! 맙소사, 수류탄이 바로 우리 옆을 지나가는 날도 많답니다." 청년은 수류탄이나 비행기 따위의 소리를 흉내 내며 말했다. "하지만 남들처럼 해야 한답니다. 또 우리가 끝까지 싸우리라는 걸 확신할 수 있습니다." "끝까지라고! 다만 그 끝이 어디인지 알 수 있으면 좋으련만!" 하고 '비관주의자'인 남작이 울적하게 말했다. "사라 베르나르가 신문에서 한 말을 읽지 않으셨나요? '프랑스는 끝까지 갈 것이다. 프랑스인은 차라리 마지막 한 사람까지 죽기를 바랄 것이다.'" "프랑스인이 마지막 한 사람까지 용감하게 죽으리란 건 단 한순간도 의심하지 않았네." 하고 샤를뤼스 씨는 그 일이 세상에서 가장 쉬운 일이라는 듯 그렇게 말했지만, 자신은 그것이 어떤 것이든 할 의사가 전혀 없었다. 다만 그렇게 말함으로써 자제심을 잃고 말할 때 남에게 주는 평화주의자의 인상을 조금은 수정하고 싶었던 것이다. "나는 의심하지 않네. 하지만 사라 베르나르 '부인'이 어느 정도까지 프랑스의 이름으로 말할 자격이 있는지는 물어본다네.* 그런데 저 매력적인 근사한 젊은이는 내가 모

* 전쟁 중 일흔한 살 나이로 다시 연기를 시작하고 애국심을 고취하는 공연을 한(『되찾은 시간』, 플레이아드 IV, 1241쪽 참조.) 사라 베르나르에 대해 샤를뤼스는 그녀가 유대인이므로 프랑스에 대해 말할 자격이 없다고 비난한다.(라 베르마의 모델인 사라 베르나르에 대해서는 『잃어버린 시간을 찾아서』 3권 28쪽 주

르는 것 같은데." 하고 그는 자신이 알아보지 못한, 또는 한 번도 본 적 없는 젊은이를 발견하고 덧붙였다. 그는 젊은이에게 마치 베르사유궁에서 왕자에게나 할 법한 인사를 했다. 또 그는 내가 어렸을 때 어머니가 부아시에나 구아슈 가게에 주문하러 들어갈 때면,* 계산대 여자 하나가 그들이 군림하는 유리그릇 사이에서 그릇 안에 든 사탕 하나를 꺼내 내게 손에 쥐여 주던 때처럼, 추가로 공짜 즐거움을 맛볼 기회를 이용해서 매력적인 청년의 손을 잡고 독일식으로 오래 악수했으며, 예전에 빛이 충분하지 않을 때면 사진사가 포즈를 취하게 하면서 기다리게 했던 그런 한없이 긴 시간 동안 미소를 지으며 청년을 응시했다. "반가워요, 젊은 친구, 만나서 기뻐요. 저 친구는 머리칼이 예쁘군." 하고 샤를뤼스 씨는 쥐피앵 쪽으로 돌아서며 말했다. 그런 다음 그는 50프랑을 주려고 모리스에게 다가갔는데 우선 그의 허리를 껴안았다. "넌 한 번도 내게 벨빌의 문지기 여자를 칼로 찔렀다고 말하지 않았어." 하고는 황홀한 듯 숨을 헐떡이며 모리스의 얼굴에 자기 얼굴을 갖다 댔다. "오! 남작님!" 하고 쥐피앵이 미리 알려 주는 걸 잊어버렸는지 제비족이 말했다. "그런 일이 가능하다고 생각하세요?" 거짓이든 사실이든 당사자는 그것이 끔찍한 일이며 뭔가 부인하는 편이 낫다고 생각했다. "내 동포를 건드리다니요? 전쟁 중이니까 보슈 놈을 건드린다면 또 모를까. 하지만 여자를, 그

석 참조.)

* 부아시에는 파리 7구 카퓌신 대로에 있던 과자 가게이며, 구아슈 과자 가게에 대해서는 『잃어버린 시간을 찾아서』 3권 122쪽 참조.

것도 늙은 여자를 건드리다니요!" 이런 고결한 원칙의 선언이 찬물로 샤워를 하는 듯한 효과를 자아냈는지, 남작은 모리스에게 돈을 주긴 했지만, 노름에서 사기 친 자에게 시비를 걸고 싶지 않아 돈은 주지만 만족하지 않은 사람의 분한 표정을 지으면서 모리스로부터 급히 멀어졌다. 게다가 돈을 받은 사람이 고마워하는 태도를 보이자 남작이 받은 나쁜 인상은 더욱 커졌다. "이 돈은 우리 노친네들에게 보낼 거예요. 또 전선에 있는 동생을 위해서도 조금 남겨 놓고요." 이런 눈물겨운 정은 관습적인 시골풍의 표현이 짜증스러운 것만큼이나 샤를뤼스 씨를 실망시켰다. 쥐피앵은 그들에게 이따금 보다 변태적으로 행동하라고 일렀다. 그러자 한 젊은이가 뭔가 악마 같은 짓을 고백하는 듯한 표정으로 모험을 감행했다. "여보게 남작, 자네는 내 말을 믿지 못하겠지만 내가 꼬마였을 때 난 열쇠 구멍으로 부모가 성교하는 장면을 바라보았다고. 나쁜 짓이지 안 그런가? 과대 선전이라고 생각하는 모양인데 천만에 맹세하지, 내가 말한 그대로니까." 결국은 많은 어리석음과 순진함만을 드러내는 이런 변태적인 짓을 향한 가짜 노력에 샤를뤼스 씨는 동시에 절망하고 격분할 수밖에 없었다. 아무리 확고한 도적이나 살인자라 해도 그를 만족시킬 수는 없었으리라. 그들은 자신들이 저지른 범죄 이야기를 하지 않기 때문이다. 게다가 사디스트*에게는 — 아무리 착한 사람이라고

---

* 여기서 화자는 샤를뤼스를 계속해서 사디스트로 칭하고 있지만 엄격히 말하면 사도마조히스트라고 할 수 있다. 「스완네 집 쪽으로」에서 뱅퇴유의 딸을 사디스트로 칭했듯이, 화자는 '사슬에 묶인' 샤를뤼스를 사디스트로

해도 또 실제로 착한 사람이라면 더더욱 — 악인이 다른 목적에서 하는 행동을 통해서는 결코 충족되지 않는 어떤 악에 대한 갈증이 있다.

청년은 자신의 잘못을 너무 늦게 깨닫고 경찰은 딱 질색이라고 하면서 "한번 밀회나 하시죠."*라고 대담한 말까지 했지만 소용이 없었다. 마법은 사라졌다. 은어로 얘기하려고 애쓰는 작가의 책처럼 가식적으로 느껴졌다. 젊은이는 자기 아내와 하는 온갖 '더러운 짓'을 상세하게 늘어놓았지만 헛된 일이었다. 샤를뤼스는 그런 더러운 짓이 얼마나 사소한 것에 한정되는지를 깨닫고 놀랐을 뿐이다. 그것이 진실하지 않아서가 아니었다. 쾌락과 악덕만큼 한정된 것도 없다. 이런 의미에서 표현의 의미를 조금 바꾸어 보면 우리는 언제나 동일한 악순환 속에서 회전한다고 할 수 있다.

사람들이 샤를뤼스 씨를 왕족으로 생각했다면, 반대로 업소에서는 제비족들이 "이름은 모르지만 남작인 것 같아요."라고 칭하는 사람의 죽음을 몹시 슬퍼하고 있었다. 그는 다름 아

칭하며 '악의 예술가'로 간주한다.(그러므로 몽주뱅의 장면과 쥐피앵이 운영하는 유곽에서의 장면은 화자의 관음증을 보여 주는 이중 구성이라고 할 수 있다.) 요시카와 교수에 따르면 사디즘은 18세기의 사드 후작에게서, 마조히즘은 19세기의 레오폴트 폰 자허마조흐에서 유래하며, 이 두 단어를 합성한 사도마조히즘은 리하르트 폰 에빙(Richard von Kraft-Ebing, 1840~1902)의 『성적 사이코패스』(1898)에서 처음 사용되지만, 프랑스에서 이 단어는 1960년대에 이르러서야 통용되었다고 지적된다.(Kazuyoshi Yoshikawa, "Proust sadomasochiste?", Collège de France, 2020, 6쪽 참조.)

* 밀회를 뜻하는 fous-moi un rencart란 은어로 표기되었다.

닌 푸아 대공(생루의 친구 아버지)이었다. 그의 아내는 그가 오랜 시간을 클럽에서 보낸다고 믿었지만, 실은 쥐피앵 호텔의 건달들 앞에서 수다를 떨고 사교계 이야기를 하며 시간을 보냈다. 그는 자기 아들처럼 키가 큰 미남이었다. 필시 그를 사교계에서 자주 만났을 샤를뤼스 씨가 그와 자신이 같은 취향을 공유한다는 사실을 알지 못한 것은 참으로 놀라운 일이었다. 사람들은 그가 예전에 아직 중학생이었던 아들(생루의 친구)에 대해서도 그런 취향을 품은 적이 있었다고 말했지만, 이는 아마도 가짜 소문일 것이다. 반대로 많은 사람이 모르는 풍습에 정통한 그는 아들의 교우 관계에 몹시 신경을 썼다. 어느 날 한 남자가, 더욱이 미천한 가문 출신의 남자가 아버지 푸아 대공의 저택까지 아들 푸아 대공을 쫓아온 적이 있었는데, 그 남자는 창문 너머로 쪽지를 던졌고 아버지가 쪽지를 주웠다. 쫓아온 자는 귀족적인 측면에서는 아버지 푸아 대공과 같은 세계에 속하지 않았지만, 다른 관점에서는 대공과 같은 세계에 속했다. 그가 공범들 사이에서 자기보다 나이가 많은 남자에게 그런 대담한 짓을 도발한 사람이 바로 아들 쪽임을 증명해 보이면서 푸아 씨의 입을 다물게 할 중개자를 찾는 일은 그리 어렵지 않았다. 또 그 일은 가능했다. 왜냐하면 푸아 대공은 외부의 나쁜 교우 관계로부터 아들을 보호하는 데는 성공했을지 모르지만, 유전적인 요소로부터 아들을 보호하지는 못했기 때문이다. 게다가 아들 푸아 대공은 비록 다른 세계의 사람들과는 어느 누구보다 멀리 나갔지만, 자기 세계의 사람들에게는 그런 관점에서 아버지와 마찬가지로 전혀 알려지지 않았다.

"정말 소탈한 분이야! 전혀 남작 같지 않은데." 하고 샤를뤼스 씨가 나가자 몇몇 단골손님들이 말했고, 쥐피앵은 젊은이의 미덕에 대해 계속 불평하는 남작을 아래층까지 배웅했다. 가짜 살인자인 청년을 미리 가르쳐야 했던 쥐피앵이 불만스러운 표정을 짓는 것으로 미루어 나중에 청년이 심한 질책을 받으리라 짐작했다. "네가 말했던 것과는 정반대가 아닌가!" 하고 다음번을 위한 교훈으로 삼을 수 있도록 남작이 덧붙였다. "심성이 고운 자로 보이더군, 가족에 대한 존경심을 말하는 걸 보니." "그렇지만 아버지와는 그렇게 사이가 좋지 않은데요." 하고 쥐피앵이 반박했다. "그들은 같이 살지만 각각 다른 술집에서 일하거든요." 이는 물론 살인에 비하면 범죄로서는 아주 약했지만, 쥐피앵이 불시에 기습을 당한 탓이었다. 남작은 아무 말도 덧붙이지 않았다. 남이 자신의 쾌락을 준비해 주기를 바랐지만, 그것이 준비되지 않았다는 환상을 스스로에게 주고 싶었기 때문이다. "진짜 깡패예요. 녀석이 그런 말을 한 건 남작님을 기만하기 위해서였죠. 남작님께서 너무 순진하시니까요." 하고 쥐피앵은 자신을 변명하려고 덧붙였지만, 샤를뤼스 씨의 자존심에 더욱더 상처를 입혔을 뿐이다.

"저분은 하루에 100만 프랑을 낭비하신다나 봐요." 하고 스물두 살의 청년이 말했는데, 이런 단언이 그에게는 사실이 아닌 것처럼 보이지 않는 모양이었다. 얼마 안 있어 멀지 않은 곳에서 샤를뤼스 씨를 찾으러 온 자동차의 붕붕거리는 소리가 들렸다. 그 순간 옆방에서 검정 스커트 차림의 꽤 나이 든 귀부인이, 물론 함께 나온 군인 옆에서 느린 걸음으로 들어가는 모습이 보였다. 이내 내가 오인했음을 깨달았다. 그는 사제였다. 나쁜 사제란 지극히 드문 데다, 또 프랑스에서는 완전히 예외적인 일이었다. 물론 군인은 동행자의 행동이 그가 입은 옷에 어울리지 않는다고 놀리는 중이었다. 왜냐하면 동행자가 엄숙한 표정으로, 또 신학 박사의 손가락 하나를 자신의 추한 얼굴 쪽으로 들어 올리면서 격언조로 말했기 때문이다. "뭘 바라나. 나는 천사가 아니거늘."(나는 그가 성인이라고 말할 것을 기대했다.) 그 나쁜 신부는 남작을 배웅하고 온 쥐피앵에게 작별 인사를 하고 물러가기만 하면 됐지만, 방심한 탓에 방값을 지불하는 걸 잊어버렸다. 결코 방심하지 않는 정신을 가진 쥐피앵은 각각의 손님이 내는 헌금을 넣는 나무 상자를 흔들어 울리면서 말했다. "미사 비용 내세요. 신부님!" 그 못생긴 인물은 사과했고 돈을 내고 사라졌다.

쥐피앵은 감히 움직일 엄두가 나지 않는 깜깜한 동굴 속으로 날 찾으러 왔다. "제가 올라가서 방문을 잠그는 동안 잠시 젊은 녀석들이 앉아 있는 현관방에 들어가 계십시오. 방을 빌리셨으니 매우 자연스러운 일이죠." 지배인이 거기 있었고 나는 방값을 냈다. 그때 스모킹 차림의 청년이 들어와서 권위적인 태도로 지배인에게 물었다. "내일 11시가 아니라 11시 십오 분 전에 레옹과 함께 있을 수 있겠소? 사교적인 오찬이 있어서 말이오." "신부가 레옹을 얼마나 데리고 있느냐에 달렸는데요."라고 지배인이 대답했다. 이 대답에 스모킹 차림의 청년은 만족하지 못했고, 그래서 신부에게 벌써 욕설을 퍼부을 준비를 마친 것처럼 보였는데, 그때 마침 나를 보고 그의 분노가 다른 방향으로 흘렀다. 그는 곧바로 지배인에게 걸어갔다. "저자는 누구요? 도대체 뭘 의미하는 거요?" 하고 낮은 목소리로 속삭였지만 그의 목소리는 노기를 띠고 있었다. 당황한 지배인은 내 존재는 전혀 대수롭지 않은 일이며, 방을 빌린 손님이라고 설명했다. 스모킹 차림의 청년은 이런 설명에도 전혀 진정하지 못하는 것 같았다. 그는 계속해서 반복했다. "정말 불쾌한 일이오. 이런 일은 일어나서는 안 되는 거요. 내가 싫어한다는 걸 알지 않소. 조심하시오. 그렇지 않으면 두 번 다시 발을 들이지 않을 테니까." 그렇지만 이런 협박을 곧 실행에 옮길 것 같지는 않았다. 그는 화가 났지만, 레옹을 11시 십오 분 전에, 가능하다면 10시 30분에 자유롭게 해 달라고 부탁하고는 떠났으니까. 쥐피앵이 나를 찾으러 다시 왔고 우리는 거리까지 함께 내려갔다.

"저를 너무 나쁘게 생각하지 말아 주세요." 하고 그가 말했다. "이 집도 도련님의 생각만큼 그렇게 많은 돈을 가져다주지 못한답니다. 저는 정직한 임차인들을 받아야 하고, 그렇지만 그런 사람들만 받다가는 돈만 낭비할 테니까요. 이곳은 카르멜 수도회와는 정반대랍니다. 악덕 덕분에 미덕이 사는 곳이죠.* 제가 이 집을 구입한 것도, 다시 말해 조금 전에 보신 지배인에게 구입하게 한 것도 실은 오로지 남작님 시중을 들고, 노년의 무료함을 달래 드리기 위해서였답니다." 쥐피앵은 내

---

* 카르멜 수도사들의 기도와 고행은 세상의 죄에 대한 보속으로 주어진다.(『되찾은 시간』, 플레이아드 IV, 1243쪽 참조.)

가 조금 전에 목격한 사디즘 장면과 남작의 악덕 실천에 대해서만 말하는 것이 아니었다. 남작은 대화를 할 때나 곁에 함께 있거나 카드놀이를 할 때도 자신을 착취하는 서민들과 함께 있어야만 기쁨을 느꼈다. 하류 인생의 속물근성도 다른 종류의 속물근성만큼이나 이해할 수 있는 것이었다. 이 두 속물근성은 더욱이 오랫동안 결합되어 있으면서 번갈아 나타났다. 샤를뤼스 씨는 사교계의 지인들 중에서 그렇게 우아한 인간을 발견하지 못했고, 서민과 있을 때도 그렇게 충분히 불한당이라 할 만한 인간은 발견하지 못했다. "중간 유형은 몹시 싫다네." 하고 그가 말했다. "부르주아의 코미디는 부자연스러워. 나한테는 고전 비극의 공주들이나 저속한 익살극 같은 것이 필요하지. 중간 유형의 어정쩡한 것이 아니라, 「페드르」나 「거리의 예술가」* 같은 것 말일세." 그러나 마침내 이 두 속물근성 사이에 균형이 깨졌다. 늙은이의 피로 탓인지, 아니면 가장 평범한 관계로까지 관능적인 쾌락을 확대한 탓인지, 남작은 이제 자신의 '하급자들'하고만 살았다. 이렇게 해서 그는 본의 아니게 그의 위대한 조상인 라로슈푸코 공작과 아르투르 대공과 베리 공작의 뒤를 이었는데,** 생시몽은 그들이 제

* 모리스 오르도노(Maurice Ordonneau, 1854~1916)의 각본에 귀스타브 루이 간(Gustave Louis Ganne, 1862~1923)이 곡을 붙인 오페레타로 1899년에 초연되었다. 비극의 걸작인 「페드르」와 대중극인 「거리의 예술가」를 나란히 놓은 것은 샤를뤼스, 더 나아가 프루스트적인 유머의 한 특징이라고 지적된다.(『되찾은 시간』, 리브르드포슈, 460쪽 참조.)

** 생시몽은 이들 귀족들에 대해 다양한 평가를 내리는데, 루이 14세의 손자인 베리 공작에게서 찾아볼 수 없는 방탕의 흔적이 아르쿠르 대공에게서

복 입은 하인들과 같이 생활하면서 막대한 돈을 빼앗기고 카드놀이를 함께하는 모습을 보여 주었다. 하인들과 가족처럼 자리에 앉아 카드놀이를 하거나 술을 마시는 이 대귀족들 때문에 그들을 방문하러 간 사람들이 불편할 정도였다고 한다. "특히," 하고 쥐피앵이 덧붙였다. "그분께 곤란한 일이 생기지 않게 하려는 거죠. 아시다시피 남작님은 덩치 큰 아이 같아서요. 지금은 여기에 그분이 원하는 것은 뭐든지 다 있는데도, 여전히 모험을 찾아 나서서 불미스러운 짓을 할 수 있거든요. 매우 관대하신 분이지만 때가 때인 만큼 그런 일이 중요한 결과를 초래할 수도 있으니까요. 요전 날만 해도 제복 입은 호텔 종업원이 남작께서 집에 오면 주겠다는 그 모든 돈 때문에 몹시 무서워하더군요.(집이라뇨, 얼마나 무분별한 짓인가요!) 그렇지만 여자만 좋아하는 녀석은 남작님이 그에게 원하는 것을 이해하고 안심하더군요. 그렇게 엄청난 돈을 약속하는 걸 듣고 남작을 스파이로 생각했던 거죠. 그러나 상대가 원하는 것이 나라를 넘기는 게 아니라 몸을 파는 것임을 알고는 기분이 좋아졌죠. 도덕적이지는 않을지 몰라도 덜 위험하고 특히 더 쉬운 일이니까요." 쥐피앵의 말에 귀를 기울이면서 나는 중얼거렸다. "샤를뤼스 씨가 소설가나 시인이 아닌 것은 정말 불행한 일이다! 그가 보는 것을 묘사하기 위해서가 아니라, 샤를뤼스 같은 인간이 자신의 욕망 때문에 처한 입장이 주위에 스

는 다양하게 나타나며, 라로슈푸코 공작은 하인과 단둘이서 카드놀이를 했다고 기술했다.(『되찾은 시간』, 리브르드포슈, 460~461쪽 참조.)

캔들을 일으키고 삶을 진지하게 여기게 하고 쾌락 속에서 감동을 찾게 하고, 사물에 대한 냉소적이고 객관적인 관점에 머무르거나 고정되는 것을 방해하고 끊임없이 마음속에서 고통스러운 흐름을 재개하도록 하니 말이야. 매번 고백할 때마다 그는 감옥에 들어갈 위험을 감수하거나 수모를 당하고 있으니." 아이들뿐 아니라 시인들도 뺨을 맞으면서 배우는 법이다. 만일 샤를뤼스 씨가 소설가였다면, 쥐피앵이 그를 위해 마련한 이 집은 어느 정도로 위험은(경찰의 단속 같은 것은 항상 두려워해야겠지만), 적어도 거리에서 만나 남작이 완전히 확신하지 못하는, 그래서 그에게 재앙이 될 수도 있는 성향을 가진 인간으로 인한 위험은 줄여 주었을 것이다. 그러나 예술 분야에서 샤를뤼스 씨는 딜레탕트에 지나지 않았고, 글을 쓸 생각도 없었으며, 또 그런 재능도 타고나지 않았다.

"게다가 고백하지만,"이라고 쥐피앵이 말을 이었다. "저는 이런 종류의 이득을 얻는 데 있어 양심의 가책 같은 건 느끼지 않습니다. 여기서 하는 일 자체를 좋아하고 그것이 제 삶의 취향임을 감추고 싶지 않군요. 그런데 우리가 죄가 없다고 생각하는 일에 대해 대가를 받는 게 금지되어 있나요? 도련님은 저보다 학식이 많으시니, 아마도 소크라테스는 자신이 가르친 것에 대해 돈을 받을 수 있다고는 생각하지 않았다고 말씀하시겠죠.* 그러나 우리 시대의 철학 교수는 그렇게 생각하

* 플라톤의 『소크라테스를 위한 변명』에 따르면 소크라테스는 소피스트들과는 달리 그의 말을 들으러 온 젊은이들에게 결코 돈을 받지 않았다고 한다.(『되찾은 시간』, 플레이아드 IV, 1243쪽 참조.)

지 않으며, 의사나 화가, 극작가나 극장 지배인도 마찬가지랍니다. 내가 이 직업에서 하층민하고만 교류한다고는 생각하지 마십시오. 아마도 이런 종류의 시설을 운영하는 지배인은 최상의 화류계 여자처럼 남자만을 받지만, 모든 분야에서 뛰어난, 또 보통은 나름대로 그들 직업에서 가장 세련되고 감수성이 예민하고 상냥하다고 여겨지는 남성분들을 받는답니다. 단언하지만 이 집은 곧 '교양인이 모이는 살롱'*과 통신사로 변모할 겁니다." 그러나 나는 아직도 샤를뤼스 씨가 채찍질당하는 걸 본 충격에서 벗어나지 못하고 있었다.

사실을 말하자면 샤를뤼스 씨의 오만함이나 사교계의 즐거움에 대한 포만감, 최하층 인간과 최악의 인간에 대한 열정으로 쉽게 변하는 충동적인 생각을 잘 안다면, 샤를뤼스 씨도 마음에 드는 젊은이들이 지속적으로 상주하는 시설, 또는 어쩌면 여러 개의 시설에 대한 지배권을 행사할 수 있게 해 주는 막대한 재산의 소유에 만족했을 거라고 쉽게 이해할 수 있다. 어느 벼락부자의 손에 떨어진 막대한 재산이 딸을 공작과 결혼시키고, 왕족들을 사냥 모임에 초대하게 하여 그를 기쁘게 했을 것처럼 말이다. 어쩌면 그 일을 위해서는 악덕도 필요하지 않았으리라. 그는 왕위 계승권을 가진 왕족들 또는 공작들인 그토록 위대한 귀족들의 상속자였으며, 생시몽은 그들에 대해 '이름만 말해도 아는' 사람과는 교류하지 않으며, 그들이

* 원문에는 bureau d'esprit로 표기되었다. 흔히 '교양인들이 모이는 살롱'으로 간주되나, 『리트레』 사전에 따르면 특히 '문학을 논하는 모임'이었다고 서술된다.(『되찾은 시간』, 플레이아드 IV, 1243쪽 참조.)

막대한 돈을 주는 하인들과 카드놀이를 하면서 소일한다고 얘기한다.

"어쨌든," 하고 나는 쥐피앵에게 말했다. "이 집은 정신병원 이상으로 아주 색다른 곳이네요. 왜냐하면 여기 사는 정신병자들의 광기는 무대에 올려지고 재구성되고 눈으로 볼 수 있으니까요. 이곳은 진짜 악의 소굴이에요. 나는 『천일야화』에 나오는 칼리프가 매를 맞는 남자를 구하기 위해 제때에 도착할 거라고 믿었어요. 그런데 내 앞에서 실현된 이야기는 『천일야화』의 다른 이야기였어요. 개로 변신한 여인이 본래의 모습을 되찾기 위해 의도적으로 매를 맞는 이야기죠."* 쥐피앵은 내 말에 무척 당황한 것 같았는데, 남작이 매 맞는 장면을 내가 보았음을 알아차렸기 때문이다. 내가 지나가는 삯마차를 세우는 동안 그는 잠시 침묵했다. 그러다 돌연 우리 집 안마당에서 프랑수아즈나 나를 그렇게나 멋진 말로 맞이하면서 자주 놀라게 했던, 스스로 깨친 멋진 기지를 발휘하여 "『천일야화』에 대해 여러 이야기를 언급하셨는데,"라고 말했다. "하지만 전 다른 이야기를, 남작의 댁에서 보았다고 생각되는 책의 제목과 무관하지 않은 다른 이야기를 알고 있습니다."(그는 내가 샤를뤼스씨에게 보낸 러스킨의 『참깨와 백합』의 번역본을 암시했다.)** "어느 날 저녁 도련님께서 뭔가 보고 싶

---

* 『천일야화』에 나오는 서른세 번째, 서른네 번째, 예순여섯 번째 밤의 이야기를 약간 변형해서 인용했다.(『되찾은 시간』, 플레이아드 IV, 1244쪽 참조.)

** 프루스트는 러스킨의 『참깨와 백합』을 프랑스어로 옮겼으며 그 번역본을 1906년에 출간했다. 책의 서문에 실린 「독서에 관하여」는 1910년 발간된

은 호기심이 생기시면, 40인의 도적은 아니지만 10여 명의 도적을 보고 싶으시면, 이곳에 오시기만 하면 됩니다. 제가 안에 있는지 알려면 위층 창문만 쳐다보시면 됩니다. 불빛이 비치는 작은 틈을 열어 놓을 테니까요. 제가 그곳에 왔으니 들어오셔도 된다는 의미입니다. 저의 '참깨' 같은 것이죠. 저는 단지 '참깨'라고만 했습니다. 백합으로 말하자면, 도련님께서 원하시는 게 백합이라면 다른 곳으로 찾으러 가시기를 권합니다." 그러고는 귀족 손님들과 그가 해적질하듯이 부리는 젊은이들 패거리가 그에게 어떤 친밀함 같은 걸 주었는지, 나에게도 꽤 격의 없이 인사를 하며 헤어지려고 했다. 그때 사이렌 소리가 채 울리기도 전에 먼저 포성과 포탄이 터지는 소리가 들렸으므로 그는 잠시 함께 있자고 제안했다. 곧 탄막 사격이 시작되었고, 그것은 너무도 격렬해서 우리는 독일 비행기가 바로 가까이, 바로 우리 위에 있다고 느꼈다.

이내 거리가 완전히 컴컴해졌다. 이따금 적의 비행기가 꽤 낮게 날면서 폭탄을 투하할 지점을 밝게 비추었다. 내 길이 어딘지도 더 이상 찾을 수 없었다. 그날 라 라스플리에르로 가던 도중, 내가 탄 말을 뒷발로 서게 했던, 신과도 같았던 비행기와 만난 날이 생각났다.* 지금의 만남은 그때와는 다를 것이며, 또 악의 신이 나를 죽일지도 모른다고 생각했다. 나는 높은 파도에 쫓기는 여행자처럼 그 신으로부터 도망치려고 걸

『모작과 잡문』에 「독서하는 나날들」이라는 제목으로 수록되었다.

* 『잃어버린 시간을 찾아서』 8권 313쪽 참조.

음을 빨리했으나 어두운 광장 주위를 빙빙 돌 뿐 더 이상 빠져 나갈 수 없었다.* 마침내 화재의 불꽃이 나를 비추었고 그래서 길을 찾을 수 있었지만, 그동안에도 대포의 사격은 따닥따닥 울리며 계속되었다. 하지만 내 상념은 다른 대상을 향해 방향을 돌렸다. 어쩌면 지금쯤은 재로 변했을지도 모르는 쥐피앵의 집을 생각했다. 왜냐하면 그 집을 나오자마자 바로 내 가까이에서 폭탄이 떨어졌기 때문이다. 폼페이의 이름 없는 주민이 미리 예감했는지, 어쩌면 화산 분출과 재앙이 이미 시작된 초기였는지 자기 집 벽에 '소도마'라고 썼던 것처럼, 샤를뤼스 씨가 예언적으로 '소도마'라고 썼을지도 모르는 집을 생각했다. 그러나 쾌락을 찾으러 온 사람들에게 사이렌 소리나 고타 폭격기가 무슨 상관이 있겠는가? 우리의 사랑을 둘러싸는 사회 또는 자연 환경에 대해 우리는 거의 생각하지 않는다. 폭풍우가 바다에서 맹위를 떨치고, 배가 사방에서 흔들리고, 바람에 뒤틀린 눈사태가 하늘에서 쏟아진다 해도, 우리는 그것이 초래하는 불편함에 대비하기 위해, 기껏해야 우리란 존재가 아무것도 아니며, 또 우리와 가까이 다가가려는 몸이 아무것도 아닌 그 거대한 광경에 잠시 주의를 기울일 뿐이다. 폭탄을 예고하는 사이렌 소리도 쥐피앵의 고객들에게는 빙산**

---

* 1918년 2월에 스트로스 부인에게 보낸 편지에 따르면 프루스트가 발기리에서 직접 비행기 폭격 장면을 목격했다고 한다.(『되찾은 시간』, 플레이아드 IV, 1245쪽 참조.)

** 이 단어는 1912년 4월 타이타닉호의 침몰을 환기한다.(『되찾은 시간』, 플레이아드 IV, 1244쪽 참조.)

과 마찬가지로 방해물이 되지 않았다. 게다가 신체에 대한 즉각적인 위험은 오래전부터 병적으로 괴롭혀 온 공포로부터 그들을 해방시켜 주었다. 두려움의 기준이 그 두려움을 불러일으키는 위험의 기준에 상응한다고 믿는 것은 부정확하다. 우리는 잠을 자지 못할까 봐 두려워하면서도 중요한 결투는 두려워하지 않을 수 있으며, 쥐는 무서워하면서도 사자는 무서워하지 않을 수 있다. 이 몇 시간 동안 경찰은 그렇게 중요하지 않은 일인 주민들의 생명만을 돌보면서 그들의 명예를 실추시키는 일은 감행하지 않을 것이다. 몇 명의 고객들은 정신적 자유를 되찾는 것 이상으로 갑자기 어둠이 덮친 거리에서 뭔가를 하고 싶은 유혹에 이끌렸다. 하늘의 불길이 쏟아지는 이들 폼페이 주민들 중 이미 몇몇은 지하 묘지처럼 컴컴한 지하철 복도 속으로 내려갔다. 사실 거기에는 그들만 있는 게 아니라는 것을 그들은 이미 알고 있었다. 그런데 새로운 원소처럼 모든 것을 적시는 어둠이 그 효과로서 몇몇 사람들에 대한 억누를 수 없는 유혹을 자아내어 평소에는 얼마의 시간이 지난 후에야 이르게 되는 그런 애무의 영역으로, 쾌락의 처음 단계를 생략하고 곧바로 들어가게 한다. 그러나 욕망하는 대상이 여자든 남자든 그들에 대한 접근이 제아무리 간단하고, 또 살롱에서처럼 섬세하게 멋을 부리며 질질 끌면서 사랑을 말할 필요가 없는 경우에도(적어도 대낮에는), 저녁이면(불빛이 희미하게 비치는 길에서) 실제로 즐기기 전에 눈으로만 즐기거나,*

---

* 실제로 즐기기 전에 돈을 쓴다는 의미의 관용어 manger le blé en

지나가는 행인 또는 욕망하는 사람에 대한 두려움 때문에 바라보고 말하는 것 이상은 하지 못하게 하는 어떤 서막이 있기 마련이다. 그러나 칠흑 같은 어둠 속에서는 이 모든 오래된 유희가 파기되며, 손과 입술과 몸이 먼저 반응한다. 상대가 냉담하게 굴면 어둠 때문에 실수했다고 핑계 댈 수도 있다. 그러나 상대가 우리 뜻을 받아들이면, 물러서지 않고 다가오는 몸의 즉각적인 반응에 비추어 우리가 침묵 속에서 상대하는 여인(또는 남성)이 어떤 편견도 없는 악덕으로 가득한 여인이라는 생각을 하게 되며, 또 이런 생각은 눈으로 탐하거나 허락받을 필요도 없이 직접 과일을 따먹을 수 있다는 행복의 추가물을 덧붙인다. 그렇지만 어둠은 지속된다. 이런 새로운 원소 속에 잠긴 쥐피앵의 고객들은, 그들이 여행을 했고 또 해일이나 일식 같은 자연 현상을 목격했으며, 모든 것이 준비된 고립된 장소에서 쾌락을 맛보는 대신 낯선 세계에서 우연한 만남으로 쾌락을 맛보았다고 믿었다. 그리하여 그들은 화산 같은 포탄의 으르렁거림 속에 마치 폼페이의 악명 높은 장소 아래 있다는 듯, 지하 묘지의 암흑 속에서 은밀한 의식을 거행했다.

도망가기를 원치 않은 다수의 사람들이 같은 홀 안에 모여 있었다. 그들은 서로를 알지 못했지만, 거의 같은 세계의 사람들이며 부자이고 귀족들이라는 걸 알 수 있었다. 그들 각각의 모습에는 뭔가 방탕한 쾌락에 저항하지 못하는 혐오스러운

herbe(직역하면 '이삭이 패지 않은 밀을 미리 먹다.'란 뜻이다.) 문맥에 따라 조금 수정해서 옮겼다.

것이 있었다. 한 명은 거구였는데 술주정뱅이처럼 얼굴이 온통 붉은 반점으로 덮여 있었다. 처음에 그는 술주정뱅이가 아니었고, 그저 젊은이들에게 술을 마시게 하는 데서 기쁨을 느끼는 그런 사람이었다고 누군가가 내게 말했다. 그는 군에 동원된다는 생각에 매우 겁을 먹었고(비록 쉰 살은 지난 듯 보였지만), 비만인 데다 100킬로그램이 넘으면 군 복무가 면제된다는 말에 쉴 새 없이 마시기 시작했다고 한다. 그런 지금은 이런 술책이 열정으로 변해 사람들과 헤어지자마자 누군가가 감시하지 않으면, 언제나 포도주 가게에 있는 그를 발견할 수 있다고 했다. 하지만 일단 말을 시작하면 매우 평범한 지성의 소유자인 그가 많은 지식과 교육과 교양을 갖춘 인간임을 알 수 있었다. 상류 사회의 또 다른 남자로 매우 젊고 뛰어난 외모를 가진 청년이 방 안으로 들어왔다. 사실을 말하자면 그에게는 아직 악덕의 외적 흔적은 없었지만 그보다 더 우려할 만한 내적 흔적이 있었다. 큰 키에 매력적인 얼굴을 가진 그의 화술은 옆에 앉은 알코올 중독자의 지성과는 완전히 다른, 과장 없이 정말 뛰어난 지성을 드러내 보였다. 그러나 그가 말하는 모든 것에는 다른 문장에 적합한 표정이 덧붙여졌다. 인간의 얼굴 표정이라는 완벽한 보물을 소유하고서도 그는 마치 다른 세계에서 살았던 듯, 그 표정을 틀린 순서로 배열했고, 자신이 지금 듣고 있는 말과는 아무 상관없는 미소와 시선을 되는대로 한 잎씩 흩날리는 것 같았다. 나는 그를 위해 아직 그가 살아 있는 것이 확실하다면, 지속적인 병의 희생물이 아닌 일시적 중독의 희생물이었기를 바란다. 이 모든 인간에게 그들의 명함을 달라고 청한 사람이 있다면 그는 아마 그들이 모두 상류층에 속하는 걸 보고 놀랐을 것이다. 어떤 종류의 악덕, 그 모든 악덕 중에서도 가장 고약한 악덕은 어떤 것에도 저항하지 못하게 하는 의지의 결핍으로, 그들을 별도의 방에, 하지만 거의 매일 저녁 모이게 하는 것도 그것이었다고 누군가는 내게 말했다. 그리하여 그들의 이름이 사교계 여인들에게 알려져도, 여인들은 차츰차츰 그들을 보지 못하게 되었고 더 이상 그들의 방문을 받을 기회도 갖지 못했다. 그들은 아직도 초대를 받긴 했지만, 습관적으로 잡다한 사람들이 모여 있는 그 악명 높은 장소로 발길을 돌렸다. 게다가 그들은 자기들의 쾌락에 기여하는 제복 입은 호텔 종업원들이나 노동자들과는 달리 그곳에 가는 걸 거의 감추지 않았다. 우리가 짐작하는 많은 이유들 말고도 다음과 같은 이유도 이해할 만하다. 즉 그들이 그곳에 가는 것은 회사원이나 하인에게 정숙하다고 믿어졌던 여인이 사창가에 가는 것과도 같다. 그곳에 간 적이 있다고 고백하는 사람들도 두 번 다시 가지 않았다고 부인했는데, 쥐피앵 자신도 그들의 평판을 보호하려고 그랬는지, 아니면 경쟁 상대를 피하려고 그랬는지 이렇게 단언했다. "오! 아닙니다. 그분은 우리 집에 오지 않습니다. 그런 곳에는 가고 싶지 않은 모양이죠." 사교계 인사들에게서 그 일은 그렇게 심각하지 않은데, 그곳에 가지 않는 다른 사교계 인사들은 그곳이 어떤 곳인지 알지 못하며, 또 남의 생활에는 관심이 없기 때문이다. 반면 만일 공군 숙소에서 정비공 몇 명이 그런 곳에 간다면, 동료들이 염탐할 것이므로 그 일이 알려질까 봐 두려운 정비공들은 무슨 일이 있어도 그런 곳에 가려고 하지 않을 것이다.

내 처소에 가까워질수록 나는 우리의 양심이 얼마나 빨리 습관에 협력하기를 멈추며, 양심이 습관을 돌보지 않은 채 발전하도록 내버려 두어 단순히 밖에서 관찰하기만 한다면, 또 그때부터 습관이 개인 전체와 인간의 행동을 끌어들여 그 도덕적 또는 지적인 가치가 완전히 다른 방향에서 독자적으로 발전한다고 가정한다면 얼마나 놀라게 될지를 생각해 보았다. 물론 그 '젊은이들로 하여금' 말하자면 순진하게도 하찮은 보수를 받고 그들에게 어떤 기쁨도 주지 않는 것을, 오히려 처음에는 혐오감마저 불러일으킨 것을 하도록 이끈 것은, 가장 덜 힘든 방법으로 돈을 벌려는 경향에(결국 많은 일들이 나중에 가면 쉬워지지만, 이를테면 병자는 자신이 맞서 싸운다고 생각되는, 대개는 가벼운 병보다 훨씬 힘든 삶을 자신의 괴벽과 박탈감과 처방을 가지고 만드는 것이 아닐까?), 적어도 가능한 한 가장 근면하지 않은 방법으로 돈을 벌려는 경향에 결합된 교육의 폐단이나 모든 교육의 부재였다. 그런 점에서 우리는 그들을 근본적으로 나쁜 사람이라고 생각할 수도 있지만, 그들은 전쟁터에서는 훌륭한 병사이자 비할 데 없이 '용감한 사람들'이었으며, 민간인으로서는 완벽하게 정직하지는 않지만 선량하게 사는 사람들이었다. 그들은 오래전부터 자신들이 영위하는 삶에 도덕적 또는 비도덕적인 면이 있을 수 있음을 이해하지 못했는데, 그것이 바로 그들 주변의 삶이었기 때문이다. 이렇게 해서 우리는 고대사의 어느 시기를 연구할 때면 개인적으로는 선량한 사람들이 어떤 양심의 가책도 느끼지 않고 대량 학살이나 인간 제물에 기여하는 걸 보고 놀라는데, 그들에게 그 일은 아마도 자연스러웠으리라.

쥐피앵의 호텔에 걸려 있는 폼페이 그림들*은 게다가 프랑스 혁명 말기를 환기한다는 점에서, 지금 막 시작된 집정부 시기와 유사한 이 시기에 어울렸다. 이미 평화에 대한 기대 속에 경찰의 통제를 지나치게 공개적으로 위반하지 않으려고 어둠 속에 숨은 채로 새로운 무도회가 도처에서 조직되었고 밤새도록 폭발하고 있었다. 이런 사실 외에도 전쟁 초기의 반게르만주의의 감정보다 조금은 약화된 예술적 견해들이 유통되면서 질식할 것 같은 정신에 숨통을 열어 주었다. 그러나 그런 견해를 소개하려면 애국심의 증명서가 필요했다. 한 교수가 실러에 관한 탁월한 책을 저술했고 사람들이 신문에서 그 사실을 알게 되었다.** 하지만 책의 저자를 말하기에 앞서 그가 마른 전투와 베르됭 전투에 참가했으며, 다섯 개의 훈장을 받고, 두 아들이 전사했다는 이야기가 마치 출판 허가증처럼 기재되었다. 실러에 관한 저술이 명료하고 심오하다고 칭찬했으나, 실러를 '위대한 독일인'이라고 하는 대신 '위대한 보슈'

---

* 쥐피앵의 호텔을 폼페이의 집과 연결한 것은 이 방탕한 장소가 집정부 시대의 방탕함을 환기하며, 더 나아가 그것이 일시적인 평화의 개념으로 위장되고 있음을 보여 준다.(『되찾은 시간』, GF-플라마리옹, 482~483쪽 참조.)

** 반게르만주의 감정이 약화되었다는 프루스트의 견해는 조금은 과장되었으며, 또 실러에 관한 책의 수용도 사실처럼 보이지 않는다고 지적된다.(『되찾은 시간』, 리브르드포슈, 462쪽 참조.)

라고 말하기만 하면 위대하다는 말도 붙일 수 있었다. 그것은 신문 기사를 위한 구호였고 그것을 사용하면 곧 통과되었다.

우리 시대는 아마도 2000년 후 그 역사를 읽을 사람에게는 몇몇 다정하고 순수한 양심의 소유자들을 당시에는 엄청나게 해로운 것처럼 보였던 그런 치명적인 환경 속으로 빠져들게 한 시대로 기록될 테지만, 그들은 그에 순응해서 살았다. 다른 한편으로 나는 지성과 감성의 관점에서 쥐피앵만큼 재능을 타고난 사람을 거의, 아니 전혀 알지 못한다고 말할 수 있다. 그의 말에서 재치의 골조를 짜는 그 멋진 '축적된 지혜'는 학교 교육이나 대학에서 습득한 지식에서 온 것이 아니었기 때문이다. 만일 그가 그런 교육이나 교양을 습득했다면 아마도 탁월한 인간이 되었을 테지만, 사교계의 젊은이들은 거기서 어떤 이득도 취하지 못했을 것이다. 타고난 감각과 천부적인 안목이, 어떤 지도자도 갖지 못한 채로 그저 한가한 시간에 어쩌다 아무렇게나 한 독서 덕분에 온갖 언어의 균형이 아름다움을 드러내고 가리키는 그토록 적절한 화법을 구성하게 했던 것이다. 그런데 그의 직업은 당연히 가장 수지맞는 직업 중의 하나였으며, 그러나 가장 천한 직업이었다. 샤를뤼스 씨로 말하자면, 그는 귀족적 오만함으로 사람들이 떠들어 대는 소문에 대해 조금은 경멸을 표시했지만, 어떻게 개인적인 품위와 자기 존중의 감정이 그에게 관능의 충족을, 완전한 광기 말고는 달리 변명할 수 없는 그런 관능의 충족을 거부하게 하지 못했을까? 그러나 쥐피앵과 마찬가지로 그에게는 오래전부터 모든 행동의 범주로부터 도덕성을 분리하는 습관이 있었고

(게다가 여러 다른 직책, 때로는 판사나 정치가의 직책, 그 밖에 다른 많은 직책에서도 찾아볼 수 있는), 이 습관이 날마다 심화되다가(더 이상 도덕적 감정에 의견을 물어보는 일 없이) 마침내는 프로메테우스가 힘에 의해 순수 물질의 바위에 스스로를 못 박는 데 동의하는 날까지 이르렀던 것이다.

아마도 그것이 샤를뤼스 씨가 앓고 있는 병의 새로운 단계일지도 모른다고 느꼈는데, 내가 그 병을 알아본 이래 내 눈으로 목격한 여러 다양한 단계에 따라 판단해 보면 그 병은 점점 빠른 속도로 진화하고 있었다. 가엾은 남작은 비록 베르뒤랭 부인의 예언과 소원대로 그의 죽음에 앞서, 게다가 죽음을 재촉할 뿐인 그런 구금 상태에는 이르지 않았지만, 이제 그의 종말, 죽음으로부터 그리 멀리 있지 않았다. 그렇지만 어쩌면 순수 물질의 바위라는 나의 표현은 부정확했는지도 모른다. 이런 순수 물질에도 약간의 정신은 여전히 떠돌 수 있기 때문이다. 그 광인은 어쨌든 자신이 광기의 먹잇감임을 알았고, 그렇지만 그런 순간에도 그는 놀이를 했다. 왜냐하면 그를 때리는 자가, 전쟁 놀이에서 제비뽑기에 의해 '프로이센'으로 정해진 어린 남자아이만큼이나 사악한 자가 아님을, 모든 사람들이 진짜 애국심과 거짓 증오의 열정 속에서 달려드는 자가 아님을 너무도 분명히 알았기 때문이다. 광기의 순간에도 샤를뤼스 씨의 인격은 그래도 조금 들어가 있었다. 그런 일탈 행위를 할 때조차 인간의 본성은(사랑이나 여행을 할 때와 마찬가지로) 진실에 대한 요구 때문에 여전히 믿음의 필요성을 드러낸다. 그렇지만 내가 프랑수아즈에게 밀라노 — 프랑수아즈가 아마도 한 번도 가 본 적 없는 도시인 — 의 한 성당이나 랭스 대성당 — 또는 아라스 대성당* — 의 이야기를 꺼낼 때면, 그것이 대부분 파괴되어 보러 갈 수 없는데도 그녀는 그런 보물을 보는 광경을 스스로 마련할 수 있는 부자들을 부러워하면서 향수 어린 그리움과 더불어 "아! 그건 얼마나 아름다웠을까요!"라고 외쳤다. 그렇지만 그녀는 수년 전부터 파리에 살면서도 지금까지 노트르담 대성당을 보러 갈 호기심조차 한 번도 가져 본 적이 없었다. 그 이유는 노트르담 성당이 파리의 일부, 즉 프랑수아즈의 일상이 전개되는 도시의 일부였고, 그래서 우리의 나이 든 하녀가 파리를 몽상의 대상으로 삼기는 힘들었기 때문이다. 나 역시 건축에 대한 연구로 콩브레에서 받은 영감을 몇몇 지점에서 수정하지 않았다면, 콩브레를 몽상의 대상으로 삼기 힘들었을 것이다. 사랑하는 사람에게는 우리가 언제나 인지하지는 못하지만 추구하는 어떤 꿈이 들어 있다. 베르고트나 스완에 대한 믿음은 내가 질베르트를 사랑하게 했고, 질베르 르 모베**에 대한 믿음은 게르망트 부인을 사랑하게 했다. 그리고 지극히 고통스럽고 질투 어린, 그리하여 지극히 개인적인 일로 보였던 알베르틴에 대한 나의 사랑에는 얼마나 광대한 넓이의 바다가 마련되었던가! 게다가 우리

---

* (파드칼레에 위치한) 아라스 대성당은 18세기 말에 세워진 고전주의풍의 성당으로 1914년 폭격 때 대부분 파괴되었다. 여기서는 랭스 대성당 같은 오래된 고딕 성당과의 대조를 위해 인용되었다.(『되찾은 시간』, 플레이아드 IV, 1246쪽 참조.)

** 『잃어버린 시간을 찾아서』 1권 188쪽 주석 참조.

가 집착하는 바로 이런 개인적인 성격 때문에 인간들에 대한 사랑은 이미 조금은 일탈 행위인 것이다.(육체의 병 자체는, 적어도 신경 조직과 관계되는 병은 우리 몸의 기관이나 관절에 배어든 일종의 특수한 취향이나 공포가 아닐까? 그 원인이 어떤 기후에 대해 느끼는 두려움, 마치 몇몇 남성이 코안경을 쓴 여인이나 여자 곡마사를 좋아하는 성향만큼이나 그렇게 집요하고 설명할 수 없는 두려움이 아닐까? 여자 곡마사를 볼 때마다 깨어나는 욕망이, 이를테면 평생을 천식 발작에 시달리던 사람에게 겉보기에는 다른 도시와 비슷한데도 그 도시에 가면 처음으로 자유롭게 숨을 쉴 수 있어 도시의 영향이 무의식적으로 또한 신비롭게 느껴지듯이, 그렇게 무의식적이고 지속적인 꿈과 연관이 있다 한들 누가 뭐라고 하겠는가?)

그런데 이런 일탈 행위는 병적인 결함이 사방에 퍼지면서 모든 것을 뒤덮는 사랑과도 같다. 가장 광기 어린 순간에도 사랑은 여전히 지각된다. 샤를뤼스 씨가 줄기차게 그 강도가 입증된 사슬 고리로 손과 발을 채워 주기를 원하고, 또 죄수를 묶는 쇠막대와 쥐피앵의 말에 따르면 선원에게 부탁해도 무척 구하기 힘든 형구(刑具)를 — 예전에는 형벌을 가하는 데 사용되었지만 지금은 규율이 가장 엄격한 선상에서도 그 사용이 폐기된 — 요구하는 그 모든 주장의 근저에는, 필요한 경우 난폭한 행동에 의해서라도 증명하고 싶은 남성성에 대한 온갖 몽상과, 십자가의 처형이나 봉건 시대의 고문 행위 같은 그의 중세에 대한 상상력을 장식하는 온갖 내적 채색화가, 우리 눈에는 보이지 않지만 그가 몇몇 그림자를 투사하는 채색화가 놓여 있었다. 이렇게 해서 그는 쥐피앵의 호텔에 도착할 때마다 동일한 감정을 가지고 쥐피앵에게 말했다. "적어도 오늘 저녁에는 경보가 울리지 않겠지. 소돔의 주민처럼 하늘에서 내려온 불길로 까맣게 탄 내 모습이 보여서 말이야." 그러고는 고타 폭격기를 두려워하는 척했지만, 그것은 고타에 대해 조금이라도 공포를 느껴서가 아니라, 사이렌이 울리자마자 지하철 대피소로 뛰어 들어갈 구실을 찾기 위해서였다. 그곳에서 그는 중세 지하와 '수도원 감옥'에 대한 아련한 몽상과 더불어 어둠 속에서 몸을 스치는 기쁨을 기대할 수 있었다. 요컨대 사슬에 묶이고 채찍질당하고 싶은 그의 욕망은 그 추악함 속에 다른 이들에게서 베네치아에 가고 싶은 욕망이나 발레리나를 부양하고 싶은 욕망처럼 그렇게 시적인 몽상을 드러냈다. 그리고 샤를뤼스 씨는 그 몽상이 현실의 환상을 주는 데 그토록 집착했으므로, 쥐피앵은 이런 샤를뤼스 씨를 위해 43호실에 있던 나무 침대를 팔고 쇠사슬에 더 잘 어울리는 철제 침대로 교체해야 했다.

내가 집에 도착했을 때 해제 경보 사이렌이 울렸다. 어린 소년이 외치는 소리가 소방관들이 내는 소음을 설명해 주었다. 프랑수아즈가 집사와 함께 지하실에서 올라오는 것이 보였다. 그녀는 내가 죽었다고 믿고 있었다. 생루가 미안해하면서 아침에 나를 방문했을 때 무공 훈장을 떨어뜨리지 않았는지 알아보기 위해 들렀다고 했다. 훈장을 잃어버린 걸 알아차리고 다음 날 아침 군대에 돌아가기 전에 만일을 생각해서 내 집에 있는지 보려고 왔다는 것이다. 프랑수아즈와 함께 사방을 뒤졌지만 아무것도 발견하지 못했다고 했다. 프랑수아즈는 그가 나를 보러 오기 전에 분실한 것 같다고 말했는데, 처음 그를 보았을 때 훈장을 달지 않았던 것 같으며, 아니 달지 않았다고 단언할 수 있다고 말했다. 그 점에서 그녀의 생각은 틀렸다. 바로 여기에 증언과 기억의 가치가 있다! 게다가 그것은 별로 중요한 일이 아니었다. 생루는 그의 남자들로부터 사랑받았듯이 장교들에게서도 높은 평가를 받았으므로 그 일은 쉽게 처리되었다.

더욱이 프랑수아즈와 집사가 별로 열의 없는 투로 말하는 걸로 보아 생루가 그들에게 그리 대단한 인상을 주지 못했음을 금방 느낄 수 있었다. 아마 집사의 아들과 프랑수아즈의 조카가 후방 부대에 배속되기 위해 했던 모든 노력을, 생루는 반대 방향에서 가장 위험한 곳에 가기 위해 똑같은 노력을 기울이고 또 성공했기 때문인지 몰랐다. 하지만 그 일을 프랑수아즈와 집사는 자기들의 입장에서 판단했고 믿지 못했다. 그들은 부자들이 언제나 안전한 곳에 있다고 확신했다. 게다가 로베르의 영웅적 용기에 대한 진실을 안다 해도, 그 진실은 그들을 별로 감동시키지 못했을 것이다. 로베르는 '보슈 놈'이라고 말하지 않았고, 독일군의 용맹함에 대해 찬사를 보냈으며, 또 우리가 첫날부터 승리자가 되지 못한 이유가 아군의 배신 때문이라고도 생각하지 않았다. 그런데 그 점이 바로 그들이 듣고 싶었던 말이며, 그들에게는 용기의 지표로 보였던 것이다. 따라서 비록 그들이 무공 훈장을 계속 찾긴 했지만, 나는 그들이 로베르에게 냉담하게 굴었을 거라고 생각했다. 훈장이 분실된 장소를 짐작했던 나는(생루가 그날 저녁 그런 식으로 무료함을 달랬다 해도 그건 잠시 기다리는 동안이었을 뿐, 모렐과 재회하고 싶은 욕망에 사로잡힌 그는 모렐을 보러 가기 위해 모렐이 어느 부대에 있는지 알려고 모든 군대 인맥을 동원했지만 지금까지는 다만 수백 통의 모순된 답장만을 받고 있었다.) 프랑수아즈와 집사에게 그만 가서 자라고 말했다. 그러나 집사는 전쟁 덕분에 수녀들의 추방*과 드레퓌스 사건보다 더 효과적으로 프랑수아즈를 괴롭힐 수 있는 방법을 발견한 후부터는, 결코 프랑수아즈와 서둘러 헤어지려 하지 않았다. 그날 밤도 나는 다른 요양원으로 떠나기 전에 파리에서 보낸 며칠 동안 그들 옆으로 갈 때마다, 집사가 겁에 질린 프랑수아즈에게 이렇게 말하는 걸 들었다. "그들은 물론 서두르지 않죠. 배가 익기만을 기다리니까요. 하지만 그날이 되면 그들은 파리를 차지할 테고 인정사정 봐주지 않겠죠." "오! 주님이시여, 동정녀 마리아시여!" 하고 프랑수아즈가 외쳤다. "저 불쌍한 벨기에를 '정복크[정복]'한 것만으로는 충분치 않나 봐요. 그들이 '침략크[침략]' 했을 때 벨기에는 충분히 고통을 받았어요."** "벨기에라고요, 프랑수아즈. 하지만 그들이 벨기에에서 한 짓은 이곳에서 한 짓에 비하면 아무것도 아니에요." 전쟁은 서민들의 대화 시장

---

* 교회가 반드레퓌스파를 지원한 데 이어 좌파 정부에서는 반교권 투쟁이 활발하게 진행되었다. 1901년 결사에 관한 법령은 모든 종교 수도회에 대해 사전 허가를 받도록 규정했으며, 1902년 새로 국무 회의 의장이 된 에밀 콩브는 이런 반교권 정책을 극단적으로 밀어붙여 허가를 받지 못한 수도회를 추방하고 교육계의 수도회를 폐쇄했다.(『되찾은 시간』, 플레이아드 IV, 1246쪽 참조.)

** 프랑수아즈의 말실수로 '정복하다'의 과거 분사 conquis 대신 conquéri, '침략'을 의미하는 invasion 대신 envahition으로 잘못 표현했다.

에 수많은 용어를 쏟아 냈지만, 그들은 그 용어를 눈으로 신문을 읽으면서 깨우쳤고 따라서 그 발음은 알지 못했으므로 집사는 이렇게 덧붙였다. "나는 세상이 어떻게 이 정도로 미쳤는지…… 이해할 수 없어요. 프랑수아즈, 당신도 곧 보게 될 거예요. 그들이 다른 어떤 공격보다 '쥬모[규모]'가 큰 새로운 공격을 준비하고 있다는 걸."* 프랑수아즈에 대한 연민과 전술상의 상식 때문은 아니라 해도 적어도 문법의 이름으로 항변하며 나는 '규모'라고 발음해야 한다고 단언했지만, 내가 부엌에 들어갈 때마다 그 끔찍한 말을 프랑수아즈에게 다시 쏟아 내게 하는 것 외에 별다른 소득은 없었다. 왜냐하면 집사는 동료인 프랑수아즈를 겁주는 데서 기쁨을 느낀 것만큼이나, 예전에는 콩브레의 정원사였으며 지금은 한낱 집사에 지나지 않지만, 그래도 생탕드레데샹 성당의 법칙에 따라 선량한 프랑스인으로서** 자주적으로 '쥬모[규모]'라고 발음할 권리와, 또 자신의 임무에 속하는 않는 일에 대해, 따라서 대혁명 이래 나와 동등한 사람이 되었으므로 아무도 그에게 뭐라고 하지 못하는 그런 일에 대해 지시를 받을 필요가 없는 권리를, '인권 선언'으로부터 물려받았음을 주인에게 보여 주게 된 것을 기쁘게 생각했기 때문이다.

---

* 집사의 말실수로 '규모'를 의미하는 envergure 대신 enverjure라고 잘못 발음했다.

** 98쪽 참조. 특히 생탕드레데샹 성당 정면에 새겨진 성인들의 조각상은 전통과 관습을 존중하는 콩브레 사람들의 도덕관을 표상한다.(『잃어버린 시간을 찾아서』 1권 264쪽 참조.)

그러므로 나는 집사가 끈질기게 큰 '쥬모'의 작전이라고 프랑수아즈에게 말하는 것을 들으며 슬픔을 느꼈는데, 그 집요함이 단어를 그렇게 발음하는 것이 무지의 결과가 아니라 충분히 심사숙고한 의지의 결과임을 증명하려는 목적에서 나온 것이었으니까. 그는 불신의 감정으로 가득한 '그들(on)'이라는 말 안에 정부와 신문을 혼동하면서 말했다. "'그들은' 우리에게 보슈 놈들의 피해에 대해 말하지만, 우리가 입은 피해에 대해선 말하지 않아요. 우리 쪽 피해가 열 배나 더 큰 것 같은데도요. 그들은 놈들이 기진맥진해 있다고, 더 이상 먹을 것도 없다고 말하지만, 나는 놈들이 우리보다 백배는 더 먹을 게 많다고 생각해요. 그래도 우리에게 과대 선전은 하지 말아야죠. 놈들에게 먹을 것이 없다면 요전 날처럼 스무 살도 안 된 젊은 이들을 10만 명이나 죽인 그런 싸움은 하지 못했을 테죠." 이렇게 그는 매 순간 마치 예전에 급진파의 승리에 대해 그랬듯이 독일군의 승리를 과장해서 말했다. 그는 동시에 그 승리가 프랑수아즈에게 더 고통스럽게 느껴지도록 그들이 저지른 참혹한 짓을 얘기했고, 그러면 프랑수아즈는 "아! 천사들의 성모님이시여, 아! 주님의 어머님이신 마리아시여!"라는 말을 멈추지 않았다. 때로는 이런 말로 불쾌함을 유도하기도 했다. "우리도 그들보다 나은 건 없어요. 우리가 그리스에서 하는 짓이 놈들이 벨기에에서 한 짓보다 나은 것도 아니거든요. 당신은 얼마 안 가 우리가 그 모든 사람을 적으로 돌려놓아 모든 국가와 싸워야 하는 현실을 보게 될 거예요." 그런데 현실은 정확히 그 말과 반대였다. 좋은 소식이 들려오는 날이면, 집사는 프랑수아즈에게 전쟁이 삼십오 년은 갈 거라고 단언하면서 복수했고, 또 가능한 평화의 예측에 대해서는 그런 평화는 몇 달도 지속되지 않고 전투로 이어질 것이며, 그런 전투에 비하면 지금의 전투는 아이들 장난에 불과하다면서, 전투가 벌어지면 프랑스에는 아무것도 남지 않게 될 거라고 단언했다.

연합군의 승리가 임박하지 않았다면 적어도 거의 확실한 것처럼 보였고, 그래서 집사가 슬퍼했음을 유감스럽게도 고백해야 한다. 왜냐하면 그는 '세계적인' 전쟁을 다른 모든 것과 마찬가지로 자신이 프랑수아즈에 대해 남몰래 주도하는 전쟁으로 축소했으므로(게다가 그는 프랑수아즈를 사랑했다. 그럼에도 그는 매일같이 도미노 놀이에 이겨 상대를 화나게 하면서 만족하는 식으로 사랑했다.), 그가 승리를 상상할 때마다 그것은 그의 눈에 "마침내 끝이 났군요. 1870년에 우리가 그들에게 준 것보다 이번에는 그들이 우리에게 훨씬 많은 것을 주어야 할걸요."라고 프랑수아즈가 말하는 걸 들으면서 고통을 느끼게 될 그런 첫 번째 대화 형태로 실현되었다. 게다가 그는 그런 운명적인 날이 도래할 거라고 늘 믿고 있었다. 무의식적인 애국심이, 내가 병에 걸린 후부터는 나도 마찬가지지만 동일한 신기루의 희생물인 모든 프랑스인들처럼, 그에게 승리가 — 내게는 병의 치유가 — 임박했다고 믿게 했기 때문이다. 그는 프랑수아즈에게 어쩌면 승리가 도래할지는 모르지만, 프랑수아즈는 가슴속에서 피를 흘리게 될 거라고 예고하면서 선수를 쳤다. 왜냐하면 승리의 뒤를 이어 곧 혁명이, 그 다음에는 침략이 따를 것이기 때문이다. "아! 빌어먹을 전쟁

같으니. 보슈 놈들만이 유일하게 곧 다시 일어날 겁니다. 프랑수아즈, 그들은 이미 이번 전쟁에서 수천억을 벌었어요. 그런데도 우리에게는 한 푼밖에 토해 내지 않으니 이 무슨 웃음거리예요! 아마 신문이 그 사실을 곧 알릴 테죠." 하고 그는 신중함에서, 또 모든 사태에 대비하기 위해서 덧붙였다. "민중의 마음을 달래기 위해 삼 년 전부터 전쟁이 내일 끝날 거라고 말해 온 것처럼 말이죠." 사실 집사의 말보다 오히려 낙관주의자들의 말을 믿어 온 프랑수아즈는 이 말에 몹시 혼란을 느꼈는데, 가엾은 벨기에 '침략크[침략]'에도 불구하고, 보름 안에 끝날 거라고 믿었던 전쟁이 내내 계속되는 걸 보았고, 또 전선의 교착 상태라는, 그녀가 그 뜻을 잘 이해하지 못하는 현상 때문에 아무 진전도 없고, 또 그녀의 수많은 '대자들' 중 하나로부터 — 그녀가 우리 집에서 버는 돈을 모두 갖다 바치는 — 그들이 이런저런 일을 숨긴다는 얘기를 들었기 때문이다. "이 모든 건 노동자들 몫으로 돌아가게 되겠죠." 하고 집사는 결론을 내렸다. "그들은 당신 밭도 가져갈지 몰라요, 프랑수아즈." "아! 주님 하느님이시여!" 그러나 집사는 이런 멀리 있는 불행보다 가까운 불행을 더 좋아했고, 프랑수아즈에게 전쟁에서 패배한 소식을 하나라도 더 알릴 기대에서 신문을 탐독했다. 그는 부활절 달걀을 기다리듯이 나쁜 소식을 기다렸는데, 프랑수아즈를 무섭게 할 만큼은 충분히 나쁘지만, 자신에게 물질적인 고통을 줄 만큼 나쁜 소식은 아니기를 바랐다. 이렇게 해서 체펠린 비행선의 공습도 지하실로 숨으러 가는 프랑수아즈의 모습을 보기 위해서라면 기쁘게 여겼으리

라. 왜냐하면 파리 같은 대도시에서는 폭탄이 바로 우리 집 위로 떨어지지 않을 거라고 확신했기 때문이다.

더욱이 프랑수아즈는 콩브레에서의 평화주의에 이따금 다시 물들곤 했다. '독일인의 참혹한 짓'에 대해서도 거의 의심할 정도였다. "전쟁 초기에 그들은 우리에게 이런 독일인들이 살인자이자 불량배이며 진짜 무뢰한이자 브브보슈…… 라고 말했다."(그녀가 보슈(Boches)라는 말에 여러 개의 브(b)를 붙인 것은 독일 사람이 살인자라는 비난은 어쨌든 그럴듯해 보였지만, 그들이 보슈라는 비난은 그 터무니없는 양상 때문에 전혀 사실 같아 보이지 않았기 때문이다.* 다만 프랑수아즈가 그런 말을 한 것이 전쟁 초기였으며, 또 그 단어를 발음하는 프랑수아즈의 의심스러운 표정으로 보아, 보슈라는 말에 프랑수아즈가 어떤 신비로운 끔찍한 의미를 붙이는지는 이해하기 어려웠다. 왜냐하면 독일인이 범죄자라는 의심은 사실상 아무 근거도 없는 허황된 것일 수 있지만, 그래도 논리적 관점에서 그 자체로 모순된 점은 없었다. 그렇다면 그들이 '보슈'라는 사실은 어떻게 의심할 수 있단 말인가? 이 단어가 속어로는 바로 독일인을 지칭하는데 말이다. 어쩌면 그녀가 당시

---

* 조금은 이해하기 힘든 문장으로 앞에서 지적했듯이 Boche가 Alboche에서 유래한 은어로 1차 세계 대전 동안 프랑스인이 독일인을 부르는 은어였다면(78쪽 주석 참조.), 그 단어에는 온갖 결함과 생략, 왜곡, 격렬함 등 부정적인 양상이 함축되어 있다. 프랑스어로 oche란 어미는 대개 부정적인 단어에 붙는 어미로('꼴통'이란 의미의 caboche, '낡은 구두'란 의미의 galoche, '못생긴'이란 의미의 moche 등등), 이런 비난의 터무니없는 양상이 프랑수아즈에게는 사실로 믿기 어렵다는 의미이다.

들었던 격렬한 내용의 발언을, 그 안에서 '보슈'라는 단어가 유달리 강조되었던 발언을 간접적인 형태로 반복했는지도 몰랐다. "나는 그 모든 걸 믿었어요."라고 그녀가 말했다. "그러나 얼마 후에는 우리도 그들처럼 사기꾼이 아닌지 마음속으로 물어본답니다." 이런 모독적인 생각은 집사가 그리스의 콘스탄티노스 왕에게 호감을 가진 동료를 보고 왕이 굴복할 때까지 프랑스가 왕에게 식량도 제공하지 않는 것처럼 계속 묘사하는 걸 보면서 엉큼하게 프랑수아즈에게서 생겨난 것이었다. 그래서 왕이 퇴위했을 때 몹시 흥분한 프랑수아즈는 "우리도 그들보다 나은 게 없어요. 우리도 독일에 있었다면 똑같이 했을 거예요."라고 단언할 정도였다.

게다가 나는 그 며칠 동안 그녀를 거의 보지 못했는데, 어머니께서 자주 내게 "너도 알다시피 그 사람들은 너보다 훨씬 부자란다."라고 말한 적 있는 사촌 집으로 그녀가 자주 갔기 때문이다. 그런데 그 기간 동안 우리는 온 나라에 걸쳐 무척이나 아름다운 일들을 목격하게 되었는데, 만일 그 일에 대한 기억을 오래 보존하려는 역사학자가 있다면, 프랑스의 위대함, 그 영혼의 위대함, 생탕드레데샹 성당을 따르는 프랑스의 위대함에 대한 증언으로, 그것은 또한 마른 전투에서 쓰러진 병사들 못지않게 후방에서 살아남은 민간인들이 보여 주는 그런 미담이었다. 프랑수아즈의 조카 하나가 베리오바크*에서

---

* 랭스와 라옹 사이에 있는 베리오바크는 1914년의 전선이 형성된 이래, 포슈 장군이 1918년 승리를 거둘 때까지 포탄 세례를 받았던 곳이다.

전사했다. 그는 또한 조금 전에 말한 예전에 커다란 카페들을 운영하며 한재산을 모으고 나서는 오래전에 은퇴한 프랑수아즈의 그 백만장자 사촌의 조카이기도 했다. 그런데 죽은 조카도 작은 카페를 운영했지만 재산은 없었고, 스물다섯 살 나이에 군대에 동원되자 몇 달 후면 다시 돌아올 거라고 믿으면서 젊은 아내에게 혼자 카운터를 맡기고 떠났다. 그가 전사했다. 그러자 사람들은 다음과 같은 일을 목격하게 되었다. 프랑수아즈의 백만장자 사촌은 조카의 미망인인 젊은 아내와는 아무 관계도 없었지만, 십 년 전부터 은퇴한 시골을 떠나 한 푼도 받지 않고 다시 카페에서 일하는 종업원이 되었다. 진짜 귀부인인 백만장자의 아내는 아침 6시부터 진짜 '숙녀'인 자기 딸과 함께, 결혼으로 사촌이 된 조카를 도울 준비를 하면서 옷을 입었다. 그래서 거의 삼 년 전부터 그들은 그렇게 아침 9시 30분부터 저녁까지 하루도 쉬지 않고 컵을 씻고 음료수를 날랐다. 그런데 모든 것이 내 논증의 필요에 따라 고안되고 허구가 아닌 것은 하나도 없으며, 가명으로 등장하는 '실제' 인물은 단 한 명도 없는 이 책에서, 나는 내 나라를 찬양하기 위해 프랑수아즈의 백만장자 친척들이 다만 의지할 곳 없는 조카를 도와주기 위해 그들의 은퇴지를 떠났고, 또 이런 그들이 실제로 존재하는 사람이라는 걸 말해야 한다. 그들은 결코 이 책을 읽지 않을 것이기에 그들의 겸손함에 누가 되지 않으리라고 확신하면서, 또 그들과 같은 방식으로 행동한 다른 수많은 사람들, 그들 덕분에 프랑스가 존속할 수 있었던 수많은 사람들의 이름을 전부 인용할 수는 없지만, 어린아이 같은 기쁨과 깊은 감동을 느끼면서 그들의 진짜 이름을 여기 적으려고 한다. 그들은 게다가 지극히 프랑스적인 이름으로 라리비에르(Larivière)*라고 불린다. 내가 쥐피앵네 호텔에서 목격한, 그 '사교적 오찬이 있어' 10시 30분에 레옹을 취할 수 있는지를 아는 것이 유일한 관심사였던 스모킹 차림의 위압적인 젊은이 같은 비열한 후방 부대 근무병들이 존재한다 해도, 그들은 생탕드레데샹 성당의 정신을 따르는 모든 수많은 프랑스인들과 내가 라리비에르 사람들과 동등하게 여기는 숭고한 병사들에 의해 죄가 사면되었다.

집사는 프랑수아즈의 불안을 부추기려고 《모든 사람을 위한 독서》**라는 그가 발견한 오래된 잡지를 보여 주었는데, 겉표지에는(잡지 호수(號數)가 모두 전쟁 전에 발간된) '독일 황제 일가' 사진이 실려 있었다. "내일 우리 주인이 될 사람이 바로 여기 있군요." 하고 집사는 프랑수아즈에게 '기욤(빌헬름)'을 가리키며 말했다. 그러자 그녀는 눈을 크게 뜨고 황제 옆의 여성 쪽으로 가더니 "기요메스가 여기 있네요!"라고 말했다.***

---

* 라리비에르는 프랑스어로 '시내 강'을 뜻하는데, 프루스트의 가정부인 셀레스트 알바레의 부모 이름이었다고 한다.(『되찾은 시간』, 플레이아드 IV, 1247쪽 참조.)

** 1898년에 창간된 잡지이다.

*** 기요메스는 프랑스에서 빌헬름 황제의 첫 번째 아내 아우구스타 빅토리아를 부르는 호칭이었다. 그러나 이것은 또한 프랑수아즈가 남성 명사를 여성 명사로 만드는 습관을 보여 주는 한 사례로(『잃어버린 시간을 찾아서』 5권 40쪽 주석 참조.), 그녀는 빌헬름의 프랑스어 표기인 '기욤(Guillaume)'에 여성형 어미를 붙여 '기요메스(Guillaumesse)'라고 칭했다.

프랑수아즈로 말하자면, 그녀는 독일군에 대한 적개심이 대단했다. 그 적개심은 다만 우리 장관들이 불러일으키는 적개심에 의해서만 완화되었다. 나는 그녀가 보다 열렬하게 바란 것이 힌덴부르크의 죽음인지 아니면 클레망소의 죽음인지 알 수 없었다.*

파리로의 출발은 한 소식이 초래한 슬픔 때문에 지연되었고 얼마 동안은 길을 떠나는 것조차 불가능해졌다. 사실 나는 로베르 드 생루의 죽음에 관해, 전선으로 돌아간 지 이틀 후에 부하들의 철수를 엄호하다가 전사했다는 소식을 들었다. 생루처럼 다른 민족에 대해 증오심이 없는 인간도 없었다.(또 그는 황제에 대해서도 어떤 특별한 이유로, 어쩌면 틀린 이유인지는 모르겠지만, 빌헬름 2세가 전쟁을 일으켰다기보다는 오히려 전쟁을 막으려고 했다고 생각했다.) 게르만주의에 대한 증오심도 없었다. 내가 그의 입에서 마지막으로 들은 말들은, 육 일 전 그가 우리 집 계단을 내려오면서 독일어로 흥얼거린 슈만의 가곡 첫 구절이었다. 나는 이웃 사람들을 의식하여 노래를 부르지 말라고 했다. 최고의 훌륭한 교육을 통해 자신의 행동에서 온갖 변명이나 욕설과 미사여구의 가지를 잘라 내는 데 익숙한 그는, 적 앞에서도 마치 전쟁에 처음 동원되었을 때처럼, 그의 모든 행동을 특징짓는 그런 남 앞에 자신을 드러내려 하지 않는 태도를 통해, 내가 그의 집에서 나올 때마다 모자도 안 쓴

* 1916년 당시 독일의 참모 총장이었던 힌덴부르크와 1917년 국무 회의 의장 겸 전쟁 장관이었던 클레망소를 대비시키고 있다. 급진공화파의 수장이던 클레망소에 대한 프랑수아즈의 적개심을 풍자하는 대목이다.

채 길까지 바래다주고 내가 탄 삯마차의 문을 닫아 주는 태도에 이르기까지, 그는 자신의 목숨을 보장해 줄 수 있는 것도 피했다.* 나는 그를 생각하며 며칠 동안 방 안에 칩거했다. 처음 발베크에 도착했을 때, 새하얀 모직 옷차림에 바다처럼 움직이는 초록색 눈을 가진 그가 유리창이 바다에 면한 큰 식당 옆 로비를 지나가던 모습이 기억났다.** 그때 내 눈에 비쳤던 그 특별한 존재, 내 쪽에서 그토록 친구가 되기를 소망했던 존재를 떠올렸다. 그 소망은 내가 상상할 수 있었던 것 이상으로 실현되었고, 그렇지만 당시에는 내게 어떤 기쁨도 주지 못했으며, 그러다가 그의 커다란 장점과 우아한 외모 아래 감추어진 다른 것도 알게 되었다. 좋은 것이든 나쁜 것이든 그는 그 모든 것을 아낌없이 날마다 주었고, 최후에는 관대한 마음으로 자신이 소유한 모든 것을 다른 사람들에게 바치기 위해 참호를 공격했다. 마치 어느 날 저녁 나를 방해하지 않기 위해 레스토랑 의자 위를 달려왔을 때처럼, 발베크 호텔 로비나 리브벨의 카페, 동시에르의 기병대 병영과 군인들과의 저녁 식사, 그가 신문 기자의 뺨을 때렸던 극장, 게르망트 대공 부인 댁과 같은 그런 다양한 장소***와 그토록 오랜 시간

---

* 친구인 베르트랑 드 페늘롱(Bertrand de Fénelon, 1878~1914)의 사망 소식을 듣고 프루스트가 한 지인에게 보낸 편지 내용과 유사하다고 지적된다.(『되찾은 시간』, 플레이아드 IV, 1247쪽 참조.)

** 『잃어버린 시간을 찾아서』 4권 151쪽 참조.

*** 『잃어버린 시간을 찾아서』 6권 166쪽(레스토랑에서), 4권 151쪽(발베크 호텔의 식당 또는 로비에서), 4권 283~284쪽(리브벨의 카페에서), 5권 114~189쪽(동시에르에서), 5권 290~291쪽(극장에서), 7권 170~175쪽.

의 거리를 두고 상이한 상황에서 결국 드물게 만났다는 사실이 그의 삶에 대해 보다 생생하고 선명한 장면을 떠올리게 했으며, 그의 죽음에 대해서도 보다 명철한 슬픔을 느끼게 했다. 그보다 더 많이 사랑하지만 계속해서 만나는 사람들에게서는 흔히 느끼지 못하는 슬픔이다. 지속적으로 만나는 사람들에 대해 우리가 간직하는 이미지는 거의 차이를 지각할 수 없는 수많은 이미지들의 어렴풋한 평균치에 지나지 않으며, 그래서 우리의 충족된 애정은 서로의 소망에도 불구하고 상황 때문에 어쩔 수 없이 좌절된 불완전한 만남 속에서 지극히 한정된 순간에만 만나는 사람들이 느끼는 그런 큰 애정의 가능성에 대한 환상은 품지 못한다. 외알 안경의 뒤를 쫓으며 달려가던 그의 모습을 보고 지극히 오만한 존재라고 상상한 지 얼마 안 되어 그 발베크 호텔의 로비에는 또 하나의 살아 있는 형체가 있었는데, 내가 처음 발베크의 해변에서 만났고, 그러나 지금은 추억의 상태로만 존재하는 알베르틴이었다. 첫날 저녁 모래를 밟으며 모든 사람에게 무관심했던 그녀는 갈매기 같은 바다 소녀였다. 나는 그녀를 너무도 일찍 사랑하게 되었고, 그 때문에 매일 저녁 그녀와 함께 외출하느라 한 번도 발베크를 떠나 생루를 만나러 가지 않았다. 그렇지만 생루와 내 관계의 역사는 내가 한때 알베르틴을 사랑하지 않았음을 증언했다. 왜냐하면 내가 로베르 곁에서 며칠을 보내려고 동시에르에 간 것은 게르망트 부인에 대한 나의 감정이 상호적이지 않

(게르망트 대공 부인 댁에서)

은 데서 생긴 슬픔 때문이었으니까.* 생루와 알베르틴의 삶은 둘 다 내가 발베크에서 훨씬 나중에 알게 된 것으로, 그들의 삶은 그토록 빨리 끝났고 서로 마주친 적도 거의 없었다. 세월이라는 베틀북의 빠른 왕래가 처음에는 완전히 무관해 보이는 우리 추억의 실 사이를 오가며 실을 잣는 걸 보면서 바로 그였다고, 알베르틴이 떠났을 때 내가 봉탕 부인 댁에 보낸 사람이 바로 그였다고 되뇌었다.** 또 그 두 사람의 삶에는 내가 의심도 하지 않았던 비밀이 나란히 놓여 있었다. 생루의 비밀은 어쩌면 이제는 내게 낯선 것이 되어 버린 알베르틴의 삶에 대한 비밀보다 더 많은 슬픔을 자아냈는지도 모른다. 그러나 그녀의 삶이 생루의 삶처럼 그토록 짧았다는 사실은 나의 마음을 달래 주지 못했다. 알베르틴과 생루는 자주 내 건강을 걱정하면서 "병약한 당신"이라고 말하곤 했다. 그런데 죽은 자들은 바로 그들이며, 하나는 참호 앞에서 다른 하나는 시냇물에 떠다니는*** 그들의 마지막 이미지를, 나는 사실 그렇게 짧은 간격에 의해 분리된 그들의 첫 번째 이미지와 비교할 수 있었다. 알베르틴의 경우에도 그녀의 첫 번째 이미지는 일몰의

---

* 『잃어버린 시간을 찾아서』 5권 110~112쪽 참조.

** 『잃어버린 시간을 찾아서』 11권 41쪽 참조.

*** 『사라진 알베르틴』에서 알베르틴의 죽음은 말을 타고 산책하다 낙마해서 죽은 것으로 나와 있다. 그러나 나탈리 모리악과 에티엔 울프가 출간한 『사라진 알베르틴』에 따르면 알베르틴은 말을 타고 산책하다 콩브레의 비본 내에 익사한 것으로 표현된다. 두 경우 다 비행기 사고로 지중해에 추락해서 죽은 아고스티넬리의 죽음과 연관이 있다고 지적된다.(『되찾은 시간』, 폴리오, 408쪽 참조.)

바다 이미지와 연결된다는 점에서만 내게는 가치가 있었다. 프랑수아즈는 생루의 죽음을 알베르틴의 죽음보다 더 깊은 연민의 감정을 가지고 받아들였다. 그녀는 즉시 눈물 흘리는 사람의 소임을 맡아 망자에 대한 추억을 절망적인 비탄과 애도의 노래로 표현했다. 그녀는 자신의 슬픔을 전시했고, 내가 나도 모르게 슬픔을 드러낼 때면 그녀는 그런 나의 모습을 보지 못했음을 나타내려고 머리를 돌리며 냉정한 표정을 지었다. 신경이 예민한 많은 사람들처럼 타인의 신경과민이 아마도 자신의 것과 너무도 흡사해서 짜증이 났던 모양이다. 그녀는 이제 아주 작은 목 비틀림이나 현기증 또는 타박상에 대해서도 사람들의 눈에 띄게 하고 싶어 했다. 그러나 내가 느끼는 그런 통증 가운데 하나를 얘기하려 하면, 다시 의연하고 엄숙해진 그녀는 아무 말도 듣지 않은 척했다.

"가엾은 후작님," 하고 생루가 전쟁터에 가지 않기 위해, 또 일단 동원된 후에는 위험을 피하기 위해 온갖 힘든 일을 다 했으리라고 생각하면서도 그녀는 그렇게 말했다. "가엾은 마님," 하고 그녀는 마르상트 부인을 생각하며 말했다. "마님께서 아들의 사망 소식을 듣고 얼마나 울었을까요! 아들의 모습이라도 다시 볼 수 있다면 또 모를까, 아니 어쩌면 볼 수 없는 게 더 나았을지도 모르겠네요. 코가 둘로 잘렸다는군요. 얼굴이 온통 뭉개졌다나 봐요." 그리하여 프랑수아즈의 눈에는 눈물이 가득했고 그 눈물 너머로 시골 여자의 잔인한 호기심이 감지되었다. 프랑수아즈는 마르상트 부인의 고통을 진심으로 슬퍼했지만 그 고통이 어떤 형태를 취하는지 알 수 없었고, 또 고통의 광경을 보고 비탄에 잠길 수 없음을 안타까워했다. 그녀는 진심으로 울고 싶었고 또 자신이 우는 모습을 내게 보이고 싶어서 울음을 유발하려고 이렇게 말했다. "그 일이 뭔가 내 마음을 흔드는군요." 그녀는 내 얼굴에서도 슬픔의 흔적을 엿보기를 열망했는데, 그것이 내게 로베르의 이야기를 하면서 조금은 냉담한 척하는 태도를 취하게 했다. 주방에서도 예술가들의 소모임과 마찬가지로 상투적인 말은 존재하는 법이므로, 모방 정신에서인지 아니면 어디서 말하는 걸 들어서인지, 그렇다고 해서 가난한 자의 만족감이 없지도 않은 투로 그녀는 이렇게 되풀이했다. "아무리 돈이 많아도 다른 사람들처럼 죽음을 피하지는 못했네요. 그 많은 돈이 이제는 아무 소용이 없으니까요." 집사는 이 기회를 이용해서 프랑수아즈에게 어쩌면 그건 슬픈 일이지만, 비록 정부가 숨기기 위해 온갖 노력을 하는데도 날마다 수백만의 인간이 죽어 가는 것에 비하면 전혀 중요하지 않다고 말했다. 그러나 이번에는 집사가 생각했던 것만큼 프랑수아즈의 고통을 키우는 데는 성공하지 못했다. 왜냐하면 그녀가 "그들 역시 프랑스를 위해 죽은 건 사실이에요. 하지만 그들은 낯선 자들이죠. 우리는 아는 '사람들(genss)*'에 대해서 언제나 더 관심을 기울이는 법이니까요."라고 대답했기 때문이다. 그리고 눈물을 흘리는 데서 기쁨을 느낀 프랑수아즈는 다시 덧붙였다. "신문에서 후작님의

* 프랑수아즈의 틀린 표기법으로 '사람들(gens)'이란 복수적 의미의 단어에 어미 s를 더 추가했다.

죽음을 얘기하면 꼭 유념해서 내게 알려 주도록 해요."

로베르는 전쟁이 일어나기 훨씬 전부터 내게 여러 번 서글프게 말하곤 했다. "오! 내 삶에 대해서는 얘기하지 마. 난 일찍부터 선고받은 자야." 그가 그때까지 모든 사람에게 감추는 데 성공했지만 자신은 잘 알고 있는 악덕을, 또 어쩌면 처음으로 성 관계를 맺은 아이처럼, 또는 그전에라도 꽃가루를 뿌리고 나면 그 후에 금방 죽어 버리는 식물과 자신의 몸이 비슷하다고 상상하며 혼자 쾌락을 찾는 아이처럼, 악덕의 심각성을 지나치게 과장해서 암시한 것은 아닐까? 어쩌면 이런 과장은 아이들과 마찬가지로 생루에게서도 아직은 낯설게 느껴지는 어떤 죄의 개념에, 또는 시간이 가면서 조금은 약화되는 그런 무서운 힘을 가진 새로운 감각에 연유하는지도 몰랐다. 아니면 꽤 젊은 나이에 돌연 세상을 떠난 아버지의 죽음으로 필요한 경우 정당화되는 그런 자신의 때 이른 죽음을 예감했던 것일까? 아마 이런 종류의 예감은 불가능한 것인지도 모른다. 그렇지만 죽음은 어떤 법칙에 종속된 것처럼 보인다. 이를테면 아주 늙거나 아주 젊은 나이에 사망한 부모로부터 태어난 자식이 그들과 같은 나이에 언제나 사라져야 하는 것처럼 말이다. 전자는 고칠 수 없는 병과 슬픔을 백 살까지 끌고 다니다가, 후자는 건강하고 행복한 생활을 하지만 다만 죽음의 실현에 필요한 절차처럼 보이는 우연하고도 적절한 병에 의해(자신의 기질 속에 지닌 어떤 깊은 뿌리에 의해) 때 이른 불가피한 시기에 휩쓸려 가는 일이 종종 있는 것 같다. 그리고 우발적인 죽음조차 — 생루의 죽음처럼 내가 말해야 한다고 믿은 것 이상으로 어쩌면 많은 방식에서 그의 성격에 연결되어 있는 — 미리 새겨져 있어서 오로지 신들만이 알고 인간의 눈에는 보이지 않지만, 반은 무의식적이고 반은 의식적인 슬픔을 통해(후자의 단계에서도 마음속으로는 거기서 빠져나왔다고 믿지만 결국은 닥치기 마련인 불행을 알릴 때면 타인에게 완전히 진지한 얼굴로 표현하는), 자신의 마음속에 가문의 좌우명처럼 그 운명적인 날짜를 짊어지고 끊임없이 지각하는 사람에게 특별한 그런 슬픔을 통해 드러나는 것은 가능한 일이 아닐까?

그 최후의 시간 동안 그는 틀림없이 아름다웠으리라. 그가 사는 동안 앉아 있을 때나 또는 살롱에서 걸을 때조차 삼각형 머리에 든 그 제어할 수 없는 의지를 미소로 감추면서 공격의 열정을 자제하는 듯 보였던 그가 마침내 공격을 감행했던 것이다. 책을 벗어던진 봉건 시대의 망루가 드디어 다시 군사적인 망루가 되었다. 이 게르망트의 인간은 죽음을 맞이하면서 더욱 그 자신이 되었고, 아니 오히려 더욱 그 종족이 되어 거기 녹아들었으며 그 안에서 그는, 마치 콩브레의 생틸레르 성당에서 거행된 장례식에서 온통 검은 천으로 뒤덮인 가운데 죽음에 의해 다시 그 일원이 된 게르망트의 G라는 글자만이 세례명의 이니셜도 작위도 없이 닫힌 왕관* 아래 선명하게 붉은색으로 드러나면서 상징적으로 가시화된 것처럼, 그저 한

* 여기서 '닫힌 왕관'이라고 옮긴 couronne fermée는 머리띠 모양의 관 위에 두세 개의 아치가 놓이고 꼭대기에서 서로 합쳐지는 왕이나 왕족들이 쓰던 관을 가리킨다.

명의 게르망트에 지나지 않았다.

장례식이 즉시 거행되지 않았으므로 나는 그전에 질베르트에게 편지를 썼다. 어쩌면 게르망트 공작 부인에게 썼어야 하는지도 모른다. 그러나 자신의 삶과 그토록 밀접하게 연관된 것처럼 보였던 많은 이들의 죽음에 무관심을 표명하는 것을 본 나는, 부인이 어쩌면 게르망트 정신의 특징에 따라 인척 관계에 맹목적으로 집착하지 않는다는 걸 보여 주려고 로베르의 죽음에도 똑같이 무관심을 나타낼지도 모른다고 생각했다. 게다가 모든 이들에게 편지를 쓰기에는 건강이 몹시 나빴다. 예전에 나는 부인과 로베르가 사교계에서 말하는 의미에서 서로 좋아하는 사이라고, 다시 말해 옆에 있을 때면 그 순간 느끼는 다정한 말들을 서로 나누는 사이라고 생각했다. 그러나 부인과 떨어지면 그는 망설이지 않고 부인을 바보라고 선언했으며, 부인은 그를 보면 이따금 이기적인 기쁨을 느끼긴 했지만, 그를 위해 아주 작은 수고도 하려 하지 않았고, 그에게 도움을 주거나 불행한 일을 피하게 해 주려고 자신의 영향력을 약간 행사하는 데도 무력함을 보여 왔다. 로베르가 모로코로 다시 출발했을 때 부인이 생조제프 장군에게 그를 추천하기를 거절하면서 증명해 보인 그 심술궂은 태도는,* 생루의 결혼에서 보여 준 헌신적인 행동이 그녀에게는 돈이 전혀 들지 않는 일종의 보상 행위에 불과하다는 걸 증명했다. 그래서 나는 로베르가 전사했을 때, 마침 부인이 병중이었으므

* 『잃어버린 시간을 찾아서』 6권 168쪽, 336쪽 참조.

로 사람들이 그의 죽음이 게재된 기사가 실린 신문을, 부인이 느낄 충격을 피하기 위해 며칠 동안 그럴듯한 구실을 대면서 감출 생각을 했다는 이야기를 듣고 몹시 놀랐다. 그러나 진실을 알려야만 했을 때 공작 부인은 하루 종일 울었고, 그래서 병이 났고, 그녀의 마음을 진정시키기까지 꽤 오랜 시간이 걸렸다는 — 일주일 이상 걸렸는데 그녀로서는 긴 시간이었다 — 말을 들었을 땐 더욱 놀라지 않을 수 없었다. 부인의 슬픔을 알았을 때 나는 깊이 감동했다. 그 슬픔은 모든 사람에게 그들 사이에 깊은 우정이 존재했다고 말할 수 있도록, 나 자신도 확신할 수 있도록 해 주었다. 그러나 도움을 준다는 말에 얼마나 많은 비방과 악의가 담겨 있는지를 상기하면 사교계에서의 깊은 우정이 별 의미가 없다는 생각이 든다.

더욱이 얼마 후 내 마음에 일으킨 감동은 그리 크지 않았지만, 역사적으로 보다 중요한 상황에서 게르망트 부인이 내가 생각하기에 보다 호의적인 빛 아래 자신을 드러내 보였다. 기억할지 모르겠지만 그녀는 처녀 시절에 러시아의 황족에게 그토록 대담하게 무례한 행동을 했으며,* 결혼한 후에는 때로는 요령 부족이라는 비난을 받을 정도로 자유롭게 그들과 담소를 나누었다. 아마도 그녀야말로 러시아 혁명 후 대공작과 대공작 부인들에게 끝없는 헌신을 증명해 보인 유일한 사람이었을 것이다. 전쟁이 일어나기 일 년 전만 해도, 부인은 폴 대공작의 지체 낮은 아내인 호엔펠젠 백작 부인을 언제나

* 『잃어버린 시간을 찾아서』 6권 226쪽 참조.

'폴 대공작 부인'이라고 칭하면서, 블라디미르 대공작 부인을 격분하게 했다. 그런데 러시아 혁명이 터지자 페테르부르크에 주재하는 우리의 대사 팔레올로그 씨는(다른 분야와 마찬가지로 재치 있는 약칭을 구사한다고 주장하는 외교계에서 그는 팔레오(Paléo), 즉 '선사 시대'의 인물로 통했다.) 마리아 파블로프나 대공작 부인의 안부를 알고 싶어 하는 게르망트 공작 부인의 전보 세례에 몹시 시달렸다고 한다.* 그리고 오랫동안 대공작 부인은 오로지 게르망트 부인에게서만 배타적으로 끊임없이 호의와 존경의 표시를 받았다고 한다.

생루는 그의 죽음이 아니라면 적어도 죽기 몇 주 전에 했던 행동으로 게르망트 공작 부인의 슬픔보다 더 큰 슬픔을 유발했다. 사실 내가 샤를뤼스 씨를 만났던 저녁 바로 다음 날, 또 남작이 모렐에게 "복수할 거야."라고 말했던 이틀 후 마침내 생루가 모렐을 찾으려고 한 행동이 성공했는데, 다시 말해 자기 명령 아래 있어야 할 모렐이 탈영자임을 장군이 알아차리고 그를 찾아 체포하게 하고, 또 생루가 관심을 가진 인간에 대한 처벌 때문에 생루에게 미리 알려 주고 사과를 구하는 편지를 보내기까지 했다. 모렐은 자신이 체포된

---

* 폴 대공작 부인은 올가 발레리아노프나 카르노비치로 러시아 알렉산더 황제 3세의 동생인 폴 대공작과 1902년 결혼했으며, 1904년에는 호엔펠젠 백작 부인이 되었다. 마리아 파블로프나는 1874년 러시아의 알렉산더 황제 3세의 동생인 블라디미르 대공작과 결혼했다.(『되찾은 시간』, 리브르드포슈, 465쪽 참조.) 팔레올로그에 대해서는 『잃어버린 시간을 찾아서』 7권 95쪽 주석 참조.

것이 샤를뤼스 씨의 원한 때문임을 믿어 의심치 않았다. 그는 "복수할 거야."라는 말을 기억했고 그것이 바로 그가 말하던 복수라고 생각하고 진실을 폭로하겠다고 청했다. "물론," 하고 그는 단언했다. "저는 탈영했습니다. 그러나 제가 나쁜 길로 인도되었다면, 그것이 완전히 저의 잘못 때문만인가요?" 그는 샤를뤼스 씨와 또한 사이가 틀어진 아르장쿠르 씨에 관해 여러 얘기를 했고, 그 이야기들은 사실을 말하자면 아르장쿠르 씨와는 직접 관련이 없었지만, 그들이 둘 다 연인과 성도착자라는 이중의 감정을 토로하는 과정에서 모렐에게 했던 이야기였으므로, 샤를뤼스 씨와 아르장쿠르 씨를 동시에 구속시키는 지경까지 이르렀다. 이 구속이 제아무리 고통스럽다 해도 상대가 연적이었음을 모르던 각각의 사람으로서는 그 사실을 알게 된 것이 어쩌면 더 큰 고통이었을지 모르며, 또 그들에게는 거리에서 일상적으로 잡아들이는 수많은 수상쩍은 연적들이 존재한다고 예심 판사가 알려 주었다. 그들은 곧 석방되었고, 게다가 모렐 역시 석방되었다. 장군이 생루에게 보낸 편지가 "사망, 전장에서 전사함."이라는 간단한 설명과 함께 반송되었기 때문이다. 장군은 고인을 위해 모렐을 전선에 보내는 것으로 일을 마무리하고 싶었고, 또 모렐은 전선에서 용감하게 행동하며 온갖 위험을 피했고, 또 전쟁이 끝나자 샤를뤼스 씨가 그토록 그를 위해 헛되이 청원했던, 또 생루의 죽음이 간접적으로 가져다준 훈장을 가지고 돌아왔다.

그 후에도 여러 번 나는 쥐피앵의 호텔에서 그 분실된 무공 훈장을 떠올리며 만일 생루가 살아 있었다면, 전쟁이 남긴 어리석음의 거품과 영광의 광휘에 의해 그가 전쟁 후에 치러질 선거에서 쉽게 국회 의원으로 선출되었을 거라고 생각했다. 손가락이 하나 없어도 찬란한 결혼을 통해 몇 세기 동안 지속되던 편견을 모두 파기하고 귀족 가문에 들어갈 수 있었던 것처럼, '무공 훈장'은 비록 사무직 업무를 수행해서 받았다 해도 선거에서 승리하고 '국회'에 들어가고 '아카데미 프랑세즈'에 들어가는 데도 충분한 기여를 할 터였다.* 생루의 선출은 그의 '신성한' 가문 덕분에 아르튀르 메이에르** 씨에게 눈물 바다와 잉크를 흘리게 했으리라. 그러나 생루는 어쩌면 민중의 표를 얻기에는 지나치게 민중을 사랑했을 것이며, 그렇지만 민중은 그의 유서 깊은 귀족 가문 덕분에 그의 민주주의 사상을 용서했으리라. 생루는 비행사들로 구성된 '의회'*** 에서 필시 성공적으로 자신의 민주주의 사상을 진술했을 것이다. 그리고 물론 그 영웅들은 지극히 드문 고매한 정신들과 마찬가지로 그를 이해했으리라. 그러나 '국민 연합(Bloc

---

* 이 문단은 당시의 정치 문학 풍토에 대한 일종의 패러디로 사실 1919년 11월 국회 의원 선거에서 우파인 '국민 연합'은 사회주의와 급진파에 대항하여 승리를 거두었다. 이들은 대부분 클레망소의 정치를 주도하는 애국심에 영향을 받았으며, 바로 여기서 의회(chambre)란 단어와, 프랑스 군복의 색인 청회색(bleu horizon)이 연유한다고 설명된다.(『되찾은 시간』, 폴리오, 409쪽 참조.)

** 140쪽 주석 참조.

*** 비행사들로 구성된 재향 군인회를 가리키지만 '의회'에 대한 집요한 관심을 풍자한 표현이므로 원문 그대로 옮긴다. 이런 비행사들의 재향 군인회에는 나중에 보주의 국회의원이 된 프랑스 항공계의 영웅 르네 퐁크도 있었다.

national)'의 속임수 덕분에 과거의 정치 불량배들이 구제되어 여전히 다시 선출되었다.* 비행사들의 의회에 들어가지 못한 자들은 적어도 아카데미 프랑세즈에 들어가기 위해 원수(元帥)나 대통령 또는 국회 의장 등의 동의를 구걸했다.** 선거는 생루에게 유리하지 않았지만, 쥐피앵의 또 다른 고객인 '자유 행동'***의 의원에게는 유리했으며, 그는 경쟁자 없이 재선출되었다. 전쟁이 오래전에 끝났음에도 불구하고 그는 국민 방위군 장교 제복을 벗지 않았다. 그는 선거에서 기쁜 마음으로 그의 이름을 걸고 '연합'한 모든 신문과, 적절한 예의와 세금에 대한 두려움에서 이제는 헌 옷만을 입는 부유한 귀족 부인들의 환대를 받았다. 한편 증권 거래소 직원들은 쉴 새 없이 다이아몬드를 사들였는데, 자기들의 아내를 위해서가 아니라 어떤 민족의 신용도도 신뢰할 수 없었으므로 손으로 만질 수 있는 자산 쪽으로 도피했고, 이렇게 해서 드비어스 그룹****의 주식을 1000프랑이나 상승하게 했다. 사람들은 수많은 어리석음에 짜증이 났지만 '국민 연합'을 그렇게 많이

---

* 물론 지난 선거에서 선출되었던 국회 의원 다수가 선출되지 못했으며, 프루스트는 국민 연합에 승리를 가져다준 1919년 선거가 진정한 신념이나 확신은 무시하고 정치적 야합에 의해 이루어진 불공정한 선거였음을 암시하고 있다.(『되찾은 시간』, 폴리오, 409쪽 참조.)

** 대통령이었던 푸앵카레는 1909년에 아카데미 프랑세즈 회원으로 선출되었으며, 국회 의장이었던 데샤넬은 1899년부터, 포슈와 조프르 장군은 1918년에 각각 선출되었다.(『되찾은 시간』, 폴리오, 409쪽 참조.)

*** 자유 행동(Action libérale 또는 Action libérale populaire)은 1901년부터 1919년까지 존재했던 가톨릭 세력과 공화파의 연합 정당이다.

**** 1888년에 설립된 영국의 다이아몬드 회사이다.

원망하지는 않았다. 그때 그들은 돌연 볼셰비즘*의 희생자들을, 남편이 손수레에서 살해당한 누더기 걸친 대공작 부인들과, 먹을 것도 주지 않고 방치했다가 그 위로 돌을 던지고, 온갖 야유 속에 혹사시키다가 드디어는 흑사병에 걸리자 자신들에게 전염될까 봐 우물 속에 내던져 버린 아들들을 보았다. 도망치는 데 성공한 사람들이 갑자기 다시 나타났다…….

(13권에서 계속)

* 체제 변혁을 위해 무산 계급에 의한 폭력적 정권 탈취를 주장한 볼셰비키 과격주의 이론의 추종자 및 그 주의를 가리킨다.

옮긴이 **김희영** Kim Hi-young. 한국외국어대학교 프랑스어과를 졸업하고 프랑스 파리 3대학에서 마르셀 프루스트 전공으로 불문학 석사와 박사 학위를 받았다. 서울대 불어불문학과 및 대학원 강사, 하버드대 방문교수와 예일대 연구교수, 한국외국어대학교 서양어대 학장 및 프랑스학회와 한국불어불문학회 회장을 역임했다. 「프루스트 소설의 철학적 독서」, 「프루스트의 은유와 환유」, 「프루스트와 자전적 글쓰기」, 「프루스트와 페미니즘 문학」 등의 논문을 발표했고, 『문학장과 문학권력』(공저)을 썼으며, 롤랑 바르트의 『사랑의 단상』과 『텍스트의 즐거움』, 사르트르의 『벽』과 『구토』, 디드로의 『운명론자 자크와 그의 주인』을 번역 출간했다. 현재 한국외국어대학교 명예 교수로 있다.

잃어버린 시간을 찾아서 12

되찾은 시간 1

1판 1쇄 펴냄 2022년 11월 18일
1판 4쇄 펴냄 2024년 4월 9일

지은이 마르셀 프루스트
옮긴이 김희영
발행인 박근섭·박상준
펴낸곳 **(주)민음사**

출판등록 1966. 5. 19. 제16-490호
주소 서울시 강남구 도산대로1길 62(신사동)
강남출판문화센터 5층(우편번호 06027)
대표전화 02-515-2000 | 팩시밀리 02-515-2007
홈페이지 www.minumsa.com

ISBN 978-89-374-8572-5 (04860)
978-89-374-8560-2 (세트)